Silvia Stolzenburg

Der Than von Cawdor

Roman

Bookspot

1. Auflage 2017

Lektorat: Dorothée Engel, Hamburg
Korrektorat: Thilo Fahrtmann
Satz/Layout: Martina Stolzmann
Covergestaltung: Nele Schütz Design, München
Druck: CPI – Clausen & Bosse, Leck
Made in Germany
ISBN 978-3-95669-064-8
www.bookspot.de

Für Effan, der nie aufgehört hat, daran zu glauben,
dass es nach dem ersten Schritt weitergeht.

Vorbemerkung der Autorin

Dies ist eine Geschichte über Macht, Verrat und Gewalt, die Geschichte eines Reiches, das im Dunkeln versinkt – kein Liebesroman. Wer Schwierigkeiten mit drastischen Szenen hat, dem sei vom Lesen abzuraten.

Liste der wichtigsten Akteure:

Mac Bethad	Than von Glamis, Than von Cawdor, König von Schottland
Gruoch	Seine Gemahlin
Beornwyn	Seine Geliebte
Duncan	Sohn eines Lairds
Gwynn	Eine Hofdame
Màiri	Eine Hofdame, Gwynns Vertraute
Gareth	Ein Jungritter
Effric	Ein Knappe
Leofric	Ein Novize
Banquo	Than von Lochaber und ein schottischer Heerführer
Fleance	Banquos Sohn
König Duncan	König von Schottland
Donalbain, Malcolm	Seine Söhne
MacDuff, Rosse, Angus, Lennox	Schottische Thane
König Edward	König von England
Earl von Siward	Englischer Heerführer, Bruder von König Duncan, Herzog von Northumberland
Drei Hexen	

Kapitel 1

Schottland, eine Ebene in der Nähe von Fife, Oktober 1040

Duncan fror. Zitternd zog er sich den Wollmantel enger um die Schultern, dennoch kroch die feuchte Kälte des Oktobermorgens unaufhaltsam an ihm empor. Er kauerte mit dem Rücken am Stamm einer uralten Eiche. Immer wieder segelten tote Blätter zu Boden. Mit jedem Augenblick, der verstrich, schienen seine Glieder steifer zu werden, seine Hände klammer. Eine Verwünschung murmelnd verlagerte er die Stellung und sah dabei zu, wie sich sein Atem in kleine Dampfwolken verwandelte. Der Geruch feuchter Erde stach ihm in die Nase und vermischte sich mit dem Gestank des riesigen Lagers. Vor einigen Stunden hatte es begonnen, zu regnen, doch inzwischen nieselte es kaum noch. Der von den ersten schwachen Strahlen der Morgendämmerung blutrot gefärbte Himmel war mit schweren, bleigrauen Wolken verhangen. Ein schneidender Ostwind trug die Schreie von Möwen ins Lager. Sonst wurde die schläfrige Stille nur vom gelegentlichen Schnauben eines Schlachtrosses oder dem Huschen von Ratten unterbrochen. Duncan wollte gerade die Hände in den Taschen vergraben, als ihn ein Geräusch hinter seinem Rücken zusammenfahren ließ.

Was war das? Angespannt tastete er nach dem Kurzschwert an seinem Gürtel. Wer auch immer hinter ihm durch die Büsche schlich, würde es bereuen. Sein Herz schlug so heftig, dass er fürchtete, der Feind könnte es hören. Geduckt, zum Angriff bereit, tastete er sich hinter der Eiche hervor, um den Eindringling zu Fall zu bringen. Er machte gerade Anstalten, auf ein Dornengebüsch zuzukriechen, als er ein leises Plätschern und ein erleichtertes Stöhnen vernahm. Ein knatternder Furz folgte, dann stapften Schritte durch den Schlamm. Vor Erleichterung hätte Duncan um ein Haar seine Waffe fallen lassen. Röte schoss ihm in die Wangen.

Was bist du nur für ein Narr, schalt er sich und zog sich wieder unter das lichte Laubdach des Baumes zurück. Es dauerte nicht lange, bis er einen Hünen in einem Kettenhemd erspähte. Dieser trottete in einiger Entfernung an ihm vorbei und verschwand in einem Zelt, dessen Leinwand vor Dreck starrte. Duncan sah ihm nach, ehe er sich schließlich aufrappelte und kleine Zweige und Blätter aus seinem Umhang klopfte.

Es war Zeit, das Frühstück für seinen Herrn zu bereiten. Wenn der Than nach ihm rufen musste, würde er ihm sicher wieder das Fell gerben. Er reckte sich und scheuchte dabei eine Ratte auf. Diese hatte sich offenbar an einem Häuflein Erbrochenem in der Nähe eines Gebüsches gütlich getan.

»Verschwinde«, zischte er, hob einen Stein auf und schleuderte ihn mit aller Kraft in Richtung des Tieres, das sich mit einem Quieken hinter einen Holzeimer flüchtete. Verfehlt! Nicht einmal einer Ratte konnte er etwas zuleide tun. Er biss die Zähne zusammen, als die wohlbekannte Bitterkeit in ihm aufsteigen wollte. Warum hatte ihn sein Vater nicht in den Dienst eines anderen Thans gestellt? Wütend trat er nach einer Eichel, die jedoch im Schlamm stecken blieb. Hätte das etwas geändert? Wäre er als Knappe eines anderen Herrn nicht in genau derselben Lage? Er sah sich in dem riesigen Feldlager um und schüttelte den Kopf. Nichts wäre anders! Selbst im Dienst seines eigenen Vaters wäre er heute an keinem anderen Ort als an diesem. Duncan seufzte. Als er daran dachte, was der Tag bringen würde, zog sich sein Magen zusammen.

Nachdem die Nordmänner in alle Teile des Landes eingefallen waren, hatte der schottische König seine Thane und Lairds zum Kampf aufgerufen. Viele Niederlagen hatten sie in den vergangenen Monaten hinnehmen müssen, doch seit

Mac Bethad, der Than von Glamis, die Streitmacht anführte, zogen sich die Feinde immer weiter zurück. Bisher war Duncan zu jung gewesen, um seinem Dienstherrn in die Schlacht zu folgen. Vor zwei Wochen hatte er jedoch sein vierzehntes Lebensjahr vollendet ... Er verscheuchte den Gedanken und versuchte, die Furcht zu unterdrücken. Er war doch kein Feigling! Wie sein Vater und der Than es von ihm erwarteten, würde er sich als furchtlos und tapfer erweisen. Seit Tagen versuchte er, sich Mut einzureden, doch seine Knie wurden mit jedem Schritt weicher.

»Die Wikinger sind so stark, dass sie einen Mann mit einem einzigen Hieb in der Mitte spalten können«, hatte sein Freund Angus gestern gesagt.

»Red doch nicht so dummes Zeug«, war ihm Effric, ein weiterer Knappe, ins Wort gefallen.

»Das sind Heiden! Woher sollten die solche Kräfte nehmen?«

»Eben weil es Heiden sind«, hatte Angus dagegengehalten.

»Der Leibhaftige reitet mit ihnen«, hatte Colin, ein Junge von den Orkney Inseln, gewusst.

Wulf, der zierlichste der fünf Knaben, hatte mit einem Nicken zugestimmt.

»Sie opfern ihm die Neugeborenen ihrer Feinde«, hatte Angus weiter zum Besten gegeben.

Obwohl sich Duncan vorsorglich ein weiteres Kruzifix um den Hals gehängt und Gott um Schutz angefleht hatte, fürchtete er sich mehr als je zuvor in seinem Leben. Würden die heidnischen Dämonen seine Seele rauben, wenn einer der Nordmänner ihn erschlug? Und was, wenn sie ihn gefangen nahmen? Allein der Gedanke, von ihnen in ihr gottloses Land verschleppt zu werden, ließ ihn vor Angst schlottern.

Es ist eine Ehre, dem Than die Waffen zu tragen, redete er sich ein. Gleichzeitig fühlte er, dass ihn der Mut so unaufhaltsam verließ, wie der Regen seine Kleidung durchtränkte. Er konnte das Zittern, das seinen Körper durchlief, nicht unterdrücken. Er schob es auf die Kälte, doch im Innersten wusste er, dass das nicht der Wahrheit entsprach.

Allmählich erwachte das Lager. Niemand sollte sehen, wie es ihm ging. Er setzte eine steinerne Mine auf und ging zur Unterkunft seines Dienstherrn. Duncan machte sich an der Feuerstelle zu schaffen. Nachdem er die feuchte Asche entfernt hatte, zog er Feuerstein, Schlageisen und Zunder aus dem Lederbeutel an seinem Gürtel und entfachte ein neues Feuer. Sobald die Flammen über die frisch aufgeschichteten Holzscheite züngelten, nahm er den Kessel von dem Gestell über der Feuerstelle. Wie die anderen Knappen füllte er ihn mit Wasser aus dem Bach, der durch das Lager floss. Wortlos kehrte er zurück, hing den Kessel übers Feuer und ging vorsichtig auf das Zelt seines Herrn zu. Mit einem schüchternen Räuspern machte er sich bemerkbar.

»Worauf wartest du?«, erscholl die Stimme des Than aus dem Inneren.

»Muss ich dir Beine machen?«

Duncan zog den Kopf zwischen die Schultern. Offenbar war sein Herr auch an diesem Morgen in Gewitterstimmung. Er atmete tief ein und betrat das Zelt – in der Hoffnung, einem Donnerwetter zu entgehen.

»Hilf mir«, polterte Mac Bethad, als sein Blick auf Duncan fiel. Er zeigte auf ein Panzerhemd, das über einem Schemel lag. Sein Gesicht war gerötet, die blauen Augen funkelten zornig. Er richtete sich zu voller Größe auf und fuhr sich mit der Hand durch den kurzen blonden Bart. Sein Bettgestell war bereits zerlegt, die dicken Felle auf einem Handkarren aufgeschichtet. Wie es aussah, hatte Duncan soviel Zeit am Fluss vertrödelt, dass ein Trossknecht die Arbeiten hatte verrichten müssen.

»Faulheit ist eine Tugend des Teufels«, brummte der Than

missfällig und einen Augenblick lang fürchtete Duncan, er wolle ihn züchtigen. Doch Mac Bethad ließ die erhobene Hand wieder sinken. Den Blick des Heerführers im Nacken bückte er sich nach dessen Kettenhemd und half ihm hinein.

»Bring mir was zu essen und sattle Ciar«, sagte der Than, als Duncan von ihm zurücktrat. Dann, ohne weiter auf den Jungen zu achten, wandte er sich ab und ging vor einem kleinen Altar auf die Knie.

Während Mac Bethad Gott um einen siegreichen Ausgang der Schlacht bat, verzog sich Duncan zurück ins Freie. Mit fliegenden Fingern bereitete er Haferbrei zu, schnitt ein Stück Brot von einem drei Tage alten Laib und füllte einen Tonbecher mit Met. Sein Herr betete immer noch, als er die karge Mahlzeit auf dem dreibeinigen Tisch neben dem zerlegten Bett abstellte. Draußen ließ er sich auf einen feuchten, moosbewachsenen Stein fallen und füllte seine Holzschale mit Haferschleim. Während er sich ein paar Löffel des viel zu faden Breis zwischen die klappernden Zähne zwang, starrte er vor sich hin und lauschte auf die Geräusche des Lagers. Knappen und Pagen liefen von Zelt zu Zelt, um ihren Herren Nachrichten zu überbringen. Überall rauchten Feuer. Befehle wurden gebrüllt und der Klang von klirrendem Eisen drang an Duncans Ohr, als der Schmied letzte Vorbereitungen für den schicksalhaften Tag traf. Soweit Duncans Augen sehen konnten, erstreckte sich ein Meer aus Zeltspitzen und bunten Bannern in den Farben der Clans. Pferde wieherten und die Ochsen des Trosses gaben lautstark ihren Protest kund, als die Knechte sie anschirrten. Eine Zeit lang verfolgte Duncan gebannt das Treiben, dann riss ihn ein ohrenbetäubendes Hornsignal aus der Träumerei.

Das Zeichen zur Versammlung! Hastig wischte er die Schale mit einem Kanten Brot aus, löschte das Feuer, sammelte alle Kessel, Töpfe, Becher und Eimer ein, schichtete sie auf einen Haufen und sah sich nach einem Knecht um. Nachdem er diesen herbeigewunken hatte, lief er zu dem Verschlag, in dem die Pferde der Thans untergebracht waren. Während die Männer aus allen Richtungen zum großen Platz in der Mitte des Feldlagers strömten, band er Mac Bethads Rappen los und klopfte ihm beruhigend den Hals.

»Bist ein Guter«, murmelte er. »Keine Angst, Gott wird nicht zulassen, dass die Heiden gewinnen.« Jedenfalls hoffte er das inständig. Sorgfältig bürstete er dem Tier Mähne und Schweif, entfernte das Stroh aus seinem Fell und striegelte es, bis es im Licht des frühen Morgens glänzte. Schließlich hievte er den Sattel auf seinen Rücken und flüsterte noch ein paar tröstende Worte in das nervös spielende Ohr. Als er dem Hengst die Trense ins Maul schob, erscholl Mac Bethads Stimme vom Versammlungsplatz.

»Diese Verräter werden den morgigen Tag nicht erleben!«, donnerte der Than. »Wer sich den Heiden anschließt, fährt direkt in die Hölle!«

Die Männer stimmten ihm jubelnd zu.

»Derjenige, der den Than von Cawdor, den größten aller Verräter, gefangen nimmt, wird von unserem Hochkönig reich belohnt!«

Erneuter Jubel, der jedoch nach kurzer Zeit in zorniges Stimmengewirr umschlug.

»Brennt seine Burg nieder!«, forderte ein Bass.

»Bringt uns seine Brut!«, brüllte ein zweiter.

»Verrotte in der Hölle, Cawdor!«, dröhnte es weiter vorn.

Duncan runzelte die Stirn. Hatte der Than von Cawdor nicht bis vor Kurzem noch dem Obersten Rat angehört? War er nicht gestern noch im Lager gewesen? Er schluckte. Wie wollte Mac Bethad die Wikinger besiegen, wenn einer der wichtigsten Verbündeten des schottischen Königs zu den Feinden übergelaufen war? Der Hengst schien seine Furcht zu spüren, denn er warf schnaubend den Kopf. Wussten die Feinde dann nicht ganz genau, was Mac Bethad vorhatte?

Duncan spürte Übelkeit in sich aufsteigen. Würden sie in eine Falle laufen, die der Than selbst gestellt hatte? Schwindel gesellte sich zu der Übelkeit und er griff haltsuchend nach der Wand des Unterstands. Du musst auf Gott vertrauen, flüsterte ihm eine innere Stimme zu. Leg dein Schicksal in die Hände des Herrn, dann wird er sich deiner Seele erbarmen. Duncan schlug ein Kreuz vor der Brust und versuchte, die Angst zu unterdrücken. Mit zitternden Händen führte er Ciar aus dem Unterstand und band ihn dort an, wo vor Kurzem noch das Zelt seines Dienstherrn gestanden hatte. Dieses war inzwischen abgebaut und auf einen Karren verladen worden – genau wie all die anderen Dinge, die in der Schlacht nicht benötigt wurden.

Mit einem hohlen Gefühl in der Magengegend zog Duncan sein Kettenhemd an, stülpte sich den Helm auf den Kopf und legte die Waffen des Thans bereit. Dann erklang ein weiteres Hornsignal und die Männer strömten mit düsteren Mienen zu ihren Knappen.

»Es ist soweit«, sagte Mac Bethad.

Er ließ sich von Duncan in den Sattel helfen und gürtete sein Schwert. Dann wartete er, bis sich die Vorhut formiert hatte, während sein Hengst ungeduldig mit den Vorderhufen stampfte. Die ersten Krieger verschwanden bereits hinter einer Hügelkuppe, als Duncan und Mac Bethad in den trüben, grauen Morgen aufbrachen. Obschon er Speer, Schild und Streitaxt des Thans in den kalten Händen hielt, kam sich Duncan seltsam nackt und wehrlos vor, als er neben Ciar her trottete. Es würde ein blutiger Tag werden, dessen war er sich sicher.

Castle Mac Bethad, in der Nähe von Inverness, Oktober 1040

Während sie die Gewänder ihrer Herrin sorgfältig zusammenlegte, summte Gwynn eine alte keltische Weise, die sie von ihrer Großmutter gelernt hatte. Mit den schlanken Händen strich sie den Stoff glatt. Sie beneidete Gruoch um die fein gewobenen Kleider, von denen diese so viele besaß. Wie eine Königin, dachte sie und seufzte leise. Neidisch ließ sie den Blick über eine silberne Stickerei in Form eines Falken gleiten. Wenn sie doch auch nur irgendwann solche Kostbarkeiten ihr eigen nennen könnte! Ihre Mundwinkel stahlen sich nach oben, als sie die Stimme ihrer Mutter hörte.

»Putzsucht ist eine Sünde, mein Kind«, wurde diese nicht müde, Gwynn zu belehren. »Sei stets gehorsam und bescheiden, dann wird die Herrin zufrieden mit dir sein.«

Gwynns Fingerkuppen fuhren die Umrisse des Falken nach. Warum konnte ihr Vater nicht so mächtig sein wie Mac Bethad, der Gemahl ihrer Herrin? Dann hätte ihre Mutter sie gewiss nicht an den Hof von Gruoch geschickt. Seit sie hier war, fühlte sich Gwynn einsam, obwohl auch ihre Freundin Màiri unter dem Dach der gestrengen Schlossherrin lebte. Sie drückte das Gewand an ihre Brust und sah sehnsüchtig zu dem kleinen, mit einem hölzernen Laden verschlossenen Fenster. Nicht einmal zehn Meilen trennten sie von ihrem Zuhause, von dem Gehöft ihres Vaters, der in Gruochs Augen nicht mehr als ein Bauer war. Hatte Gwynn ihre Herrin nicht erst vor Kurzem abfällig über die unbedeutenden Lairds, die kleinen Landbesitzer, reden hören? Mit einem Seufzen schüttelte sie die Gedanken an ihre Familie ab und kehrte dem Fenster den Rücken. Was nutzte es? Sie konnte ja doch nichts an ihrer Lage ändern.

Neben der mit Schnitzereien verzierten Birkenholztruhe, in der Gruoch ihre Gewänder aufbewahrte, hing ein großer

Silberspiegel. Dieser nahm beinahe soviel Platz ein wie das Bett ihrer Herrin. Den hellen Holzrahmen zierten Gestalten aus alten Sagen – Drachen, Elfen und andere seltsame Wesen. Obgleich eine Stimme in ihrem Inneren sie für die Schwäche schalt, betrachtete Gwynn versonnen ihr Spiegelbild in der glatten Oberfläche. Das lockige rote Haar, das sich immer unter ihrer kleinen Haube hervorkräuselte, war ihr auch heute ein Dorn im Auge. Warum konnte es nicht glatt und seidig fallen wie Gruochs Haar es tat? Mit ärgerlich gerunzelten Brauen schob sie eine vorwitzige Strähne zurück an ihren Platz, drückte das Gewand ihrer Herrin an die Brust und drehte sich einmal um die eigene Achse. Wenn sie doch nur nicht ganz so dünn wäre. Trotz des sanften Schwungs ihrer Hüften wirkte Gwynn, im Gegensatz zu ihrer Freundin Màiri, beinahe noch kindlich. Der rechteckige Ausschnitt ihres schlichten erdfarbenen Kleides gab den Blick frei auf schneeweiße Haut, um die sie viele der älteren Frauen im Haushalt beneideten. Sie rümpfte die Nase und schnitt eine Grimasse. Die verhassten Sommersprossen in ihrem Gesicht erregten allerdings ganz sicher keine Bewunderung. Sie fuhr sich mit dem Finger über den Nasenrücken. Wie lange es wohl in diesem Jahr dauern würde, bis sie verblassten? Jeden Winter hoffte sie, dass sie verschwinden würden. Doch jedes Frühjahr wurde sie aufs Neue enttäuscht. Ein Gedanke stahl sich in ihren Kopf und überzog ihre Wangen mit Feuer. Ob sie ihm wohl gefiel? Sie zog die Unterlippe zwischen die Zähne und kaute geistesabwesend darauf herum. Noch immer spukte der Knappe, dessen spitzbübisches Grinsen ihr Herz im Sturm erobert hatte, durch ihre Träume. Als die Männer vor genau dreizehn Wochen mit dem Than die Festung verlassen hatten, war sie im Hof mit ihm zusammengestoßen. Seine atemberaubend blauen Augen hatten unter einem zerzausten Schopf weizenblonder Haare hervorgeblitzt, den er sich mit einer ungeduldigen Bewegung aus den Augen gewischt hatte.

»Entschuldige«, hatte er gemurmelt und den Eimer aufgehoben, den sie vor Schreck hatte fallen lassen. Dann war er davongestoben wie ein Wirbelwind und wenig später mit Mac Bethad über die Zugbrücke verschwunden. Ob sie ihn wohl jemals wiedersehen würde? Gedankenverloren starrte sie auf ihr Spiegelbild und versuchte, sich seine Züge in Erinnerung zu rufen. Als sich plötzlich die Tür öffnete und ihre Herrin das Gemach betrat, fuhr Gwynn so heftig zusammen, dass ihr um ein Haar das Kleid aus der Hand geglitten wäre.

»Lauf in die Küche und sag der Köchin, sie soll drei Fasane rupfen«, befahl Gruoch.

Gwynn nickte.

»Wir bekommen Besuch«, setzte ihre Herrin hinzu.

Etwas in ihrem Ton verriet Gwynn, dass ihr dieser Umstand ganz und gar nicht zusagte. Während sie das Gewand sorgsam in der Truhe verstaute, fragte sie sich, um wen es sich wohl handelte.

»Richte mit Màiri die Gästekammern her.«

Bei diesen Worten sah Gruoch sich im Raum um, als ob sie in Erwägung zog, ihr eigenes Gemach für den Besuch zur Verfügung zu stellen. Eine steile Falte grub sich zwischen ihre Brauen. Als Gwynn den Deckel der Truhe schloss und einige Augenblicke unschlüssig auf der Stelle stand, winkte sie ungeduldig mit der Hand.

»Beeil dich! Steh hier nicht herum!«

»Ja, Herrin«, murmelte Gwynn. Dann drückte sie sich an Gruoch vorbei aus der Kammer und floh die Treppen hinab ins Erdgeschoss. Zum Glück schien ihre Herrin heute keinen ihrer launischen Tage zu haben. Erst neulich hatte ein anderes Mädchen versehentlich eine irdene Schale zerbrochen und war streng dafür bestraft worden. So schnell ihre Beine sie trugen, eilte sie in den Hof und betrat kurz darauf das Küchengebäude.

Schottland, eine Ebene in der Nähe von Fife, Oktober 1040

Duncan war eingehüllt vom Getöse der Kriegstrommeln. Am Horizont flatterten zahllose Banner im Ostwind und auf dem Hügel gegenüber erhob sich ein Wald aus Speeren und Helmen. Mac Bethads Befehl folgend hatten sich die schottischen Truppen auf den von Heidekraut bewachsenen Anhöhen verteilt. Diese schlossen ein enges, nach zwei Seiten offenes Tal ein, in dem schon bald die Falle hinter dem Feind zuschnappen würde. Während die Nordmänner gegen eine scheinbar unterlegene Streitmacht anstürmten, würden die Flügel der schottischen Armee sie umzingeln und ihnen in den Rücken fallen. Es war ein beinahe beleidigend einfacher Plan und Duncan befürchtete, die Wikinger würden den Hinterhalt erkennen – zumal der Verräter Cawdor zu ihnen übergelaufen war. Doch die Anführer der blonden Horde schienen keine Gefahr zu wittern. Es war als verließen sie sich blindlings auf den Heldenmut und die Tapferkeit ihrer Männer.

Dudelsäcke gesellten sich zu den Trommeln, wodurch ein solch infernalisches Getöse entstand, dass Duncan einen Moment lang glaubte, die Hölle habe ihre Pforten geöffnet und ihre Dämonen ausgespuckt. Grell und durchdringend durchschnitten die Töne die Luft, peitschten Mensch und Tier gleichermaßen auf.

»Vorwärts!«, brüllte Mac Bethad. Mit einem furchtbaren Kriegsschrei, der sein ohnehin nervöses Schlachtross auf die Hinterbeine steigen ließ, gab er das Zeichen zum Angriff. Augenblicklich spürte Duncan, wie die Masse an Leibern hinter ihnen sie vorwärts drängte. Ungeschickt stolperte er neben dem Pferd seines Herrn durch den Schlamm, glitt beinahe aus und verkniff sich einen Fluch. Der Regen der vergangenen Nacht machte den Boden tückisch, genau wie die zahlreichen Löcher im torfigen Untergrund. Die Zähne aufeinandergebissen, den Blick starr geradeaus gerichtet rutschte Duncan hinter dem Rappen seines Herrn den Abhang hinab. Der helle Klang von Eisen und das dumpfe Dröhnen stampfender Hufe hallte von den Hügeln wider, als sich Wikinger und Schotten einander näherten. Es stürmten so viele Nordmänner auf sie zu, dass Duncan dachte, der Strom der Krieger würde niemals abreißen. Dann plötzlich, als habe jemand ein unhörbares Kommando gegeben, kamen beide Armeen zum Halt. Heiser gebrüllte Befehle veranlassten die Vorhut der Bogenschützen, sich in den Schlamm zu knien und die Sehnen ihrer mächtigen Waffen zu spannen.

Dann begann der Schrecken.

Innerhalb weniger Sekunden war der Himmel über Duncans Kopf schwarz von gefährlich surrenden Pfeilen, die überall um ihn herum Männer fällten. Obwohl sich Duncan und Mac Bethad hinter den Fußsoldaten befanden, richteten die Geschosse auch in ihren Reihen Verheerendes an. Mit einem grauenhaften Geräusch durchbohrte einer der Bolzen die Kehle eines jungen Kriegers an Duncans Seite. Der Mann gurgelte heftig, als ein fingerdicker Blutstrahl aus der Wunde schoss. Ohne einen weiteren Ton von sich zu geben, glitt er aus dem Sattel und schlug direkt vor Duncans Füßen auf dem Boden auf.

Die toten Augen des Gefallenen starrten ihn an und für Duncan blieb die Zeit stehen. Das Nächste, das er wahrnahm, war das Furcht erregende Kriegsgeheul seines Volkes. Der Sluaghghairm, der Kampfruf der Highlander, jagte ihm einen kalten Schauer über den Rücken. Während er, vor Entsetzen erstarrt, den schrillen Missklängen lauschte, schien um ihn herum alles auf einmal zu geschehen. Von derben Flüchen und Schreien begleitet, stießen die Fußsoldaten mit der vorrückenden Streitmacht der Norweger zusammen und attackierten die Feinde mit mächtigen Hieben. Das gesamte Schlachtfeld glich einem wogenden Meer aus Menschen, die brüllend aufeinander einhackten. Schwerter und Äxte sprühten Funken, als sie von Helmen und Kettenpanzern abprallten. Das Durcheinander war so gewaltig, dass Duncan kaum mit Mac Bethad Schritt halten konnte. Dieser hatte offenbar den norwegischen König im Schlachtgetümmel entdeckt.

»Sweno!«, schrie der Than und gab seinem Hengst die Sporen. Ohne Rücksicht auf sein eigenes Leben bahnte er sich einen Weg durch die Knäuel kämpfender und sterbender Männer. Der Anblick der aufgebrochenen Leiber und verstümmelten Glieder brannte sich in Duncans Gedächtnis, als er Mac Bethads Rappen hinterherhastete.

Erneut stieg Übelkeit in ihm auf. Warum hatte ihn niemand auf dieses fürchterliche Schlachten vorbereitet? Die Ausbildung durch den Waffenmeister war schwer gewesen, aber keiner hatte ihn vor dem gewarnt, was in gerade auf ihn einstürmte.

Blut färbte den Boden rot und ein süßlicher, metallischer Geruch stieg ihm beißend in die Nase. Viele der schwerverletzten Kämpfer verloren die Kontrolle über ihre Gedärme, sodass es Ekel erregend nach Scheiße stank. Während Duncan Mac Bethad atemlos die Waffen reichte, nach denen dieser verlangte, schnürte sich seine Kehle immer weiter zu. Plötzlich, er hatte seinem Herrn gerade einen Streitkolben zugeworfen, legte sich etwas um seinen Knöchel. Nur mit Mühe unterdrückte er einen Aufschrei. Während sein Herz davongaloppierte, sah er voller Panik nach unten. Direkt über seinem Knöchel schloss sich die blutige Hand eines niedergestreckten dänischen Kriegers um sein Fußgelenk. Ein boshaftes Funkeln lag in den Augen des Nordmannes, als dieser den Griff verstärkte und versuchte, Duncan zu Fall zu bringen. Er stieß irgendetwas Unverständliches hervor. Eine tiefe Wunde klaffte in seiner Wange und ein Teil seines Ohrs fehlte. Seine Kraft war erschreckend. Duncan versuchte, sich zu befreien, musste aber erkennen, dass es ihm nicht gelingen würde, die stahlharte Umklammerung zu lösen. Seine Panik verstärkte sich. Was sollte er tun? Vor ihm rückte Mac Bethad unaufhaltsam in Richtung des norwegischen Königs vor, der deutlich sichtbar inmitten von Fahnenträgern stand. Er musste eine schnelle Entscheidung treffen! Ohne weiter nachzudenken, riss er das kurze Schwert aus der Scheide, holte einmal tief Luft und trennte die Hand des Mannes ab. Der Däne stieß einen markerschütternden Schrei aus, sein Blut spritzte auf Duncans Schuhe. Duncan musste eine Weile gegen die Übelkeit ankämpfen, bevor er Mac Bethad hinterhereilen konnte.

Kapitel 2

Castle Mac Bethad, in der Nähe von Inverness, Oktober 1040

Ein wundervoller Duft erfüllte die Küche. Auf einem alten dunklen Schneidebrett lagen frische Kräuter, Zwiebeln und verschiedene Gewürze. Eine junge Küchenmagd holte ein frisch gebackenes Brot aus dem riesigen Ofen, in dem noch mehrere weitere Laibe buken. Die Köchin Eurgain, eine mollige Frau mit einem frischen, rotwangigen Gesicht, gab ihren Helfern mit ruhiger Stimme Anweisungen. Ihr Haar steckte unter einer altmodischen Haube, die weit hinten auf ihrem geflochtenen Haar saß. Der Jäger hatte mehrere Fasane, Hasen und Rebhühner abgegeben und ein Küchenjunge war gerade dabei, eines der Rebhühner zu rupfen.

»Gwynn!« Das Gesicht der Köchin leuchtete, als sie das Mädchen erblickte. Gwynn schmuzelte, offensichtlich hatte Eurgain sie ins Herz geschlossen.

»Du bist sicher hungrig«, sie machte Anstalten, eine Schale mit Eintopf zu füllen. Gwynn winkte ab.

»Du brauchst dringend etwas mehr auf den Rippen!« Die Köchin stemmte die Hände in die ausladenden Hüften und musterte Gwynn. »Wenn du nicht bald ein wenig Speck ansetzt, findest du nie einen jungen Laird.« Sie lachte verschmitzt. »Männer lieben Rundungen.«

Ihr Augenzwinkern trieb Gwynn das Blut in die Wangen und sie lenkte hastig ab. »Die Herrin hat mir aufgetragen dir mitzuteilen, dass sie drei weitere Fasane benötigt.«

Eurgain runzelte die Stirn.

»Sie erwartet Besuch.«

Mit einem Nicken wischte sich die Köchin die Hände an der Schürze ab und nahm ein großes scharfes Messer aus dem Block auf dem Tisch.

»Erst die Hasen«, murmelte sie und begann, eines der Tiere zu häuten, während Gwynn hastig die Augen abwandte. »Es wird auch langsam Zeit, dass hier mal wieder etwas Leben einkehrt«, brummte Eurgain, in ihre Arbeit vertieft. »Seit die Männer fort sind, ist es viel zu düster und trübe.«

Gwynn fand, dass sie Recht hatte. Für gewöhnlich hallte die Festung wider vom Lärm unzähliger Soldaten, Krieger und Knechte. Bevor beinahe alle Männer zum Feldzug aufgebrochen waren, hatte sie sich nicht vorstellen können, wie still es ohne die Geräusche von klappernden Hufen und klirrendem Eisen sein würde. Doch nun klang selbst das Bellen der Hunde einsam und trostlos. Wie anders dagegen die sechs Monate vor dem Einfall der Nordmänner verlaufen waren. Trotz der vielen Arbeit hatte sich Gwynn nie so verloren gefühlt. Während der ersten Wochen im Dienst ihrer Herrin hatte sie oft geweint und sich gewünscht, wieder nach Hause zurückkehren zu können. Doch irgendwann hatte sie sich in ihr Schicksal gefügt. Eurgains tiefe Stimme riss sie aus den Gedanken.

»Ich hoffe, die Gäste bleiben länger.« Sie drehte den gehäuteten Hasen mit dem Bauch nach oben, um ihn auszunehmen. »Das hellt ihre fürchterliche Stimmung vielleicht ein wenig auf.« Eine der Mägde kicherte hinter vorgehaltener Hand. Auch Gwynn schmunzelte, obwohl Gruochs Launen ganz und gar nicht zum Lachen waren. Sie verabschiedete sich von Eurgain und verließ die Küche mit einem bedauernden Seufzen. Wie warm und gemütlich es dort im Vergleich zum Rest des Haupthauses war. Jetzt, da der Herbst Einzug gehalten hatte, war es in den winzigen Kammern und engen Korridoren kalt und zugig. Wann wohl der erste Schnee fallen würde? Die Bäume rund um das stark befestigte Bollwerk waren fast kahl und der Regen, der seit Tagen unablässig fiel, hatte den Hof in eine schmutzige, schlammige Masse verwandelt. Wer nicht hinaus musste, hielt sich im Inneren auf; am Feuer in der Halle oder wie Eurgain in der Küche. Fröstelnd erklomm Gwynn die Stufen und begab sich in den Nordflügel, wo sie ihre Herrin verlassen hatte. Als sie eine der vielen verschlossenen Fensteröffnungen passierte, hielt sie an, um einen Laden zu öffnen und hinauszusehen. Sehnsüchtig suchte sie den bleiernen Himmel nach Anzeichen für besseres Wetter ab. Allerdings bot sich ihrem Blick nichts als trübes Grau in allen Schattierungen. Während sie den Horizont betrachtete, vernahm sie sich rasch nähernde Schritte. Hastig verriegelte sie den Fensterladen und eilte weiter, um Màiri ausfindig zu machen. Die Gästekammern mussten vorbereitet werden.

Nach einigem Suchen fand sie die Freundin in der Kinderstube – den zweijährigen Birk auf dem Schoß, dessen blondgelockten Schopf sie liebevoll lachend zerzauste. Mit glühenden Wangen und einem seligen Lächeln auf den Lippen schien der Knabe die Aufmerksamkeit in vollen Zügen zu genießen. Gwynn, die den Kleinen anbetete, ging vor den beiden in die Hocke und stupste ihm sanft auf die winzige Nase.

»Màiri, du musst mir helfen, ein paar Gästekammern auszufegen. Die Herrin erwartet Besuch.« Nur mühsam konnte sie sich von dem sonnigen Strahlen des Jungen losreißen. »Gleich«, gab Màiri zurück. »Ich bringe nur noch Birk ins Bett. Er ist schon wieder müde. Geh du vor, ich komme dann.«

Gwynn zog die Eichentür hinter sich ins Schloss, immer noch über den lautstarken Protest des Knaben lachend, und eilte die Treppe hinab, um frisches Stroh für die Bettkästen zu holen. Sie war gerade auf dem Weg zurück, beide Arme voller duftendem Stroh, als sie eine schrille Stimme aus der Kinderstube vernahm. Keifend erboste sich Gruoch über irgendetwas, aber Gwynn konnte nicht verstehen, was sie Màiri wutentbrannt an den Kopf warf. Plötzlich flog die Tür auf und Màiri stürmte auf den Gang – einen hässlichen flammend roten Striemen quer über dem Gesicht. Mit einem Schluchzen presste sie die Hand vor den Mund und stolperte hastig die Treppen ins nächste Stockwerk hinauf, ohne Gwynn zu bemerken. Diese sah ihr einen Augenblick entgeistert nach. Dann folgte sie der Freundin die Treppen hinauf zu einem Raum, dessen Tür nur angelehnt war. Das gedämpfte Geräusch unterdrückten Weinens drang an ihr Ohr. Als sie die Tür öffnete, sah sie die Freundin in einer Ecke kauern, das Gesicht in den Armen vergraben. Gwynn legte das Stroh ab und ging langsam auf Màiri zu, um ihr eine tröstende Hand auf die Schulter zu legen. Màiri erstarrte.

»Ich bin es«, beruhigte Gwynn die zitternde Freundin. »Was um alles in der Welt ist geschehen?«

Màiri wandte sich um. Ihre braunen Augen waren rot vom Weinen »Birk wollte seine Milch nicht mehr trinken und hat alles über seine Kleider verschüttet.« Sie wischte sich eine Träne von der Wange. »Gruoch kam rein, als es passierte.« In einer verzweifelten Geste der Hilflosigkeit hob sie die Hände. »Sie hat mich angeschrieen und gebrüllt, dass ich nutzlos sei. Dann«, sie schluchzte, »dann hat sie mich mit ihrem Lederriemen ins Gesicht geschlagen.« Ihre Augen waren vom Weinen geschwollen. Durch den Schlag mit dem Riemen war die Haut an der linken Schläfe aufplatzt. Ein dünner Blutfaden rann die gerötete Wange hinab und wurde von den schwarzen Locken verschmiert.

Gwynn nahm sie in die Arme. »Es ist gut«, flüsterte sie beruhigend. »Sie wird es nicht wieder tun.« Sie wusste selbst, dass das eine Lüge war. Gruoch hatte schon viele ihrer Bediensteten misshandelt. Bereits mehr als einmal hatte Gwynn darüber nachgedacht, ob es nicht besser wäre, ihrer Obhut zu entfliehen. Doch dann wäre ihre Mutter enttäuscht und ihr Vater sicherlich mehr als nur ärgerlich.

◈

Schottland, eine Ebene in der Nähe von Fife, Oktober 1040

Chaos! Überall herrschte heilloses Durcheinander. Inzwischen standen so viele Krieger zwischen Duncan und Mac Bethad, dass es dem Jungen unmöglich war, seinem Than zur Seite zu stehen. Die meisten Männer waren in blutige Zweikämpfe mit dänischen oder norwegischen Kriegern verwickelt und mehr als einmal musste sich Duncan gegen feindliche Streitäxte und Morgensterne zur Wehr setzen.

Er war sich sicher, dass er diesen Tag nicht überleben würde.

Seit Kurzem prasselte Regen auf die schlachtenden Kämpfer nieder und ein eisiger Wind hatte begonnen, von der Küste her über das Land zu fegen. Fieberhaft bemühte sich Duncan, in Mac Bethads Nähe vorzudringen, doch der Than war inzwischen nahezu völlig aus seinem Blickfeld verschwunden. Mannshohe Leichenberge und Gruppen kämpfender Männer versperrten ihm den Weg, sodass er irgendwann vollkommen die Orientierung verlor. Er war über und über mit

Blut besudelt – nicht sicher, ob es sein eigenes oder das seiner Feinde war.

Er ließ den Blick schweifen.

Dort! Inmitten der wild flatternden norwegischen Banner erspähte er den Helm seines Herrn. Aber wie sollte er dorthin gelangen? Vor ihm ragte eine Wand aus Kämpfern auf und auf der linken und rechten Seite war er von Reitern auf wütend trampelnden Schlachtrössern eingeschlossen. Was sollte er tun?

Pfeilschnell duckte er sich unter dem Bauch eines Schimmels hindurch, in dessen Steigbügeln die leblose Gestalt eines Dänen baumelte und ließ sich hinter einem entwurzelten Baum auf die Knie fallen. Plötzlich sauste eine Axt nur Zentimeter vor ihm in den Schlamm. Duncan schrie und spang auf. Gerade noch rechtzeitig wich er einem heftigen Schlag aus, den ein massiger Norweger mit soviel Kraft führte, dass er ins Straucheln geriet, als der Stahl sein Ziel verfehlte. In dem Bruchteil einer Sekunde, der ihm blieb, zog Duncan seinen Dolch und rammte ihn dem Angreifer in die Seite. Kaum hatte er die Klinge zurückgezogen, sah er aus dem Augenwinkel den vorschnellenden Schwertarm eines weiteren Kriegers. Der tödliche Hieb hätte ihm mit Sicherheit das Herz durchbohrt, wenn nicht ein schottischer Kämpfer dem Feind von hinten den Schädel gespalten hätte. Der Getroffene stieß einen schrillen Schrei aus, der Duncan das Blut in den Adern gefrieren ließ. Dann krachte er zu Boden.

Unbeirrt kämpfte sich Duncan zu der Stelle vor, wo sich der norwegische König Sweno und Mac Bethad einen erbitterten Kampf lieferten. Funken stoben, als die Klingen der Gegner aufeinandertrafen und einen erschreckenden Moment lang sah es so aus, als würde der Wikinger die Oberhand gewinnen. Doch Mac Bethad erwiderte die wütenden Hiebe seines Gegners mit unglaublicher Kraft. Während der Norweger versuchte, die Beine des Thans zu treffen, wich Mac Bethad mit blitzschnellen Bewegungen aus. Sweno hatte sich gerade unter einem Schlag weggeduckt, als ihn der folgende mit solcher Wucht traf, dass er seinen Schildarm nicht mehr bewegen konnte. Sein Kampfeswille war ungebrochen, obwohl die Wunde an seinem linken Arm stark blutete. Mit zornesroter Miene schrie er seinen Männern zu, ihm eine Lanze zuzuwerfen, fing sie geschickt auf und stach in wilder Wut nach seinem Angreifer.

Duncan hielt den Atem an.

Mehr als einmal kam der Speer dem Gesicht des Thans gefährlich nahe. Doch Mac Bethad gelang es immer wieder, die Attacken seines Gegners abzuwehren. Trotz der Kälte schwitzten die beiden Kämpfer heftig. Wie hungrige Raubtiere umkreisten sie einander, wobei sie sich keine Sekunde aus den Augen ließen. Plötzlich stürzte sich Mac Bethad mit dem Schwert auf Sweno. Obwohl der norwegische König auf den Angriff vorbereitet war, hatte er keinen solch selbstmörderischen Zug erwartet. Mac Bethad sprang direkt vor die Lanze des Norwegers. Als der versuchte, die Waffe hochzureißen, um den Than tödlich zu verletzen, durchbohrte die Klinge des Schotten seine Schulter. Mit einem Wutschrei versuchte Sweno, die Lanze in Mac Bethads Eingeweide zu stoßen.

Der ergriff den Schaft des Spießes und riss ihn seinem geschwächten Feind aus der Hand.

»Ergib dich!«, donnerte er. »Sonst werden weder du noch einer deiner Männer jemals wieder die Sonne aufgehen sehen!« Sweno starrte den Than keuchend an; dann ließ er die Lanze sinken und fiel auf die Knie.

Als seine Männer ihn vor Mac Bethad knien sahen, hörten auch sie auf zu kämpfen und sanken einer nach dem anderen zu Boden.

»Wo ist Cawdor?«, wollte Mac Bethad wissen.

»Irgendwo«, antwortete der Wikinger gleichgültig. »Er war hier als die Schlacht anfing. Vielleicht ist er unter den

Gefallenen.« Der norwegische König wirkte immer noch stolz und stark, obwohl er vor Mac Bethad kniete. Duncan bewunderte seinen Mut.

»Geht und findet ihn!«, befahl Mac Bethad seinen Männern. »Tötet ihn nicht. Ich will ihn lebend.« Ein grausames Lächeln umspielte seine Lippen. »Er wird dem Hochkönig übergeben. Der soll entscheiden, was mit ihm geschieht.«

Es dauerte nicht lange, bis die schottischen Krieger die überlebenden Wikinger zusammengetrieben hatten. Nachdem alle entwaffnet und gefesselt worden waren, wurden sie in einen hastig errichteten Verschlag gesperrt. Den Anführer zerrten vier Männer in Mac Bethads Zelt, wo er gefesselt in eine Ecke gestoßen wurde.

Über dem Schlachtfeld verbreitete sich der Gestank der Toten und Verletzten. Während die Fußsoldaten ihre toten Kameraden begruben, kümmerte sich ein Feldscher um die Verletzten. Ihr furchtbares Gebrüll ließ Duncan das Blut in den Adern gefrieren. Die meisten von ihnen würden die Nacht vermutlich nicht überleben. Fäulnis und Wundbrand würden einen Großteil innerhalb der nächsten Stunden dahinraffen. Der Preis war hoch, doch die Schlacht war gewonnen und Schottland gerettet.

Langsam senkte sich die Dämmerung über das Schlachtfeld, die ersten Feuer wurden entzündet und Männer ausgeschickt, um Wild für die Siegesfeier zu erlegen. Auch für Weiber aus den Nachbardörfern würde gesorgt werden, hatte Duncan gehört. Er konnte sich jedoch nicht vorstellen, mit den anderen zu feiern oder etwas zu essen. Nie zuvor in seinem Leben hatte er jemanden ernsthaft verletzt und heute hatte er zwei Menschen getötet! Eine scheußliche, bleierne Schwere bemächtigte sich seiner Glieder. Dennoch war er froh, als Mac Bethad ihm den Befehl gab, beim Aufschlagen der Zelte zu helfen. Das würde ihn ablenken und die grauenvollen Bilder des Tages wenigstens eine Zeit lang vergessen lassen. Irgendwann, es mussten Stunden vergangen sein, erspähte er zwischen Karren und Zugtieren seine Freunde Colin, Angus, Wulf und Effric. Welch eine Erleichterung! Auch sie hatten den Tag unbeschadet überstanden.

Später, als sich die Zeltspitzen vor dem vom Feuerschein beleuchteten Nachthimmel abzeichneten und die ausgelassene Feier in vollem Gange war, wurde Duncan von einem Aufruhr aufgeschreckt. Mit klopfendem Herzen rappelte er sich auf und sah sich um. Es dauerte etwas, bis er begriff, dass er offenbar vor dem Küchenzelt eingenickt war. Zornige Stimmen drangen an sein Ohr. Cawdor war gefangen worden!

»Dieser Feigling hat sich wie ein Waschweib versteckt«, spuckte jemand abfällig aus.

»Hast du gedacht, in diesem schäbigen Umhang erkennt dich niemand? Hast du ihn einem der Dorfbewohner abgenommen?«

»Halt doch dein Maul!«, war die wenig beeindruckte Antwort.

Ein Schlag hallte durch die Nacht. Duncan robbte sich näher ans Geschehen. Im Licht der Fackeln erhaschte er einen Blick auf das über und über mit blutverschmierte Gesicht des Verräters, mit dem die schottischen Soldaten offensichtlich alles andere als zimperlich umgegangen waren. Sein rechter Arm hing schlaff und verdreht herunter, die Nase war gebrochen. Überhaupt sah er aus, als hätten ihn die Männer mit Dreschflegeln bearbeitet. Duncan schüttelte auch den Rest Müdigkeit ab und folgte der Gruppe, die den Gefangenen zu Mac Bethads Unterkunft schleppte. Einer der Schergen betrat das Zelt, um den Than von der erfolgreichen Jagd in Kenntnis zu setzen. Als Mac Bethad schließlich ins Licht der Fackeln trat, schleuderten die Männer den Gefangenen vor ihm zu Boden.

»Bindet ihn!«, knurrte der Than. »Aber tut ihm nichts weiter. Der König wird ihn bestrafen.«

Er spuckte auf die am Boden liegende Gestalt und verschwand aus Duncans Blickfeld.

Kapitel 3

Schottland, ein Feldlager in der Nähe von Stirling, Oktober 1040

Mit ehrfürchtig gesenktem Haupt kniete Mac Bethad vor seinem Lehnsherrn. In der Mitte des Lagers, das er und sein Gefolge in der Nähe von Stirling aufgeschlagen hatten, thronte der König in einem prunkvollen Zelt. Mehr als hundert Menschen nahmen an diesem Tag darin Platz: die hochrangigen vorn, die Pagen und Knappen so weit hinten, dass Duncan den König nur aus der Ferne sah. Eine kostbare Rüstung bedeckte den gedrungenen Oberkörper des schottischen Hochkönigs; obwohl sein Bart bereits von ersten Silberfäden durchzogen war, flößte seine imposante Gestalt allen Respekt ein. Für den Fall, dass die Norweger einen Zweifrontenangriff gewagt hätten, war er mit einer Handvoll Männern in Stirling zurückgeblieben. Nach seiner Ankunft im Feldlager hatte Mac Bethad dem König die zehntausend Goldstücke, die Sweno für sein eigenes und das Leben seiner Männer hatte bezahlen müssen, übergeben. Dann war ein Bankett gefeiert worden.

Die zwei Dutzend eisenbeschlagenen Truhen standen nun in einer Ecke des prächtigen Zelts. Der Besiegte hatte auch einen Vertrag unterzeichnen müssen, in dem er schwor, Schottland nie wieder anzugreifen oder angreifen zu lassen. Eine Geisel, Swenos jüngster Sohn, kniete neben Mac Bethad.

»Steh auf!« Die Stimme des Königs war volltönend und warm. Er erhob sich vom Thron und nahm von einem der Pagen ein mit feinem Blattgold überzogenes Kästchen entgegen.

»Was ist da drin?«, tuschelte es neben Duncan.

»Ich kann es nicht sehen. Warte.«

Es dauerte nicht lange, bis die Antwort durch die Reihen lief. »Edelsteine und Goldmünzen«, zischte ein Knappe zwei Reihen vor Duncan. »Und Perlen.«

Einige der Ritter warfen den jungen Männern tadelnde Blicke zu, woraufhin das Geflüster verstummte.

»Ein Zeichen meiner Dankbarkeit«, hörte Duncan den König sagen.

Er stellte sich auf die Zehenspitzen, um besser sehen zu können. Mac Bethad nahm den Lohn mit beiden Händen entgegen und murmelte etwas, das Duncan nicht verstand. Dann trat der König zurück und zog ein Schwert aus einer kostbar gearbeiteten Scheide. Einen Augenblick lang wog er die Waffe in den Händen, bevor er sie mit einer feierlichen Geste an Mac Bethads Gürtel befestigte. Als die Zeremonie zu Ende war, wandte sich der König den Versammelten zu.

»Da Cawdor noch heute hingerichtet wird, verliert das Land einen Than.« Er hielt einen Moment inne, um die Worte wirken zu lassen, und ließ seinen Blick über die erschöpften Mienen schweifen. »Aber dieser Verlust ist nicht von Dauer.« Der König sah Mac Bethad an. »Denn *du* bist der neue Than von Cawdor!«

Duncan war sich nicht sicher, doch er hatte den Eindruck, dass sein Herr blass geworden sei. Hastig senkte der neue Than von Cador den Kopf. Er schien sprachlos zu sein. Genau wie Duncan, der spürte, wie Unruhe Besitz von ihm ergriff.

»Das hat er verdient!«, rief ein graubärtiger Edler, dessen Kleidung ihn als einen Krieger der Insel Skye auswies.

»Gottes Segen!«, wünschten einige andere Männer.

«Mac Bethad, Than von Cawdor!« Es war wie ein Schlachtruf, der sich aus den Reihen der Versammelten erhob. »Mac Bethad, Than von Cawdor!«

»Ich danke Euch, Herr«, presste Mac Bethad mühsam beherrscht hervor. Die hohe Auszeichnung ließ ihn nicht unberührt.

»Du hast große Tapferkeit bewiesen«, erwiderte der König. »Ohne deine Treue und deinen Mut hätten Swenos Horden weiterhin unsere Dörfer verwüstet und unsere Frauen geschändet. Lass uns den Sieg auf deiner Festung in Inverness feiern.«

Mac Bethad starrte den König an, als habe dieser etwas Ungeheuerliches gesagt. Was für eine Ehre, schoss es Duncan durch den Kopf, dem König Gastfreundschaft gewähren zu dürfen!

»Außer dem Sieg über die Nordmänner«, unterbrach der König seine Gedanken, »gibt es einen weiteren Grund zum Feiern.« Er machte eine bedeutungsvolle Pause.

Was meinte er? Duncan trat ungeduldig von einem Fuß auf den anderen. Auch die übrigen Anwesenden hörten gespannt zu.

»Ich habe beschlossen, meinen ältesten Sohn Malcolm zum Herzog von Cumberland und zu meinem Thronerben zu ernennen!«

Duncan entwich ein erstauntes »Oh!« Plötzlich befand er sich wieder auf der schlammigen Heide, viele Meilen vor der Stadt. Hatten nicht die drei unheimlichen Weiber, denen sie auf dem Weg nach Stirling begegnet waren, genau das vorhergesagt?

Wenige Tage nach der Schlacht war er mit Mac Bethad und Banquo, dem Than von Lochaber, der den zweiten Flügel der schottischen Streitmacht befehligt hatte, im Morgengrauen über die Heide geprescht, als sie plötzlich von drei aus dem Nichts auftauchenden Kräuterweibern aufgehalten worden waren. Dicke, undurchdringliche Nebelschleier waren von der Küste her aufgestiegen und die Erscheinung der zahnlosen alten Vetteln hatte Duncan einen eisigen Schauer über den Rücken gejagt. Nur mit halbem Ohr hatte er dem wirren

Gefasel von Thanen und Königen zugehört, da er alle Hände damit zu tun gehabt hatte, seine Stute im Zaum zu halten.

Duncan blinzelte und lenkte seine Aufmerksamkeit zurück auf die Versammlung. War es das Werk des Teufels? Wie sonst konnte es möglich sein, dass die Weissagung der drei Weiber eingetroffen war? Er bekreuzigte sich unauffällig. Waren es Hexen gewesen? Allein bei dem Gedanken wurden ihm die Knie weich. Wie gut, dass er den Alten nicht zu nahe gekommen war! Bevor er sich weiter ausmalen konnte, was alles auf der Heide hätte passieren können, löste der König die Versammlung auf. Von draußen drang der Klang von Trommeln und Dudelsäcken in das Zelt.

Die Hinrichtung wurde vorbereitet.

Da der Andrang auf dem Richtplatz sicherlich gewaltig sein würde, quetschte sich Duncan hastig an den hinter ihm stehenden Männern vorbei ins Freie. An der Richtstätte hatten sich bereits zahlreiche Zuschauer eingefunden. Auf einer hölzernen Plattform war ein aus massiven Stämmen zusammengezimmerter Galgen errichtet worden. Vom gegenüberliegenden Ende des riesigen Platzes näherte sich bereits der gefesselte Cawdor, der von zwei bewaffneten Wächtern rüde vorwärts getrieben wurde. Sein Gesichtsausdruck war erstaunlich gleichgültig – und stolz. So, als wolle er den Anwesenden zeigen, dass er den grauenvollen Tod, der ihn erwartete, nicht fürchtete. Langsam führten ihn die beiden Wachen die Treppen zum Galgen hinauf und legten die grobe Hanfschlinge um seinen Hals. Duncan, der nach einigem Suchen einen Platz in der Mitte des Platzes ergattert hatte, fluchte leise, als sich eine Gruppe hochgewachsener Ritter in sein Blickfeld schob. Er schlängelte sich durch die Menge und kämpfte sich nach vorn, was ihm einige Rippenstöße und einen groben Schlag in die Magengrube einbrachte. Er rieb sich die schmerzenden Stellen und versuchte sein Glück in der Nähe des Küchenzeltes, das nicht weit vom Galgen entfernt dicke Rauchwolken gen Himmel schickte. Dort fand er ein leeres, umgedrehtes Butterfass und kletterte eilig hinauf, um den spannendsten Moment der Hinrichtung nicht zu versäumen. Gerade, als er sich etwas wackelig aufrichtete, öffnete sich die Falltür unter den Füßen des Verurteilten. Mit einem heftigen Ruck zog sich die Schlinge um Cawdors Hals, dann war ein hässliches Knacken zu hören. Der Körper des Toten schwang hin und her, während ein enttäuschtes Raunen durch die Reihen der Zuschauer ging, die sich ein längeres Spektakel erhofft hatten.

Schottland, ein Zelt im Feldlager des Königs, Oktober 1040

Mac Bethad kochte vor Wut. In was für eine teuflische Falle wollten diese falschen Satansweiber ihn locken? Der erste Teil ihrer geheimnisvollen Prophezeiung war mit seiner Ernennung zum Than von Cawdor in Erfüllung gegangen. Doch wie sollte der zweite Teil eintreffen, nun, da König Duncan seinen ältesten Sohn zum Thronfolger ernannt hatte? Hatten sie ihm nicht Ruhm und Königswürde versprochen? Er stöhnte, während er sich zitternd durch das lange, ungekämmte Haar fuhr und den bitteren Bodensatz des dritten Bechers Wein leerte. Banquo hatte ihn eindringlich vor den Mächten der Finsternis gewarnt; hatte ihn beschworen, der Brut der Hölle kein Gehör zu schenken. Dennoch fühlte er, wie ungezügelter Ehrgeiz Besitz von ihm ergriff. König von Schottland! Doch wie? König Duncan war nicht nur sein Lehnsherr, sondern auch sein Vetter und es war undenkbar, die Ordnung des Staates anzutasten, geschweige denn umzustoßen! Jeder Eingriff in die göttlichen Gesetze würde Chaos und Ruin nach sich ziehen. Doch er konnte die dunklen Sehnsüchte, die ihn erfüllten, nicht unterdrücken. Mit einer energischen Geste schleuderte er den leeren Kelch in eine Ecke des nur schwach erleuchteten Zeltes, rappelte sich schwankend auf und brüllte nach seinem Knappen. Er würde den Burschen losschicken, einen Schreiber aufzutreiben, um einen Brief an seine Gemahlin zu verfassen.

Castle von Cawdor, in der Nähe von Inverness, Oktober 1040

»Willkommen, meine Liebe.« Gruoch küsste ihren Gast überschwänglich auf beide Wangen und trat einen Schritt zurück, ohne jedoch die Hände von Morven, der Gemahlin des Thans von Fife, loszulassen. Anders als Gwynn schien sie nicht in dem eisigen Nordwind zu frösteln, der selbst die dickste Wolle durchdrang. Morven erwiderte die Umarmung und sah sich im Hof um.

»Wie war die Reise?«, wollte Gruoch wissen.

»Lang«, seufzte die Besucherin.

Wegen der heftigen Herbststürme, die mit gewaltiger Kraft über das Hochland fegten, war die kleine Abordnung auf ihrem Rückweg zu dem etwa vierzig Meilen östlich gelegenen Landsitz des Thans zwei Tage später als geplant angekommen.

»War Euer Marktbesuch erfolgreich?«

Morven nickte. Sie strich liebevoll über den Schopf ihres etwa sechsjährigen Sohnes, der mit leuchtenden Augen neben ihr stand und die Gastgeberin mit unverhohlener Neugier musterte.

Gwynn ließ den Blick von Gruoch zu Morven und zurück wandern. Der Unterschied zwischen den beiden Edelfrauen hätte kaum größer sein können. Während ihre Herrin ein mit silberner Stickerei verziertes smaragdfarbenes Gewand angelegt hatte, das ihr blondes Haar und die grünen Augen betonte, sah man der anderen, kleineren Frau an, dass sie fünf Kinder ausgetragen hatte. Die von einem Netzwerk feiner Fältchen durchzogene Haut war sonnengebräunt, der Saum des groben braunen Reiseumhangs schlammverspritzt. Ihre beiden Begleiter, zwei Töchter und der halbwüchsige Knabe, wirkten erschöpft.

»Du willst gewiss den Reisestaub abwaschen«, sagte Gruoch mit einem Lächeln.

»Sehr gern«, seufzte Morven. »Ich bin vollkommen durchgefroren.«

»Gwynn, geh mit und sorge dafür, dass es unseren Gästen an nichts fehlt«, trug Gruoch der jungen Frau auf. Folgsam führte Gwynn die Besucher in den Wohnturm und die Treppen hinauf in die Kammern, die sie mit Màiri hergerichtet hatte. Dann kniete sie sich vor die Feuerstelle und entfachte die Glut.

Die Wärme des knisternden Feuers war eine Wohltat. Morven strahlte, als sie sich in einen mit Schaffellen ausgeschlagenen Sessel sinken ließ, um endlich die Füße von sich strecken zu können. Früher hatten ihr die Ausflüge nach Inverness nicht so zugesetzt.

»Ich danke dir, mein Kind.« Sie schenkte Gwynn ein erschöpftes Lächeln und machte sich daran, die schweren Schuhe abzustreifen.

»Das Abendessen wird in etwa einer Stunde aufgetragen«, ließ das Mädchen sie wissen, während es einen Kessel mit Wasser auf das Gitter über den Flammen hievte.

»Stell die Kisten dorthin«, wies sie den Knecht an, der Morvens Reisetruhen die steilen Treppen hinaufgeschleppt hatte. Sie deutete auf eine Stelle neben dem Bett. Sobald der

Mann getan hatte wie ihm geheißen, nickte sie Morven zu und zog behutsam die schwere Tür hinter sich zu.

Sobald diese ins Schloss gefallen war, stand Morven vorsichtig auf, ihre Füße schmerzten. Sie schob den schweren Eisenriegel vor, befreite sich aus ihrem Gewand und wusch sich mit dem warmen, nach Rosenblättern duftenden Wasser. Dann trocknete sie sich ab und öffnete eine ihrer Truhen.

Was sollte sie an diesem Abend tragen? Nach einigem Überlegen entschied sie sich für ein tief ausgeschnittenes mitternachtsblaues Gewand, das von einer silbernen Brosche in Form eines Drachenkopfes zusammengehalten wurde. Anstatt das Haar offen zu tragen wie die aufreizende Herrin des Hauses, flocht sie einen strengen Zopf, der ihre Kinnlinie betonte. Was ihr Gemahl wohl zu Gruochs Aufzug sagen würde? Der Gedanke an ihn zauberte ein Lächeln auf ihr Gesicht. Selbst nach über zwanzig Jahren verehrte sie ihn immer noch wie an dem Tag, an dem sie mit ihm vor den Altar getreten war.

Ob er noch am Leben war? Wenn doch nur die Ängste sie nicht mehr verfolgen würden! Sie strich sich mit der Fingerkuppe die Augenbrauen glatt. Es war Zeit, in die Halle hinunter zu gehen. Ihr Magen knurrte und sie freute sich auf ein wenig Ablenkung. Nachdem sie sich ein letztes Mal die Hände an den Flammen gewärmt hatte, verließ sie die Kammer, um nach ihren Kindern zu sehen. Diese würden in der Kammer direkt neben der ihren zu dritt in einem Bett schlafen; wie zu Hause auf der Festung in Fife. Trotz der Anstrengungen der vergangenen Tage wirkten die beiden Töchter in ihren bunt bestickten Hemdkleidern jugendlich und frisch. Nur Gawain war noch genauso zerzaust und aufgeregt wie bei ihrer Ankunft. Mit einem missfälligen Stirnrunzeln quittierte Morven seine Erscheinung, verkniff sich jedoch die Schelte.

»Es wird Zeit. Kommt«, sagte sie. Gehorsam folgten ihr die Kinder auf den Gang hinaus, der in einen breiten Treppenabsatz mündete. Zu beiden Seiten des Korridors bedeckten kostbare Behänge die Wände, die im Licht der Fackeln leuchteten. Der Geruch von feuchtem Stein hing in der Luft, vermischte sich jedoch nach wenigen Schritten mit dem Duft von Gebratenem. Als sie die breite Treppe erreichten, vernahmen sie gedämpftes Stimmengewirr aus der großen Halle.

Ein Feuer praselte und mehrere Dutzend Fackeln erleuchteten den Raum. Gruoch eilte den Eintretenden mit ausgebreiteten Armen entgegen. Nachdem die Kinder von einem Bediensteten an einen Tisch am Fuß der langen Tafel geführt worden waren, bot sie dem Gast den Arm und steuerte auf das andere Ende der Halle zu.

»Wie stehen die Dinge bei dir?«, erkundigte sich die Herrin des Hauses höflich, während sie mit Adleraugen den Bewegungen der Bediensteten folgte, die die köstlich duftenden Speisen auftrugen. Große Platten mit dampfenden Stücken von Fasan und Hase zogen die Blicke der hungrigen Reisenden auf sich. Haggis, gefüllter Schafsmagen, und frisches Brot ergänzten das Angebot. Trotz der Schwierigkeit, zu dieser Jahreszeit Gemüse aufzutreiben, war es der Köchin gelungen, Karotten, Kohlköpfe und fetten Hammel in einen köstlich schmeckenden Eintopf zu verwandeln, dessen Geschmack mit getrockneten Gartenkräutern abgerundet war. Zu diesen Köstlichkeiten wurden lauwarmer Met, Ale und heißer Gewürzwein gereicht.

»Man muss diesen Bastarden die Haut abziehen wie räudigen Hunden«, zischte Gruoch, nachdem ihr Morven einen Zwischenfall mit einem ihrer Leibeigenen geschildert hatte. Schockiert über die heftige Reaktion, führte Morven rasch eine Gabel Fasanenbrust zum Mund, um auf den Ausbruch nichts erwidern zu müssen. Bevor sie jedoch in die Verlegenheit kam, das heikle Gesprächsthema abzuwenden, flog die schwere Tür der Halle auf und ein Krieger in nassen und schmutzigen Kleidern stürmte herein. Seine Füße, die in schweren, gepanzerten Stiefeln steckten, hinterließen hässliche Schmutzflecken auf dem hellen Steinboden, als er sich der Herrin näherte, deren Farben er trug.

»Herrin«, grüßte er knapp, nachdem er sich vor ihr verneigt hatte. »Ich habe einen Brief von Eurem Gemahl.«

Kapitel 4

Castle von Cawdor, in der Nähe von Inverness, Oktober 1040

Nach dem schrecklichen Sturm, der in der Nacht gewütet und vielen Burgbewohnern den Schlaf geraubt hatte, war der Himmel über dem Hochland wieder blau und klar. Morven bestieg ihren Wallach, vorsichtig darauf bedacht, ihr neues Reisegewand nicht zu beschmutzen. Nachdem Gruoch ihr beim Frühstück mitgeteilt hatte, dass der König mit seinem Gefolge auf dem Weg nach Inverness war, hatte sie beschlossen, sofort aufzubrechen, um ihre Festung für die Ankunft ihres Gemahls vorzubereiten.

»Leb wohl, meine Liebe«, verabschiedete sie sich von Gruoch, die in die kühle Morgenluft hinausgetreten war.

Mit den dunklen Schatten unter den Augen und der leicht gerunzelten Stirn wirkte sie nervös und rastlos. Doch wer wäre das nicht, wenn der König seinen Besuch angesagt hätte?

»Dir wird große Ehre zuteil. Gott sei mit dir«, sagte Morven, bevor sie sich im Sattel umwandte und ihrem Pferd die Sporen gab.

Wie Recht du hast, dachte Gruoch mit einem kühlen Lächeln. Wenn du wüsstest, wie Recht du hast. Sie hatte es kaum erwarten können, Morven endlich wieder los zu werden.

Kaum war der kleine Zug der Reisenden über die Zugbrücke verschwunden, eilte Gruoch ins Hauptgebäude, um die nötigen Anweisungen zu erteilen. Weitere Kammern mussten vorbereitet und geschmückt, die Ställe für die Schlachtrösser ausgefegt und zusätzliche Säcke mit Hafer und Gerste herangekarrt werden. Nachdem alle Aufgaben verteilt waren, neigte sich der Vormittag dem Ende zu und die Schlossherrin zog sich in ihr Gemach zurück. Es galt, ein passendes Gewand für den feierlichen Anlass auszuwählen. Am Abend des folgenden Tages würde es soweit sein. Sie musste Gastfreundschaft und Ergebenheit ausstrahlen, nur so konnte der dunkle Plan, den sie sich überlegt hatte, gelingen. Gerade als sie ein kirschrotes Leinengewand zuschnüren wollte, das ihr am geeignetsten erschien, wurde die Tür zu ihrem Gemach aufgestoßen und ihr Gemahl kam hereingestürmt. Mit einem Fußtritt schloss er die Tür und sah sie leidenschaftlich an. Grußlos kam er auf sie zu. Immer noch trunken von Macht und seinem Sieg über die Nordmänner. Als er vor stand, packte er Gruoch hart an den Oberarmen und küsste sie ungestüm. Es war ein hungriger, brutaler Kuss, den sie erwiderte und der sie mit glühender Erregung erfüllte.

Als sich seine rauen Hände jedoch in ihren Ausschnitt stahlen und grob die prallen Brüste umfassten, ließ sie von ihm ab und befreite sich sanft, aber nachdrücklich, aus seinem Griff.

»Wir müssen reden!«

Es fiel ihm schwer, seine aufsteigende Wut und Lust zu zügeln, doch auch er wusste, dass es Dinge zu besprechen gab. Hastig wandte er den Blick von Gruochs Blöße ab und schluckte. Sicherlich, er hatte während des langen Feldzuges billige Lagerhuren gehabt, aber ihre Unterwürfigkeit und Passivität hatte ihn nur umso schmerzlicher an die leidenschaftlichen Liebeskämpfe erinnert, die er mit seiner Gemahlin ausfocht.

»Ich habe deinen Brief erhalten«, drang ihre Stimme in sein Bewusstsein und er war sich ihrer kalten Hand, die auf seinem Arm ruhte, merkwürdig bewusst. »Warum die Dinge nicht ein wenig beschleunigen?«, fragte sie ruhig, während sich ihre grünen Augen in die seinen bohrten.

Duncan fühlte sich wie gerädert. Die ganze Nacht war er mit Mac Bethad und den anderen Männern seines Gefolges durch den peitschenden Regen geritten. Nur einmal hatte der Zug angehalten, um sich ein hastiges Mahl zwischen die Zähne zu stopfen. Alles, was er jetzt wollte, war schlafen. Stöhnend schleppte er seine müden und geschundenen Knochen über den weitläufigen Innenhof in Richtung Stallungen, über denen er sich mit den anderen Knappen das Lager teilte. Kurz bevor sie Stirling verlassen hatten, hatte er ein kurzes Gespräch mit seinem Vater geführt und während des langen Rittes hatte er versucht, die wortkarge Begegnung zu verdrängen. Als er humpelnd über den grob gepflasterten Hof stolperte, fiel sein Blick auf ein rothaariges Mädchen, das zusammen mit einer anderen jungen Frau dicke Wolldecken ausklopfte. Sie war wunderschön. Jedesmal, wenn der kurze Stock auf die Decke traf und dicke Staubwolken aufstiegen, rümpfte sie das zierliche Näschen und sprang anmutig einen Schritt zurück, wobei die widerspenstigen Locken an ihren Schläfen auf und ab wippten. Obwohl er todmüde war, zog es ihn magisch zurück zu dem Platz, auf dem die beiden zugange waren. Als sie ihn kommen sahen, hielten sie inne, warfen sich einen Blick zu und kicherten leise.

»Ich bin Duncan«, stellte er sich vor und musterte die beiden neugierig, während sie hastig Schmutz und Staub aus den Röcken klopften. »Ich bin gerade vom Feldzug zurückgekehrt.« Kaum hatten die Worte seinen Mund verlassen, hätte er sich am liebsten die Zunge abgebissen. Wie großspurig das klingen musste. Doch er wollte Eindruck auf die blasse, schlanke Schönheit machen, die errötet war.

Deren nicht minder hübsche Freundin gab spöttelnd zurück: »Ich bin Màiri und das ist Gwynn. Wir haben nur darauf gewartet, dass ihr Männer endlich wiederkommt.«

Nun war er an der Reihe, zu erröten, denn offensichtlich nahm sie ihn auf den Arm. »Es tut mir leid. Ich wollte nicht eingebildet klingen«, stammelte er und machte Anstalten, sie allein zu lassen. Gwynn, die bis dahin wie gebannt ihre Zehenspitzen betrachtet hatte, hob plötzlich den Kopf und strahlte ihn an – was seinen Herzschlag um einiges beschleunigte. Die wundervollen dunkelgrünen Augen mit den geschwungenen Wimpern schienen direkt auf den Grund seiner Seele zu blicken und seine geheimsten Ängste und Hoffnungen zu lesen.

»Du siehst hungrig aus«, bemerkte sie nach einem langen Augenblick des Schweigens. »Hast du schon etwas gegessen?« Beinahe hätte sie gesagt, dass er deutlich dünner sei als noch vor dreizehn Monaten, als die Männer die Festung verlassen hatten. Allerdings hätte sie damit ihre Gefühle für ihn preisgegeben. Sie hätte sich ohnehin am liebsten geohrfeigt, weil sie rot angelaufen war. Was für eine Gans sie doch war!

»Nein, wir sind gerade erst eingetroffen.« Er seufzte sehnsüchtig, als er an all die Köstlichkeiten dachte, die bei dem bevorstehenden Bankett aufgetragen werden würden. In den vergangenen Wochen hatte die Verpflegung zu wünschen übrig gelassen, denn der meiste Proviant war aufgebraucht.

»Ich hole etwas Brot und eine Schale Suppe«, erbot sich Gwynn lächelnd und bevor er ablehnen konnte, raffte sie die langen Röcke und eilte in Richtung Küche davon.

Als sie zurückkam, war Màiri mit den Decken verschwunden und von Duncan war keine Spur zu sehen. Ärgerlich runzelte sie die Stirn und wollte gerade kehrtmachen, als sie seinen blonden Schopf zwischen zwei Strohballen hervorlugen sah. Auf leisen Sohlen näherte sie sich dem Schnarchenden und blickte schmunzelnd auf ihn hinunter. Er war mit offenem Mund eingeschlafen und die langen Beine waren in einem unmöglichen Winkel unter seinem Körper verdreht. Lächelnd ging sie neben ihm in die Hocke, um das Essen abzustellen, als ihr Blick auf eine hässliche Wunde an seinem rechten Unterarm fiel. Die Ränder waren rot und entzündet. Wahrscheinlich hatte ihn ein feindlicher Angreifer verletzt. Behutsam nahm sie sein Handgelenk und drehte den Arm ein wenig, um einen besseren Blick auf den Schnitt werfen zu können, ließ ihn aber sofort wieder los, als Duncan stöhnte und im Schlaf murmelte. Sie würde Salbe holen! Mit fliegender Hast erklomm sie die unzähligen Stufen zu einem der runden Ecktürme, in dem sie eine winzige Kammer bewohnte, und kramte einen kleinen Tiegel aus ihrer Truhe. Die Kunst, heilende Tränke und Mixturen aus den Kräutern des Hochlandes zuzubereiten, hatte sie schon früh von ihrer Großmutter gelernt. Sie vermutete, dass Gruoch sich bisher noch nicht an ihr vergriffen hatte, weil es ihr im Fühjahr gelungen war, Birks fiebrige Durchfallkrämpfe in den Griff zu bekommen.

Als sie mit glühenden Wangen wieder den Platz vor den Stallungen erreichte, saß Duncan auf einem der Ballen und stopfte gierig das weiche Brot in sich hinein. »Entschuldige«, nuschelte er. »Ich glaube, ich bin eingenickt.«

Gwynn nickte grinsend und wies auf die Wunde. »Lass mich das versorgen.« Bevor er widersprechen konnte, hob sie warnend den Zeigefinger und bestrich die Leinenbandage mit Salbe.

Als Duncan versorgt war und sich verlegen von ihr verabschiedet hatte, kehrte Gwynn zum Haupthaus zurück und tauchte in das dämmrige Licht der Eingangshalle ein, in der sie um ein Haar mit Màiri zusammengeprallt wäre. »Wo warst du?«, fragte sie vorwurfsvoll, worauf ihr die Freundin verschmitzt zuzwinkerte.

»Ich dachte mir, ihr beiden wollt ein wenig allein sein«, versetzte sie breit grinsend, woraufhin Gwynn empört die kleinen Fäuste in die Hüften stemmte.

»Ach?«

Màiri war mit ihren vierzehn Jahren ein Jahr älter als sie selbst und im vergangenen Sommer war Gwynn über sie und einen der jungen Ritter gestolpert, als sie auf der Heide Kräuter gesammelt hatte. »Ich finde ihn sehr nett«, verteidigte sich diese und knuffte ihre Freundin, als diese schallend lachte. Was Màiri nur immer dachte.

Castle von Cawdor, in der Nähe von Inverness, Oktober 1040

Nachdem er das Gemach seiner Gemahlin verlassen hatte, wirbelten die Gedanken wild in Mac Bethads Kopf. Gedankenverloren war er den Gang entlanggelaufen. Nun stand er in seiner eigenen Kammer vor dem handlich kleinen Bronzespiegel, der auf drei kurzen Beinen ruhte, und schnitt sich den unordentlichen Bart, den er während des langen Feldzuges hatte verfilzen lassen. Für solche Nebensächlichkeiten war keine Zeit geblieben. Während er die scharfen Klingen der zierlich gearbeiteten Schere zusammenführte, betrachtete er nachdenklich sein Gesicht. Waren dies die Züge eines Verräters? Die scharfen Gesichtszüge wirkten ausgezehrt, strahlten aber dennoch Willenskraft und Stärke aus, obwohl die eisgrauen Augen, die sonst Tatendrang und Entschlussfreudigkeit widerspiegelten, von Zweifel und Selbsthass getrübt waren. Weshalb gelang es ihm nicht, seine Gemahlin in die Schranken zu weisen? Er konnte Schlachten gewinnen, ganze Armeen aufreiben, aber seine schöne Gattin konnte ihn um den Finger wickeln, als sei er nichts weiter als ein liebeskranker Jüngling. Ein Schauer lief durch seinen übermüdeten Körper und er musste alle Konzentration aufbringen, um sich nicht zu verletzen. Manchmal fürchtete er sich vor der Frau, die ihm immer noch so fremd war wie am ersten Tag ihrer Ehe. Wenn er mit ihr das Bett teilte, war er häufig mitten in der Nacht aufgewacht. Dann stand sie am Fenster und starrte den Mond an. Mit einem Blick, der ihm das Herz in der Brust gefrieren ließ. Während dieser Momente der Entrückung reagierte sie nicht und beteuerte am folgenden Morgen, sich an nichts erinnern zu können.

Qualvoller Zweifel nagte an Mac Bethad. Nachdem er sich mit eiskaltem Wasser Oberkörper und Gesicht gewaschen hatte, trat er, immer noch tropfend, an seinen Bettkasten und warf sich ein Hemd über. Mit einer energischen Geste zog er den Gürtel um den schweren Kilt enger und verließ die Kammer.

Scheinbar ruhig und gefasst fand er seine Gemahlin vor ihrem Webstuhl vor. Wie konnte sie nur so kalt sein? Als er die niedrige Tür hinter sich ins Schloss drückte, legte sie wortlos und mit geübten Bewegungen ihr Werkzeug beiseite und erhob sich, um ihn mit ausdruckslosen Augen anzublicken.

»Was du vorhast, ist Wahnsinn«, stieß er hervor. »Ich kann das nicht tun.« Verzweifelt versuchte er, seiner Stimme einen Ton zu verleihen, der keinen Widerspruch duldete, doch er merkte, wie unbeholfen die Worte klangen. Sie antwortete nicht und sah ihn mit ihren tiefgrünen Augen, in denen ein unheimliches Leuchten lag, an. »Es verstößt gegen alle Gebote Gottes und der Natur«, fuhr er fort und ließ sich auf ihr Bett fallen. »Unsere Linie wäre verflucht bis ans Ende der Tage.« Verzweifelt schlug er die Hände vors Gesicht und rang einen langen Moment um Fassung.

»Fürchtest du dich vor dem, was du am meisten begehrst?«, drang plötzlich die tiefe Stimme seiner Gemahlin an sein Ohr. Sie war neben ihn getreten und hatte sanft die Hände auf seine bebenden Schultern gelegt, während sich ihr weicher Busen an seine Stirn presste. »Warum hast du mir dann überhaupt von der Prophezeiung erzählt?«, fragte sie herausfordernd. Als er nicht antwortete, wandte sie sich verstimmt von ihm ab und trat an die kleine Fensteröffnung. »Ich würde das Kind, das ich an meinem Busen gesäugt habe, töten, um ein solches Ziel zu erreichen!«, stieß sie plötzlich wild hervor. Ihr Gesicht wurde von den tanzenden Flammen erhellt, als sie herumfuhr und mit einem harten Zug um den schönen Mund wieder auf ihn zutrat.

Mac Bethad erhob sich langsam. »Aber was ist, wenn wir scheitern?«, wandte er schließlich tonlos ein. »Was, wenn wir scheitern?« Es war nur noch ein Flüstern.

»Wir werden nicht scheitern!«, zischte sie in sein Ohr und fuhr mit der Zunge die Konturen seiner glühenden Ohrmuschel nach. »Sorge dich nicht.« Mit geschmeidigen Fingern löste sie die Schnüre, die ihr Gewand zusammenhielten und ließ es raschelnd zu Boden gleiten, während sie ihm sanft in den Schritt fasste. »Komm zu Bett.« Graziös stieg sie aus dem Kleid, das um ihre Knöchel lag, und kniete vor Mac Bethad nieder, um ihm den Gürtel zu lösen.

Kapitel 5

Castle von Cawdor, in der Nähe von Inverness, Oktober 1040

Der folgende Tag verlief friedlich und ereignislos. Duncan hatte wie ein Toter geschlafen. Die schmerzhafte Wunde an seinem Arm pochte nicht mehr, sodass er sich erholt und ausgeruht aus den Decken geschält hatte, kaum dass der erste Sonnenstrahl durch die windschiefen Holzläden des Stallgebäudes gefallen war. Er hatte etwas gebraucht, um zu begreifen, dass der Schrecken der vergangenen Wochen hinter ihm lag, und dass das leise Schnarchen, das an sein Ohr drang, von einem der anderen Knappen kam, der die staubige Kammer mit ihm und den anderen Burschen teilte. Er brachte widerwillig eine Katzenwäsche mit eiskaltem Wasser hinter sich und verschlang hastig ein Frühstück. Jetzt war er damit beschäftigt, Mac Bethads Waffen und Rüstung von den Spuren der Schlacht zu befreien.

Um die wunderbare Wärme des strahlenden Oktobertages auszunutzen, hatte er sich ein windgeschütztes Plätzchen im weitläufigen Hof gesucht, wo er sich auf einen Strohballen niedergelassen hatte, um Mac Bethads Kettenhemd auszubessern. Wann wohl seine Freunde mit dem Tross des Königs eintreffen würden? Sehnsüchtig dachte er an die unbeschwerte Heiterkeit, die Wulf, der jüngste seiner Kameraden, verbreitete. Wie sehr er sich wünschte, die Last, die auf seiner Seele lag, mit jemandem zu teilen. Er wollte die schrecklichen Bilder, die ihn seit dem verhängnisvollen Tag verfolgten, vergessen oder wenigstens verdrängen.

»Autsch!« Abgelenkt von den düsteren Gedanken hatte er einen Augenblick die nötige Achtsamkeit missen lassen und sich mit dem zierlichen Metallwerkzeug, mit dem er die schadhaften Glieder des Kettenhemdes ersetzte, in den Finger gestochen. Mit vor Anstrengung brennenden Augen legte er den Panzer nieder und leckte den Blutstropen von seinem Daumen.

Während er versuchte, die Blutung zu stillen, wurde sein Blick von einem stiernackigen Mann angezogen, der hinter dem niedrigen Küchengebäude Hühner schlachtete. Eine Reihe gehäuteter und ausgenommener Hasen und Hirschkühe hing bereits zum Ausbluten mit dem Kopf nach unten an Eisenhaken. Gerade als Duncan ein kopfloses Huhn dabei beobachtete, wie es in einem grotesken Totentanz um den Block des Schlachters torkelte, erreichte ein quietschender Karren, in dem mehrere Schweine zusammengepfercht waren, den

Hof. Freudig erregt verfolgte er, wie der in schmutziges Waidblau gekleidete Bauernbursche die Tür des Lattenverschlages öffnete, um das protestierende Borstenvieh mit einem Prügel Richtung Küchenhof zu treiben. Offensichtlich hatte er sich den richtigen Platz ausgesucht, um das grausame Schauspiel mit anzusehen. Begeistert grunzend vergruben die prallbäuchigen Tiere ihre auf und ab zuckenden Rüssel in der Blutlache, die unter den geschlachteten Tieren zusammengelaufen war. Der Metzger brüllte etwas in die Küche. Einige Zeit später erschien der Steward mit einem kleinen Tuchbeutelchen, das er mit gezierten Bewegungen aufschnürte, um dem Unfreien ein halbes Dutzend Bronzemünzen in die schwielige Handfläche zu zählen. Zufrieden nahm der Bauer den Knüppel wieder auf, ging zu seinem Karren zurück und gab dem Ochsen die Peitsche.

In der Zwischenzeit hatte der Metzger alle Hühner geschlachtet und in einen alten Weidenkorb gelegt, den ein Küchengehilfe eilig zum Rupfen in die Küche schaffte. Daraufhin verschwand der Mann in einem der alten Schuppen, die sich an die Seitenwände der Stallungen schmiegten, um wenig später, mit einem großen Holzzuber kämpfend, wieder aufzutauchen. Als er den Bottich schnaufend abgesetzt und sich die Stirn gewischt hatte, stieß er einen gellenden Pfiff aus und drei kräftige Knechte kamen aus dem Haus. Nach einem kurzen Wortwechsel ergriff einer der Burschen eine Hand voll Stricke, um sie den immer noch frei umherlaufenden Säuen um die Hälse zu legen und das lange Ende an stabilen Wandhaken zu befestigen. Dann ergriffen die beiden anderen das Schwein, das ihnen am nächsten war, warfen es unter seinem quiekenden Protest auf den Rücken und banden die wild strampelnden Beine zusammen. Die schrillen Angstschreie desTieres klangen beinahe menschlich. Kaum waren die Knoten festgezurrt, hoben die beiden Männer die Sau mit einem Ruck vom Boden hoch und warfen sie grob in den Holzbottich. Der Rest war Sache des Metzgers, der gerade mit einem in der Sonne blitzenden Schlachtermesser aus der Küche kam. Ohne mit der Wimpert zu zucken, legte er dem Schwein einen seiner muskulösen Arme um den Hals, zwang seinen Kopf zurück und schnitt ihm mit einer kraftvollen Bewegung die Kehle durch. Ein gewaltiger Blutstrahl schoss aus der Wunde. Um sicher zu gehen, dass der kostbare Saft nicht verlorenging, sondern im Bottich aufgefangen wurde, drehte er das Schwein ein wenig. Dann setzte er erneut die Klinge an und schnitt die fette Schwarte des Bauches auf.

Mit einem satten Schmatzen klaffte die tiefe Wunde auf und gab den Blick auf die Eingeweide frei. Schaudernd wandte sich Duncan ab, als unvermittelt bittere Übelkeit in ihm aufstieg. Was war nur heute mit ihm los? Als Kind hatte er ganze Nachmittage damit verbracht, den Männern dabei zuzusehen, wie sie bis zu den Ellenbogen in den Bäuchen der Schlachttiere herumgewühlt hatten; doch jetzt erinnerte ihn der Anblick der toten Sau an die verstümmelten Leiber, über die er im Schlachtgetümmel gestolpert war. Er verdrängte den Würgereiz, nahm das Kettenhemd und floh auf die Rückseite des Stallgebäudes, wo er in aller Ruhe seine Arbeit zu Ende brachte.

In der Zwischenzeit hatten auch die anderen Schweine ein erschrockenes Quiekkonzert angestimmt – als würden sie ahnen, was ihnen bevorstand. Duncan hatte Schwierigkeiten, sich auf die Arbeit zu konzentrieren. Nach weiteren drei Stunden sorgfältigen Ausbesserns legte er das nun makel- und lückenlos funkelnde Kettenhemd mit einem Seufzer der Erleichterung beiseite, sammelte die winzigen Werkzeuge ein, verstaute alles in einem rindsledernen Beutelchen und schaffte es zurück in die Waffenkammer. Just als er aus dem kühlen Gebäude treten wollte, sah er durch eines der vergitterten Fenster eine Frauengestalt, die gerade die Burg durch eines der Tore neben der Zugbrücke verließ. Hastig rannte er in den sonnendurchfluteten Hof hinaus, hob die Hand an die Stirn, um sich gegen das grelle Licht zu schützen und kniff die Augen zusammen.

»Gwynn!«, rief er, als er sicher sein konnte, dass es das Gesicht des rot gelockten Mädchens war, das sich unter dem dunkelgrauen Kapuzenmantel versteckte. Er begann zu laufen. »Gwynn!« Atemlos keuchend holte er sie nur wenige Schritte hinter der Zugbrücke ein und blieb, ohne auf die tadelnden Blicke zu achten, die der Torwächter ihm hinterherschickte, prustend vor ihr stehen.

Verwundert hatte sie sich beim Klang seiner Stimme umgewandt und ein freudiges Lächeln stahl sich auf ihr ernstes Gesicht, als sie ihn erkannte.

»Duncan!«, sagte sie. »Wie geht es deinem Arm?«

Ihre grünen Augen waren zu dem ehemals weißen Verband gewandert, der im Laufe des Tages erheblich gelitten hatte, doch Duncan winkte gleichgültig ab.

»Es tut nicht mehr weh.«

Erst jetzt bemerkte er den kleinen Korb, den sie sich umgehängt hatte. Besorgnis klang in seiner Stimme mit, als er fragte: »Gehst du alleine auf den Markt?«

In dem kleinen Dorf am Fuße der Burg fand jeden Samstag ein Markt statt, auf dem sowohl die freien als auch die unfreien Bauern der Grafschaft ihre Erzeugnisse feilboten.

»Nein.« Sie schüttelte den Kopf. »Ich bin auf dem Weg zum Cross Hill, um frische Kräuter zu sammeln.«

»Ich komme mit!«, platzte er heraus und bevor sie etwas einwenden konnte, setzte er ernst hinzu. »Es ist gefährlich für ein Mädchen.«

Gwynn runzelte die Stirn, nickte jedoch zustimmend und nahm den Arm an, den er ihr bot. *Cross Hill* lag etwa zwei Meilen westlich der Burg und das uralte, moosbewachsene keltische Kreuz, dem der Ort seinen Namen verdankte, hob sich dunkel und unheimlich vom hellen Nachmittagshimmel ab. Als sie schließlich nach einem anstrengenden Marsch über die unebene Heide den länglichen Hügel erreichten, gab Gwynn Duncan Anweisungen, welche Pflanzen er für sie sammeln sollte und begann mit sorgfältig gerafften Röcken, den steilen Abhang zu erklimmen.

Gehorsam machte Duncan sich daran, dicke Büschel des lilafarbenen Heidekrauts zu pflücken. Als er einen weiteren Armvoll in den flachen Weidenkorb legen wollte, den sie am Fuß des verwitterten Kreuzes platziert hatte, bemerkte er, wie sie auf einen der schlüpfrigen Felsen kletterte, um die saftigen Früchte eines krüppeligen Schlehenbuschs abzustreifen. Was um alles in der Welt dachte sie sich dabei? Ohne weiter nachzudenken, ließ er die duftenden Stängel fallen, öffnete den Mund, wollte sie warnen und kam gerade rechtzeitig, um die Verwunderung in ihrem Gesicht zu sehen, als sie ausglitt und mit einem erstickten Schrei den Halt verlor. Sie ruderte wild mit den Armen um das verlorene Gleichgewicht, doch es war zu spät; die dunkelblauen Beeren kullerten ihr aus der Hand und sie stürzte kopfüber von dem etwa zehn Fuß hohen Stein. Ohne Zweifel hätte sie sich ernsthaft verletzt, wenn Duncan nicht zur Stelle gewesen wäre, um ihren leichten Körper aufzufangen. Die Wucht des Aufpralls warf den Knaben jedoch zu Boden und die beiden purzelten kreischend den Abhang hinab, bevor sie prustend und schnaufend am Fuß des Hügels ankamen.

»Bist du verrückt? Du hättest dir alle Knochen brechen können!« Er schüttelte unwillig den Kopf. »Ich dachte, du bräuchtest Hagebutte und Heidekraut.« Triumphierend hob sie die Hand – die geknickten Überreste eines dick bewachsenen Schlehenzweige kamen zum Vorschein – und rief lachend: »Ich musste einfach dort hinauf! Solche prächtigen Beeren sind selten.«

Duncan schüttelte erneut den Kopf, doch sein Unwille verflog genauso schnell, wie er gekommen war, denn die Wärme ihres Körpers breitete sich auf der nackten Haut seiner Beine aus. Sie lag halb auf ihm und jetzt, da die unmittelbare Gefahr gebannt war, verließ ihn seine Agst um sie und heißes Verlangen schoss durch seine Adern. Hastig glitt er zur Seite, damit sie seine Erregung nicht erschreckte, doch plötzlich veränderte sich ihr Gesichtsausdruck. Sie blinzelte ihn verwirrt an, als würde ihr erst in diesem Moment bewusst, in was für einer Situation sie sich befanden, und ihre Wangen verfärbten sich rot. Einige lähmende Atemzüge lang geschah gar nichts, doch dann, als sie vorsichtig ein Bein von seinem hob und Anstalten machte, sich aufzurappeln, ergriff Duncan ihre Handgelenke und hielt sie zurück.

»Nicht«, flehte er leise und suchte ihre angsterfüllten Augen. »Ich werde dir nicht wehtun. Niemals. Das verspreche ich.«

Ihr Körper hatte sich vor lauter Furcht versteift und ihm fiel nichts anderes ein, als sie sanft auf die leicht geöffneten Lippen zu küssen. Nur einen kurzen Augenblick, dann blickte er erneut in ihre tiefgrünen Augen und sah, wie ihre Furcht langsam einer anderen Empfindung wich.

Der zweite Kuss war länger und mutiger. Duncan tastete vorsichtig mit seiner Zunge nach der ihren und nach anfänglichem Zögern spürte er, wie sich ihre Lippen verhalten auf den seinen bewegten. Er musste ihren Körper spüren! Von einem beinahe schmerzhaften Verlangen getrieben, ließ er die schlanken Handgelenke los, wanderte an ihrem flachen Bauch hinauf zu den Brüsten und berührte die prall geschnürten Rundungen so sanft er konnte. Mit einem scharfen Zischen zog sie die Luft durch die Zähne. Etwas mutiger, streichelte er sie ein wenig fester und begann, sie vorsichtig zu kneten.

»Oh, Duncan«, flüsterte sie. »Nicht.«

Duncan schmeckte den salzigen Schweiß auf ihrer Oberlippe und war sicher, dass sie ebenso erregt war wie er. Seine freie Hand tastete sich an ihrem Rock hinab und er wollte ihn hochschieben. Die Geschmeidigkeit ihrer Oberschenkel brachte ihn beinahe um den Verstand. Als er in die Nähe ihrer Hinterbacken kam, stieß Gwynn ein gequältes Stöhnen aus.

»Nicht, Duncan«, presste sie hervor, befreite sich von seiner Umarmung und sprang auf. »Wir dürfen nicht«, stammelte sie und strich hastig die Röcke zurück über die Knie. »Es ist nicht richtig.«

Das unbeschreibliche Wonnegefühl, das sie schwindelig machte, erschreckte sie – noch niemals zuvor hatte sie solch reines Vergnügen empfunden.

Mit fahrigen Bewegungen hob sie den mitgenommenen Schlehenzweig auf und lief wie von Dämonen gehetzt zurück den Hügel hinauf, um ihn in ihren Korb zu werfen. Verwirrt und mit offenem Mund blickte Duncan ihr hinterher. Hatte er etwas falsch gemacht? Kopfschüttelnd klopfte er das trockene Gras aus seinem Kilt, sprang auf und eilte ihr hinterher.

»Gwynn?«, fragte er schüchtern. Sie reagierte nicht. »Bist du böse auf mich?«

Sie wirbelte herum und blickte ihn mit vor Tränen schwimmenden Augen an. »Nein«, murmelte sie erstickt. »Ich glaube nur, wir sollten das nicht tun.«

Glaubte sie das wirklich? Ärgerlich verscheuchte er den Gedanken und versuchte, den Schmerz zu ignorieren, der von seiner Lendengegend ausging und wie glühendes Gestein durch seinen Körper lief. Warum zwang er sie nicht einfach, das zu tun, was ihm seine Fantasie einflüsterte? Kaum hatte er das gedacht, schämte er sich; das wäre feige und eines Ehrenmannes nicht würdig. Schließlich wollte er, dass sie es ebenso genoss wie er. »Gut, Gwynn«, seufzte er, hob die Schultern und wandte sich ab, um den Hügel hinabzusteigen. Bevor er jedoch den kleinen Absatz auf halber Höhe erreicht hatte, bemerkte er am Horizont einem sich rasch nähernden Zug dahindonnernder Reiter.

»Der König!«, rief er aufgeregt aus und deutete auf den scheinbar endlosen Wurm gepanzerter Krieger.

Kapitel 6

Castle von Cawdor, in der Nähe von Inverness, Oktober 1040

»Achtung!« Kaum hatte der wachhabende Soldat die Warnung gebrüllt, schlug die mächtige Zugbrücke mit einem ohrenbetäubenden Krachen auf dem harten Boden auf und wirbelte eine beinahe mannshohe Staubwolke auf. Nachdem er seinen scheuenden Kaltbluthengst beruhigt hatte, gab der König ihm die Sporen und ritt, an den ehrfurchtsvoll niedergesunkenen Torwachen vorbei, in den mit den königlichen Farben geschmückten weitläufigen Burghof ein. Unmittelbar hinter Duncan I. trabten seine beiden Söhne, die ebenfalls auf prächtigen Pferden saßen. Da im Inneren der Burg nicht genug Platz für alle Mitglieder des Zugs sein würde, hatte der König den Befehl gegeben, das Hauptlager vor den Toren des Bollwerkes aufzuschlagen und das Geschrei der Männer ließ ihn folgern, dass diese sich bereits um die besten Plätze am Ufer des kleinen Flüsschens stritten. Er war in Hochstimmung. Der lange Ritt durch das inzwischen befriedete Land war friedlich verlaufen und der Respekt, mit dem seine Soldaten dem jungen Prinz Malcolm begegneten, bestätigte den König darin, die richtige Entscheidung getroffen zu haben. Im Gegensatz zu seinem jüngeren Bruder Donalbain, der noch ein halbes Kind war und furchtbar unter den Grausamkeiten gelitten hatte, die er in den vergangenen Monaten hatte mit ansehen müssen, war Malcolm im Verlauf des Krieges zu einem tapferen und furchtlosen Kämpfer gereift, der die Ehre und Verantwortung der Thronfolge wie ein Mann trug.

Kaum waren sie abgesessen und hatten den herbeieilenden Pagen die Zügel zugeworfen, trat ihre Gastgeberin aus der Halle auf sie zu und sank ehrerbietig auf ein Knie.

»Seid willkommen, Herr.«

Mit einer herzlichen Geste ergriff der König ihre Hände und zog sie auf die Füße. »Ich danke dir für all die Mühe«, beschied er herzlich, während sein Blick die bescheiden niedergeschlagenen Augen suchte.

»All unsere Mühe ist nichts, verglichen mit der Ehre, die Ihr uns zuteilwerden lasst«, gab Gruoch zurück und lächelte dem jungen Prinzen zu, der sich steif vor ihr verneigt hatte.

»Wo ist Euer Gemahl?«, erkundigte sich der König schmunzelnd, nachdem er Donalbain eine seiner schweren Pranken auf die Schulter gelegt hatte.

»Ich werde Euch zu ihm bringen«, erbot sich die Herrin der Burg. Nachdem er seinen beiden Söhnen bedeutet hatte, ihn zu begleiten, folgte der König ihr durch die langen Schatten ins Innere des Hauptgebäudes. Die Thanes of Banquo, MacDuff, Rosse und Angus, die nach dem Bankett zu ihren eigenen Festungen zurückkehren würden, schlossen sich der Delegation an und blickten sich neugierig in der geschmückten Eingangshalle um, in der sie von dem jungen Helden der Schlacht empfangen wurden. Mit einer ausladenden Geste lud Mac Bethad die Besucher ein, sich bis zu dem großen Bankett am Abend in ihre Gemächer zurückzuziehen und zu ruhen. Sollte etwas fehlen, würden ihnen Pagen und Bedienstete alle Wünsche von den Augen ablesen. Als sich die Gäste auf den Weg zu ihren Kammern machten, hallten die vormals leeren Räume der riesigen Burg bereits wider von lauten Stimmen und fröhlichem Gelächter.

◈

Castle von Cawdor, in der Nähe von Inverness, Oktober 1040

Rastlos tigerte Gwynn die wie ein Bienenstock summenden Gänge entlang – auf der Suche nach Màiri, deren Rat und Beistand sie dringend benötigte. Die erfahrene Freundin würde den Aufruhr, der in ihr herrschte, verstehen, würde in der Lage sein, den nagenden Zweifel und die Sorgen, die an ihr fraßen, zu zerstreuen. Nach einigem Umherstreifen fand sie die Gesuchte schließlich in Birks lichtdurchfluteter kleiner Kammer, wo sie mit einem amüsierten Schmunzeln auf den Lippen dem Knaben dabei zusah, wie er in einer Ecke nahe dem knisternden Kamin glücklich die kostbar geschnitzten Holzritter hin und her schob. Ein schweres Eisengitter vor den knisternden Scheiten sorgte dafür, dass der Junge den gefährlich züngelnden Flammen des prasselnden Buchenfeuers nicht zu nahe kommen konnte.

»Màiri, ich muss mit dir reden«, wandte sich Gwynn ohne Gruß und mit zitternder Stimme an die Freundin. Diese trat mit hochgezogenen Brauen und gerunzelter Stirn auf sie zu und blickte ihr in die feuchten Augen. Wie ein eisernes Band legte sich die mühsam unterdrückte Erregung erneut um die Eingeweide des jungen Mädchens.

»Was ist los?«, erkundigte sich Màiri. »Hast du etwas verbrochen?«

Hatte sie das? Unsicher schüttelte Gwynn die kupferfarbenen Locken und begann nervös, an den Nägeln ihrer rechten Hand zu kauen.

»Komm!« Màiri ergriff den Arm der Freundin und schob sie in die angrenzende Kammer, deren Tür sie anlehnte, sodass der spielende Knabe nicht hören konnte, was die beiden jungen Frauen besprachen. Energisch drückte sie Gwynn auf einen niedrigen Schemel nahe der winzigen Bettstatt und baute sich mit verschränkten Armen vor ihr auf. »Also?«, forderte sie. »Was ist los?«

Einige Atemzüge lang schwieg die Angesprochene, doch dann hub sie mit einem schweren Seufzer an zu reden und berichtete, was sich am Cross Hill zugetragen hatte. »Hast du bei ihm gelegen?«, fragte Màiri schließlich, nachdem die Freundin mit niedergeschlagenen Augen geendet hatte.

»Nein!« Gwynn sprang auf und alle Farbe wich aus ihrem Gesicht. »Sonst ist nichts passiert!«

Màiri legte ihr den Arm um die schlanke Taille und blickte ihr tief in die Augen.

»Was soll ich jetzt nur tun?«, platzte Gwynn heraus und vergrub den Kopf in Màiris Schulter, während sich die mühsam zurückgehaltenen Tränen ihren Weg bahnten.

»Es ist doch nichts dabei, Gwynn«, beruhigte sie die Freundin. »Du brauchst dir keine Vorwürfe zu machen.« Zärtlich strich sie der Schluchzenden über den Rücken. »Sieh einfach zu, dass du kein Kind empfängst, bevor du einen Ehemann hast.«

Mit entsetztem Blick machte sich Gwynn von der Freundin los und starrte sie fassungslos an, während Màiri in dem kleinen Lederbeutelchen, das an ihrem geflochtenen Gürtel baumelte, nach einer Handvoll getrockneter Kräuter grub.

»Was ist das?« Die Neugier gewann die Oberhand über Unsicherheit, Furcht und Scham. Mit schiefem Kopf beäugte Gwynn das unansehnliche Büschel.

»Das nimmst du eine Woche nach deiner Blutung ein.« Màiri sah Gwynn forschend an. »Du hast doch deine Monatsblutung schon?«

Gwynn nickte stumm. »Dann kannst du kein Kind bekommen«, fuhr das andere Mädchen fort.

Nachdem sie misstrauisch an den Kräutern gerochen und sie in ihrem Beutel verstaut hatte, äußerte Gwynn schließlich die Frage, die ihr seit geraumer Zeit auf der Zunge lag: »Wie empfängt man ein Kind?«

Prustend ließ sich Màiri auf die gestopfte Strohmatratze fallen. »Nun, weißt du ...«, hub sie an. Und dann weihte sie die Jüngere, deren Augen im Verlauf der Erzählung immer größer wurden, in das von ihren Müttern so wohl gehütete Geheimnis ein.

◈

Die große Halle im Castle von Cawdor, in der Nähe von Inverness, Oktober 1040

Beinahe der gesamte Hofstaat war an diesem Abend in der großen Halle der Festung versammelt. Duncan, dessen Pflichten an diesem Abend ein jüngerer Page übernommen hatte, saß zusammen mit seinen Freunden Angus, Effric und Wulf nahe bei den Mädchen am untersten Ende der großen Tafel. Der enttäuschte Colin war von seinem Herrn dazu verdammt worden, im Lager vor den Toren der Burg Nachtwache zu halten. Die Thane der anderen drei waren innerhalb der Ringmauer untergekommen, weshalb die Freunde die Nacht mit Duncan über den Stallungen verbringen würden. Trotz des aufregenden Anlasses freute sich Duncan darauf, die Erfahrungen der vergangenen Wochen endlich mit den anderen teilen zu können. Hin und wieder wanderte sein Blick zu Gwynn, die auf der roh gezimmerten Bank nervös neben ihrer Freundin Màiri hin und her rutschte. In dem eng anliegenden dunkelbraunen Gewand, das sie angelegt hatte, erschien sie ihm unendlich schön. Und bei der Erinnerung an den Augenblick, den sie am Cross Hill geteilt hatten, schnürte sich sein Herz schmerzhaft zusammen.

»He! Hörst du überhaupt zu?«

Als er einen harten Stoß in die Rippen bekam, wandte er sich empört um, nur um in Effrics breitgrinsendes Gesicht zu blicken, in dem die unzähligen Sommersprossen zu tanzen schienen.

»Was ist?«, knurrte er leicht verärgert.

»Du magst sie wohl?«, frotzelte Effric und schielte mit einem Auge in Gwynns Richtung. »Nett.« Er wandte die flache Hand hin und her, als wöge er das Urteil ab. »Wenn auch ein bisschen zu mager«, setzte er nach einer kurzen Pause hinzu, in der Duncans Blick erneut zu den Mädchen abgedriftet war.

Brennender Ärger stieg in Duncan auf. Doch er schluckte ihn, um den Abend mit den Freunden nicht mit einem Streit zu beginnen. »Ich weiß nicht, was du willst«, gab er knapp zurück. »Ich war mit den Gedanken einfach nur woanders.«

Prustend klatschte sich Effric auf die in derbem Leder steckenden Oberschenkel und wiederholte die Frage, die Duncan verpasst hatte.

»Hast du später Lust, ein paar Mädchen aus dem Dorf zu treffen?« Er warf Angus, der ihm gegenüber saß und langsam errötete, einen boshaften Blick zu. »Angus ist von einer Küchengehilfin eingeladen worden«, spöttelte er. »Und seine Freunde dürfe er auch mitbringen, hieß es.«

»Es stimmt!«, protestierte Angus, dem klar war, dass Effric ihm kein Wort von dem, was er erzählt hatte, glaubte.

»Sicher doch«, erwiderte Effric verächtlich, winkte ab und wandte sich wieder Duncan zu.

Der runzelte missmutig die Stirn. Er mochte es nicht, wenn der hochgewachsene muskulöse Effric den von der Natur nicht gerade begünstigten, pickeligen Angus mit solcher Herablassung behandelte. »Ich bin sicher, dass sie das gesagt hat«, beschwichtigte er den schwer atmenden Angus, dessen Gesicht inzwischen beinahe purpurfarben leuchtete. »Aber ich finde, wir sollten heute einen Abend unter Männern verbringen, findest du nicht?« Solange es noch möglich war, wollte Duncan die bedrohlich aufziehenden Vorboten eines bösen Streits im Keim ersticken.

»Ja, Mädchen sind sowieso langweilig«, mischte sich der

blondgelockte Wulf ein. Mit seinen dreizehn Jahren war er der jüngste des Kleeblattes, bartlos und zierlich. Die anderen beiden waren wie Duncan fünfzehn, Effric, der Älteste der Gruppe, beinahe sechzehn und schon mehr Mann als Knabe.

»Du bist ja auch noch ein Kleinkind«, fuhr Effric dem Jungen grob über den Mund. Daraufhin verzog dieser den Mund zu einer Schnute, als wolle er weinen.

»Effric, hör' auf damit!« Beschwichtigend legte Duncan dem Freund die Hand auf den Arm, dessen Muskeln sich mit durch die sich öffnende und schließende Faust anspannten. Was war bloß los mit ihm? »Ich dachte, wir sind Freunde!«

Mit einem verächtlichen Zug um den Mund richtete Effric seine durchdringenden eisblauen Augen auf Duncan und erschrocken erkannte er, dass in der Seele des Freundes ungezügelte Wut loderte. Was war mit ihm geschehen?

Mit einer heftigen Bewegung, die einen der kostbaren Silberbecher vom Tisch fegte und die Blicke mehrerer Männer in der Runde anzog, befreite Effric seinen Arm und zischte: »Lass mich in Ruhe!« Damit wandte er sich ab und gab vor, brennend an seinem linken Tischnachbarn interessiert zu sein, den er in ein Gespräch über Pferdezucht verwickelte. Na wunderbar. Soviel zu einem friedlichen Treffen mit seinen Freunden. Nachdem Effric ihm den Rücken zugekehrt hatte, und Angus und Wulf schmollten, hob Duncan gleichmütig die Schultern und beschloss, das Festmahl trotz der unschönen Vorkommnisse zu genießen.

Weit am anderen Ende der Halle waren der König, Mac Bethad und seine schöne Gemahlin in eine angeregte Unterhaltung vertieft. Mit den feingewobenen Gewändern und aufwändigen Frisuren wirkten die Edelfrauen und Thane hoheitsvoll, aber auch ein wenig künstlich. Bevor Duncan den neugierigen Blick weiter die Tafel entlanggleiten lassen konnte, wurden Suppe und Brot aufgetragen und als er die knusprige Rinde eines frischen Laibs in die dampfende, nach würzigen Kräutern duftende Brühe tauchen wollte, öffneten sich die hohen Flügeltüren der großen Halle und etwa ein Dutzend bunt gewandeter Gaukler, Possenreißer und Musiker betrat den Raum. Mit großem Geschepper und Geklingel tanzten die Spielleute auf den König und dessen Begleiter zu. Am Kopf der Tafel verbeugten sie sich so tief sie konnten, sodass sie beinahe übereinander fielen. Mit einem ermunternden Lächeln auf den sonst so strengen Zügen gab der König ihnen mit einem Nicken zu verstehen, dass sie ihre Vorführung beginnen konnten.

Nachdem die fünf Musiker in den Hintergrund getreten waren und mit Lauten, Flöten, Harfen, Becken und einer kleinen Handtrommel eine bezaubernde Melodie spielten, löste sich einer der Gaukler aus der Gruppe, um linkisch mit dem Dudelsack unter seinem Arm zu hantieren. Etwas an dem Instrument irritierte Duncan und als er die Augen zusammenkniff, um besser sehen zu können, erkannte er, dass es sich um den Balg eines alten Köters handelte. Mit todernster Miene setzte der Narr das dunkle Mundstück an die Lippen und trompetete mit aufgeblasenen Backen in das Rohr. Die Töne, die er dem bizarren Instrument entlockte, klangen wie das Geschrei einer gequälten Katze. Als er nach einer Abfolge durchdringender Missklänge den Dudelsack mit scheinbar entsetzter Miene sinken ließ, um ihn verdattert anzustarren, brach die ganze Halle in schallendes Gelächter aus. Kaum hatte der Gaukler mit ulkigen Dankesbezeugungen seinen Lohn vom Boden aufgelesen, als ein Possenreißer in einem bunten Flickenmantel seinen Platz einnahm. Den wohl schweren Sack, den er über die Schulter geworfen hatte, setzte er mit einem Stöhnen vor dem König ab und begann, leise murmelnd und mit viel Getue, unsinniges Zeug aus ihm herauszuziehen. Als er gerade einen schmutzigen Flickenball, der mitten auf einem der Tische gelandet war, hinter sich geworfen hatte, entstand am oberen Ende der Halle ein hektischer Aufruhr. Fünf schwer bewaffnete Soldaten flankten über die langen Tische und warfen den verdutzten Mann zu Boden. Einer der Bewaffneten drückte dem Possenreißer die Spitze seines Kurzschwertes an die Kehle und riss, während er das Knie in den Rücken des Überwältigten drückte, dessen Kopf an den langen Haaren so weit zurück, dass der Mann röchelnd um Luft rang. Ein zweiter Krieger hielt triumphierend ein glänzendes Metallobjekt in die Höhe, das ein wütendes Gemurmel unter den zornentbrannten Männern auslöste. Die anderen Gaukler, die sich furchtsam in einer Ecke zusammengedrängt hatten, waren inzwischen ebenfalls von bewaffneten Wachen umzingelt.

»Halt!«, donnerte der König. »Lasst ihn los!« Fordernd streckte er dem Soldat, dessen Klinge an der Kehle des Mannes ruhte, die Hand entgegen. Der Possenreiter wurde grob auf die Beine gezerrt und in die Kniekehlen getreten. Jetzt kniete er vor dem König – zitternd und mit gesenktem Kopf. Duncan I untersuchte den Gegenstand. Ein Dolch! In Windeseile machte das Wort die Runde.

»Lasst ihn los!«, befahl der König schließlich und brüllte vor Lachen, als er dem Mann die Waffe vor die Füße schmiss. Seine Gefolgsmänner bückten sich verwirrt.

»Was ist passiert?«, fragte Duncan einen jungen Ritter, der etwas weiter oben saß. Doch dieser zuckte nur unwillig die Schultern und starrte weiter in die andere Richtung.

»Harmlos, völlig harmlos«, kommentierte einer der Knappen, der seinen Platz verlassen hatte, um keinen Augenblick des Dramas zu verpassen, und ließ sich auf die Bank fallen. Offenbar hatte die Waffe eine stumpfe Schneide und eine abgeflachte Spitze und diente lediglich der Vorführung, die der Mann mit zitternden Händen wieder aufnahm. Die Melodie, die ihn begleitete, klang zunächst etwas weniger fröhlich als zuvor, doch die Musiker fingen sich bald und auch dem Gaukler gelang nach einem anfänglichen Patzer eine Vorführung, die an Eleganz kaum zu überbieten war. Den krönenden Abschluss seiner Darbietung bildete ein fließender Regenbogen aus farbigen Bändern, durch die er die im Schein der Fackeln blitzenden Messer mit solcher Anmut tanzen ließ, dass selbst den hartgesottenen Kriegern in den vorderen Reihen vor Erstaunen der Mund offen stehen blieb. Als der bunte Fluss schließlich zu Boden rann, erhoben sich begeisterte Rufe und die inzwischen betrunkenen Ritter hämmerten mit den Knäufen ihrer Schwerter auf die Tische und warfen dem Possenreißer Kupfer- und Silbermünzen zu. Erneut verbeugte sich der Mann so tief, dass seine Stirn beinah den Steinboden berührte. Er sammelte geschickt die Belohnung auf und zog sich mit den anderen Spielleuten in die hinterste Nische der Halle zurück.

Jetzt öffneten sich die hohen Doppeltüren und von gierigen Blicken begleitet trug eine Armee von Bediensteten auf riesigen Servierbrettern den Hauptgang auf: Reh- und Schweinebraten, am Spieß gegrillte Hasen sowie Schüsseln voller Hühnerbrust. Warmer Porridge und frisches Brot wurden auf den Tischen verteilt. Die ausgenommenen und mit Gemüse und Kräutern gefüllten Enten ließen Duncan das Wasser im Munde zusammnenlaufen. Kaum hatte der König das Zeichen gegeben, griffen die von dem langen Ritt ausgehungerten Männer mit ihren Dolchen zu. Obwohl die besten Fleischstücke für den Kopf der Tafel bestimmt waren, genoss Duncan jene, die an seinem Ende des Tisches ankamen. Seit Ewigkeiten hatte er kein solch köstliches Essen mehr zwischen die Zähne bekommen. Die inzwischen angenehm warme Halle summte vor Lärm und Stimmengewirr. Hin und wieder warf Duncan Gwynn einen verstohlenen Blick zu. Je länger der Abend dauerte, desto lauter wurden die Männer – trunken von Wein, Met und der Erinnerung an die große Schlacht, die das schottische Volk so schnell nicht vergessen würde.

Nachdem der kulinarische Höhepunkt des Abends – mit Zwiebeln und Knoblauchzehen gespickte und mit Äpfeln und Kräutern verzierte Spanferkel – in den Mägen der Gäste verschwunden war, erhob sich der König und verabschiedete sich. Die meisten der Adeligen folgten ihm. Die Männer, die in der Halle zurückblieben, würden auch dort übernachten.

»Ihr könnt feiern, so lange ihr wollt«, verkündete Mac Bethad, bevor auch er sich zurückzog. »Beowulf und Duncan werden für Ruhe sorgen, wenn es Streit gibt.« Mit einem breiten Grinsen wandte er sich zwei riesigen Kerlen in schweren Kettenhemden zu, die ihn und seine Gemahlin flankierten.

Es war Zeit, zu gehen, denn diese Männer kannten keinen Unterschied zwischen Freund und Feind. Daher wandte Duncan sich schüchtern den Mädchen zu. »Soll ich euch begleiten?« Sein Puls hatte sich merklich beschleunigt. »Ich fürchte, es wird hier bald ungemütlich.«

Mit einem verführerischen Lächeln blickte Gwynn zu ihm auf und nickte, sprang behände auf und hakte sich bei Màiri unter. Wortlos erklommen die drei die steilen Stufen zu dem Ecktürmchen, in dem die Mädchen ihre Kammern hatten. Nachdem sie sich von Màiri verabschiedet hatten, legte Duncan zögernd die Hand auf den schweren Eisenknauf und öffnete die Tür zu Gwynns Gemach.

»Danke«, flüsterte sie kaum hörbar und schluckte schwer. Doch bevor sie sich abwandte, um die Kammer zu betreten, hob sie den Kopf und blickte ihm in die Augen, in denen Unsicherheit lag.

Behutsam stellte sie sich auf die Zehenspitzen und drückte ihm einen schüchternen Kuss auf die Wange. Als sie zurücktreten wollte, hauchte er leise »Gwynn«, zog sie näher und küsste sie.

Als sie seine Wärme spürte, erfüllte ihre Erregung den ganzen Körper. Hungrig und ungehemmt erwiderte sie seinen Kuss. Schwindel schien ihr die Sinne zu rauben. Wie sehr sie ihn liebte! Es hatte keinen Zweck, dagegen anzukämpfen. Nach einem scheinbar endlosen Moment der Glückseligkeit befreite sie sich schließlich schwer atmend aus seiner Umarmung. »Oh, Duncan, ich liebe dich so sehr, dass es beinahe weh tut!« Unvermittelt füllten sich ihre Augen mit Tränen.

Duncan schlang zärtlich die Arme um sie und strich über ihren an seiner Brust ruhenden Kopf. »Ich liebe dich auch, Gwynn«, hauchte er ihr ins Ohr. »Ich werde dich niemals verlassen.«

Kapitel 7

Castle von Cawdor, in der Nähe von Inverness, Oktober 1040

Was beunruhigt Euch, Vater?« Fleance, dessen Haar in dem aus Westen aufgekommenen Sturm flatterte, hielt die Fackel, deren Flamme beinah von den heftigen Böen erstickt wurde, ein Stückchen höher, sodass der flackernde Schein auf Banquos wettergegerbtes ernstes Gesicht fiel.

»Etwas Schlimmes wird geschehen«, antwortete dieser düster, während er besorgt in den Nachthimmel blickte. »Sieh dir nur den Aufruhr der Elemente an.« Er wies auf den orangefarbenen Vollmond, über den immer wieder schwarze Wolken hinwegzogen. »Diese Nacht ist verflucht«. Der Than von Banquo bekreuzigte sich. Das Pfeifen und Knarren der hin und her gepeitschten Bäume wurde von Wolfsgeheul begleitet. In der Nähe schrie eine Eule.

»Wer ist da?«, rief er plötzlich und riss das kurze Schwert aus der Scheide. Fleance gab er ein Zeichen, sich in einer Ecke des Wirtschaftsgebäudes zu verstecken. So konnte er dem Angreifer, wenn nötig, in den Rücken zu fallen.

»Ich bin es«, ertönte Mac Bethads Stimme aus dem Dunkel. Der Herrführer ließ seine Waffe zurück in die Scheide gleiten.

»Ihr seid noch auf?« In Banquos Stimme schwangen Überraschung und Misstrauen. Der König hatte sich vor geraumer Zeit zur Ruhe begeben und es war Brauch, dass sich gleichzeitig auch der Gastgeber zurückzog.

»Ich kann nicht schlafen. Ich fürchte, unsere Gastfreundschaft hat den Ansprüchen des Königs nicht genügt«, gestand Mac Bethad und begleitete Banquo und Fleance zu ihrem Quartier.

»Seid unbesorgt«, antwortete Banquo, dem etwas anderes Kopfzerbrechen bereitete. Als sie die schwere Tür erreichten, die zu ihren Gemächern führte, legte er die Hand auf Mac Bethads Unterarm. »Wir müssen reden.«

Im schwachen Licht der Fackel blitzte das Weiß seiner Augen auf.

»Morgen, mein Freund, morgen«, vertröstete ihn Mac Bethad. Er wusste, was dem anderen auf der Seele lag. Mehr als einmal hatte Banquo versucht, mit ihm über den Vorfall auf der Heide zu sprechen. Doch Mac Bethad fürchtete, dass er ihn von dem Plan abbringen würde, der in dieser Nacht ausgeführt werden musste. Mit einem letzten Blick auf Vater und Sohn wandte er sich zum Gehen und schritt langsam auf das dunkle Haupthaus zu. Nur im unteren Bereich war ein einzelnes Fenster erleuchtet.

Was um alles in der Welt war das? Erschrocken blieb er stehen. Dann erschien, wie aus dem Nichts, ein in der Luft schwebender Dolch und wies auf den Eingang des Hauptgebäudes hin. Müde und verwirrt rieb sich Mac Bethad die brennenden Augen. Doch das Trugbild verschwand nicht. Als habe sich ein anderes Bewusstsein seines Körpers bemächtigt, hob er, einem inneren Drang folgend, die Hand und griff nach der Waffe. Sein Griff ging ins Leere. Was für ein Narr er doch war! Er fluchte leise, schüttelte den Kopf und schritt durch die Erscheinung hindurch. Mac Bethad zuckte zusammen; der heulende Wind schien ihm die Worte »Gib Acht!« zuzuraunen. Grauen ergriff ihn, dann Furcht. Sein Herz schien von einem eisernen Band eingeschnürt zu werden. Er stolperte die Treppen in die Eingangshalle hinauf und blickte sich, heftig atmend, um. Niemand war zu sehen. Mit wild hämmerndem Herzen eilte er die breiten Stufen zu seinem Gemach hinauf, stieß mit zitternden Händen die Tür auf und lehnte sich gegen das harte Holz. Als er sein Schwert aus der Scheide zog, löste sich aus den Schatten seiner Kammer eine dunkle Gestalt und trat auf ihn zu.

»Komm mir nicht zu nahe!«, presste er keuchend. Die Gestalt kam langsam, beinahe schwebend, auf ihn zu. Ihre Gewänder flatterten geisterhaft im Mondlicht.

»Beruhige dich!«, zischte die Erscheinung. »Ich habe ihnen den Gewürzwein serviert. Sie schlafen wie die Toten.«

Die beruhigenden Worte wurden beinahe vom dumpfen Hämmern seines Herzens übertönt.

»Steck das Schwert weg«, befahl ihm Gruoch schroff. »Noch brauchst du es nicht!« Als sie nach seinem Schwertarm griff, presste sich der üppige Körper seiner Gemahlin verführerisch gegen den seinen. »Es ist noch Zeit.« Mit einer geschmeidigen Bewegung entwand sie ihm die Waffe und ließ sie polternd zu Boden fallen. Ihre warmen Hände wanderten an seinem Oberkörper hinab bis zu seinem Gürtel und öffneten die schwere Eisenschnalle. Trotz aller Furcht spürte er, wie ihre Wärme und Weichheit ihn erregten, und von plötzlicher, verzweifelter Lust übermannt, packte er sie hart an der geschnürten Taille und stieß sie auf das mit Lammfellen bedeckte Bett. Er küsste sie brutal auf den Mund, biss ihr in die lustvoll geöffneten Lippen und zwang ihre Beine auseinander. Vielleicht konnte er so die Angst überwinden, die ihn noch wenige Minuten zuvor ergriffen hatte. Gruoch genoss seine Grobheit, schlang mit einem heiseren Stöhnen die Glieder um seinen Körper und zog ihn näher an sich. Während er hart in sie stieß, folgte sie dem Rhythmus mit gierigen Hüften. Mit einem erstickten Schrei erstarben sie beinahe zugleich. Nachdem sich Mac Bethads Herzschlag beruhigt hatte, genoss er die feuchte Schwere ihres Busens, der sich neben seinem Kopf heftig hob und senkte.

Als der Schweiß auf ihrer Haut schon längst getrocknet war und sie eine Zeit lang wortlos nebeneinandergelegen hatten, richtete sie sich schließlich entschlossen auf und griff nach dem zerwühlten Untergewand.

»Es ist Zeit.«

Ihre zierliche, im Mondlicht fast durchscheinend wirkende Hand zeigte auf ein niedriges Tischchen, auf dem ein Abbild der Waffe lag, die seinen Sinnen einen Streich gespielt hatte.

Mit einem Ruck setzte er sich auf und starrte den Dolch fassungslos an. Das war ein Zeichen! Hastig schlüpfte er in Hemd und Hose, fuhr in die schweren Stiefel und riss seiner Gemahlin die Waffe aus der Hand, um sie in dem weitfallenden Obergewand, das er um die Schultern geworfen hatte, zu verbergen. Mit einer energischen Bewegung griff er nach einer der Kerzen, die in dem schweren Leuchter staken und öffnete leise die Tür.

Das Blut rauschte in seinen Ohren, als er vorsichtig den langen in pechschwarzer Finsternis vor ihm liegenden Korridor entlangsah. Es war niemand zu sehen. Als mit einem leisen Klicken die Tür hinter ihm ins Schloss fiel, tastete er sich im schummrigen Licht der Kerze Zoll um Zoll vorwärts, bis er den mit dicken Eichenbalken überdachten Gang erreichte, durch dessen winzige Fensteröffnungen er das tief unter ihm liegende Küchengebäude und die Stallungen sehen konnte. Alles war ruhig. Die Gemächer König Duncan I lagen im Haupthaus – direkt über der großen Halle. Auf leisen Sohlen schlich sich Mac Bethad am obersten Absatz der breiten Treppe vorbei, die in die Eingangshalle hinunterführte. Der perlgraue Schimmer am Horizont ließ erahnen, dass die Dämmerung nicht mehr fern war. Nur noch wenige Schritte! Mit angehaltenem Atem blickte er auf die Tür, hinter der der König schlief. Er hielt inne, lauschte erneut in die Finsternis, dann huschte er über den Gang. Ein Ohr an das raue Holz der Tür gepresst, lauschte er auf Geräusche von innen. Niemand rührte sich. Mit klammen Fingern umklammerte Mac Bethad den kalten Knauf.

Mit einem leisen Fluch schlug der Knappe Duncan die warme Decke zurück und setzte die nackten Füße auf den strohbedeckten Boden. Nachdem das Glücksgefühl ihn zuerst keinen Schlaf hatte finden lassen, war er doch noch eingeschlafen, bis ihn der schmerzhafte Druck auf der Blase aus den liebestrunkenen Träumen gerissen hatte. Warum hatte er auch soviel Bier getrunken? Er warf sich sein dünnes Untergewand über und kletterte die Leiter zu den Boxen hinab. Als er das schwere Tor aufstemmen wollte, wurde es von einer Windböe gegen die Außenwand geschlagen. Verdammt! Während der Sturm ihn umzuwerfen drohte, zog Duncan, unter Aufbietung aller Kräfte, das schwere Tor wieder zu. Am liebsten hätte er sich an Ort und Stelle entleert, doch er stemmte sich gegen den Wind und kämpfte sich Richtung Abort. Vor Erleichterung seufzend lauschte er auf das leise Plätschern des Urins, als er plötzlich aus dem Augenwinkel etwas aufblitzen sah. Hastig ließ er sein Untergewand fallen, trat von der Grube zurück und kniff die Augen zusammen. Wanderte dort ein Lichtschimmer durch die Gänge, die zu den Gemächern seines Herrn führten? Wenig später war der Schein verschwunden. Ein kalter Regen setzte ein und Duncan eilte zurück zum Stallgebäude. Nach einem erneuten Kampf mit der Stalltür schlüpfte er ins Bett, kroch unter die Decken und schlief auf der Stelle ein.

◈

Stille lag über dem vom Duft des Gewürzweins erfüllten Raum. Als Mac Bethad die schwere Tür hinter sich zugezogen hatte, benötigten seine empfindlichen Augen einige Wimpernschläge, um die Situation zu erkennen. Die Wachen des Königs lagen bekleidet auf dem Boden der Vorkammer. Im schwachen Schein einer Kerze schimmerte der kostbare Silberkrug, in dem der Wein mit dem Schlafmittel gewesen war. Im Kamin glommen die Überreste eines Feuers. Die Atemzüge der Betäubten waren flach und regelmäßig und nachdem Mac Bethad einen von ihnen mit dem Fuß angestoßen hatte, bückte er sich und riss grob die Dolche aus ihren Gürteln. Dann näherte er sich auf Zehenspitzen der Tür, die in die Kammer des Königs führte, die verschlossen, aber nicht verriegelt war. Ein dünner Strahl silbrigen Mondlichtes malte einen schmalen Streifen auf den Boden und lief vom Bett des Schlafenden bis zu einer weiteren Tür in der östlichen Wand des Gemachs, die zum Quartier der Prinzen führte. Sein Herz hämmerte wild. Mac Bethad lauschte erneut in die Finsternis. Dann schlich er auf die Bettstatt zu, stellte die Kerze ab und sah auf die reglose Gestalt in den Kissen hinab. Ohne Helm und Rüstung wirkte der König seltsam verletzlich und alt. Mit einer entschlossenen Bewegung zog er seine Waffe und plötzlich schien es, als würde ihm das Blut aus den Adern weichen. Übelkeit überkam ihn und lange Zeit stand er einfach reglos neben dem Bett und starrte den Schlafenden an.

Gerade wollte er die Waffe unverichteter Dinge sinken lassen, als sich der König unruhig hin und her warf und unvermittelt die Augen aufschlug. Zuerst lag nur Verwirrung in seinem Blick, dann ungläubiges Begreifen und Entsetzen.

»Ihr?«, stieß er fassungslos hervor, doch bevor er etwas hinzusetzen oder sich aufrichten konnte, rammte ihm der ebenso überraschte Mac Bethad die Klinge bis zum Heft ins Herz. Ein Blutschwall strömte aus der Wunde und besudelte Gesicht und Hände des Mörders. Über die vor Schreck geweiteten Augen des Erstochenen legte sich ein milchiger Schleier, sein Körper krümmte sich zuckend bis er erschlaffte.

Der Königsmörder starrte auf das, was er getan hatte, und plötzlich ergriff ihn haltlose Furcht. Zitternd griff er nach der Kerze, die er jedoch in seiner Hast zu Boden warf, wo sie zischelnd erlosch. Ein letzter Blick auf das vom Mondlicht beschienene Antlitz des Toten, dann rannte er wie von Furien gehetzt aus der Schlafkammer, stolperte über die Wachen und taumelte in den Gang hinaus. »Schlafe nie mehr«, schien der immer noch wild tobende Wind zu heulen. Ohne zu wissen, wie er sein Gemach erreicht hatte, lehnte er an dem beruhigend kühlen Holz der Tür, während sein rasendes Herz schmerzhaft gegen die Rippen hämmerte. Wie aus einem Nebelschleier tauchte das steinerne Gesicht seiner Gemahlin vor ihm auf. Obschon er sah, dass ihre Lippen Worte formten, erstickte das Rauschen in seinen Ohren jeglichen Laut. Er hob hilflos die besudelten Hände in die Höhe, eine hielt immer noch die Dolche der Wächter umklammert.

»Warum hast du sie mitgebracht?«, wiederholte Gruoch ungeduldig. »Bring sie zurück!« Sie ergriff seine Schultern und schüttelte ihn aufgebracht. Er starrte mit fahrigem Blick auf sie hinab.

»Ich kann nicht zurück«, flüsterte er. Auf seiner Stirn bildete sich kalter Schweiß. «Ich bin verflucht!« Er hielt sich die blutigen Hände vors Gesicht und schuchzte wie ein Kind.

»Gib mir die Dolche!« Mit ihren scharfen Fingernägeln zwang Gruoch die verkrampften Fäuste auseinander und entriss ihm die Waffen. »Schlafende und Tote sind harmlos! Nur Kinder fürchten gemalte Dämonen!« Ihre Augen funkelten ihn böse an. »Ich werde die Waffen mit Blut beschmieren. Sonst fällt der Verdacht auf uns.« Mit einem verachtenden Blick wandte sie sich von ihrem in einer Ecke kauernden Mann ab und verließ das Gemach.

Endlose Minuten verstrichen, bis Mac Bethad von einem lauten Klopfen aus seinem Stumpfsinn gerissen wurde. Hatten die Wachen seine Gemahlin ergriffen? Als es erneut durch den frühen Morgen hallte, erkannte er, dass am Burgtor jemand Einlass verlangte.

Wo blieb Gruoch? Wenn sie sich nicht beeilte, würden die Begleiter des Königs sie auf frischer Tat ertappen. Der Gedanke daran, was passieren würde, wenn man sie entdeckte, ließ sein Blut gefrieren. Vom Gang her näherten sich Schritte, er sprang auf, zum Kampf bereit, doch es war Gruoch. Totenbleich ging sie auf die irdene Schüssel zu, die neben dem Kamin stand. »Wasser«, murmelte sie. »Alles ist rot.« Wie besessen wusch sie sich die Hände und versuchte, sie vom Blut zu reinigen.

Mac Bethad beobachtete sie verstört. »Nicht einmal das Meer könnte *meine* Hände jemals wieder reinwaschen«, versetzte er niedergeschlagen.

Gruoch drehte sich um und fuhr in an: »Reiß dich zusammen!«

Bevor Mac Bethad etwas erwidern konnte,war im Hof erneut ein dumpfes Pochen zu hören.

Kapitel 8

Castle von Cawdor, in der Nähe von Inverness, Oktober 1040

Immer noch besoffen wie ein Schwein stolperte der Torwächter aus der schäbigen an die mächtige Ringmauer geschmiegte Kate und torkelte auf das Tor zu.

»Jaja, klopft nur«, murmelte er widerwillig. Seine in ausgelatschten Stiefeln steckenden Füße hatten Schwierigkeiten, den richtigen Weg zu finden. Wie der Rest der Umgebung war das Tor für ihn ein verschwommenes Zerrbild. Er hielt inne und ließ einen knatternden Furz los. »Ah, das tut gut. Aber es ist kalt wie in der Hölle!« Er fummelte am Schlüsselring herum und suchte verzweifelt den richtigen Schlüssel. Die Feuchtigkeit des frühen Herbstmorgens kroch ihm unter das Gewand. Nach mehreren Anläufen gelang es ihm schließlich, den richtigen Bart zu ertasten und er stocherte fahrig nach dem großen Schloss. Warum bewegte sich das verdammte Ding nicht? Seufzend versuchte er es wieder, dieses Mal mit Erfolg. Mit einer linkischen Verbeugung winkte er die ungeduldig wartenden Männer herein, wobei er beinahe in den Schlamm gefallen wäre. »Tretet ein, edle Herren«, lallte er. Der Speichel spritzte von seinen Lippen und die beiden Adeligen, die trotz der frühen Stunde bereits in voller Rüstung waren, drängten sich angeekelt an ihm vorbei in den Hof.

»Ist dein Herr schon auf, Kerl?«, knurrte einer der beiden bärbeißig.

Der Torwächter kämpfte schwankend mit dem Tor und antwortete nicht.

»Antworte!«, brüllte der andere Laird zornig und holte aus, um dem Mann ins Gesicht zu schlagen. Mit einer blitzschnellen Bewegung fing der zweite den niedersausenden Arm in der Luft ab und runzelte missbilligend die Stirn.

»Ruhig, Lenox. Sie haben den Besuch des Königs gefeiert.« Er schüttelte nachsichtig den Kopf, während der Angesprochene dem schielenden Wächter einen letzten wütenden Blick zuwarf. »Lasst ihn in Frieden.«

Mürrisch folgte der junge Than Lenox dem anderen über den leeren Hof, der nach dem heftigen Gewitter der vergangenen Nacht aufgeweicht und schlammig war. Düster und unheimlich scholl das Klirren der Ketten durch den Morgen. Die Wachhunde hatten angeschlagen, als die Männer die Treppen zum Haupteingang erklommen. Kaum hatten sie den obersten Absatz erreicht, trat ihnen der Herr der Festung entgegen und begrüßte sie heiter.

»Auch Euch einen guten Morgen, Mac Bethad«, erwiderte MacDuff, der Than von Fife, den Gruß und ergriff den Unterarm des jungen Kriegers. »Ist der König schon auf?« Die dunklen Ringe unter den Augen ihres Gastgebers kündeten von einer unruhigen Nacht, doch auch MacDuff und die anderen hatten sich schwer getan, ein Auge zuzutun.

»Ich weiß es nicht«, antwortete Mac Bethad und lud die Besucher mit einer ausladenden Geste ein, in die Halle zu kommen, in der die Mägde bereits die Feuer neu entfachten. »Lasst uns nachsehen.« Mit langen Schritten eilte er die Stufen ins Obergeschoss hinauf. Als die drei Männer vor der geschlossenen Tür des Königs angekommen waren, ließ er MacDuff den Vortritt, der nach einem verhaltenen Klopfen respektvoll das prunkvoll geschmückte Gemach betrat. »Die Nacht war schlimm«, stellte Lenox fest und suchte Mac Bethads Blick, der starr auf einen Punkt hinter ihm zu ruhen schien. Was war los mit dem Than? Ein leichter Schweißfilm hatte sich auf seiner Oberlippe gebildet und die Hand, die scheinbar locker auf dem Schwertknauf ruhte, zitterte. Hatte Mac Bethad am Abend zuvor zuviel getrunken? Bevor Lenox den Gedanken weiter verfolgen konnte, flog die Tür zum Gemach des Königs mit einem ohrenbetäubenden Krachen gegen die Wand. MacDuff stolperte kalkweiß und mit gezücktem Schwert auf den Gang hinaus.

»Mord«, stammelte er. »Mord!«

»Nehmt Euch zusammen, Mann! Was ist los?«, befahl Lennox schroff und packte ihn an der Schulter.

»Der König.«

MacDuff hatte kaum ausgesprochen, da hastete Lennox in das Gemach. Er war bereits in der hinteren Kammer und rüttelte an der Tür, die in das Quartier der Prinzen führte, als Mac Bethad ihm mit schwachen Knien folgte.

»Mein Gott! Schlagt Alarm!«, brüllte MacDuff. Mac Bethad stand immer noch wie angewurzelt in der Vorkammer und starrte auf die niedergestreckten Wachen, deren Gesichter und Hände mit dem Blut des Erschlagenen beschmiert waren. Wie sollte er den Anblick des Toten im ungetrübten Licht des Morgens ertragen? Er durfte den Verdacht nicht auf sich lenken! Also musste er die grauenhafte Szene so betrachten, als ob sie sich nicht bereits unauslöschlich in seine Seele eingebrannt hätte. Er atmetre tief durch, richtete sich auf und ging auf die Tür zu, hinter der das Grauen auf ihn wartete. Seine Zunge klebte trocken am Gaumen, MacBethad schluckte schwer und schloss kurz die Augen. Dann blickte er auf die ausgestreckte Gestalt auf dem Bett. Der König lag genauso da, wie er ihn verlassen hatte. Allerdings hatten sich die blütenweißen Lammfelle mit dunklem Blut vollgesogen und am Boden hatte sich eine Blutlache gebildet. Die toten, stumpfen Augen blickten ins Leere und der bleiche Mund war erschlafft.

Kaum hatte sich sein rasender Herzschlag ein wenig beruhigt, als die Tür zur angrenzenden Kammer aufgerissen wurde und die beiden Söhne des Königs hereingestürmt kamen.

»Vater!« Mit einem gequälten Schmerzensschrei sank Donalbain, der jüngere der beiden, neben dem Bett auf die Knie und schluchzte verzweifelt.

Malcolm erfasste die Situation sofort, trat zu seinem Bruder und versuchte, ihn von dem grässlichen Anblick fortzuziehen.

Einen geeigneteren Moment würde es nicht geben. »Diese treulosen Hunde!«, stieß Mac Bethad hervor, stürzte in die Vorkammer und stach mit seinem Dolch wild tobend auf die schlafenden Wachen ein.

Die schrillen Töne der Alarmglocke wurden vielfach verzerrt zurückgeworfen. »Was ist geschehen?« Gruochs offenes Haar war zerzaust, ihr Körper lediglich von einem hastig übergeworfenen Umhang bedeckt. Barfuß war sie den langen Korridor entlanggeeilt und versuchte nun, sich an MacDuff vorbei in das Gemach des Königs zu drängen.

»Das ist nichts für deine Augen!«, warnte dieser nachdrücklich und hielt sie sanft, aber bestimmt zurück, während sie sich den Hals verrenkte, um zu sehen, was im Innern der Kammer vor sich ging.

»MacDuff!« Die tiefe Stimme kam vom Treppenabsatz, auf dem ein atemloser Banquo nach Luft rang. »Was ist hier los?« Heftig schnaufend trat er zu den beiden. Gruoch sah er mit einem irritierten Stirnrunzeln an.

»Mord, Banquo!«, erwiderte MacDuff erzürnt. »Mord!«

Der Herrführer folgte seinem Blick zu der offenen Tür, hob eine Hand zitternd an den Mund und stieß einen Laut aus wie ein verwundetes Tier.

»Oh, mein Gott!«, war alles, was er sagen konnte, bevor der blutbesudelte Mac Bethad mit den Prinzen aus dem Gemach geeilt kam.

»Warum unter meinem Dach?«, stöhnte er und ließ angewidert die Waffe fallen, sobald er gewahr wurde, dass alle Augen auf ihr ruhten.

»Warum habt Ihr die Wachen getötet?«, fiel ihm Malcolm barsch ins Wort, während er versuchte, seinen Bruder zu stützen.

»Sie haben Euren Vater ermordet!«, rief Lenox ärgerlich aus.

Wütend runzelte der Gescholtene die Stirn, war jedoch so klug, nichts zu erwidern.

»Ich konnte nicht anders«, gestand Mac Bethad scheinbar aufgewühlt und zerknirscht. »Mich hat der Zorn übermannt.« Zustimmung heischend blickte er in die Runde, doch auf den Gesichtern zeichneten sich nur Trauer und Skepsis ab.

Ein erneuter Weinkrampf des jungen Donalbain lenkte die Anwesenden ab, so dass nur Mac Bethads feines Ohr hörte, was der Thronfolger seinem Bruder zuflüsterte: »Und wir haben keine Zeugen. Wie überaus geschickt.«

Bevor die Diskussion hitzig werden konnte, sank Gruoch ohnmächtig zu Boden. Wäre MacDuff nicht rechtzeitig zur Stelle gewesen, hätte sie sich den Kopf auf dem harten Steinboden aufgeschlagen.

»Das war zu viel für ihre Nerven«, bemerkte er trocken und übergab sie der Obhut einer der neugierig herbeigeeilten Mägde, die ihre Herrin in eine der angrenzenden Kammern schaffte.

Durch die Unterbrechung waren die Gemüter etwas abgekühlt. »Wir berufen den Rat ein. Diese Angelegenheit muss geklärt werden«, schlug Banquo mit ernster Stimme vor.

Alle stimmten ihm zu und die Versammlung zerstreute sich; nur Malcolm und Donalbain blieben allein vor dem Gemach ihres ermordeten Vaters zurück.

»Nimm dich zusammen!« Mit eisernem Griff schüttelte Prinz Malcolm seinen jüngeren Bruder, der tapfer die Tränen niederrang und den gesenkten Blick hob. »Wir müssen fliehen!«, drängte Malcolm, während er Donalbain vor sich her in die Kammer schob. »Unser Leben ist hier keinen Pfifferling mehr wert.«

Erschrocken zog der Knabe die Luft ein und sah seinen Bruder mit großen Augen an. »Glaubst du, unser Vater ist von einem der Thane ermordet worden?«, fragte er unsicher. »Es waren sicher nicht die Wachen«, schnaubte Malcolm. »Ich kenne sie seit ich denken kann.«

Hastig durchquerten sie das Gemach des Königs, um in ihre Kammer zu gelangen. Donalbain wandte tapfer den Kopf von dem alptraumhaften Anblick ab und schluckte die brennende Trauer hinunter.

»Wer auch immer unseren Vater getötet hat, muss uns auch loswerden.« Malcolm runzelte die Stirn. »Wir sind ein Hindernis auf seinem Weg zum Thron.« Für ihn stand außer Frage, dass dies der Grund für den feigen Mord war. Mit zittrigen Fingern raffte er ihre nötigsten Dinge zusammen, stopfte sie in zwei schafslederne Beutel und drückte seinem Bruder einen Kapuzenmantel in die Hand. »Wir fliehen. Ich nach England, du nach Irland.« Zärtlich blickte er auf den zitternden Knaben hinunter. »Glaubst du, du schaffst das?«

Donalbain nickte tapfer. Malcolm sah sich ein letztes Mal in der Kammer um, dann verließen die beiden den Ort des Verbrechens und eilten die Stufen hinab ins Freie.

Duncan, der vom durchdringenden Läuten der Alarmglocke aus dem Schlaf gerissen worden war, schälte sich gähnend aus den Decken und Fellen und kletterte die Leiter hinunter, um die Pferde zu versorgen. Das Quartier war verwaist, da die meisten seiner Freunde noch vor Sonnenaufgang aufgestanden waren, um die Ausrüstung ihrer Dienstherren auf Vordermann zu bringen, bevor diese heute die Festung verließen. Während er sich neugierig die Nase an einem der wenigen verglasten Fensterchen plattdrückte, um herauszufinden, was wohl geschehen sein mochte, öffnete sich plötzlich die Stalltür und die Söhne des Königs stürmten, in schäbige Reisegewänder gehüllt, die Stallgasse entlang.

»Mach unsere Pferde fertig!«, befahl der größere. Hätte Duncan nicht Prinz Malcolms Stimme erkannt, hätte er nicht gewusst, wer die beiden waren. Warum die Hast? Und weshalb der merkwürdige Aufzug? Achselzuckend warf Duncan Decken und Sättel auf die Rücken der Tiere und zurrte die Sattelgurte fest. Kaum waren die Pferde aufgezäumt, befahl ihm der Thronfolger, ihnen die Steigbügel zu halten. Die dunklen Mäntel eng um die Schultern geschlungen, die Kapuzen tief im Gesicht, galoppierten sie über die Zugbrücke davon in den über der Heide liegenden Nebel. Mit zusammengekniffenen Augen blickte Duncan ihnen nach, bis die schlanken Silhouetten hinter den Hügeln verschwanden.

Eine seltsame Stimmung lag an diesem Morgen über den mächtigen Zinnen der Burg. Krähen kreisten über den Türmen, deren Dächer in den niedrigen Wolken zu verschwinden schienen. Gerade als Duncan den Entschluss gefasst hatte, sich ins Hauptgebäude zu stehlen, um herauszufinden, was geschehen war, erblickte er seinen Freund Colin, der eilig den Hof überquerte; das Gesicht feuerrot vor Aufregung. Nur wenige Zoll vor Duncans Füßen kam er keuchend zum Stehen und fuhr sich mit der Hand durch den wilden schwarzen Schopf. »Der König ist ermordet worden!«, stieß er nach Luft ringend hervor.

Kaum war ihm die Tragweite der Worte bewusst, durchzuckte es Duncan: Vor wenigen Minuten hatte er den Prinzen zur Flucht verholfen …

Kapitel 9

Castle von Cawdor, in der Nähe von Inverness, Oktober 1040

Nervös schob Gwynn ihre Locken unter die kleine Haube und betrachtete den Rest ihrer Erscheinung in einem winzigen, halb blinden Bronzespiegel. Beim Klang der Alarmglocke war sie erschrocken aus dem unruhigen Schlaf gefahren, hatte sich ein dünnes Gewand übergeworfen und war zur Tür geeilt. Nachdem sie sich versichert hatte, dass es in der Festung nicht brannte, nahm sie an, dass es sich um einen Streit zwischen den vermutlich immer noch betrunkenen Männern in der Halle handelte. Während sie ihr widerspenstiges Haar flocht, kehrten ihre Gedanken zur vergangenen Nacht zurück und dem wundervollen Gefühl, als sie Duncans Lippen auf den ihren gespürt hatte.

Wie sehr sie sich nach seiner Nähe sehnte, nach seiner warmen Stärke. Bei ihm fühlte sie sich sicher und geborgen. Jegliche Gefahr und alle Unbill des Lebens wurden in seiner Gegenwart zu bedeutungslosen Nichtigkeiten. Noch nie zuvor in ihrem Leben hatte sie ein solch vollkommenes Glück empfunden. Weshalb also lag dieser merkwürdig schwere Klumpen in ihrem Magen? Während sie so ihren Gedanken nachhing, band sie mit geübten Fingern die Schnüre des Obergewandes, strich die Röcke glatt und verließ die Kammer, um an die Tür der Freundin zu klopfen. Als diese, lediglich mit einem Untergewand bekleidet, eine Handbreit öffnete und sie verschlafen anblinzelte, runzelte Gwynn fragend die Stirn.

»Ach, du bist es«, stellte Màiri mit einem Blick über die Schulter fest. »Ist die Luft rein?« Als Gwynn nickte, gab Màiri einem jungen Mann ein Zeichen, den Gwynn als einen der Gefolgsleute des Königs erkannte. Er stahl sich mit hochrotem Kopf durch den Spalt zwischen ihr und der Tür, bevor er hastig, im Laufen das Kettenhemd überwerfend, die Treppe hinabeilte. Gwynn sah ihm kopfschüttelnd nach, folgte Màiris Aufforderung und betrat die verwüstete Kammer. Überall lagen Schaffelle herum. Màiris Kleider waren achtlos in eine Ecke gepfeffert worden, wo sie in einem unordentlichen Häuflein einen Stoß Feuerholz unter sich begruben.

»Wir waren in Eile«, erklärte das dunkelhaarige Mädchen ungerührt und las beiläufig einige Dinge vom Boden auf.

»Wo hast du ihn getroffen?«, fragte Gwynn lachend. Sie konnte sich nicht daran erinnern, dass die Freundin während des Banketts mit einem Mann gesprochen hatte.

»Ach …« Màiri hob kokett die Schultern. »Er ist mir kurz nach seiner Ankunft in der Küche über den Weg gelaufen.« Sie grinste. »Den Rest kannst du dir denken. Und was ist mit dir und Duncan?«

»Wir haben uns geküsst«, gestand Gwynn leise, trat an das niedrige Fenster und starrte in den nebligen Morgen hinaus. »Ich liebe ihn.«

»Oh, Gwynn, das ist wunderbar!« Mit einem warmen Lächeln flog Màiri auf sie zu, wirbelte sie herum und nahm sie in die Arme, um sie einige Atemzüge lang festzuhalten. Dann trat sie auf Armlänge zurück, legte den Kopf schief und ließ die Augen an der Freundin auf und ab gleiten, als wolle sie Maß nehmen für ein neues Gewand. »Ihr werdet sicher viel Spaß haben.«

Bevor Gwynn protestieren konnte, hatte sich Màiri schon einen grobzackigen Kamm von einer kleinen Kommode gegriffen und hielt ihn ihr hin. »Hilfst du mir mit den Haaren?«

Gwynn nahm den beinernen Kamm, bändigte die wilden Locken ihrer Freundin und steckte sie zu einem festen Zopf auf. Nachdem die Haube auf ihrem Kopf festgezurrt war, kämpfte sich Màiri in ein Kleid, band die Riemen ihrer Hirschlederstiefel und sprang auf. »Lass uns nachsehen, was all das Getöse zu bedeuten hat.«

Mit einem dumpfen, von den Wänden widerhallenden Donnern schlossen sich die Türen der großen Halle. Die klamme Kälte des Raumes hatte die Gerüche des Banketts festgehalten. Die Männer, die in der Halle genächtigt hatten, waren grob aus dem Schlaf gerissen und vertrieben worden, um Platz zu machen für den Großen Rat. Überall lagen zerwühlte Strohhaufen herum und es stank nach ausgedünstetem Wein und Met und den Körpern vieler Menschen. MacDuff und Lenox hatten Fackeln entzündet, doch die Atmosphäre war düster und Unheil verkündend. Überall hatten sich kleine Grüppchen gebildet, die nervös tuschelten. Als Mac Bethad die übernächtigten und schockierten Thane und Lairds aufforderte, ihrer Stellung gemäß an den halbkreisförmig angeordneten Tischen Platz zu nehmen, war die Anspannung in der Halle nahezu greifbar. Mac Bethad selbst saß mit den Thanes Lenox, Banquo und MacDuff am Kopf der Tafel. Die zwei hochlehnigen Stühle zwischen ihnen waren nicht besetzt.

Der Than von Rosse war geschickt worden, um die Prinzen zum Treffen zu geleiten, war bisher jedoch noch nicht zurückgekehrt. Allmählich wurden im gedämpften Gemurmel Worte des Unwillens und Misstrauens laut. Als Mac Bethad anheben wollte, die Umstände der Entdeckung der Bluttat zu erläutern, wurden die schweren Doppeltüren aufgestoßen und ein entsetzt wirkender Rosse eilte auf Mac Bethad zu und flüsterte ihm etwas ins Ohr.

»Was ist los?«, brüllte ein stiernackiger Than aus dem Osten des Königreiches und unmittelbar neben ihm sprang ein weiterer Adeliger auf. »Was habt Ihr für Geheimnisse, Rosse?«

Mac Bethad hob beschwichtigend die Hände und verkündete mit ruhiger Stimme: »Rosse konnte die Prinzen nicht finden.«

Bevor das Gemurmel in einem wütenden Aufruhr umschlug, setzte er warnend hinzu: »Bleibt ruhig! Noch ist nichts bewiesen!«

Seine Worte schienen in der riesigen Halle verpufft zu sein, denn plötzlich schossen die wildesten Spekulationen ins Kraut, gefolgt von ersten Forderungen nach den Köpfen der beiden Brüder. Einige Adeligen waren bereits mit gebleckten Klingen aus der Halle geeilt, um sich von der Wahrheit zu überzeugen. Mac Bethad frohlockte innerlich. Diese Narren! Etwas Besseres hätte gar nicht passieren können. Mit ihrer Flucht hatten die Prinzen ihr Schicksal besiegelt. Er hatte alle nur erdenklichen Möglichkeiten durchgespielt, wie er sie loswerden konnte, doch mit dieser unüberlegten Aktion hatten sie ihm alle Sorgen abgenommen.

Durch das kehlige Bellen der Hofhunde an die Stalltür gelockt, sah Duncan die zornentbrannten Männer mit Riesenschritten über den schlammigen Hof auf sich zukommen. Bei ihrem Anblick ergriff ihn kalte Furcht, seine Kehle war plötzlich staubtrocken. Einem ersten Impuls folgend, hätte er sich am liebsten zwischen den hoch aufgestapelten Strohballen versteckt; niemand sollte erfahren, dass er es war, der den Prinzen zur Flucht verholfen hatte. Doch Feigheit gehörte nicht zu den ritterlichen Tugenden, die Duncan in seiner Ausbildung erlernen wollte. Folglich wischte er sich die feuchten und schmutzigen Hände an dem speckigen Leder seiner Hose ab und trat den grimmigen Edelleuten, die ihm in ihren schweren Brustpanzern äußerst bedrohlich erschienen, tapfer entgegen.

»Aus dem Weg, Bursche!«, bellte einer und stieß Duncan grob in eine der leeren Boxen, bevor er mit seinen Begleitern zielstrebig auf das andere Ende der Stallgasse zustürmte, in dem die Pferde der Prinzen gestanden hatten.

»Sie sind fort!«, rief der Vorderste.

»Hast du die Prinzen gesehen?«, wandte sich ein anderer an Duncan.

Mit weichen Knien hob Duncan den Blick und antwortete mit bebender Stimme: »Ja, Herr. Sie sind vor einer halben Stunde aufgebrochen.«

Der Ritter packte ihn grob am Arm und zerrte ihn nach draußen.

»Dieser Bursche kann die Flucht bezeugen!«, brüllte er den anderen zu, die Duncan wütend ansahen. Gemeinsam gingen sie zum Haupthaus. Mit schraubstockartigem Griff schleifte der Ritter Duncan, der Schwierigkeiten hatte, Schritt zu halten, hinter sich her. Auf der Treppe zum Haupttor rutschte er aus. Nur ein kräftiger Ruck verhinderte, dass er hinschlug. Ein greller Schmerz zuckte durch seine Schulter, die ihm der Ritter fast ausgekugelt hätte. Nur mit Mühe unterdrückte Duncan einen Schrei.

Rüde wurde er durch die Tür zur großen Halle gestoßen. Er spürte, dass viele Menschen in der Halle waren, aber seine Augen mussten sich erst an das Zwielicht gewöhnen. Man schob ihn ans Kopfende der Tafelrunde, wo Mac Bethad den Vorsitz über den Rat führte. Der Anblick seines Herrn ließ ihm das Blut in den Adern gefrieren. Sein Gesicht war bleich, nahezu leblos wie das einer Totenmaske, aber in seinen Augen züngelten Flammen der Unrast.

»Dieser Bursche hat die Prinzen fliehen sehen!«, schleuderte der Ritter MacBethad, Banquo und MacDuff entgegen. Diese hatten sich inzwischen von ihren Stühlen erhoben und musterten Duncan streng. Duncan wurde unsanft nach vorn gestoßen.

»Waren sie in Eile?«, erkundigte sich Mac Bethad.

Duncan schluckte schwer, bevor er mit belegter Stimme antwortete: »Sie waren in großer Eile.« Dann beschrieb er, wie sich die Prinzen verhalten hatten und welche Kleidung sie trugen; diese sei ihm seltsam erschienen. »Ich wusste nicht, dass sie ein Verbrechen begangen hatten!«

Das Gemurmel der Versammelten erinnerte an das Summen zorniger Hornissen. Duncan fuhr zusammen, als Mac Bethad mit der Faust auf den Tisch schlug und donnernd Ruhe gebot.

»Du kannst gehen«, beschied er knapp und wies auf die Tür. »Es war nicht dein Verschulden.«

Eine zentnerschwere Last schien von seinen Schultern zu fallen, als sich Duncan mit gesenktem Kopf zurückzog. Er spürte, dass die Blicke aller auf ihn gerichtet waren. Als er endlich zur Tür hinaus war, rannte er los, bis er keuchend die Stallungen erreichte. Sein Herz hämmerte wild. Er lehnte sich an einen der dicken Stützpfeiler und rang die aufsteigende Übelkeit nieder. Man hatte ihn nicht bestraft! Der König war tot! Und seine Mörder waren geflohen! Was würde nun geschehen? Brauchte das gerade erst befriedete Königreich nicht dringend einen Anführer, der die Lage stabilisierte? Duncan war erschöpft und eine beängstigende Leere breitete sich in ihm aus. Die Hochstimmung, die er am vergangenen Abend empfunden hatte, war auf einmal unwirklich und fern.

Kapitel 10

Eine schlechte Straße in der Nähe von Inverness, Oktober 1040

Duncan ritt wie benommen. Alles war so schnell gegangen, dass er nicht einmal Zeit gehabt hatte, sich von Gwynn zu verabschieden. Kaum zwei Stunden nachdem er aus der Versammlung entlassen worden war, hatte ihn ein Bote Mac Bethads aufgesucht. Der Rat hatte Mac Bethad zu König Duncans Nachfolger gewählt, deshalb waren sie jetzt auf dem Weg zur Abtei von Scone, wo die Krönung stattfinden würde.

In halsbrecherischem Galopp ritt die Gesandtschaft den Pfad entlang, um als erste den geweihten Ort zu erreichen. Die Luft war kalt und der stürmische Westwind peitschte schwarze Wolken über den zerklüfteten Herbsthimmel. Duncan war froh, ein wollenes Hemd unter dem schweren Kettenhemd angelegt zu haben, denn die schneidende Kälte durchdrang alles. Die kleine Abordnung, die aus Mac Bethad, Lenox, Rosse, ihm und sechs weiteren Kriegern bestand, war bereits an zahlreichen Dörfern und Flecken vorbeigeprescht, ohne Halt zu machen. Fünf oder sechs Tage würden sie ohne längere Pausen durchreiten müssen und Duncan spürte schon jetzt Schmerzen im Gesäß. Es fiel im schwer, seine wirren Gedanken zu ordnen. Einerseits erfüllte ihn die Ehre, Knappe des zukünftigen Königs zu sein, mit tiefem Stolz, andererseits hatte sich in einem Winkel seiner Seele ein Gefühl der Unruhe eingenistet, das zu ergründen ihm bisher nicht gelungen war. Vielleicht lag es an all dem Unvorhergesehenen, das sich in den vergangenen Stunden ereignet hatte und sein Leben und seine Zukunftspläne völlig auf den Kopf gestellt hatte.

Es hatte angefangen, zu regnen. Der Nieselregen legte sich wie ein mit Tau vollgesogenes Spinnennetz über Duncans Gesicht. Instinktiv fuhr er sich mit dem behandschuhten Handrücken über die Augen, doch sobald er den Schleier weggewischt hatte, schien er in in die nächste Dunstwolke zu reiten.

»Duncan!«

Er gab seinem Pferd die Sporen und ritt auf gleiche Höhe mit Mac Bethad.

»Ja, Herr.«

Der Than hatte seine Kapuze tief ins Gesicht gezogen und wandte den Kopf. Seine Augen blitzten und schienen sich in Duncans zu bohren. Er meinte etwas Unheimliches in ihnen zu erkennen. Statt des wachen Eisgraus war der Blick des Thans müde und trüb.

»Reite voraus ins nächste Dorf«, befahl er knapp. »Der

Wirt soll das Gesindel vertreiben und etwas zu Essen vorbereiten.«

Mit einem kurzen Kopfnicken signalisierte Duncan, dass er verstanden hatte und galoppierte davon. Trotz des Regens und des schweren Bodens genoss er den schnellen Ritt und die kraftvoll arbeitenden Muskeln des kräftigen Wallachs. Als er die ersten Katen des Dorfes passiert hatte, zügelte er das Tier und trabte die Straße entlang, bis er die Dorfschenke erreichte. Er sprang ab, schlang die Zügel um einen Balken und betrat – den Regen aus seinem Umhang schüttelnd – den düsteren Schankraum.

Castle von Cawdor, in der Nähe von Inverness, Oktober 1040

Schweigend und niedergedrückt saß Gwynn neben ihrer Freundin an einem der schweren Webstühle und wob aus der frisch gekämmten und gefärbten Wolle ein prächtiges farbenfrohes Gewand für ihre Herrin. Die Nachricht über den gewaltsamen Tod des Königs hatte das Mädchen entsetzt, doch sie konnte nichts anderes tun, als ihr Leben wie gewohnt weiterzuführen.

Obwohl das schicksalhafte Ereignis seine Schatten auch auf sie warf, waren die Frauen des Haushalts doch zu weit von der Welt der Männer entfernt, um die bevortstehenden Veränderungen wirklich verstehen zu können.

Gwynn seufzte. Nicht einmal von Duncan hatte sie sich verabschieden können. Zwar hatte sie ihn inmitten der kleinen Gruppe über die Zugbrücke reiten sehen, doch er war bereits zu weit entfernt gewesen, um ihren Ruf hören zu können. Sie hatte sich enttäuscht abgewandt und die bitteren Tränen geschluckt.

Während sie das Schiffchen durch die enggespannten Schnüre schob, grübelte sie über Gruoch nach, deren Zustand ihr Sorgen bereitete. Seit der Entdeckung der Bluttat war sie abwesend und zerstreut. Vermutlich war es die Entscheidung des Großen Rates, die auf ihr lastete. Bald würde sie Königin von Schottland sein und in den nächsten Tagen zog der gesamte Haushalt in die königliche Festung von Forres. Sobald die Nachricht aus Scone eintraf, würden die als Eskorte zurückgebliebenen Männer dafür sorgen, dass die nötigsten Dinge auf Karren verladen wurden und die Damen die Reise über das stürmische Hochland sicher überstanden. Während Gwynn grübelte, summte Màiri eine fröhliche Melodie vor sich hin. Wie leicht es ihr zu fallen schien, das Furchtbare zu vergessen!

»Es ist ein Jammer, dass die Männer schon wieder fort sind«, wandte sie sich nach einer Weile schmunzelnd an die ernste Freundin. Bei dem wehmütigen Ausdruck von Màiris Augen, musste Gwynn lächeln.

»Ist es möglich, dass du einen ganz bestimmten Mann vermisst?«, neckte sie Màiri, die in gespielter Empörung die Fäuste in die Hüften stemmte.

»Was um alles in der Welt bringt dich auf solch einen abwegigen Gedanken?« Sie grinste. »Sollte es etwa möglich sein, dass dir Duncan fehlt?« Ihre Mundwinkel schienen sich ernsthaft zu bemühen, die von den dunklen Locken bedeckten Ohren zu erreichen. »Ach.« Gwynn seufzte tief. »Ich habe mich nicht einmal von ihm verabschieden können.« Ob es ihm wohl gut ging? Sehnsüchtig wanderte ihr Blick durch das winzige, von dünner Ziegenhaut überspannte Fenster, während sie versuchte, seine Züge in den grauen, trostlosen Wolken zu sehen. »Ich wünschte, er wäre nie Mac Bethads Knappe geworden!«, stieß sie plötzlich heftig hervor.

»Aber Gwynn.« Màiri hockte sich vor die Freundin und ergriff ihre Hände. »Dann würde er nie ein großer Ritter, auf den du stolz sein kannst!« Sie legte ihr einen Arm um die Schulter und drückte ihren Kopf sanft an sich.

Keine sagte ein Wort. Plötzlich musste Gwynn kichern. »Ist Birk jetzt eigentlich ein Prinz?« Sie prustete bei dem Gedanken an den kleinen, wilden Jungen, der ein wahrer Teufel sein konnte. Sich ihn als würdevolles Mitglied des königlichen Haushaltes vorzustellen, war schwer.

Auch Màiri lachte und fragte dann besorgt: »Wer ist eigentlich bei ihm?«

»Ich weiß nicht«, gab Gwynn zurück, legte nach kurzem Zögern das Werkzeug nieder und sprang auf. »Ich sehe besser mal nach ihm.« Wahrscheinlich spielte er friedlich in seiner Kammer, doch es war bald Essenszeit und wenn er hungrig war, konnte er mit seinem Geschrei die ganze Festung niederbrüllen.

Gwynn eilte die Stufen zum Westflügel hinauf. Schon von Weitem fiel ihr ein schmales Lichtband auf, das aus dem Inneren der Kammer über den Steinboden und die gegenüberliegende Wand lief. Die Tür des Kinderzimmers musste offen stehen! Hastig raffte sie die Röcke und beschleunigte ihre Schritte. War Birk allein? Sie lauschte. Nichts rührte sich. Vorsichtig gab sie der Tür einen Stoß, woraufhin sich diese langsam mit einem Quietschen öffnete.

Dann setzte ihr Herz einige Schläge aus … Mit geisterhaft starrer Miene kniete Gruoch neben dem Bett ihres friedlich schlummernden Sohnes. Ihre Hände bedeckten in trügerisch mütterlicher Geste den leicht geöffneten Mund und die winzige Nase. Als sie Gwynn bemerkte, zuckte sie zurück und gab vor, die Temperatur des Knaben zu fühlen. Ihr Haar, das ihr in Strähnen in die Stirn hing, war offen und ungekämmt, und das durchsichtige Untergewand gab mehr frei, als ziemlich war. Mit den weit aufgerissenen Augen und dem totenblassen Gesicht wirkte sie, als sei sie soeben aus einem Albtraum erwacht.

»Fühlt Ihr Euch nicht wohl, Herrin?« Zögernd trat Gwynn näher. »Ich wollte nur kurz nach Birk sehen«, setzte sie vorsichtig hinzu; nicht sicher, wie sie auf die beängstigende Situation reagieren sollte. Als wolle sie einen Gedanken verjagen, fuhr sich Gruoch mit der Hand über die Augen und nestelte zerstreut an ihrem Gewand.

Kapitel 11

Die Abtei von Scone, in der Nähe von Perth, Oktober 1040

Wie ein riesiges, aus einem Traum entsprungenes Fabelwesen zeichnete sich die Abtei von dem blutroten Abendhimmel ab. Nach fünf anstrengenden Tagen beinahe ununterbrochenen Reitens, während denen Duncan mehr als einmal das Gefühl gehabt hatte, sich keine Sekunde länger im Sattel halten zu können, hatte die kleine Abordnung endlich ihr Ziel erreicht. Sein Gesäß schmerzte ebenso wie die Innenseiten seiner wundgerittenen Schenkel. Die Rückenmuskeln waren völlig verkrampft und die steifen Hände schienen an den Zügeln festgefroren zu sein. Die erleichternden Momente der Rast waren kurz gewesen: ein hastiges Mahl und ein paar Stunden Schlaf. Jedesmal war Duncan erschöpft aus den unruhigen Träumen erwacht. Wie sehr er sich nach der wohligen Hitze eines Feuers, einem Bett und etwas anderem als zähem Dörrfleisch sehnte!

Der Anstieg zum befestigten Kloster war steil und die übermüdeten Pferde, die mit ihren Eisen immer wieder auf dem nassen Kopfsteinpflaster ausglitten, hatten große Schwierigkeiten, den engen Pfad zu bewältigen. Das Klappern der Hufe hallte von den dicken Mauern, die zu beiden Seiten neben den Reitern aufragten, wider. Nachdem sie durch ein großes Tor geritten waren, mussten sie einen gewundenen Weg bezwingen, der zum weitläufigen Innenhof hinaufführte. Im Inneren der Abtei war kaum mehr Tageslicht. Duncan hatte sich das Kloster als einen friedlichen Ort Gottes vorgestellt, doch es wirkte eher wie eine Festung, die selbst einer langen und schweren Belagerung standhalten konnte. In die dicken Steinquader waren Schießscharten gehauen worden und die bedrohlich aussehenden Wasserspeier schienen gleichsam geeignet, siedendes Öl und flüssiges Pech auf Feinde hinabregnen zu lassen. Schnaubend trabten die zehn erschöpften Pferde hintereinander her. Als die Reiter schließlich vor dem Haupttor absaßen, wurden sie von einer Gruppe Mönche empfangen, aus deren Mitte sich ein Mann löste, der augenscheinlich das Kommando führte. Seine leicht im Wind flatternden Gewänder waren aus feinerer Wolle gewoben als die der anderen Patres und an den dicken Fingern der rechten Hand prangten mit kostbaren Edelsteinen besetzte Ringe.

Die Pferde wurden von Novizen fortgeführt und der Abt bat Mac Bethad und sein Gefolge ins Innere der Abtei, das nicht minder finster und ungastlich wirkte als die Außenanlage. Der einzige Schmuck der großen Halle bestand aus einem überdimensionalen Kreuz über dem zentralen Rundbogen. Dessen rechter Arm sah aus, als sei er aus verbranntem Holz gezimmert worden. Später sollte Duncan erfahren, dass dieser Arm ein Teil des Kreuzes war, an dem Jesus gestorben war. Nach der offiziellen Begrüßung führte der Abt Mac Bethad in eine abgeschiedene Zelle, in der er sich auf die in zwei Tagen stattfindende Krönung vorbereiten konnte. Nach einer durchwachten Nacht, in der er Gebete zur Läuterung seiner Seele sprechen würde, würde er den folgenden Tag fastend und beichtend zubringen. Erst am Abend vor der Zeremonie würde ihm gestattet sein, etwas zu sich zu nehmen.

◇

Gelangweilt streifte Duncan durch das Kloster. Er hatte die Nacht durchgeschlafen und war erfrischt aufgewacht, als die Glocken der kleinen Kapelle die Mönche zum zweiten Gebet des Tages gerufen hatten. Nach einem einfachen, aber herzhaften Frühstück begann er neugierig, das riesige Gelände zu erkunden. Der Hof war von einer immensen Ringmauer umgeben und hinter den Ställen, die seine Schritte magisch anzuziehen schienen, lag ein zu dieser Zeit des Jahres beinahe völlig abgeernteter Gemüsegarten. Einzig das feurige Orange fetter Kürbisse unterbrach das monotone Graubraun der Beete, über denen der schwere, beißende Geruch brennenden Holzes lag. In einer an das flache Küchengebäude angrenzenden Kate war ein kleiner untersetzter Mönch damit beschäftigt, schlanke Rinderkeulen über dem würzigen Feuer zu räuchern. Obwohl Duncan reichlich gefrühstückt hatte, lief ihm bei dem Duft das Wasser im Munde zusammen. Es fiel ihm schwer, sich von dem verlockenden Anblick loszureißen und eine andere Richtung einzuschlagen.

Als er um die Ecke des Stallgebäudes bog, stieß er mit einem der Novizen zusammen, der, die Arme voller Feuerholz, in Richtung Wirtschaftsgebäude eilte. »Tut mir leid«, stammelte Duncan und bückte sich, um dem schlaksigen Jungen zu helfen, die Scheite aufzusammeln.

»Nicht so schlimm«, beruhigte ihn der Knabe. »Es sind ohnehin die letzten.« Geschickt balancierte er den bis unter sein Kinn reichenden Stapel in den Armen und steuerte auf einen Holzschuppen zu, der sich an die schmutzigweiße Wand des Hauptgebäudes schmiegte. Duncan klopfte sich den Staub von den Knien und folgte ihm. Der Novize warf die Scheite in einen Korb, der bereits zur Hälfte gefüllt war, wischte sich die schmutzigen Hände an der zerschlissenen Kutte ab und fuhr sich mit der Hand über die Stirn.

»Ich heiße Leofric«, stellte er sich vor. »Und du musst der Knappe unseres neuen Königs sein.«

Duncan nickte zurückhaltend. Er hatte sich immer noch nicht an denn Gedanken gewöhnt, dass Mac Bethad bald mehr sein würde als nur sein Than. »Ja.« Er biss sich auf die Lippe. »Ich bin seit beinahe einem Jahr in seinen Diensten.«

Leofric, der in die Hocke gegangen war, um die Scheite umzuschichten, blickte bewundernd zu ihm auf. »Hast du schon den Thron gesehen, auf dem man ihn salben wird?«

Duncan runzelte die Stirn. »Nein.« Er hatte gehört, es sei verboten, die Krönungskammer vor der offiziellen Zeremonie zu betreten. Sollte Leofric etwa einen Weg kennen, das Verbot zu umgehen?

»Würdest du ihn gerne sehen?«, fragte Leofric mit verhaltener Stimme. Er war so nahe an Duncan herangetreten, dass dieser eine kleine, sternförmige Narbe über seiner linken Augenbraue sehen konnte.

»Wenn du ihn sehen möchtest«, flüsterte der Novize verschwörerisch, »dann können wir uns heute um Mitternacht hier treffen.« Seine klaren blauen Augen funkelten vor Aufregung.

Der Vorschlag klang vielversprechend. Einen Augenblick rang Duncan mit der Vorstellung, was wohl geschehen würde, wenn man sie bei der frevlerischen Tat ertappte. Allerdings bot sich solch eine Gelegenheit nur einmal!

»Einverstanden! Aber wie kommen wir in die Kapelle?« Er hatte den alten Bau bei seinem Rundgang betreten wollen und festgestellt, dass das Tor verschlossen war.

Leofric grinste breit. »Ich bin die rechte Hand des Schlüsselwärters. Das ist also kein Problem.«

Duncan nickte. Er hatte zahlreiche Sagen und Legenden über den berühmten Thron von Scone gehört, der auf dem geheimnisumwitterten Liath Fàil, dem Sprechenden Stein, ruhte. Laut Überlieferung besaß er die Macht, den zukünftigen König des Landes zu benennen. Wenn der richtige Kandidat auf ihm Platz nimmt, so die Sage, beginnt der Stein zu singen. Duncan hatte diese Vorstellung immer als ein wenig befremdlich empfunden, doch wer wusste schon, was möglich war? Laut der uralten Geschichten hatte der Stein dem biblischen Jakob als Kissen gedient, als dieser von einer Leiter geträumt hatte, über die er Engel hatte gen Himmel steigen sehen. Eine andere Legende besagte, dass Gott eben diesem Jakob eine Vision geschickt hatte, in der ihm prophezeit wurde, dass seine Kinder als Könige die Welt beherrschen würden. Von Syrien über Ägypten und Spanien war der Stein schließlich nach Irland gelangt, wo er als Leihgabe an das junge schottische Königreich über die stürmische See geschafft worden war. Nachdem er seinen Zweck – die Krönung des ersten Königs der Schotten – erfüllt hatte, hatten diese versäumt, ihn den Eigentümern zurückzugeben. Seit dieser Zeit ruhte er in der Abtei von Scone. Die Verlockung, einen Blick auf dieses Heiligtum zu werfen, war einfach zu groß. »Abgemacht!« Leofric streckte ihm die schlanke Hand entgegen und Duncan schlug ein. »Es darf aber niemand davon erfahren«, warnte Leofric nachdrücklich.

»Natürlich nicht!«, antwortete Duncan. Was dachte sich der Bursche?

Just in diesem Moment tauchte eine mit einem Kapuzenmantel verhüllte Gestalt in der Tür auf und Leofric zischte Duncan zu: »Geh jetzt! Wir sehen uns heute Nacht.« Mit diesen Worten hievte er den schweren Korb vom Boden und schwankte unter der Last der Holzscheite auf die Tür zu. Bevor er im Inneren des Gebäudes verschwand, sah Duncan noch, wie er ein paar Worte mit der Gestalt in der Türöffnung wechselte und zusammenzuckte, als der Mann die Hand hob, wie um ihn zu schlagen. Mit einem letzten finsteren Blick auf Duncan schlug der Mönch das alte Holztor hinter sich zu.

Mac Bethad kniete immer noch regungslos auf dem harten Steinboden seiner spartanisch eingerichteten Zelle. Obwohl er die ganze Nacht auf den Knien verbracht hatte, schien seine Seele immer noch genauso dunkel und leer wie zuvor. Angestrengt hatte er versucht, sich auf die Freude zu konzentrieren, die ihn jetzt, da er sein Ziel fast erreicht hatte, eigentlich erfüllen müsste. Doch immer und immer wieder sah er die grauenvolle Tat vor sich, was ihn beinahe in den Wahnsinn trieb. Während der langen und einsamen Nacht war er das Gefühl nicht losgeworden, dass König Duncan I, den man zur Beisetzung nach Iona überführt hatte, ihn mit seinen stumpfen vorwurfsvollen Augen beobachtete. Mehr als einmal hatten ihm seine Sinne während der langen Stunden der Buße einen Streich gespielt. Während die Zeit quälend langsam verstrich, hatte sich die pechschwarze Finsternis in ein abscheuliches Blutrot verwandelt und er hatte entsetzt die Hände vors Gesicht geschlagen. Erst als das schwache Grau der Morgendämmerung durch das vergitterte Fenster seiner Zelle kroch, wagte er es, aufzublicken.

Er war vollkommen erschöpft. Obwohl es ihm jetzt gestattet war, sich auszuruhen, verspürte er keinerlei Verlangen, sich zu erheben und auf dem strohgepolsterten Bett niederzulegen. Allein der Schmerz, der inzwischen zu einem dumpfen Gefühl in seinen Gliedern geworden war, das ihn glühendheiß durchzuckte, wann immer er sich bewegte, ließ ihn bei Verstand bleiben. Er wusste nicht, wieviel Zeit vergangen war, als sich dumpfe Schritte seiner Zelle näherten. Vorsichtig wurde die kleine Luke in der dicken Eichentür geöffnet und seinem feinen Gehör schien es, als stünde der flach Atmende direkt hinter ihm. Sekunden später wurde die Tür aufgestoßen und der beleibte Abt betrat den Raum – erstaunt, ihn immer noch auf den Knien liegend vorzufinden.

»Ihr betet noch?«, fragte er ehrfürchtig. »Ich bin gekommen, um Euch die Beichte abzunehmen.«

Einen verwirrenden Augenblick wirkte der schwarze Schatten vor dem Hintergrund der Zelle wie ein Schattenriss des toten Königs und Mac Bethad zog scharf die Luft durch die Zähne. Doch dann bewegte sich der Kirchenmann und das silberne Kreuz, das von seinem Hals baumelte, brachte den Than in die Wirklichkeit zurück. Wie ein Ertrinkender griff er nach dem Kruzifix, um es mit verkrampften Händen zu umklammern, wobei er stumm nach Vergebung schrie. »Vater, ich habe gesündigt«, hob er an. Das Verlangen, dem Geistlichen sein Herz auszuschütten, schien unwiderstehlich. »Ich habe getötet«, murmelte er.

»Ja, mein Sohn«, ermunterte ihn der Mönch. »Fahr fort.«

»Ich habe unzählige Männer im Kampf getötet.« Mac Bethads Stimme war fest und sicher.

Kapitel 12

Castle von Cawdor, in der Nähe von Inverness, Oktober 1040

Der Wind zerrte an ihren blonden Haaren, doch sie schien es nicht zu bemerken. Nur mit einem durchsichtigen Nachtgewand bekleidet, stand Gruoch auf den Zinnen; die Arme von sich gestreckt, als wolle sie einen unsichtbaren Feind abwehren. Die weit aufgerissenen grünen Augen blickten starr in die weite Ferne.

»Herrin!«, rief der junge Wachsoldat, der auf dem westlichen Wehrgang patrouillierte, doch Gruoch reagierte nicht und ging weiter auf den Eckturm zu, wobei sie dem Abgrund gefährlich nahe kam. Zwar konnte er hören, dass sie irgendetwas murmelte, doch der Wind trug ihre Worte fort. Als er sah, dass sie einen ihrer Füße auf die Zinnen setzte und ins Leere zu treten drohte, hielt er vor Entsetzen die Luft an und rannte in ihre Richtung.

◈

Die Abtei von Scone, in der Nähe von Perth, Oktober 1040

Duncan lauschte in die Dunkelheit und schlich durch die Halle. Es war fast Mitternacht und alle in der Abtei schienen zu schlafen. Morgen war es soweit. Im Laufe des vergangenen Tages waren auch die übrigen Thane und Edelleute in Scone eingetroffen. Aus Respekt vor dem ermordeten König würden die Krönungsfeierlichkeiten bescheiden ausfallen und das eigentliche Fest in Anwesenheit der Damen in Forres stattfinden. Behutsam stieß Duncan die kleine Seitentür auf, die in den mondbeschienenen Hof hinausführte, und huschte über das feuchte Kopfsteinpflaster zu dem Treffpunkt, den er mit Leofric am Nachmittag vereinbart hatte. Zuerst konnte er nichts erkennen, doch als sich seine Augen an die Finsternis gewöhnt hatten, erspähte er den schwachen Schein einer Kerze.

Mit dem Rücken an der Wand kauerte Leofric hinter einem Stapel Feuerholz, um sich und die Flamme vor dem scharfen Nordwind zu schützen. Ein riesiger Schlüsselring baumelte an seinem Handgelenk.

Im Dunkeln wirkte die Abtei noch unheimlicher und bedrohlicher als im Licht eines Herbsttages, und die vom bleichen Mondlicht beschienenen Türme erinnerten Duncan unangenehm an die scharfen Hauer eines Ebers.

»Bist du soweit?«, zischte Leofric.

Duncan nickte und die beiden schlichen geduckt an der hohen Mauer entlang, bis sie schließlich die schmale Treppe zur Kapelle erreichten. Hastig erklommen die Jungen die Stufen und nachdem Leofric mit fliegenden Fingern das schwere Tor geöffnet hatte, eilten sie in den gähnenden Schlund. Im Inneren des kühlen Gebäudes war es totenstill. Die Finsternis wurde nicht einmal vom Mondlicht, das kaum die winzigen Rundbogenfenster erreichte, erhellt. Mit klopfenden Herzen schlichen die beiden den breiten Gang entlang, bis sie schließlich die hinter dem Altar liegende Krönungskammer erreichten. Das Schiff der bescheidenen Kapelle maß etwa neunzig Fuß und die von dicken Säulen flankierten Seitenschiffe waren eng und niedrig. Ein Querschiff, wie Duncan es bei größeren Kirchen schon oft gesehen hatte, fehlte.

Mit einem ohrenbetäubenden Rascheln wühlte Leofric in dem Beutelchen, das er sich über die Schulter geworfen hatte, und förderte eine weitere Kerze zutage, die er an der ersten entzündete, bevor er sie Duncan in die Hand drückte. Im Lichtschein verzerrten sich die Konturen des Gebäudes auf bizarre Art und Weise. Mit einem misstrauischen Blick über die Schulter näherten sich die Jungen dem mit Trockenblumen geschmückten Altar, über dem die königlichen Farben prangten. Als sie die mit kostbaren Schnitzereien verzierte Tür hinter dem Altar erreichten, stellte Leofric seine Kerze ab und steckte einen der großen rostigen Schlüssel in das schwere Schloss. Mit einem kreischenden Geräusch öffnete sich die Tür und Duncan wirbelte instinktiv herum. Alles war ruhig. Mit einem letzten Blick in die scheinbar uferlose Tiefe des Gebäudes betraten die Jungen die Kammer.

Duncans Puls raste. War es nicht gotteslästerlich, was sie hier taten? War der Thron nicht heilig? Für den Bruchteil einer Sekunde erwog er, die Kapelle wieder zu verlassen, ohne einen Blick auf den Liath Fàil geworfen zu haben, doch dann gewann die Neugier die Oberhand und er folgte Leofric.

»Sieh nur!«, hauchte der Novize ehrfürchtig und wies mit leicht zitternder Hand auf einen einfachen Holzthron. »Der Stein von Scone.«

Neugierig trat Duncan näher und beleuchtete den tiefdunkelroten, von merkwürdigen Zeichen übersäten Stein, auf dem der Thron ruhte. Irgendwie wirkte er kein bisschen heilig, sondern einfach nur alt. Er war enttäuscht, dennoch streckte er die Hand aus, um zu spüren, ob sich der Stein wenigstens besonders anfühlte.

Leofric hielt Duncans Arm fest. »Nicht! Du darfst ihn nicht berühren! Er ist heilig!«

Duncan riss sich los und wollte Leofric gerade einen Feigling schimpfen, als die Kirchentüren aufgerissen wurden und ein halbes Dutzend bewaffneter Männer hereingestürmt kam. Ihre blanken Schwerter blitzten bedrohlich im Licht der Fackeln, die sie bei sich trugen. Mit einem erstickten Schrei ließ Leofric die Kerze fallen. Einer der Soldaten kam auf Duncan zu und alles, an das er sich dieser später erinnern konnte, war, dass er ihm die behandschuhte Faust ins Gesicht gerammt hatte. Dann war alles um ihn herum schwarz.

Als Duncan wieder zu sich kam, fühlte sich sein Kopf an, als sei er auf das Doppelte angeschwollen. Leise stöhnend fuhr er mit der Zunge über die trocknen rissigen Lippen und schmeckte warmes Blut, das immer noch zäh aus seiner gebrochenen Nase rann. Bei dem Versuch, die mit derben Stricken zusammengebundenen Glieder zu bewegen, schoss ein stechender Schmerz in Schulter und Beine. Erst nachdem sich seine brennenden Augen an die Dunkelheit gewöhnt hatten, wurde ihm klar, wo er sich befand. Er war in einem Kerker! Obwohl er hoffte, dass er als Knappe des Königs nichts zu befürchten hatte, drohte ihm die Angst die Luft abzuschnüren.

Wie groß war die Zelle, in die man ihn geworfen hatte? Er drehte den Kopf soweit er konnte. Zu seiner Rechten war eine Wand, die in der Finsternis seines Gefängnisses nass glänzte. Wenn er angestrengt lauschte, konnte er sogar das monotone

Tröpfeln des Wassers hören, das über die Jahrhunderte den weichen Stein ausgehöhlt hatte. Zu seiner Linken war nichts als Dunkelheit. Der faulige Geruch, der ihm in die Nase stieg, schnürte ihm die Kehle zu und er würgte angewidert. Irgendetwas Haariges huschte vorbei und er spürte, wie es sein Bein streifte. Schaudernd wandte er sich ein wenig näher Richtung Wand, bedauerte die Entscheidung jedoch sofort, als seine Schulter vor Schmerz zu explodieren schien.

»Leofric?« Keine Antwort. Ihre Situation war alles andere als harmlos! Sie waren nur ein paar Stunden vor der Krönung bei einem Akt der Gotteslästerung ertappt worden, den die Patres gewiss nicht leicht nehmen würden. Was würde nun mit ihnen geschehen? »Leofric!«, rief er erneut, diesmal ein wenig lauter, doch wieder bekam er keine Antwort. Stattdessen ertönte aus den Tiefen des Kerkers ein ohrenbetäubender Schrei. Ein Schauer des Grauens lief Duncan über den Rücken. Die Stille, die auf den Schrei folgte, war fast noch entsetzlicher als der Schrei.

Die unvermittelte Bewegung, die er bei dem grässlichen Laut gemacht hatte, löste erneut das Stechen in seinen Gliedern aus und so sank er zurück in die kauernde Position, die ihm am wenigsten Schmerz bereitete. Eine Ewigkeit schien verstrichen zu sein, als Duncan Schritte vernahm, die sich auf dem rauen Steinboden seiner Zelle näherten. Vor der Tür hielten sie inne, ein Schlüssel drehte sich im Schloss und nachdem die schwere Tür aufgetreten worden war, stießen zwei Männer ein schlaffes Bündel auf den mit Unrat übersäten Boden. Geblendet vom Licht der Fackeln konnte Duncan zunächst nicht sehen, was sie in das verfaulende Stroh geworfen hatten, doch dann bewegte sich das Häuflein und er erkannte Leofrics blonden Schopf.

Leise wimmernd hielt sich der Novize den linken Arm, während Duncan entsetzt begriff, dass die dunklen Flecken auf der achtlos darum geschlungenen Binde Blut sein mussten. »Hier Junge, das kannst du behalten!«, sagte einer der Schergen mit einem höhnischen Lachen und warf etwas vor Leofrics Füße.

Als Duncan erkannte, worum es sich handelte, überkam ihn solch heftige Übelkeit, dass er sich über seine schmutzigen Kleider erbrach. Erst als das grausame Gelächter der Kerle verstummte und einer von ihnen einen langen Dolch zog und drohend auf Duncan zukam, wich die Übelkeit nackter Panik und er versuchte verzweifelt, zurückzuweichen. Doch die Wand hinter ihm vereitelte den ohnehin lächerlichen Fluchtversuch. Sie würden ihm die Augen ausstechen oder die Hand abhacken, so wie sie es mit Leofric getan hatten! Instinktiv versuchte Duncan, sich zusammenzurollen, was die Fesseln jedoch verhinderten. Er war dem Mann, der sich mit der Waffe über ihn beugte, schutzlos ausgeliefert. Mit einer schnellen Bewegung durchschnitt der Kerkermeister die festen Seile und zog ihn grob am Kragen auf die Beine.

»Sieh ihn dir an«, knurrte er mit vor Ekel gerümpfter Nase und stieß Duncan gegen die Wand. Nadelspitzen tanzten in seinen blutleeren Beinen und er hatte keinerlei Gefühl in den Händen.

Rüde wurde er durch einen langen Gang gezerrt und durch eine Tür geschoben, die ins Innere des Kerkers führte. Schließlich befanden sie sich in einem Raum, der bis auf einen hölzernen Pfahl, an dem eiserne Ketten hingen, vollkommen leer war. Einer der Schergen schloss mit geübten Handgriffen die Zwingen um Duncans Handgelenke, wobei ein höhnisches Grinsen auf seinem hässlichen Gesicht lag.

»Weißt du, Bursche, du hast wirklich Glück«, stellte er im Plauderton fest – das Gesicht so nahe, dass Duncan die Zwiebeln, die er gegessen hatte, riechen konnte. »Eigentlich hättet ihr dieselbe Strafe erhalten sollen.« Er zurrte die letzte Fessel fest. »Aber dein Herr meinte, er brauche einen Knappen mit zwei Händen« Er lachte über seinen Scherz und riss Duncan das Hemd vom Leib. »Allerdings war er ziemlich ärgerlich«, fuhr er fort und machte etwas von seinem Gürtel los. Duncan schluckte, als der Mann das Ding schüttelte und eine lange Peitsche wie eine tote Schlange zu Boden fiel.

Kapitel 13

Castle von Cawdor, in der Nähe von Inverness, Oktober 1040

Sorgsam tupfte Gwynn ihrer Herrin mit einem feuchten Tuch den Schweiß von der glühenden Stirn. Màiri und sie waren noch wach gewesen und hatten beim Schein des Feuers einige frisch gewobene Gewänder bestickt, als die aufgeregte Wache mit Gruoch auf dem Arm hereingestürmt kam. Obwohl ihre Augen weit aufgerissen waren, schien sie tief zu schlafen und Gwynn hatte den jungen Ritter angewiesen, die Burgherrin in ihr Gemach zu bringen und auf der zerwühlten Bettstatt abzulegen. Nachdem sie den bleichen Wachsoldaten fortgeschickt und ihm versichert hatte, dass ihn keinerlei Schuld traf, hatte sie die Schweißgebadete entkleidet und behutsam unter die weichen Decken gelegt. Gemeinsam mit ihrer Freundin versuchte sie, die unverständlichen Worte zu entschlüsseln, die Gruoch im Fieberwahn sprach, doch dann fiel diese in einen erschöpften Schlaf.

Nun, da sich der erste rosarote Schimmer der Morgendämmerung in die Kammer stahl, hatte Gwynn Mühe, ein Gähnen zu unterdrücken.

»Sie ist jetzt ruhig«, flüsterte Màiri. »Lass uns auch noch ein wenig schlafen.«

Im ersten Moment war Gwynn versucht, dem verlockenden Vorschlag zuzustimmen, doch sie hielt es für keinen guten

Einfall, die anscheinend ernsthaft Erkrankte ohne Aufsicht zu lassen. »Geh du nur«, erbot sie sich. »Ich bleibe noch ein wenig bei ihr.«

»Bist du sicher?«, fragte Màiri. Sie war fest entschlossen, vor den Pflichten des neuen Tages noch etwas Schlaf zu bekommen.

»Ja.« Gwynn nickte und schickte sie mit einer ungeduldigen Handbewegung aus der Kammer. »Ich könnte ohnehin nicht schlafen.«

War es Zufall, dass Gruoch so kurz nach dem abscheulichen Mord erkrankt war? Setzte ihr die Tat so sehr zu? Seit Màiri gegangen war, saß Gwynn grübelnd am Bett ihrer Herrin. Sie sah auf die unruhig zuckenden Augen der Schlafenden hinunter und langsam kämpfte sich der unaussprechliche Verdacht, der die ganze Zeit in ihrem Inneren geschlummert hatte, an die Oberfläche ihres Bewusstseins. War es möglich, dass ihre Herrin etwas mit der Gräueltat zu tun hatte? Erschrocken über den furchtbaren Gedanken, bemühte sie sich, ihn schnell wieder zu verdrängen, doch der Gedanke nagte an ihr. Wie schwach und zerbrechlich die Kranke in dem großen Bett wirkte! Als wolle sie nach etwas Unsichtbarem greifen, krampften sich ihre blutleeren Hände immer wieder zusammen.

Leise seufzend erhob sich Gwynn und trat an eines der nach Osten weisenden Fenster. Das feurige Rot des späten Sonnenaufgangs tauchte die hügelige Landschaft in ein warmes Licht. Der Morgen wirkte heiter und unschuldig. Die Bäume trugen zwar noch ein dichtes Kleid bunter Blätter, doch die Schwärme der Zugvögel zeugten davon, dass der Winter nahte. Während Gwynn versonnen in die Ferne blickte, vernahm sie ein Rascheln und als sie sich hastig umwandte, ruhte Gruochs starrer Blick auf ihrem Gesicht.

»Was tust du in meinem Gemach?«, stieß sie verwirrt hervor.

Gwynn trat zu ihr, ging in die Hocke und ergriff ihre kalte Hand. »Ihr wart krank, Herrin. Ihr wärt beinahe verunglückt.«

Während der Verstand hinter den leeren Augen versuchte, sich zu erinnern, hatte Gruoch plötzlich einen misstrauischen Ausdruck. »Habe ich im Schlaf geredet?«, fragte sie und musterte Gwynn, die bemüht war, ihren strengen Blick zu meiden.

»Nein.« Es war keine Lüge, denn sie hatte kein einziges der heiser hervorgestoßenen Worte verstehen können.

Als spüre sie die Unwahrheit, riss Gruoch mit einer energischen Bewegung ihre Hand weg und kämpfte sich in eine sitzende Position. Einen Moment lang schloss sie die Augen. »Lass mich allein!«, befahl sie und bevor Gwynn protestieren konnte, wiederholte sie den Befehl mit sich überschlagender Stimme. »Geh! Lass mich allein!«

Sprachlos über die Heftigkeit warf Gwynn einen letzten Blick auf das vor Wut verzerrte Gesicht, bevor sie sich zur Tür zurückzog und die Kammer verließ.

Die Abtei von Scone, in der Nähe von Perth, Oktober 1040

Der Versuch, den Schmerz durch angenehme Erinnerungen zu verdrängen, hielt nur den ersten Schlägen stand, dann schlug eine Welle heftiger Schmerzen über seinem Körper zusammen. Bei jedem Schlag hatte Duncan das Gefühl, als würde ihm das rohe Fleisch in Streifen vom Rücken gerissen. Die Qual, wenn der Lederriemen auf ihn niederging, sich immer tiefer in seinen Rücken zu fressen schien, war unbeschreiblich. In Erwartung des nächsten Schlags verkrampften sich seine Muskeln, doch es gab kein Entrinnen. Bei fünfzehn hatte er aufgehört zu zählen und war sich sicher, dass man ihn bis zum Jüngsten Tag auspeitschen würde. Als ein heiseres Stöhnen an sein Ohr drang, dauerte es, bis ihm klar wurde, dass er es war. Der Wächter lachte höhnisch und schlug erneut zu. Langsam schwanden Duncan die Sinne. Arme und Schultern waren taub, sein Körper schien zu verbrennen. Er verbrannte bei lebendigem Leibe! Das musste das Fegefeuer sein!

Plötzlich hörten die Schläge auf. Er bemerkte es nur, weil das Geräusch des auf seinen Rücken klatschenden Lederriemens verstummt war. Der Schmerz jedoch ließ nicht nach, im Gegenteil, er wurde schlimmer. Wie durch dichten Nebel drangen Stimmen an sein Ohr und er fühlte jemanden an den eisernen Fesseln, die seine wunden Handgelenke umschlossen, hantieren. Von den Ketten befreit, brach er in sich zusammen und sackte zu Boden. Doch sofort wurde er von starken Armen gepackt und wieder auf die Beine gestellt. Verschwommen konnte er drei weitere Männer in der Zelle ausmachen.

»Schwachkopf! Du solltest ihn nicht töten!«, zischte einer dem Wächter zu, der immer noch die Peitsche in der Hand hielt.

Gestützt von zwei Soldaten wurde er aus dem Kellergewölbe geführt – über den Hof, in eine Zelle im Hauptgebäude der Abtei. Als die kalte, feuchte Nachtluft auf seine Wunden streifte, wimmerte Duncan laut auf und wäre fast erneut zusammengebrochen. Sanft, mit dem Gesicht nach unten, wurde er auf ein Bett gehoben und spürte, wie sich jemand an seiner Kleidung zu schaffen machte.

»Oh, je, das sieht gar nicht gut aus«, murmelte ein alter Mann. »Es wird ein bisschen weh tun«, wandte er sich an Duncan, der kaum etwas wahrnehmen konnte vor Schmerzen. »Lasst uns allein«, befahl die mit einer Kapuze verhüllte Gestalt den Soldaten. »Und bringt mir etwas abgekochtes Wasser!« Daraufhin riss er mit einem Ruck an Duncans Haaren, die sich mit der blutigen Masse, in die sich sein Rücken verwandelt hatte, verklebt hatten. Duncan bäumte sich mit einem ohrenbetäubenden Schmerzensschrei auf und fiel zurück ins Bett – kalten Schweiß auf der fiebrigen Stirn. Als der Schmerz etwas nachließ, konnte er hören, wie sich die Tür öffnete und eine Schüssel scheppernd auf den Steinboden gestellt wurde. Kurze Zeit später erschien eine faltige Hand vor seinen Augen und stopfte ihm etwas zwischen die Zähne.

»Kau das! Es wird dir helfen«, sagte der Mönch. Obwohl Duncan zum Speien übel war, gab er sich Mühe, die bittersüßen Kräuter zu zerkauen.

Nach einer Weile wurde der Schmerz weniger, und als der alte Mönch Duncans Wunden mit einem weichen Lappen auswusch, gab er nur ein leises Stöhnen von sich. Nachdem der Ordensbruder die blutigen Stellen gesäubert hatte, trug er kühlende Salbe auf und verband Duncans Rücken mit frischen Leinenstreifen.

»Es wird eine Weile dauern, bis das verheilt«, sagte er nüchtern. »Trotzdem musst du an der Krönungszeremonie teilnehmen.« Seine gütigen braunen Augen waren nun unmittelbar auf Duncans Höhe. »Das hat dein Herr befohlen.« Er schüttelte mitleidig den Kopf. »Ihr Jungen wart sehr dumm.«

Innerlich stimmte ihm Duncan zu.

»Gotteslästerung ist ein schweres Vergehen. Das nimmt der Orden nicht leicht. Leofric hätte es besser wissen müssen!« Schwerfällig bückte er sich nach dem Salbentiegel. »Ich lasse dir etwas Salbe hier. Sie sorgt dafür, dass sich die Wunden nicht entzünden.«

Während Duncan darauf wartete, dass die Salbe ihre Wirkung tat, versank der Klosterbruder in Schweigen, das er erst wieder brach, als draußen die ersten Glocken läuteten.

»Ich weiß nicht, ob ich Leofric retten kann«, stellte er

schließlich mit einem traurigen Seufzen fest, bevor er sich abwandte, um die Zelle zu verlassen. »Ruh dich ein wenig aus!«. »Ich schicke jemanden, der dir hilft, dich für die Zeremonie anzukleiden.«

Schwere Schuldgefühle nagten an Duncan. Welch unbeschreibliche Schmerzen hatte man Leofric zugefügt! Bei dem Gedanken an die Klinge, mit der man dem Jungen die Hand abgetrennt hatte, erschauerte er. Was würde nun mit dem Novizen geschehen? Seine eigene Zukunft schien nicht länger auf dem Spiel zu stehen. Anscheinend hatte ihm Mac Bethad sein gotteslästerliches Verhalten vergeben. Während ihm grausige Bilder und Erinnerungen durch den Kopf jagten, schlief er schließlich unter dem Einfluss der Heilkräuter ein.

Kapitel 14

Die Abtei von Scone, in der Nähe von Perth, Oktober 1040

Die Krönung war eine Tortur gewesen. Anstatt sich irgendwo im hinteren Teil der Kapelle verstecken zu können, hatte Duncan während der gesamten Zeremonie neben Mac Bethad knien müssen, um den Mantel, den man ihm nach der Salbung um die Schultern gelegt hatte, zu halten. Außer mit einem strengen Blick hatte sein Herr nicht auf den Vorfall in der Kapelle reagiert und Duncan hatte sich alle Mühe gegeben, so zu tun, als ginge es ihm gut. Doch im Verlauf des Gottesdienstes sickerte Blut durch die Verbände und seinen Rücken hinab. Der Schmerz, den die Kräuter ein wenig gelindert hatten, begann erneut dumpf und durchdringend zu pochen. Zum Glück war er geistesgegenwärtig genug gewesen, sich seinen dunklen Tartan umzulegen, so dass niemand die Blutflecke auf seinem weißen Hemd sehen konnte. Trotz der Schmerzen und der hart auf ihm ruhenden Blicke der Männer, die ihn in der vergangenen Nacht ergriffen hatten, war die Krönung ein erhabener Augenblick gewesen. Als Mac Bethad die Krone mit steinerner Miene entgegennahm, war Duncan von Stolz erfüllt.

In der Zwischenzeit hatten sich die Besucher in das Refektorium zurückgezogen, um ein einfaches, aber nahrhaftes Mahl zu sich zu nehmen. Trotz der vielen Fackeln war die Atmosphäre düster und seltsam gezwungen. Unmittelbar nach dem Essen würde die gesamte Delegation nach Forres aufbrechen, das ungefähr sechs Tagesritte nördlich von Scone lag, um dort die Damen zu treffen, deren Begleitschutz von einem Boten über den Tag der Krönung in Kenntnis gesetzt worden war. Auf der königlichen Festung von Forres würde ein feierliches Bankett stattfinden, bei dem Edle aus allen Teilen des Landes dem neuen Herrscher die Ehre erweisen würden.

◈

Warum war er nicht in Hochstimmung? Mit klammen Fingern nahm der König die schwere Krone vom Kopf und drehte sie nachdenklich in den Händen. Generationen von Königen vor ihm hatten den einfachen schmalen Goldreif, der auch König Duncans Haupt geschmückt hatte, getragen. Der Gedanke an die Wärme des Ermordeten, die noch vor wenigen Wochen das Edelmetall durchdrungen hatte, ließ sie Mac Bethad mit einem erstickten Fluch in eine Ecke schleudern. Zentnerschwer ließ er sich auf sein Bett fallen und vergrub das Gesicht in den zitternden Händen. Würde dieses furchtbare Schuldgefühl jemals aufhören, an ihm zu nagen? Während der vergangenen Tage war es zu einem beinahe greifbaren Feind geworden, der ihm den Schlaf raubte und alle nur erdenklichen Trugbilder durch seine Träume jagte. Verlor er den Verstand? Geistesabwesend rieb er sich das von kaltem Schweiß bedeckte Gesicht. In letzter Zeit schwitzte er mehr als gewöhnlich und sein Körper hatte begonnen, einen merkwürdigen Geruch abzusondern, der ihn mit Ekel erfüllte. Er hatte schon oft verzweifelt versucht, ihn mit klarem Wasser abzuwaschen, doch er klebte wie Pech an ihm.

Die königliche Festung von Forres, Oktober 1040

Der Umzug nach Forres war unspektakulär verlaufen. Dank der sorgfältigen Planung des Stewards war alles Notwendige vorbereitet gewesen, als die Nachricht aus Scone eintraf. Nachdem die für diese Aufgabe abgestellten Männer einen Großteil des Hausrates auf eigens dafür herangeschaffte Ochsenkarren verladen hatten, war der Zug dem flachen Ufer des River Nair gefolgt – langsam genug für die immer noch angegriffen wirkende Gruoch. Obgleich sie sich bemühte, fröhlich und unbefangen zu erscheinen, sah man ihr die Strapazen der vergangenen Tage an. Als die Abordnung am vergangenen Abend in der Festung angekommen war, hatte sie sich in ihre Zimmerflucht zurückgezogen, mit dem Befehl, unter keinen Umständen gestört werden zu wollen.

Gwynn war am Morgen zeitig aufgestanden und hatte die steile Wendeltreppe zum Nordturm erklommen, um den Blick über die Häuserdächer der von gewaltigen Mauern umgebenen Stadt zu genießen. Die Festung lag auf einer Erhebung im Herzen der Ansiedlung, die sich in den vergangenen Jahrzehnten zu einem der bedeutendsten Handelshäfen in Schottland entwickelt hatte. Nachdem die Stadt in der Vergangenheit immer wieder den Angriffen der plündernden Wikingerflotten zum Opfer gefallen war, wiesen die schützenden Mauern inzwischen ein Dreifaches ihrer ursprünglichen

Stärke auf, was zur Folge hatte, dass die mit vier schwer bewachten Toren versehene Ringmauer inzwischen einer riesigen Wehranlage glich. Die Bevölkerung bestand hauptsächlich aus schottischen Bürgern sowie dänischen und norwegischen Händlern, die sich irgendwann im Laufe der Zeit dort niedergelassen hatten. Gerüchten zufolge sollten auch noch einzelne piktische Familien in Forres ansässig sein, doch Gwynn wusste nicht, ob sie dieser Behauptung Glauben schenken sollte, denn der alte, keltische Stamm war inzwischen so gut wie ausgerottet.

Zu dieser frühen Stunde herrschte bereits reges Treiben in den verwinkelten Gassen der Stadt, die aus Gwynns Perspektive wie bunte Bäche wirkten, deren Strömungen an jeder Ecke die Richtung wechselten. Leuchtende Farbpunkte tanzten durch die Straßen und viele der Stein- und Holzhäuser waren mit Wimpeln und Fähnchen geschmückt, um die Ankunft des neuen Königs zu feiern. Wie winzig die Männer und Frauen wirkten, die ameisengleich durch die Stadt eilten, um ihrem Tagwerk nachzugehen. Gwynn kniff die Augen zusammen, um die Einzelheiten besser erkennen zu können. Hin und wieder staute sich der Menschenfluss, bildete ein Knäuel von handelnden oder feilschenden Bürgern, dann teilte sich der Strom, um sich wenig später aufzulösen. Heute war Markttag und am Horizont tauchten bereits die ersten Bauernkarren aus dem Umland auf, um auf dem städtischen Markt jene ihrer Erzeugnisse feilzubieten, die nicht ihren Herren gehörte. Die meisten der Bauern waren arme Unfreie. Leibeigene, denen es nicht gestattet war, ohne Erlaubnis ihre Dörfer zu verlassen. Die Markttage bedeuteten eine willkommene Abwechslung im harten Alltag der Fronarbeit. Als Kind hatten Gwynn die ausgezehrten, schmutzigen Bauernkinder, die selbst in brütender Hitze auf den Feldern ihrer Väter knechteten, leid getan, doch der strenge Ritter hatte sie bald gelehrt, dass jedes Ding seinen Platz in Gottes Schöpfung hatte.

»Gwynn! Gwynn!«, unterbrach Màiris helle Stimme ihre Gedanken. Sie wandte sich um und sah die Freundin den breiten Wehrgang entlang auf sich zulaufen. »Komm runter!«, rief sie ihr aufgeregt zu. »Sie treffen Vorbereitungen für das Turnier!« Vor Aufregung überschlug sie sich beinahe.

Geschwind raffte Gwynn die Röcke, und hastete die ausgetretenen Stufen hinunter. Wie aufregend! Bei den Vorbereitungen für ein Turnier dabei zu sein, war beinahe ebenso aufregend wie der eigentliche Wettkampf. »Wo?«, fragte sie neugierig, während Màiri ihre Hand ergriff und sie die Mauer entlang auf die Treppen zu zerrte, die in den Innenhof hinabführten.

»Das siehst du gleich«, erwiderte sie geheimnisvoll. Nachdem sie eilig den geschäftigen Hof überquert hatten, ließen sie die mächtigen Steingebäude hinter sich und tauchten in die feuchte Dunkelheit eines Gewölbeganges ein, in dem eiskaltes Wasser von der Decke rann. Kurze Zeit später tauchten sie an der Hinterseite des Hauptgebäudes wieder auf und blinzelten ins helle Licht der Sonne, die gerade hinter einer Wolke hervortrat. In ihrem Rücken erhoben sich die gewaltigen Mauern der Burg wie ein Hochlandgebirge. Vor ihnen erstreckte sich ein weites Feld, auf dem Dutzende von Männern damit beschäftigt waren, das Gerüst für die Zuschauertribüne zusammenzuzimmern.

»Sieh dir das an«, hauchte Gwynn ehrfurchtsvoll, während ihre weit aufgerissenen Augen über den Platz wanderten. In ihrem kurzen Leben hatte sie schon vielen Turnieren beigewohnt, doch nie zuvor hatte sie einen so riesigen Kampfplatz gesehen wie diesen. Das Gerüst der Tribüne überspannte eine Länge von mindestens einhundertfünfzig Schritten, und es würden – so schätzte sie – mindestens fünfhundert Menschen darauf Platz finden. Mit kernigen Flüchen und lautem Gebrüll richteten die Handwerker eine geräumige überdachte Loge für den König und die Königin auf, deren Form sich in mehreren kleineren Logen für die wichtigsten Edelleute widerspiegeln würde. In diesen konnten die blaublütigen Besucher dem Spektakel rechts und links des Herrscherehepaares ungestört folgen.

Gebannt vor Neugier lehnten die Mädchen an der hölzernen Absperrung, die rings um den Kampfplatz lief, um die Zuschauer davon abzuhalten, auf das Feld zu laufen, beziehungsweise unter die Hufe der Pferde gestoßen zu werden. Eine weitere Holzbarriere teilte das Feld in der Länge; an dieser Barriere würden die Ritter beim Lanzenstechen entlangreiten und versuchen, den Gegner aus dem Sattel zu heben. Am entgegengesetzten Ende der Arena konnte Gwynn die Umrisse einer Holzvorrichtung ausmachen, die fast aussah wie ein Mann, der warnend die Rechte in die Höhe hob. In der anderen Hand hielt die Figur einen scheußlich aussehenden Morgenstern, der mit kräftigen Metallzwingen an dem bemalten Holz befestigt worden war.

Màiri hüpfte aufgeregt neben ihr auf und ab.

»Stell dir nur vor, wieviel Spaß es machen wird, auf der Tribüne zu sitzen!« Sie strahlte Gwynn an. »Vielleicht trägt sogar einer der Ritter meine Farben!«

Gwynn lächelte. Sie konnte die Aufregung der Freundin verstehen. Als sie Kinder waren, war es ihnen nie gestattet gewesen, mit den Erwachsenen auf den beliebten Zuschauerplätzen den Kämpfen beizuwohnen; sie hatten sich immer einen Weg durch die Menge der Schaulustigen bahnen müssen und oft war es Gwynn nicht gelungen, sich an den rücksichtslosen Männern und Frauen vorbeizudrängen. Dann hatte sie schweren Herzens aufgegeben und versucht, einen Baum oder ein Fass zu finden, von dem aus sie das Turnier aus der Ferne verfolgen konnte. Doch dieses Mal würden sie mitten im Getümmel sein!

Kapitel 15

Die königliche Festung von Forres, Oktober 1040

Gruoch starrte auf das Gesicht ihres friedlich schlafenden Sohnes, der mit offenem Mund in seinem kleinen Bettchen lag. War da nicht etwas Bedrohliches in den scheinbar engelsgleichen Zügen? Mit leicht unsicherer Hand fuhr sie sich über die Augen und schloss die Lider. In dem Momernt, als sie sie wieder öffnete und sich zu Birk hinabbeugte, schob sich ein Wolkenschatten vor die tiefstehende Herbstsonne und ließ den Kinderkopf wie einen Totenschädel aussehen. Mit einem entsetzten Schrei sprang sie von der Bettkante, auf der sie gesessen hatte, auf, taumelte auf die Tür des Kinderzimmers zu, und zog sie mit wild klopfendem Herzen hinter sich ins Schloss. Was für ein furchtbares Omen! Wie all die anderen Zeichen, die ihr in jüngster Zeit begegneten, bedeutete es Tod und Verderben! Sie erschauerte, als sie an die bedrohlich über den inzwischen kahlen Baumwipfeln ihre Kreise ziehenden Raben dachte oder das merkwürdig monotone Stöhnen und Seufzen, das ihre schlaflosen Nächte immer wieder in Höllenqualen verwandelte. Sie schüttelte den Kopf, als könne sie so das grauenerregende Gefühl los werden, das von ihr Besitz ergriffen hatte. Die Vorbereitungen für die Krönungsfeierlichkeiten mussten überwacht werden. Sie hatte keine Zeit für solch närrische Einbildungen!

Die Abordnung war erst kurz vor Mitternacht auf der Festung angekommen, daher lagen die meisten von ihnen noch in tiefem Schlummer. Duncan hatte nach dem langen und anstrengenden Ritt keinen Schlaf finden können. Sein schmerzender Rücken, aber auch die freudige Aussicht auf ein baldiges Wiedersehen mit Gwynn hatten ihn wachgehalten. Nachdem er vergeblich versucht hatte, Ruhe in seine aufgewühlten Gedanken zu bringen, hatte er schließlich die Decke zurückgeschlagen, sich die schmutzigen Reisekleider übergeworfen und sich zu einem Erkundungsgang durch die verwinkelten Gänge der weitläufigen Festung aufgemacht. Er wusste nicht, wie viele der dunkeln Korridore er bereits durchschritten hatte, als er sich erneut in der großen Eingangshalle wiederfand. Aus den Augenwinkeln nahm er eine Bewegung wahr und hielt inne. Vorsichtig lugte er um einen der massiven Stützbalken und blinzelte. War das nicht Banquo, der Than von Lochaber, dessen Umrisse sich von der vom Mondlicht erhellten Wand abhoben?

Duncan wunderte sich. Warum lief der Than hier rastlos auf und ab und was sagte er? Er schien Selbstgespräche zu führen. Wie ein gefangenes Tier durchmaß er die Halle. Dann wechselte er unvermittelt die Richtung und kam direkt auf Duncan zu. Dieser versteckte sich blitzschnell hinter einem der dicken Balken und hielt die Luft an.

»Ich will es einfach nicht glauben«, brummte der inzwischen beinahe auf Duncans Füßen stehende Ritter, machte kehrt und ging wieder zurück. Duncan huschte hinter den nächsten Pfeiler, um nicht zu verpassen, was Banquo murmelte.

»Falsches Spiel!«, stieß der Than hervor und legte die Hände vor den Mund. »Ich muss die anderen informieren«, sagte er schließlich, fuhr sich ein letztes Mal durch das dichte lange Haar und eilte davon.

Duncan wollte gerade aus seinem Versteck hervorkommen, als er auf der Balustrade eine Gestalt wahrnahm, die dem Than mit starrem Blick nachsah. Als sich der heimliche Beobachter vornüber beugte, erkannte Duncan, dass es sich um keinen anderen als den König handelte.

»Interessant!«, zischte der König, machte auf dem Absatz kehrt und verschwand in der Dunkelheit.

Die große Halle der königlichen Festung von Forres, Oktober 1040

Der Klang der Fanfaren lag noch blechern in der Luft, als der neue Herrscher die große Halle betrat, in der sich Adeligen aus allen Teilen des Landes versammelt hatten, um ihm zu huldigen. Sie sanken auf die Knie, als er ihre Reihen durchmaß. Das Sonnenlicht, das durch die schmalen, Fenster hoch über den Köpfen der Versammelten fiel, hob die Farbenpracht und Kostbarkeit der Gewänder funkelnd hervorhob. Nervös und mit verkrampften Handen hielt Gruoch Mac Bethads Arm umklammert. Mit wehenden Gewändern schritten sie die Reihen der Knieenden ab und nahmen auf den beiden mit Blattgold überzogenen Thronen Platz.

»Willkommen!«, begrüßte Mac Bethad die zahlreichen Anwesenden und gab ihnen huldvoll zu bedeuten, dass sie sich erheben konnten. Was für ein Gefühl, sie wie Marionetten zu beherrschen! Das berauschende Gefühl der Macht pulsierte durch seine Adern, als er in die ihn bewundernd ansehenden Gesichter seiner Untertanen sah. Er erhob sich. »Ich freue mich, Euch alle zu dem heute Abend stattfindenden Bankett einzuladen.« Er machte eine wirkungsvolle Pause, in der er den Blick über die Versammlung schweifen ließ. »Doch vorher wird in einem der größten Turniere des Landes der tapferste unserer Ritter ermittelt!« Ein freudiges Raunen ging durch die Halle, denn nicht alle hatten von dem Turnier gewusst. Mac Bethad musste sich ein verächtliches Lächeln verkneifen; wie einfach es doch war, diese Schwachköpfe zufrieden zu stellen.

Als jedoch sein Blick an Banquos breitschultriger Gestalt hängen blieb, wich das Gefühl der Überlegenheit dem der Wut. Wie dumm von dem General, sich in der vergangenen Nacht so gehen gelassen zu haben. Seit der Zusammenkunft des Großen Rates, nach dem Mord an König Duncan, hatte

Mac Bethad die misstrauische Zurückhaltung Banquos gespürt. Er war der einzige, der das wahre Motiv der Meucheltat ahnte. Den giftigen Pfeilen, die der angesehene Than abschießen wollte, musste Einhalt geboten werden, bevor sie die Sehne verlassen konnten.

»Ihr dürft Euch zurückziehen!« Beinahe ungeduldig winkte der frisch gekrönte Herrscher den sich verwundert anblickenden Gästen zu, bevor er die drei Stufen hinab schritt, die von der Erhöhung, auf der die Throne standen, in den Saal führten und auf Banquo zueilte. »Einen Augenblick noch, Banquo!«

Eilig hatten die Gäste dem König den Weg freigemacht. Er bemerkte, wie sich die Damen und Ritter, an denen er vorbei ging, huldvoll vor ihm verneigten, doch das wunderbare Gefühl der Machtgefühl war dahin.

»Herr.« Auch Banquo kniete sich hin, als Mac Bethad zu ihm trat.

»Erhebt Euch!«, stieß dieser ungeduldig hervor. Sollte er die Angelegenheit wirklich wie geplant lösen? Ein dunkler Gedanke jagte den anderen, während gleichzeitig sein Gewissen Alarm schlug. »Ihr seid heute Abend unser Ehrengast«, lud er den überrascht aufblickenden General ein, fasste ihn an der Schulter und führte ihn Richtung Ausgang. Ihr Gespräch sollte möglichst unter vier Augen bleiben – wusste er doch nicht, zu welchen Taten Banquo bereit war. »Ihr wollt noch ausreiten?«, erkundigte sich Mac Bethad verwundert, nachdem ihm die derben Reitstiefel des Thans aufgefallen waren.

Banquo nickte. »Es ist ein wunderbarer Tag für die Jagd«, antwortete er, ohne den König anzusehen.

»Schade«, heuchelte Mac Bethad nach einer unangenehmen Pause, in der keiner von ihnen das Thema angesprochen hatte, das sie beide umtrieb. »Ich hätte Eures Rates bedurft.« Bevor Banquo, der erstaunt die Brauen gehoben hatte, etwas erwidern konnte, setzte er schnell hinzu: »Doch das hat auch Zeit bis morgen.«

Die Spannung zwischen den beiden war greifbar – jeder wartete darauf, dass der andere die höfliche Plänkelei aufgeben und die Maske fallen lassen würde. Banquo machte jedoch keinerlei Anstalten, den stummen Machtkampf zu beenden. Schließlich wandte sich Mac Bethad mit hartem Blick ab und sagte zornig »Versäumt das Fest nicht!«

Nachdem die letzten Mitglieder des Hofstaates die Halle schwatzend und scherzend verlassen hatten und seine Gemahlin durch die hohe Flügeltür verschwunden war, bedeutete Mac Bethad einem im Schatten einer Säule stehenden Bediensteten, näherzutreten. »Sind die Männer bereit?«, fragte er mit belegter Stimme.

Der Mann nickte stumm. »Sie warten vor den Toren der Festung.« Sein Blick lag wie gebannt auf Mac Bethads Fäusten, die sich immer wieder ballten und öffneten, während er mit einer Entscheidung zu ringen schien.

»Bring sie in mein Gemach!«, befahl er schließlich heftig atmend, fuhr sich über den Bart und setzte hinzu: »Und sieh zu, dass sie niemand zu Gesicht bekommt!«

Er ließ den Bediensteten auf dem harten Boden knien, wandte sich ab und ging mit schweren Schritten auf die breite Steintreppe zu, die in die oberen Stockwerke führte. Kaum war die Tür seines Gemachs hinter ihm ins Schloss gefallen, versank er in dumpfes Brüten. Keiner konnte ihm so gefährlich werden wie Banquo. Er kannte die Bedeutung der Prophezeiung, die die hässlichen Weiber ausgesprochen hatten. Er, König Mac Bethad, würde alles in seiner Macht stehende tun, um Banquo davon abzuhalten, sein Wissen zu teilen. Er würde zu verhindern wissen, dass die zweite Prophezeihung der Hexen eintraf und Banquos Brut seinem Sohn die Erbfolge streitig machte.

»Wer ist da?«, bellte er, als es zaghaft an der Tür klopfte.

Als der Bedienstete mit zwei zwielichtigen Gestalten den Raum betrat, richtete sich der König auf und nahm ein kleines, mit klimpernden Goldmünzen gefülltes Säckchen aus einer Holztruhe.

Kapitel 16

Die königliche Festung von Forres, Oktober 1040

Was gibt es?«, herrschte Mac Bethad seine Gemahlin ungehalten an. Kaum hatten die beiden Burschen die Kammer verlassen, als ein Bote seiner Gattin ihn davon in Kenntnis gesetzt hatte, dass die Königin ihn zu sprechen wünsche.

»Warum schließt du dich ein?«, fragte Gruoch mit vor Unsicherheit weiten Augen. »Bereust du, was wir getan haben?« Sie war so nahe an ihn herangetreten, dass der Duft ihres Haares in seiner Nase prickelte.

Doch anstatt ihn zu erregen, schreckte ihn ihre Nähe ab und er wich von ihr zurück.

Verletzt blickte sie ihn an und fügte heftig hinzu: »Was getan ist, ist getan!«

Wie recht sie damit hatte. »Ja!«, brauste er auf. »Aber kannst du noch in Frieden schlafen?« Seit Wochen floh ihn der Schlaf. Anstatt ihn zu erquicken, bereiteten ihm die unendlich lang erscheinenden Nachtstunden Höllenqualen, in denen er immer wieder den furchtbarsten Moment seines Lebens durchlitt. Jedesmal, wenn er dem schlafenden König den Dolch ins Herz rammte, schien sein Verstand weniger zu werden. »Manchmal wünschte ich, ich wäre an König Duncans Stelle«, knurrte er missmutig. »Er kann wenigstens in Frieden ruhen«

Erschrocken über die Heftigkeit, mit der er die Worte hervorgestoßen hatte, trat Gruoch auf ihn zu, nahm sein Gesicht in ihre Hände und blickte ihm tief in die Augen »Du musst dich zusammennehmen«, ermahnte sie ihn. »Niemand darf Verdacht schöpfen.« Wenn sie an das abendlicheBankett dachte, fürchtete sie sich. Jede ihrer Regungen und Äußerungen würden von Hunderten von Augenpaaren beobachtet werden.

»Ja, ja, ich weiß«, fauchte Mac Bethad. »Das treibt mich noch in den Wahnsinn.« Wütend schüttelte er ihre kalten Hände ab und machte Anstalten, ihr Gemach zu verlassen. Bevor er jedoch den Knauf umfasste, wandte er sich noch einmal um und blickte sie kalt an. »Der Abend wird zeigen, wie gut du deine Gefühle im Zaum halten kannst.«

Ein Wald in der Nähe von Forres, Oktober 1040

Es dämmerte bereits und die ersten Nebelschwaden stiegen auf. Banquo und Fleance, die nach erfolgreicher Jagd in einem der angrenzenden Dörfer Halt gemacht hatten, um ihre Fackeln zu entzünden, gaben den Pferden die Sporen, um rechtzeitig zum Bankett auf der Festung zu sein. Dass sie das Turnier versäumen würden, stand inzwischen außer Frage. Allerdings hatten sie die Gunst der Jagdgöttin nicht verschwenden wollen und die beiden Hirschkühe, die diese ihnen vor die Bögen getrieben hatte, hingen schlaff über den Rücken der Pferde. Während der ausgedehnten Jagd hatte Banquo seinen Sorgen und dem Verdacht, der ihn seit Wochen beherrschte, Luft gemacht. Doch Fleance hatte leichtfertig abgewinkt und ihm versichert, dass die Bedenken unbegründet seien. Hatten doch die Prinzen mit ihrer Flucht die Schuld so gut wie eingestanden. Und der unsinnigen Prophezeiung, die angeblich besagte, dass Banquos eigene Linie einst den

Thron von Schottland innehaben werde, schenkte der junge Mann noch weniger Glauben.

Gerade als die letzten Sonnenstrahlen am Horizont verschwanden, tauchten die beiden Männer in das schummrige Licht unter den dicken Nadelbäumen ein. Ihr Gespräch verstummte, da sie beide ihre gesamte Konzentration aufbringen mussten, um den schlechten Weg auszumachen. Je weiter sie in die Tiefe des Waldes vordrangen, desto dunkler wurde es, bis sie schließlich tiefschwarze Finsternis umfing, die von den schwachen Lichtkegeln ihrer Fackeln nur unzureichend erleuchtet wurde. Unter den Hufen ihrer Hengste zerbrachen dürre Äste und Zweige und leises Huschen verriet die ängstlichen Waldbewohner. Weit im Inneren des Waldes rief eine Eule. Unter anderen Umständen hätte Fleance den anspruchsvollen Ritt über den vom anhaltenden Herbstregen nassen und schlüpfrigen Untergrund genossen, doch während er sein Pferd zügelte und auf seinen Vater wartete, beschlich ihn leises Unbehagen.

»Was war das?«, fragte Banquo atemlos, als er auf gleicher Höhe mit seinem Sohn ritt. Dieser zuckte die Schultern und grub die Fersen in die Flanken seines Hengstes. Kaum waren sie ein paar Schritte getrabt, als sich zwei dunkle Gestalten von den knorrigen Ästen einer Eiche auf sie stürzten und die verblüfften Reiter wütend attackierten. Mit einem schrillen Wiehern stieg Fleances Pferd auf die Hinterhand und machte Anstalten, durchzugehen. Der junge Mann hatte alle Hände voll zu tun, das temperamentvolle Tier unter Kontrolle zu bringen. Als er den panischen Rappen beruhigt hatte, man konnte das Weiße in seinen Augen sehen, bemerkte er im Licht der zu Boden gefallenen Fackel, dass die beiden Banditen seinem Vater mit Schwert und Streitaxt schwer zusetzten. Da keiner von beiden Kettenhemd oder Rüstung trug, hatten die heftigen Schläge Banquo mehrere blutende Wunden zugefügt. Mit einem heiseren Wutschrei zog Fleance sein

Schwert und preschte auf die Angreifer zu, die jedoch geschickt zur Seite sprangen. Bis er seinen Hengst zum Umkehren gezwungen hatte, lag sein Vater bereits in einer Blutlache, die Streitaxt des ersten Angreifers in der Brust. »Flieh!«, stieß Banquo hervor. »Flieh!«

Bevor der junge Mann die Bedeutung der Worte verstanden hatte, sprudelte ein Blutstrahl aus Banquos Mund und seine braunen Augen brachen.

Wut und Hass stiegen mit solch überwältigender Macht in Fleance auf, dass die Umgebung vor seinen Augen zu verschwimmen schien. Er würde sie töten! Sie Glied um Glied zerfetzen! Mit ungezügelter Brutalität rammte er seinem Pferd die Sporen in die bereits blutigen Seiten und ritt den größeren der beiden Männer nieder. Während Knochen splitterten und Sehnen zerrissen, entfloh dem entsetzt aufgerissenen Mund des Gesetzlosen ein Schrei, der seinem Kameraden das Blut in den Adern gefrieren ließ. Mit grimmiger Genugtuung hatte Fleance gerade den Fuß aus dem Steigbügel genommen, um dem am Boden Liegenden die Kehle durchzuschneiden, als ihn ein mächtiger Hieb zwischen den Schulterblättern traf. Um ein Haar hätte er das Gleichgewicht verloren, als der lähmende Schmerz seinen Körper durchzuckte. Er griff nach der Mähne seines nervös schnaubenden Hengstes und erkannte aus dem Augenwinkel, wer ihn geschlagen hatte. Der zweite Kerl hatte einen riesigen Prügel vom Boden aufgehoben und wollte erneut damit auf ihn eindreschen. Nur um Haaresbreite gelang es ihm, dem zweiten Hieb auszuweichen. Mit letzter Kraft schwang sich Fleance in den Sattel und preschte, ohne darauf zu achten, wohin er ritt, durch das dichte Unterholz davon. Wut, Schmerz und Trauer – in seinem Kopf drehte sich alles.

Kapitel 17

Der Turnierplatz hinter der königlichen Festung von Forres, Oktober 1040

Hunderte von Fackeln erleuchteten den riesigen Kampfplatz. Auf der Tribüne hatten sich ungezählte Edelleute und Damen versammelt, die zu diesem Anlass ihre besten Gewänder trugen. Aus der Ferne betrachtet bot sich einem ein außergewöhnliches Farbenmeer; nur unterbrochen von dem grünen Oval des Kampfplatzes.

Die unverheirateten Edelfräulein hatten sich bunte Bänder um die Oberarme gebunden, um sie den Rittern, die sie ausgesucht hatten, als Talismann um den Schaft ihrer Lanze knoteten. Die Absperrung rings um das Gelände war gesäumt von Hunderten von Schaulustigen aus der Stadt. Für das leibliche Wohl sorgten Stände mit Met, frisch gebackenem Brot, Gemüseeintopf, in Honig gebackenen Äpfeln, gegrillten Fleischspießen und vielem mehr. Darüber hinaus konnte man Waffen, gefärbte Tücher und viele andere Notwendigkeiten erwerben. Kinder jeden Alters rannten kichernd und schreiend durch die Reihen der dicht gedrängt stehenden Zuschauer und spielten Verstecken. Die weniger Unschuldigen stahlen, was immer ihnen zwischen die Finger kam. Ein aufgeregtes Stimmengewirr erfüllte die vom Rauch unzähliger Feuer schwere Luft, als das Zwielicht am Horizont langsam der Dunkelheit wich.

Am westlichen Ende der Arena hatten Ritter ihre meist zweifarbigen Zelte errichtet. Ihre Pagen führten ihnen die mit Schmuckzügeln und bunten Decken herausgeputzten Schlachtrösser zu und halfen ihnen in den Sattel.

Auf der Tribüne rutschte Màiri, die nicht weniger als vier verschiedenfarbige Bänder um den Oberarm geschlungen hatte, aufgeregt auf ihrem Platz hin und her. »Sie kommen!« Vor Nervosität glühend stieß sie Gwynn, die neben ihr saß und kein Band trug, den spitzen Ellenbogen in die Rippen.

Gwynn bedachte sie mit einem tadelnden Blick und ließ ihren Blick zurück zur Loge des Königs schweifen. Dort hatte sie den erschöpft wirkenden Duncan erspäht. Prangte ein blaues Auge in seinem Gesicht? Sie versuchte, genauer hinzusehen, doch eine Gruppe von Damen mit prächtigem Kopfputz schob sich in ihr Sichtfeld und sie konnte – egal wie sehr sie sich den Hals verrenkte – nichts erkennen. Wie sehr hatte sie gehofft, ihn an diesem Nachmittag zu treffen, doch er war wie vom Erdboden verschluckt gewesen und sie hatte den Tag damit zugebracht, auf ein Wiedersehen am Abend zu hoffen.

»Sieh dir nur den Prachtburschen auf dem schwarzen Pferd an!«, strahlte Màiri. »Das mit der roten Decke.« Sie seufzte sehnsüchtig und nestelte an einem der Bänder an ihrem Arm herum, um bereit zu sein, falls der junge Ritter sie erwählen sollte. Die Teilnehmer des Turniers ritten in einer Reihe auf den Kampfplatz ein, bis sie schließlich vor der Herrscherloge zum Stehen kamen. Respektvoll senkten sie vor dem König und der Königin die Lanzen und nach einer kurzen Ansprache, die im Gemurmel der zahlreichen Zuschauer unterging, trabten sie an der Tribüne auf und ab – auf der Suche nach einer Dame. Noch trug keiner von ihnen einen Helm und die jugendlichen Gesichter spiegelten die sehnsüchtige Erwartung der Ehre, die sie am heutigen Abend zu erringen hofften, wider. Bis auf wenige Unentschlossene fanden die meisten Kämpen auf Anhieb eine Herzensdame – lediglich drei von ihnen schienen Schwierigkeiten zu haben, aus dem reichhaltigen Angebot zu wählen. Schließlich brachte ein muskulöser dunkelhaariger Ritter in einem grünen Übergewand seinen Schimmelhengst auf Höhe der Mädchen zum Stehen und senkte grüßend die Lanze, bevor er sie mit einem bezaubernden Lächeln Gwynn hinstreckte, damit diese ihm ein Pfand darum binden konnte. Errötend schüttelte die junge Frau den Kopf und wies auf Màiri, die eifrig mit einem der Tüchlein winkte, das sie eigentlich für den Reiter auf dem Rappen losgebunden hatte.

Während seine anfängliche Enttäuschung der Neugier wich, wandte sich der Ritter Màiri zu und bot nun ihr das stumpfe Ende der Waffe dar. Mit einem leicht säuerlichen Lächeln knotete diese die Enden zusammen, nickte dem Ritter huldvoll zu und beobachtete jede seiner Bewegungen, als er sein Pferd wendete, um mit einem letzten bedauernden Blick auf Gwynn zum anderen Ende der Arena zu galoppieren.

»Dem hast du es ja mächtig angetan«, bemerkte Màiri schnippisch und warf der Freundin einen bissigen Blick zu. Doch ihr Ärger verflog so schnell wie er gekommen war, als sie den zerknirschten Ausdruck auf Gwynns sommersprossigem Gesicht sah. »Entschuldige!« Schuldbewusst ergriff sie ihre Hand und drückte sie fest. »Du kannst ja nichts dafür, dass die Männer nur Augen für dich haben.« Gwynn befreite ihre Hand und lächelte nachsichtig. Ihre Aufmerksamkeit galt ausschließlich der königlichen Loge.

»Sieh nur. Sie sind mit dem Auslosen fertig«, trompetete Màiri, deren Groll schon längst wieder freudiger Erwartung gewichen war, Gwynn ins Ohr und wies auf die Kämpfer. Die hatten sich um einen schwarz gekleideten Mann versammelt, der die Kampfpaare ausgelost hatte. Nun ritten sie mit wehenden Fahnen zu ihrem Startplatz, wo Knappen und Pagen um die besten Plätze stritten. Endlich lenkten die Ritter ihre Schlachtrösser zur Absperrung, die das Feld der Länge nach teilte, und die ersten Kontrahenten stoben – kaum war die Fanfare verklungen – in halsbrecherischem Galopp, die Lanzen im Anschlag, aufeinander zu, wobei die beschlagenen Hufe schwere Wunden in die weiche Grasnarbe rissen. Kurz bevor sie aufeinanderprallten, brachten sie die bunt bemalten Holzschilde in Position und ein dumpfes Krachen erscholl über den Platz, als einer der Kämpfer von der Wucht des Stoßes aus dem Sattel gehoben wurde.

Gwynn, die einen entsetzten Aufschrei unterdrückt hatte, atmete erleichtert auf, als sich der Gestürzte erhob und mit Hilfe seines Knappen, unter Schmährufen, vom Platz humpelte. Derselbe Nervenkitzel wiederholte sich so oft, bis nur noch zehn der ursprünglich zwanzig angetretenen Recken mit stolz erhobenem Haupt über den Kampfplatz trabten. In einer kurzen Pause, in der sich die Kämpfer erfrischen konnten, errichteten Dutzende von Knappen und Pagen wieselflink Strohpuppen, auf deren mageren Schultern überdimensional große Rüben prangten. Nach einem erneuten Trompetensignal gab der erste der Kämpfer, die am entfernten Ende des Feldes Stellung bezogen hatten, seinem Tier die Sporen, raste in ungezügeltem Galopp auf die Puppe zu und trennte sämtliche Rübenköpfe von den dürren Stockhälsen. Als Màiri erkannte, dass es sich um ihren Kavalier handelte, sprang sie undamenhaft auf und applaudierte mit vor Aufregung offen stehendem Mund, bis Gwynn sie mit einem ermahnenden Stirnrunzeln zurück auf ihren Platz zog. Bevor der nächste Kämpfer lospreschen konnte, steckten die gefährlich nahe kauernden Knappen neue Rübenköpfe auf. Sie konnten gerade rechtzeitig aus dem Weg springen, um nicht unter die stampfenden Hufe der schweren Schlachtrösser zu kommen. Trotz lautstarker Anfeuerungsrufe und verbissener Konzentration blieb Màiris Ritter der einzige, der alle sieben Feinde enthauptete. Diese Runde ging eindeutig an ihn.

»Ich glaube, er gefällt mir«, gab Màiri kichernd zu, während sie jede Bewegung des jungen Mannes mit Habichtsaugen verfolgte. »Ich hätte nichts dagegen, den Abend mit ihm zu verbringen.« Ein schelmisches Lächeln huschte über ihr Gesicht.

Gwynn schüttelte lachend den Kopf. »Du bist unmöglich.« Bevor sie Màiri mit ihrer Wankelmütigkeit aufziehen konnte, wurde die Aufmerksamkeit der Mädchen wieder auf die Vorgänge auf dem Rasen gelenkt. Die letzten fünf Kämpfer mussten jetzt mit dem Morgenstern gegen eine tückische Holzfigur anreiten. Den Morgenstern zu führen, war nicht leicht, denn die Waffe mit dem kräftigen Holzstab und dem eisernen Kopf mit den langen Dornen war schwer. Mit einem metallenen Scheppern warf der nach dem Aufprall wild hin und her schwingende Kopf zwei der Ritter aus dem Sattel, der dritte musste mit einer heftig blutenden Kopfverletzung vom Platz getragen werden. Nur zwei der Kämpfer waren schnell genug, um sich erfolgreich unter der gefährlichen Waffe hindurchzuducken.

Nach kurzem Hin und Her auf dem Kampfplatz, hob der in Schwarz gekleidete Schiedsrichter schließlich die Fahnen der beiden Kämpen, die den zu Fuß ausgefochtenen Endkampf bestreiten würden, in die Höhe, und Màiri verlor beinahe die Beherrschung, als sie die Farben ihres Kavaliers erkannte.

»Na, welcher von beiden ist jetzt dein Favorit?«, frotzelte Gwynn, da es sich bei dem zweiten um den jungen Mann handelte, auf den Màiri zuerst ein Auge geworfen hatte.

»Der Grüne natürlich! Wie kannst du nur etwas Anderes annehmen«, gab diese mit gespielter Empörung zurück. Als die beiden Ritter die runde Sandfläche in der Mitte des Platzes betraten, stieß sie ein gequältes Stöhnen aus. Inzwischen hatte sie begonnen, nervös an den Nägeln zu kauen. Ihr Ritter hatte Schwert und Schild für den Zweikampf gewählt, während der andere drohend Streitaxt und Morgenstern schwang.

Erneut erklangen die Fanfaren und sofort griff Màiris Recke seinen Widersacher mit einem mächtigen von oben geführten Schwerthieb an, den der rote Ritter mit der Axt parierte, bevor er mit dem Morgenstern auf den Kopf des Angreifers zielte. Als sie den tödlichen Stahl niedersausen sah, hielt Gwynn entsetzt den Atem an, doch der grüne Streiter fälschte den gefährlichen Hieb ohne Schwierigkeiten ab, um gleich darauf seinem Gegner mit der im Licht der Fackeln blitzenden Klinge hart zuzusetzen. Lange Zeit tobte der Kampf mit unverminderter Gnadenlosigkeit, bis schließlich beide Männer die Kraft zu verlassen schien, die Schläge schwächer wurden und der grüne Streiter Schwierigkeiten hatte, den Schildarm zu halten. Mit einer blitzschnellen Kombination aus Streitaxt und Morgenstern erkannte der rote Ritter die Schwäche des anderen und zwang ihn an den Rand der Sandgrube. Mit letzter Kraft duckte sich dieser unter den Hieben hinweg, schützte seinen Kopf mit dem zerhackten Schild und fiel auf ein Knie. Vor Anstrengung keuchend schwang sein über ihm aufragender Gegner den Morgenstern. Doch als er ihm den entscheidenden Hieb versetzen wollte, die Eisenkugel kreiste mit aller Kraft über dem Kopf, stieß sein Widersacher mit dem kurzen Schwert nach seinem nur leicht bewehrten Schienbein. Der Ritter sprang zurück, um der scharfen Klinge auszuweichen. Da jedoch die schwere Waffe immer noch über seinem Helm kreiste, brachte ihn die abrupte Bewegung aus dem Gleichgewicht und er stolperte mit dem rechten Fuß voraus über die Linie, die die Kampffläche begrenzte.

Tosender Beifall brandete dem grünen Ritter von den Zuschauerrängen entgegen, als er sich erhob und dem Mann auf dem Boden die Hand entgegenstreckte, die dieser mit einem zerknirschten Lächeln ergriff, um sich auf die Beine zu ziehen. Ein Page kam mit dem Pferd des Gewinners über das Grün und sobald er den siegreichen Recken erreicht hatte, schwang sich dieser elegant in den Sattel und begann – begleitet von Anfeuerungsrufen – die Arena zu umrunden.

»Mein Ritter hat gewonnen! Mein Ritter hat gewonnen!«, wiederholte die aufgewühlte Màiri so oft, dass Gwynn ihr schließlich lachend eine Hand auf den Mund legte.

»Wirst du wohl endlich still sein!« Energisch ergriff sie die

Handgelenke der Freundin und versuchte, diese zum Stillsitzen zu bewegen.

»Das bedeutet, dass ich heute Abend zu dem Ehrenbankett darf!« Màiris dunkle Augen glühten vor Begeisterung und Aufregung, während sie mit stolzgeschwellter Brust verfolgte, wie ihr Kavalier sein Ross vor der Loge des Königpaares zum Stehen brachte, um die Belohnung entgegenzunehmen. Mit gezierten Bewegungen hängte die Königin einen filigranen Silberreif an die Spitze der Lanze und nachdem sich der so Geehrte ein letztes Mal tief verbeugt hatte, trabte er mit einem jungenhaften Grinsen auf dem erhitzten Gesicht auf die Mädchen zu. Nachdem er den prächtigen Schimmel auf Màiris Höhe gezügelt hatte, hielt er ihr die gekrönte Lanze entgegen. Mit zitternden Händen nahm sie das kostbare Schmuckstück entgegen und ersetzte es durch ein weiteres buntes Tüchlein. Zum ersten Mal in ihrem Leben war sie Turnierkönigin! Behutsam drückte sie die Krone auf ihre dunklen Locken, rückte sie zurecht und strahlte den siegreichen Ritter glücklich an. Dieser hatte nur Augen für Màiri, die mit vor Aufregung geröteten Wangen und glänzenden Augen im Schein der unzähligen Fackeln bezaubernd aussah.

Kapitel 18

Der Turnierplatz hinter der königlichen Festung von Forres, Oktober 1040

Mit einem leisen Stöhnen verlagerte Duncan sein Gewicht so unauffällig wie möglich von einem auf das andere Bein. Das Turnier hatte volle zwei Stunden gedauert und während die Besucher gebannt dem Geschehen auf dem Rasen folgten, hatte Duncan für das leibliche Wohl des Königs und der Königin gesorgt und darauf geachtet, dass es ihnen an nichts fehlte. Zu Beginn der Veranstaltung konnte er einen kurzen Blick auf Gwynn erhaschen, hatte sie jedoch im Gewimmel der Hauben und Kopfputze nicht mehr wiederfinden können. Wie sehr er sich nach ihrer Nähe sehnte! Sobald sich die hochadeligen Gäste zum feierlichen Bankett zurückzogen, würde er versuchen, sie in der Menge zu erspähen. Das Verlangen nach ihr war inzwischen zu einem beinahe körperlichen Schmerz geworden, der nur dadurch gelindert werden konnte, dass er sie in die Arme schloss, ihren zarten Körper an sich drückte und die winzigen Sommersprossen auf ihrer feinen Nase küsste. Wie sehr er sie liebte!

Als am Fuß der Tribüne plötzlich Aufregung entstand, wurde er jäh aus seiner Träumerei gerissen und nur wenige Augenblicke später drängte sich ein düster dreinblickender Bediensteter durch die ihm empört nachblickenden Gäste zum Thron des Königs. Nachdem er hastig das Knie gebeugt hatte, trat er zu Mac Bethad und flüsterte ihm etwas ins Ohr, was diesem allerdings keine weitere Reaktion als ein kurzes Nicken abrang. Dann gab er dem Fremden einen Befehl, den Duncan jedoch nicht verstand. Da er nichts Außergewöhnliches an dieser Unterhaltung fand, wandte Duncan seine Aufmerksamkeit wieder der Arena zu, in der die Pagen und Knappen inzwischen damit begonnen hatten, die Trümmer der Schlacht zusammenzusuchen. Die mehr oder weniger mitgenommenen Streiter waren zu ihren farbenprächtigen Zelten zurückgekehrt, ließen sich aus den verbeulten Rüstungen helfen und legten für das Bankett ihre besten Gewänder an. Mac Bethad gab den Trompetern ein Zeichen, die daraufhin mit einer hellen Fanfare das offizielle Ende des Turniers verkündeten.

Nachdem der König und seine Gemahlin ihre Loge verlassen hatten, erhoben sich auch die Edelleute und Damen und strebten auf die erleuchtete Festung zu. Alle wollten rechtzeitig in der großen Halle eintreffen, um die besten Plätze zu bekommen. Da ein anderer Knappe Tafeldienst hatte, konnte Duncan jetzt tun, was immer ihm beliebte und so kämpfte er gegen den Strom der Zuschauer an, um zu der Stelle vorzudringen, an der er Gwynns roten Schopf hatte aufblitzen sehen. Die Reihen der Holzbänke waren jedoch bereits verlassen. Er blickte sich enttäuscht um und wollte gerade schweren Herzens umkehren, als er sie mit ihrer Freundin Màiri auf dem Rasen erspähte.

»Gwynn!«, brüllte er so laut er konnte, doch in all dem Lärm und Spektakel verhallte sein Ruf ungehört. »Gwynn!« Wild fuchtelnd versuchte er, ihre Aufmerksamkeit zu erwecken. Aber es war Màiri, die ihn entdeckte, als sie mit kokett zurückgeworfenem Kopf in schallendes Gelächter ausbrach. Als sie seiner auf und ab hüpfenden Gestalt gewahr wurde, zupfte sie ihre Freundin am Ärmel und wies mit einem breiten Grinsen auf ihn. Die Freude, die er in Gwynns Augen aufleuchten sah, beflügelte seine Schritte und wenig später hatte er die beiden schwer atmend erreicht.

»Duncan!«, begrüßte sie ihn strahlend. Als er sie überschwänglich in die Arme schließen wollte, schlug sie jedoch unvermittelt die Hand vor den Mund und blickte entsetzt zu ihm auf. »Duncan«, keuchte sie. »Was um alles in der Welt ist mit dir passiert?«

Verlegen hob er die Rechte an seine immer noch geschwollene Nase und die inzwischen grünblau unterlaufenen Augen. »Nicht so wild!«

Bevor sie ihn mit besorgten Fragen traktieren konnte, trat Màiri – schelmisch auf ihre Silberkrone zeigend – zwischen sie und verkündete salbungsvoll: »Ich lasse euch zwei Turteltäubchen allein. Ich muss meinen gesellschaftlichen Verpflichtungen nachkommen.« Mit einem Zwinkern verabschiedete sie sich von Duncan, warf Gwynn einen Blick zu, der besagte, dass er an einem blauen Auge sicherlich nicht sterben würde, und stolzierte hoch erhobenen Hauptes davon.

Als die Menge der Davoneilenden sie verschluckt hatte, hob Gwynn erneut an: »Wie ist das geschehen?«

Anstatt zu antworten, trat Duncan näher und zog sie hinter einen Holzverschlag. Dann schlang er die Arme um sie und küsste sie sanft auf die Lippen. »Das ist nicht so wichtig«, flüsterte er und blickte ihr verliebt in die Augen.

»Du hast mir gefehlt.« Zärtlich fuhr er mit dem Zeigefinger ihre Brauen nach. »Du hast mir so furchtbar gefehlt.«

Gwynn stellte sich auf die Zehenspitzen und erwiderte seinen Kuss voller Ungeduld und Lust. Als sie sich schließlich seufzend von ihm losmachte, sagte sie leise: »Ich habe dich auch vermisst. Nie wieder in meinem Leben will ich dich so schrecklich vermissen.« Während sich die immer noch auf den Ausgang zuströmende Menge um sie herum teilte, standen die beiden einige verzauberte Herzschläge lang einfach nur da und verloren sich in ihren Augen, bis Duncan schließlich Gwynns Hand ergriff und mit einem letzen Kuss auf ihre kühle Stirn vorschlug: »Lass uns ein wenig bummeln gehen.«

Der Turnierplatz hinter der königlichen Festung von Forres, Oktober 1040

Über eine Stunde hatten sie sich inzwischen durch das Gewühl gekämpft – hatten Fleischspießchen gekostet, die mit etwas unglaublich Scharfem gewürzt waren, und anschließend die brennenden Kehlen mit frischem Met gekühlt. Die ganze Zeit über hatten sie sich über alles Erdenkliche unterhalten, doch vor allem hatte Gwynn ihm Löcher über die Krönungszeremonie in den Bauch gefragt, deren unangenehmes Vorspiel Duncan lieber für sich behalten hatte. Stattdessen fütterte er sie mit unverfänglichen Einzelheiten und beschrieb die unheimliche Atmosphäre der Abtei mit blumigen Worten. Bei dem Gedanken, dort leben zu müssen, lief Gwynn ein kalter Schauer über den Rücken.

»Die armen Mönche«, stellte sie mitleidig fest. »Sie sind für den Rest ihres Lebens dort eingesperrt.«

Bei diesen Worten tauchte Leofrics heiteres Gesicht vor Duncans innerem Auge auf und plötzlich überkam ihn wieder dieses nagende Schuldgefühl, das ihn seit ihrem Aufbruch aus Scone nicht mehr losgelassen hatte. Den Gedanken an den jungen Novizen versuchte er seither erfolglos zu verdrängen.

An einem Stand, der in Honig ausgebackene Äpfel feilbot, erstand Duncan für sich und Gwynn zwei der süßen Früchte. Lachend, an den klebrigen Süßigkeiten knabbernd, schlenderten sie weiter durch das bunte Treiben und blieben bei einem Feuerschlucker stehen. Auf wundersame Weise verschwand die brennende Fackel in seinem Schlund. Vor einem großen Zelt drehten sich mehrere Spieße mit knusprigen Spanferkeln, und in einem Häuschen bot ein Mann lauthals alle erdenklichen Fleisch- und Wurstspezialitäten an. Sie genossen den Duft der Fleischwaren, als sich plötzlich die Seitentür des Standes öffnete und einer der Metzgersgesellen in hohem Bogen einen Bottich mit blutigem Wasser ausschüttete. Der Schwall traf Duncan voll ins Gesicht. Er fluchte, rieb sich die Augen und betrachtete wütend seine verschmutzten Kleider. Nur mühsam gelang es Gwynn, sich ein Lachen zu verkneifen und sie rümpfte ihr zierliches Näschen, als sie an ihm schnupperte.

»Pfui. Ich glaube, du brauchst dringend ein Bad!« Sie gluckste vor Vergnügen. »Was für ein Zufall, dass Màiri und ich uns einen Badezuber teilen.«

Die große Halle der königlichen Festung von Forres, Oktober 1040

Màiri amüsierte sich königlich. Gemeinsam mit ihrem Recken, der sich als Gareth of Moray vorgestellt hatte, thronte sie stolz am Kopf der Tafel, um die sich die Wettstreiter und ihre Damen versammelt hatten. Sie war in Hochstimmung – der Bursche war unterhaltsamer als sie zu hoffen gewagt hatte. Der Blick seiner braunen Augen lag auf ihrem leicht geröteten Gesicht und er unterhielt Màiri mit aufregenden Berichten über Schlachten und Turniere. Er umschmeichelte sie gerade genug, um nicht aufdringlich zu wirken.

Trotz der Ehre, die dies bedeutet hätte, war Màiri glücklich, dass sie nicht weiter oben in der Halle Platz genommen hatten. Dort schien die Stimmung angespannt. Wo Gareth zufolge Banquo, einer der Heerführer des Königs, hätte sitzen sollen, gähnte ein leerer Platz. Ihr Begleiter hatte missfallend die Stirn gerunzelt, als er die Abwesenheit des hohen Gastes bemerkte. Doch das Thema war schnell vergessen, als seine Aufmerksamkeit zu ihr zurückgekehrt war.

Zahllose Diener bedienten die Anwesenden. Das Essen war vorzüglich und Màiri hielt den kostbar verzierten Kelch gerade zum dritten Mal einem der Bediensteten entgegen, damit er ihn erneut mit funkelndem Rotwein füllen konnte. Sie genoss jede Köstlichkeit und je länger sie dem einlullenden Stimmengewirr um sich herum lauschte, desto mehr verschwommen die Gesichter. Der Alkohol stieg ihr zu Kopf, doch das war ihr an diesem Abend vollkommen gleichgültig. Es war ihr Abend!

»Entschuldige.« Sie hatte Gareth einen Augenblick lang nicht zugehört und nicht verstanden, was er gesagt hatte.

»Ich wollte wissen«, er lächelte sie geduldig an, »wie lange du schon in den Diensten der Königin stehst.«

Bevor sie die Frage beantworten konnte, wurde sie von der

plötzlich eintretenden Stille abgelenkt. Der Blick aller lag auf Mac Bethad. Nach einem Gespräch mit einem Boten war er gerade erst wieder in die Halle zurückgekehrt. Jetzt stand er wie erstarrt vor seinem Stuhl – das kreideweiße Gesicht von Grauen gezeichnet, die Augen vor Entsetzen weit aufgerissen. Er hob eine Hand und zeigte anklagend ins Leere.

»Dem Hochkönig ist nicht wohl!«, unterbrach der Than von Rosse geistesgegenwärtig die scheinbar endlosen Sekunden peinlicher Stille. Als die Gäste sich von Bänken und Stühlen erhoben, trat die ebenfalls bleiche Königin hastig dazwischen und signalisierte den Anwesenden, wieder Platz zu nehmen.

»Es ist nichts«, wiegelte sie mit einem gezwungenen Lächeln ab. »Es ist nur die Anstrengung der vergangenen Tage.«

Mit besorgter Miene trat sie zu ihrem Gemahl, legte ihm beschwichtigend die Hand auf die Schulter und führte ihn behutsam zu seinem Platz. Mac Bethad starrte den Stuhl an, als habe dort ein Geist gesessen.

Schließlich wandte er sich um, wischte sich zitternd über die vor Schweiß glänzende Stirn und forderte die Versammelten mit einem gezwungenen Lächeln auf: »Kümmert Euch nicht um mich! Es war wohl der Wein.« Seine Stimme klang seltsam und unnatürlich. Als er sein goldenes Trinkgefäß erhob, um in die Runde zu prosten, zitterte seine Hand so heftig, dass ein Großteil des Weines auf den Tisch schwappte.

Mit gerunzelter Stirn ließ Màiri den Blick die Reihen entlanggleiten und dachte sich ihren Teil. Dann nahm sie, wie die anderen Gäste, höflich die unterbrochene Unterhaltung wieder auf. Als der Nachtisch aufgetragen wurde, fragte sie der junge Ritter nervös und schüchtern, ob sie nach dem Fest noch ein wenig mit ihm im Rosengarten der Festung lustwandeln würde. Màiri hätte sich beinahe am Wein verschluckt. War das denn die Möglichkeit? Sollte der im Kampf so unerschrockene Krieger im Angesicht einer Liebelei etwa Schüchternheit zeigen? Bevor sie ihn mit einer neckenden Antwort aufziehen konnte, wurde die Feier erneut von einem peinlichen Vorfall unterbrochen.

Mit einem lauten Scheppern ging das Trinkgefäß des Königs zu Boden. Dieser starrte mit irrem Blick auf eine Stelle in der Mitte der Halle, an der nichts zu sehen war.

»Geh mir aus den Augen!«, brüllte er, und bevor die Gäste begriffen, was vor sich ging, ergriff er einen schweren Silberteller und schleuderte ihn von sich. »Zurück in dein Grab!« Abgenagte Knochen und Brotkanten flogen durch die Halle, als der Teller mit ohrenbetäubendem Krachen einen Splitter aus den Dielen riss. Hastig sprangen seine Tischnachbarn auf und bemühten sich, den Aufgewühlten zu beruhigen, doch außer einem gequälten Stöhnen gab der König keinen weiteren Laut von sich.

»Unser Herr fühlt sich nicht gut«, verkündete der Than von Lenox schließlich und bedeutete den Anwesenden, die Halle zu verlassen und den zusammengesunkenen Mac Bethad alleinzulassen.

Das Geräusch raschelnder Gewänder und zahlloser Fußtritte hallte von den Wänden wider, als die Gäste ihre Stühle zurückstießen und mit besorgten Gesichtern, flüsternd den Saal verließen.

Kapitel 19

Eine Kammer in der königlichen Festung von Forres, Oktober 1040

Duncan trat polternd die Tür zu Gwynns kleiner Kammer auf und stellte schnaufend die letzten Eimer kalten Wassers, die er aus dem tiefen Brunnen im Hof geschöpft hatte, ab. Unter Aufwendung all ihrer Kräfte hatten sie den schweren Badezuber aus Màiris Gemach über den mit Stroh ausgelegten Steinboden gezerrt und ihn bereits bis zur Hälfte mit über der Feuerstelle erhitztem Wasser gefüllt. Gwynn hatte Duncan befohlen, saubere Kleider mitzubringen. Das übel riechende Häufchen, das zusammengeknüllt vor ihrem Bett lag, würde sie waschen, sobald er gebadet hatte. Summend öffnete sie die Kirschholztruhe, die all ihre Schätze enthielt, und entnahm ihr einen kleinen Tiegel mit selbst gepresster Seife. Die zähe dunkle Flüssigkeit duftete schwer nach würzigen Hochlandkräutern. Sie war sich sicher, dass Duncan diesen Duft dem rosigen, den sie ebenfalls anzubieten hatte, vorzog. Sie stellte das zerbrechliche Fläschchen vorsichtig neben den dampfenden Zuber und schob den Eisenriegel der Tür, die ihre Kammer von Màiris unordentlichem Gemach trennte, vor. Schließlich wollte sie nicht, dass Màiri nach dem Bankett hereingestürmt kam, um von ihren Erlebnissen zu berichten.

Sie schlang die Arme um Duncans Taille und blickte ihm in die klaren, blauen Augen, in denen soviel Liebe und Sanftheit lag, dass es ihr beinahe den Atem raubte. Mit einem Lächeln beugte er sich zu ihr hinab und küsste sie lange und hungrig, wobei seine Zunge behutsam nach der ihren tastete, bis Gwynn sich schließlich keuchend befreite.

»Du erstickst mich ja!« Der Raum schien ihr auf einmal ungemein heiß, jede Faser ihres Körpers schrie nach mehr, doch die letzte Wasserladung hatte begonnen, zu sieden und der Geruch, den Duncan ausströmte, war wirklich alles andere als angenehm. Sie gab ihm einen letzten Kuss auf die Kinnspitze, trat an die Feuerstelle und hievte den Eimer vom Gitter.

»Nicht!« Duncan nahm ihr den schweren Kübel ab, schleppte ihn schwankend zum bereits bis zur Hälfte gefüllten Bottich und goss den Inhalt plätschernd hinein. Eine dicke

Dampfwolke stieg auf und vernebelte die Kammer. Mit den Fingerspitzen teste Gwynn die Temperatur des Wassers und bedeutete Duncan, sich auszuziehen.

»Du musst dich umdrehen.«, befahl er mit einem verlegenen Lächeln.

Gwynn starrte ihn ungläubig an, die Fäuste in die Hüften gestemmt. »Das ist nicht dein Ernst? Mach dir keine Sorgen. Ich habe vier Brüder.«

Duncan errötete und mied ihren Blick. »Nein, es ist nicht deshalb. Es ist ...« Er verstummte. »Ach, vergiss es.« Er packte den Saum des Untergewandes, zog es über den Kopf und stieg in die Wanne.

Als er ihr den Rücken zuwandte, schnappte Gwynn vor Schreck nach Luft und unterdrückte nur mühsam einen Schrei des Entsetzens. »Oh, mein Gott«, hauchte sie und starrte mit weit aufgerissenen Augen auf die hässlichen Striemen und verschorften Wunden. »Wie...?« Sie beendete die Frage nicht, sondern hob die Hand, um ihn zu berühren, zog sie jedoch augenblicklich wieder zurück, als sie den beschämten Ausdruck auf seinem Gesicht sah.

»Es ist nichts«, murmelte Duncan, ließ sich langsam ins Wasser gleiten und stöhnte leise, als es über den Wunden zusammenschwappte. »Ich war nur dumm genug, mich bei etwas ertappen zu lassen, das ich nicht hätte tun sollen.«

Immer noch sprachlos ging Gwynn neben dem Zuber auf die Knie und nachdem sie einige Tropfen Seife ins Wasser gegeben hatte, rieb sie Duncan vorsichtig mit einem weichen Leinentuch ab. »Erzählst du mir, was geschehen ist?«, fragte sie schließlich, als er ihr den Arm entgegenstreckte, den sie mit kreisenden Bewegungen einseifte.

»Sieh mich nicht so an«, brummte er und tauchte den Arm unter, um den Seifenschaum abzuwaschen. »Es war meine eigene Schuld.« Einen Augenblick lang schloss er die Augen und rang mit den grauenhaften Erinnerungen, bevor er ihr schließlich das Tuch aus der Hand nahm, sie ernst ansah und ihr in ungeschönten Worten alles berichtete.

»Mein Gott. Ihr Armen«, flüsterte Gwynn. »Das war schrecklich grausam von ihnen.« Duncan nickte. »Ja, das war es.« Der Gedanke an Leofrics Schrei ließ ihm immer noch das Blut in den Adern gefrieren. »Aber ich nehme an, sie wollten nicht missverstanden werden.« Er angelte nach dem Lappen und begann, sich die Füße zu waschen, die seit Wochen in den dicken Reitstiefeln gesteckt hatten. »Seit die Wunden verschorft sind, tut es nicht mehr weh«, beantwortete er Gwynns nächste Frage, bevor sie diese stellen konnte. »So!«, rief er aus und klatschte in die Hände. »Ich bin sauber, aber was ist mit dir?«

Er griff nach ihren Handgelenken und zog sie in die Wanne. Gwynn kreischte auf, schloss jedoch rasch den Mund, als Duncan ihren roten Schopf unter Wasser tauchte. Als sie prustend und spuckend wieder an die Oberfläche kam, schüttelte sie sich wie eine nasse Katze und schlug blind fuchtelnd nach ihm.

»Du Schuft!«, rief sie hitzig, aber Duncan hielt ihre Fäuste fest. »Mein Kleid ist ruiniert!«, protestierte sie mit einer winzigen Zornesfalte zwischen den feinen Brauen. Als Duncan sie angrinste, glättete sich ihre Stirn und sie musste lachen.

»Dann nehme ich an, wir sollten es ausziehen«, schlug er lächelnd vor. Bevor sie etwas erwidern konnte, spürte sie, wie seine Hände an den Schnürungen ihres Obergewandes nestelten.

Es war ein angenehmes, leicht kitzelndes Gefühl, das ihr einen wohligen Schauer über den Rücken jagte. Und während sie atemlos darauf wartete, dass er die letzten Ösen erreichte, genoss sie einfach nur seine Berührung. Als er schließlich die dünne Kordel entwirrt hatte, zog er das nasse Kleid über ihren Kopf und warf es achtlos in eine Ecke. Nun war sie nur noch mit einem elfenbeinfarbenen Untergewand bekleidet unter dem sich deutlich die Konturen ihrer straffen Brüste abzeichneten. Wie gebannt starrte Duncan auf die kleinen verhärteten Brustwarzen, bevor sein Blick ihren Bewegungen folgte, als sie aufstand und das störende Stück Stoff ins Wasser fallen ließ. Sie stand splitternackt über ihm und – nachdem er einige Herzschläge lang einfach nur ihre Schönheit bewundert hatte – stemmte er sich am Rand des Bottichs in die Höhe und nahm behutsam ihr Gesicht in die Hände, bevor er sie hungrig auf den leicht geöffneten Mund küsste. Plätschernd rann das Wasser an ihnen hinunter.

Ein unbeschreiblich wundervolles Gefühl schoss mit solcher Macht durch Gwynns Körper, dass sie fürchtete, den Verstand zu verlieren. Stöhnend zog sie Duncan zurück ins Wasser, während ihre Hände ungehemmt die geheimsten Stellen seines Körpers erkundeten. Wie hart er war! Als sie seine Männlichkeit umschloss, zuckte er zusammen, glitt mit der Hand an ihrem Bauch hinab und liebkoste die weichen Innenseiten ihrer Oberschenkel. Langsam tasteten sich die suchenden Finger weiter hinauf zu ihren Hinterbacken und als sie schließlich ihr Ziel fanden, schien Gwynn vor Lust zu zerbersten.

»Bitte hör' nicht auf«, hauchte sie, lehnte sich in der Wanne zurück und gab sich seiner Berührung hin, während das Blut in ihren Ohren rauschte. Schließlich schob er sich auf sie und drang vorsichtig in sie ein. Einen lähmenden Augenblick lang nahm ihr ein stechender Schmerz den Atem, doch als er erneut in sie stieß, ebbte das Gefühl zu einem leisen Unterton ab und schließlich fiel sie keuchend in seinen Rhythmus mit ein.

»Gwynn«, hörte sie ihn erstickt murmeln. Sein Stoßen wurde schneller und härter, bis er schließlich so heftig stieß, dass das Wasser in der ganzen Kammer umherspritzte. Als Gwynn den Mund öffnete, um den so lange zurückgehaltenen Schrei freizulassen, verkrampfte auch er sich, stieß einen wimmernden Laut aus und brach erschöpft auf ihr zusammen.

Einige verzauberte Momente lang lagen sie einfach nur erschöpft halb aufeinander in der Wanne, bis Gwynn kicherte und Duncan anblickte. Auf dessen Gesicht wich die Verklärtheit der Verwirrung.

»Das war …«, hob sie an, immer noch schwindelig, »unglaublich!« Langsam stahl sich ein Grinsen auf Duncans Gesicht.

»Ja«, versetzte er nachdenklich. »Viel besser, als ich gedacht hatte.« Als Gwynn missfällig die Stirn runzelte, beeilte er sich, hinzuzufügen: »Es war auch mein erstes Mal.« Nachdem er sich aufgesetzt hatte, strich er ihr zärtlich die roten Locken aus der Stirn und küsste sie sanft.

»Lass uns ins Bett gehen. Mir ist kalt«, schlug Gwynn fröstelnd vor.

Hastig stiegen sie aus dem Zuber, trockneten sich mit den bereitgelegten Tüchern ab und kuschelten sich nackt unter die warmen Lammwolldecken. In Duncans Arme geschmiegt, schon halb im Schlaf, vernahm Gwynn die gedämpften Schritte zweier Menschen in der Kammer nebenan und bevor sie glücklich und erschöpft einschlief, wünschte sie Màiri mit einem müden Schmunzeln eine gute Nacht …

Ein Gemach in der königlichen Festung von Forres, Oktober 1040

»Was ist mit dir?« Gruoch war besorgt. Ihr Gemahl stand vor dem vielarmigen Leuchter, den sie auf dem Tisch in seinem prunkvollen Gemach abgestellt hatte und drehte den schmalen Kronreif in den Händen. Sein hageres Gesicht war immer noch wächsern und schweißnass.

»Es fordert Blut!«, stieß er hervor und fuhr sich mit der Hand an die bebenden Lippen. »Blut fordert Blut!«

Er hatte ihr mit irren Augen vom Mord an Banquo berichtet. Obwohl sie zuerst entsetzt gewesen war, verstand sie doch die Notwendigkeit. Die Tatsache, dass sein Sohn Fleance entkommen war, war ein schwieriger Umstand, der aber sicherlich leichter aus der Welt zu schaffen war als das über ihrem Gemahl schwebende Schwert des Wahnsinns. Atemlos und gehetzt hatte er ihr von dem blutigen Trugbild des Erschlagenen berichtet, das ihm höhnisch lachend seinen Platz an der langen Tafel streitig gemacht und mit einem verstümmelten Finger auf ihn gezeigt hatte. Wie ein Narr hatte er sich in Gegenwart seiner Untertanen benommen!

»Ist es noch Nacht?«, fragte er tonlos und die feuchten Augen, mit denen er sie verwirrt anblickte, glänzten im schwachen Schein der Kerzen.

»Beinahe Morgen, Liebster.« Außer ein paar wirren Erklärungsfetzen hatte sie kaum etwas aus ihm herausbekommen. Nicht nur der Mordanschlag schien ihn aufzuwühlen, sondern auch der Umstand, dass einer seiner treuesten Gefolgsmänner – MacDuff – nach England geflohen sein sollte, um die ins Exil gegangenen Prinzen zu unterstützen. Keuchend vor Wut hatte er Wort für Wort wiederholt, was der Bote ihm ausgerichtet hatte.

Müde legte er die Krone nieder und trat zögernd auf seine Gemahlin zu. Im Licht des Leuchters schienen die hohen Wangenknochen Mac Bethads spitzer, die Augenhöhlen tiefer und die sonst so energischen Züge wirkten ausgemergelt und erschöpft.

»Ich muss diese doppelzüngigen Weiber finden«, verkündete er plötzlich heftig und rieb sich mit den krampfhaft geballten Fäusten die Schläfen. In sechs Tagen war Samhain – die Nacht vor Allerheiligen – und bevor dieser schicksalhafte Tag anbrach, musste er das Schlimmste wissen. Angeekelt starrte er auf seine feuchten Handflächen. »Ich stecke schon bis zum Hals im Blut!« Er erschauderte, als erneut die Erinnerung an die grässlich zugerichtete Leiche des erschlagenen Königs vor seinem inneren Auge aufblitzte. »Ich kann nicht mehr zurück.« Stöhnend ließ er sich aufs Bett fallen und zerrte kraftlos an seinen Stiefeln.

»Dir fehlt Schlaf«, bemerkte seine Gemahlin, ging auf die Knie und half ihm, sich des schweren Schuhwerks zu entledigen. »Der Schlaf heilt alle Wunden.« Mit sanften Fingern löste sie seinen Gürtel, zog dem willenlos Dasitzenden das Hemd über den Kopf und schlug einladend die warme Decke zurück. Mit einem tiefen Seufzer schlüpfte er aus der Hose, ließ sich von ihr zudecken und schloss müde die bleischweren Lider. Beinahe mütterlich legte sie ihm die Hand auf die Stirn und fühlte den kalten Schweiß, der sein gesamtes Gesicht mit einem hauchdünnen Film überzogen hatte. Nachdem sie ihn ein paar Minuten lang still beobachtet hatte, wurden seine Atemzüge schließlich tief und regelmäßig. Gruoch erhob sich vorsichtig und verließ auf Zehenspitzen die dunkle Kammer. Als sie den langen Korridor, der zu ihrer eigenen Zimmerflucht führte, entlangschritt, meinte sie, unterdrücktes Atmen hinter sich zu hören, doch als sie mit klopfendem Herzen herumwirbelte, war hinter ihr nichts als gähnende Schwärze. Plötzlich drang aus den Tiefen der Festung eine rau flüsternde Stimme in ihr Ohr: »Nehmt Euch vor den Prinzen in Acht!« Bevor ihr Verstand registrierte, was vor sich ging, krachte der Kerzenleuchter zu Boden, ihre Beine begannen zu laufen und sie presste wimmernd die Hände auf die Ohren.

Kapitel 20

Eine Kammer in der königlichen Festung von Forres, Oktober 1040

Der folgende Morgen präsentierte sich freundlich und sonnig. Duncan erwachte erfüllt von einem warmen Gefühl der uneingeschränkten Glückseligkeit. Behaglich grunzend drehte er sich im Bettkasten um und schaute in Gwynns rosiges Gesicht. Während sich ihr Brustkorb regelmäßig hob und senkte, warfen die langen dunklen Wimpern ihrer geschlossenen Augen feine Schatten auf die leicht geröteten Wangen und das warme Sonnenlicht liebkoste den zarten, weichen Flaum auf ihrer Haut. Behutsam zog er mit dem Zeigefinger die Linie ihres Kiefers nach und grinste spitzbübisch, als sie wie ein von Fliegen geplagter Hund unwillig den Kopf schüttelte. Nachdem sie mit einer heftigen Bewegung seine Hand abgeschüttelt hatte, murmelte sie etwas im Halbschlaf und drehte sich auf den Bauch, was zur Folge hatte, dass er der Versuchung nachgab, ihren perfekten Körper bei Tageslicht zu bewundern und die Decke anhob. Ihre von unzähligen Sommersprossen überzogene Haut war von makellosem Weiß und beim Anblick der wohlgeformten prallen Hinterbacken spürte er schmerzhafte Erregung durch seine Adern schießen. Wie magisch angezogen, wanderte seine Hand ihren Rücken hinab bis in die kleine Vertiefung, die mit sanftem Schwung in ihr Hinterteil überging, und als er den höchsten Punkt dieser köstlichen Erhebung erreicht hatte, öffnete sie mit einem leisen Ton des Wohlbehagens die Augen und blinzelte ihn verschlafen an. »Guten Morgen« murmelte sie, drehte sich um und schlang die Arme um ihn. Als sich ihre vollen Brüste gegen seinen Körper pressten, begann sein Herz zu rasen.

Er war kurz davor, die Kontrolle zu verlieren, als es laut an die Tür zu Gwynns Kammer klopfte.

»Gwynn!« Màiris gedämpfte Stimme klang aufgeregt. »Gwynn! Bist du wach?«

Die Angesprochene rollte sich murrend auf den Rücken und strich sich das schlafwirre Haar aus dem Gesicht. »Màiri?«, fragte sie ungläubig. »Welche Stunde haben wir?«

Duncan schüttelte den Kopf – er hatte keine Ahnung. Da er erst am Nachmittag auf dem Übungsplatz erwartet wurde, war es ihm auch vollkommen gleichgültig. Gwynn seufzte, stand auf und als eine prickelnde Gänsehaut ihre nackten Arme und Beine überzog, schlüpfte sie hastig in ein einfaches Wollkleid. »Ich komme!« Mit schlurfenden Schritten trat sie an die verschlossene Tür und schob den schweren Riegel über das raue Holz, sobald sich Duncan in seine frischen Kleider gekämpft hatte.

»Warum hast du die Tür verriegelt?«, platzte Màiri vorwurfsvoll heraus, drängte sich an der gähnenden Freundin vorbei und blieb wie vom Donner gerührt stehen, als sie Duncan erblickte. »Oho!« Ein schelmisches Lächeln stahl sich auf ihr Gesicht. »Duncan!«

Der inzwischen bekleidete Knabe grinste und trat näher an das Mädchen, das etwas trug, von dem er hoffte, dass es sich um ein Untergewand und nicht um ein Kleid handelte. »Morgen Màiri.« Er beugte sich zu Gwynn hinunter und küsste sie leicht auf den Mund. »Wir sehen uns später.« Er warf Màiri einen spöttischen Seitenblick zu. »Ich lasse euch Frauen besser allein.«

Nur widerwillig ließ Gwynn seine Hand los und blickte ihm sehnsüchtig nach, bis die Tür hinter ihm ins Schloss fiel.

Mit einem anerkennenden Nicken pfiff Màiri leise durch die Zähne. »Du siehst glücklich aus«, stellte sie fest. »Es war wohl gut?« Als ihr Blick auf das inzwischen kalte Wasser in der Wanne fiel, lächelte sie wissend. Doch dann schien sie sich plötzlich daran zu erinnern, warum sie gekommen war und sie zerrte Gwynn mit einer heftigen Bewegung zum Bett, um sich neben dem verdatterten Mädchen auf die zerdrückte Matratze fallen zu lassen. Nachdem sie soviel wie möglich aus der verhalten antwortenden Freundin herausgequetscht hatte, erging sie sich in Einzelheiten über ihren feurigen Kavalier, die Gwynn die Schamesröte ins Gesicht trieben. Wie konnte Màiri nur so leichtfertig über die wundervollen Dinge reden, die zwei Liebende miteinander teilten? Als die Beschreibungen begannen, sich zu wiederholen, unterbrach sich Màiri plötzlich und packte Gwynn aufgeregt am Handgelenk.

»Der König hat sie nicht mehr alle!«, platzte sie respektlos heraus.

Gwynn riss erschrocken die Augen auf. Wenn jemand sie hörte! Allerdings wich die Furcht, gehört zu werden, im Verlauf der Erzählung einem ganz anderen Gefühl. Erst Gruoch und jetzt ihr Gemahl. Der furchtbare Verdacht, der tief in ihrem Inneren schlummerte, erwachte aufs Neue.

Die königliche Festung von Forres, Oktober 1040

Während sich der vormals strahlend blaue Himmel bewölkte, packte Duncan schwitzend und erschöpft seine Sachen zusammen und brachte sie zurück zu den Stallungen. Er hatte soeben seine Waffenübungen mit einem der älteren Ritter beendet und passierte die flachen Wirtschaftsgebäude, als er einen einzelnen Reiter in halsbrecherischem Tempo über die Zugbrücke galoppieren sah, der vor dem Haupteingang vom Pferd sprang. Hastig schaffte er seine Utensilien in die Waffenkammer und trat gerade rechtzeitig wieder aus dem Gebäude, um zu sehen, wie der Bote, mit mehreren aufgeregt durcheinanderbrüllenden Rittern und Thanes auf den Fersen, wieder aus dem Haupthaus gerannt kam. Wild gestikulierend wies der Neuankömmling auf den etwa drei Meilen entfernten Wald und Duncan, der wie die anderen dem Finger des Mannes gefolgt war, kniff die Augen zusammen, um die verschwommenen Umrisse von Reitern in der Ferne besser erkennen zu können.

Der Heuboden! Gerade als er in eines der Stallgebäude eilte, um vom Dach einen besseren Ausblick zu haben, stieß er mit dem aus einer der Boxen tretenden Effric zusammen. Wie vom Donner gerührt starrte er den Freund an, der kühl auf den jüngeren hinabblickte. Sicherlich hatte Duncan gewusst, dass Effrics Dienstherr zu der großen Feier geladen war, doch da er den hochgewachsenen blonden Jungen beim Turnier nicht gesehen hatte, hatte er angenommen, dass dieser, wie die meisten Knappen der Edelleute, aus Platzgründen in der heimatlichen Festung zurückgeblieben war. »Hallo Effric«, stammelte er und streckte dem Freund die Hand entgegen, die dieser nur zögernd nahm und mit unnötiger Kraft zudrückte.

»Was tust du hier?«, konnte sich Duncan nicht verkneifen, während er sich unauffällig die schmerzende Hand rieb. Seit er den anderen das letzte Mal gesehen hatte, hatte dessen gut aussehendes Gesicht härtere Züge angenommen und das zusammengebundene weizenblonde Haar betonte den eckigen, von hellen Bartstoppeln bedeckten Kiefer.

Effric starrte ihn mit kalten Augen an und gab mit keinerlei Regung zu verstehen, dass er sich freute, Duncan wiederzusehen. »Tja«, erwiderte er kühl – die muskulösen Arme über dem massigen Brustkorb gekreuzt. »Der Than von Rosse ist zwar noch mein Dienstherr, aber ich habe darum gebeten, zu einem der Thane in der Festung wechseln zu dürfen.« Seine Lippen kräuselten sich leicht, als er fortfuhr. »Hier ist man viel näher am Geschehen. Ich weiß nicht, ob du das zu schätzen weißt.«

Ein Stich fuhr Duncan in die Brust, als ihm klar wurde, wie sehr sich sein alter Freund in den vergangenen Wochen verändert hatte. Dies war nicht mehr der draufgängerische und liebenswerte Effric, sondern ein hochmütiger, arroganter Heißsporn. Duncan war wütend auf sich selbst, dass ihn der dumme Seitenhieb überhaupt traf.

»Dann sehen wir uns ja in Zukunft wieder öfter«, gab er zurück, nickte Effric zu, machte auf dem Absatz kehrt und schritt nachdenklich zum Hauptgebäude zurück. Die Reiter hatte er vergessen.

Seit der Schlacht gegen die Wikinger war Effric ihm mit Missgunst begegnet. Duncan hatte es auf die Enttäuschung des Älteren geschoben, da dieser im Tross hatte reisen müssen, statt wie er selbst mit den erwachsenen Männern in den Kampf ziehen zu dürfen. Mit leuchtenden Augen hatte Effric Duncans Berichten über die grauenhaften Szenen gelauscht und aufgeregte Zwischenfragen gestellt, um nur ja keine der schrecklichen Einzelheiten zu versäumen. Nun schien er darauf aus zu sein, ebenfalls ein Mitglied des königlichen Haushaltes zu werden. Duncan hoffte inständig, dass es ihm erspart bleiben würde, in einer Waffenübung gegen den ehemaligen Freund antreten zu müssen. Dieser hatte schon in der Vergangenheit oft genug bewiesen, dass er nicht wusste, wo der Spaß aufhörte und der Ernst begann.

Als er so grübelnd den gepflasterten Vorhof überquerte, wurde er von der Gruppe von Reitern überrascht, die zurück zur Festung kamen. Mit funkensprühenden Eisen kamen sie nahe der Stallungen zum Halt, sprangen aus den Sätteln und hoben behutsam ein schweres Bündel vom Rücken eines braunen Wallachs. Einer der Männer, der zum Hauptgebäude gerannt war, kam mit dem König und einigen Mitgliedern des Großen Rates die Haupttreppe hinabgeeilt und wies wortlos auf den inzwischen am Boden liegenden Sack. Mit wenigen langen Schritten war Mac Bethad bei ihm, kniete sich nieder und schlug das Tuch zurück und enthüllte Banquos blutiges Gesicht. Entsetzt sog Duncan die kalte Luft ein.

»Wie ist es geschehen?«, hörte er den erbleichten König fragen, doch die Ritter schüttelten ratlos die Köpfe und gaben mit nur mühsam verhaltenem Zorn zurück: »Es scheinen Gesetzlose gewesen zu sein. Es gab Spuren eines Kampfes.« Wie eine eiserne Zwinge legte sich die Furcht um Duncans Herz, denn er erinnerte sich an die Szene in der Nacht ihrer Ankunft. Er wich taumelnd vor dem grausigen Anblick zurück.

Die große Halle in der königlichen Festung von Forres, Oktober 1040

Mit bleischweren Gliedern ließ sich Mac Bethad zurück in den thronähnlichen Stuhl sinken. Tot! Er war eindeutig tot. Was zum Teufel hatte ihn dann auf dem Bankettabend gefoppt? Ärgerlich strich er sich mit der Hand eine der widerspenstigen Strähnen aus der Stirn und versuchte, die Erinnerung an das blutige Trugbild aus seinem Kopf zu löschen. Warum hatte er seine Gedanken nicht mehr unter Kontrolle? Kalter Schweiß drang in schweren Tropfen aus seinen Poren und er spürte, wie ihm die Anwesenheit der anderen Männer den Atem zu nehmen drohte. Ihre tiefen Stimmen waren zu einer schweren Blase geworden, die sich bleiern um seine Sinne zu legen schien.

»Herr!«, riss ihn der Than von Rosse aus seinen lähmenden Betrachtungen. Seit dem frühen Morgen tagte der Rat, um über die Gefahren zu diskutieren, welche die Flucht der ehemaligen Thronprinzen nach England und Irland mit sich bringen könnte, doch die Nachricht vom Tod Banquos, dem Than von Lochaber, hatte das Gespräch in eine andere Richtung gelenkt. Mit nahezu übermenschlicher Willenskraft befreite sich Mac Bethad von der Beklemmung, die ihn gefangen genommen hatte, schüttelte den Kopf und schaute mit versteinertem Blick in die Runde. Die wettergegerbten Gesichter der Anwesenden waren voller Trauer und in mehr als einem Augenpaar erkannte er Misstrauen und Furcht. Verdächtigten sie ihn? Der Tod des angesehenen Thans war ein Unglück zuviel in solch kurzer Zeit. Selbst seine treuesten Gefolgsleute betrachteten ihn inzwischen mit einer Mischung aus Argwohn und Zweifel.

Warum hatten diese verdammten Narren Fleance entkommen lassen, fragte er sich zum hundertsten Mal. Seine Miene jedoch ließ nicht das Geringste seiner dunklen Gedanken erkennen. Höchstwahrscheinlich hatte Banquo ihn in seinen Verdacht eingeweiht und ihm von der Prophezeiung der Zauberinnen erzählt. Da durchschoss ihn ein Gedanke wie aus heiterem Himmel. Vielleicht war es möglich, den Verdacht auf Fleance zu lenken! Immerhin war er geflohen, statt die Gräueltat zu melden. Bei den Prinzen hatte diese Taktik Früchte getragen, warum sollte sie jetzt versagen? Furcht kroch langsam, aber unaufhaltsam in ihm hoch und er spürte, dass ihm die Kontrolle der Situation aus den Händen gleiten würde. Er erhob sich hastig und verkündete mit fester Stimme: »Findet Fleance! Es wird eine großzügige Belohnung ausgesetzt!« Mit zusammengebissenen Zähnen wandte er sich scheinbar ruhig ab und ließ die Versammelten erstaunt zurück.

◈

Das schottische Hochland, Oktober 1040

Im Anschluss an den Rat hatten einige Thane ein heimliches Treffen abgehalten. Nach kurzer, aber heftiger Debatte waren sie übereingekommen, dass der Than von Lenox versuchen sollte, mehr über die Truppen in Erfahrung zu bringen, die angeblich vom enterbten Prince of Cumberland ausgehoben wurden. Unter dem Vorwand, er würde in der heimatlichen Burg gebraucht, hatte er noch vor Sonnenaufgang die königliche Festung verlassen und galoppierte nun über die nasse, nebelverhangene Heide. Ein noch am gestrigen Abend von ihm ausgesandter Bote hatte den Befehl erhalten, die Nachricht seines baldigen Eintreffens zu überbringen und einem seiner Ritter den Auftrag zu erteilen, nach Süden zu reiten, um Informationen einzuholen.

Er schwang sich gerade nach einer kurzen Rast, während der er und sein Hengst in einem kleinen Rinnsal ihren Durst gestillt hatten, wieder in den Sattel, als er am Horizont eine sich nähernde Gestalt erspähte. Mit gezogenem Schwert trabte er dem Reiter entgegen und kniff die Augen zusammen. Als die aufgehende Sonne hinter einer Wolke verschwand erkannte er Donegal, einen Than, der seit der Krönung des neuen Königs den Hof gemieden hatte. Als man König Duncan erschlagen in seinem Bett aufgefunden hatte und die Prinzen der Tat bezichtigt worden waren, hatte er klar und unmissverständlich geäußert, dass er falsches Spiel vermutete. Er zügelte sein Pferd, kam etwa zehn Schritte von Lennox entfernt zum Stehen und musterte diesen mit unverhohlenem Misstrauen.

»Lenox«, grüßte er frostig und legte ebenfalls die Hand auf den Knauf seiner Waffe. »Guten Morgen, Donegal«, erwiderte Lenox gezwungen heiter, ließ das Schwert zurück in die Scheide gleiten und ritt langsam auf den alten Than zu.

»Was tut Ihr hier zu dieser Stunde?«, knurrte Donegal.

Lenox schluckte den in ihm aufsteigenden Ärger und umfasste die Zügel fester, denn sein Hengst, der die Anspannung seines Herrn spürte, begann nervös zu tänzeln. »Ihr hattet Recht«, sagte er und als die Brauen seines Gegenübers fragend in die Höhe schossen, setzte er wütend hinzu: »Wir haben uns wie dumme Jünglinge narren lassen! Banquo ist tot! Ermordet!«

Die Luft war kalt und von den Nüstern der schnaubenden Tiere stiegen kleine Dampfwolken in den trüben Himmel.

»Nun, man sollte darauf achten, wo man sich aufhält«, brummte Donegal sarkastisch. »Ihr wolltet ja nicht auf mich hören.« Wie ein gescholtener Knabe senkte Lenox den Kopf, als sich die dunkelgrauen Augen des alten Thans in die seinen bohrten. Ja, er hatte Recht! Warum hatten die übrigen Edlen die furchtbare Intrige nicht früher durchschaut? Außer Donegal war MacDuff der einzige, der mit seiner Abwesenheit bei der Krönungsfeier ein Zeichen gesetzt hatte. »Wisst Ihr, wo sich MacDuff aufhält?«, erkundigte er sich bei Donegal, der immer noch grimmig die Lippen aufeinanderpresste.

»Er ist in Ungnade gefallen«, drängte Lenox. »Man muss ihn warnen.«

Donegal schien immer noch nicht geneigt, sein Wissen mit ihm zu teilen. Doch als Lenox traurig den Kopf schüttelte und Anstalten machte, sich zu verabschieden, sagte er beinahe ehrfürchtig: »Er ist auf dem Weg nach England. Malcolm ist von König Edward aufgenommen worden.« Er hielt einen Augenblick inne, um sich den Reif aus dem Bart zu wischen. »Bald wird sich das Rad der Fortuna wieder drehen!«

Kapitel 21

Die königliche Festung von Forres, Oktober 1040

Die Woche war ohne weitere dramatische Zwischenfälle verstrichen, es war kälter geworden und heute, an Samhain – dem Abend vor Allerheiligen – war der Himmel mit dicken Wolken verhangen, die ein kalter Wind vom Meer in Richtung Süden trieb. Etwas zögernd hatte Gwynn Duncan von ihrem Verdacht erzählt, doch ihrer Zurückhaltung war Gewissheit gewichen, nachdem ihr Duncan von der unheimlichen Szene in der Nacht seiner Ankunft berichtet hatte. Fassungslos hatten sie beschlossen, abzuwarten, was die Thane und Lairds unternehmen würden, da es undenkbar war, den Hof ohne Erlaubnis zu verlassen. Würden sie ihren Verdacht laut äußern, liefen sie Gefahr, des Hochverrats bezichtigt zu werden. Sie würden auf weitere Zeichen achten, die ihre Befürchtungen untermauerten, und sich dann an jemanden wenden, der mächtig genug war und dem sie vertrauen konnten.

Überall in der Stadt wurden riesige Scheiterhaufen errichtet, die, sobald die Nacht hereinbrach, meterhohe Flammen gen Himmel schicken würden. Hoch oben auf den Zinnen des Ostturms trotzten Gwynn und Duncan eng umschlungen dem eisigen Zerren des Windes. Von hier aus konnten sie die Vorbereitungen in den geschäftigen Gässchen der Stadt gut verfolgen. Das keltische Samhain bezeichnete einen der beiden Wendepunkte im keltischen Jahr und obwohl Schottland schon lange christianisiert war, hielten die Hochlandbewohner unbeirrt an dieser alten Tradition fest. Wenn die Feuer den Beginn des Winters ankündigten, trieben die Hirten ihre Kühe und Schafe von den Sommerweiden hinab in die Täler. Was an diesem Tag nicht in den Scheunen war, so glaubten die Bauern, würde von den Geschöpfen der Anderen Welt vernichtet werden. Vor vielen Jahrhunderten hatten die Druiden an diesem Tag das Feuer des neuen Jahres entzündet und noch immer wurden Gegenstände, mit denen die Abergläubischen Wünsche oder Leid verbanden, in dieser Nacht auf die gewaltigen Scheiterhaufen geworfen. Wenn die Flammen erstarben, wurde die Asche über die Wiesen und Felder verstreut, damit im kommenden Jahr eine gute Ernte eingefahren wurde.

Schon als Kind hatte Gwynn Samhain gehasst, weil sie sich vor den Geistern, die an diesem Abend aus dem Jenseits zurückkehren konnten, fürchtete. Ihre Großmutter hatte ihr erklärt, dass in der Samhainnacht das Große Schild von

Scatach gesenkt wurde und dadurch die Grenzen zwischen den Welten verwischten, was zur Folge habe, dass die Mächte des Chaos' und der Finsternis in das Reich der Ordnung und des Lichts eindringen konnten. Zu Ehren der Toten musste man Essen auslegen und für Unterhaltung sorgen, damit sie, wenn sie an den Ort ihres einstigen Wirkens zurückkamen, nicht erzürnten und das Haus mit einem Fluch belegten. Als ob das noch nicht genug gewesen wäre, wurden zu diesem Fest auch noch alle Tiere, die den Winter über für die Tafel bestimmt waren, geschlachtet, und selbst die kalten Herbststürme konnten das panikerfüllte Schreien der Schweine und den Gestank des Blutes nicht weit genug fortblasen. Als Gwynn Duncan von ihren Ängsten erzählte, nahm er sie sanft in die Arme, liebkoste mit den Lippen ihre widerspenstigen Locken und flüsterte ihr ins Ohr: »Heute Nacht brauchst du dich nicht zu fürchten. Ich bin bei dir.« Mit einem tröstenden Lächeln blickte er auf sie hinab.

Gwynn glaubte nicht wirklich an die Geschichten, die ihre Großmutter ihr über Götter und Elfen erzählte, doch sie war sicher, dass die Toten jedes Jahr an diesem Tag zurückkehrten, um zu sehen, ob sie von ihren Nachfahren in Ehren gehalten wurden. Die einzige Tradition, die ihr an diesem düsteren Fest gefiel, war die Suche nach dem Traumstein. Mit funkelnden Augen ergriff sie Duncans Arm. »Lass uns an den Fluss gehen!«

Als er fragend die Brauen hob, knuffte sie ihn leicht in die Seite. »Ich will einen Traumstein!«

Duncan lachte. »Wenn du willst.« Er hob gleichmütig die Schultern, ergriff ihre Hand, und gemächlich stiegen sie die ausgetretenen Stufen in den Hof hinab.

»Weißt du«, flüsterte Gwynn ihm verschwörerisch ins Ohr und zog ihn mit unerwarteter Kraft vorwärts. »Wenn man den Stein nachts unter sein Kissen legt, weist er einem den richtigen Weg!«

Sie hatten sich gerade durch die dichten Büsche zu der flachen Böschung des kleinen Flusses gekämpft, als sie einen Reiter erspähten, der in scharfem Galopp die Festung verließ. Neugierig bog Duncan die Zweige zur Seite. War das nicht der König? Er erkannte den prächtigen Hengst unter dem in einen schäbigen alten Mantel gehüllten Reiter. Seltsam!

»Wo will er denn heute nur hin?«, erkundigte sich Gwynn, nachdem er ihr erzählt hatte, um wen es sich handelte.

Duncan blickte dem König nach, der inzwischen nur noch ein kleiner dunkler Fleck am Horizont war, und zuckte mit den Achseln. »Keine Ahnung.«

Die beiden gingen weiter und schlenderten langsam am Ufer entlang, bis sie eine Stelle erreichten, an der Felsbrocken und Findlinge eine natürliche Brücke über das schnell dahinfließende Wasser bildeten. Mit Duncans Hilfe gelang es Gwynn, auf einen scharfkantigen Felsen in der Mitte des Flusses zu klettern, und sie schaute gebannt in die Strömung. Plötzlich fiel sie mit einem Aufschrei auf die Knie und ihre Hand schoss ins Wasser, um gleich darauf triumphierend in die Höhe zu schnellen.

»Ich habe einen!« Aufregung und Kälte ließen ihre Stimme zittern, sie sprang auf und balancierte über die Steine zurück zur Böschung. Mit einer energischen Geste wrang sie den nassen Ärmel ihres Übergewandes aus, raffte die Röcke und stakste auf Duncan zu. Kurz bevor sie die Sicherheit des festen Bodens erreichte, glitt sie aus und wäre, wenn Duncan sie nicht geistesgegenwärtig aufgefangen hätte, fast in die eisigen Fluten gefallen.

»Das wird wohl langsam zur Gewohnheit«, neckte er sie und küsste sie zärtlich auf die kalten Lippen. Mit einem Grinsen streckte sie ihm die Hand entgegen und hielt ihm stolz einen glatten, beinahe vollkommen runden Stein hin.

»Das ist ein Traumstein«, erklärte sie. »Sie müssen eine ganz bestimmte Form haben.« Mit einem leisen Lachen warf er ihr seinen Umhang um die Schultern und half ihr die Böschung hinauf.

Im schottischen Hochland, Oktober 1040

Mac Bethad hatte in der Nacht von ihnen geträumt und den Ort, an dem er sie heute aufsuchen musste, deutlich vor sich gesehen. Es war eine alte Hütte am Meer, außerhalb von Forres, die sich zwischen die mannshohen Dünen schmiegte und von Weitem kaum von dem vermoderten Haufen Treibholz zu unterscheiden war. Er versuchte sich einzureden, dass sie ihm hierher gefolgt waren, um über ihn zu wachen und ihn zu beschützen. In halsbrecherischem Tempo galoppierte er über die kahle Heide und sein Rappe schnaubte unwillig, als er über einen tiefen Graben setzte. Der Himmel sah bedrohlich aus. Schwarze Wolken wurden von einem stürmischen Nordwind Richtung See gepeitscht. Um sein Gesicht vor der Kälte zu schützen, zog er die Kapuze seines wollenen Umhangs tiefer ins Gesicht. Sie würden ihn beruhigen, ihm versichern, dass das, was er getan hatte, richtig und nicht zu vermeiden gewesen war.

Auf der schlammigen Straße tauchten Menschen vor ihm auf, doch das war ihm gleichgültig. Als sie nicht rechtzeitig aus dem Weg sprangen, sprengte er mit einem wüsten Fluch durch die Menge, ohne sich umzusehen, ob jemand verletzt worden war. Bauern! Wen scherte es schon, ob es ein paar mehr oder weniger gab? Er galoppierte weiter. Der Boden war jetzt weich und sandig. Dort! In der Ferne duckte sich eine verfallene Kate zwischen die Dünen, aus deren windschiefem Kamin sich eine dünne Rauchfahne kräuselte. Ein unheimliches Leuchten schien über der Hütte zu liegen. Mac Bethad zügelte den schnaubenden Hengst, dessen Herz unter dem Sattel raste. Schaum tropfte von seinem Maul und er rollte panisch die Augen. Doch es gab keinen andern Weg, um an Informationen zu kommen. So grub Mac Bethad ihm erneut die Sporen in die Flanken und saß wenig später vor dem verfallenen Gebäude ab. Die Zügel band er um einen morschen Balken, in der Hoffnung, dass er der Kraft des Pferdes standhielt.

Schwer atmend, mit wild klopfendem Herzen, hämmerte er an die notdürftig zusammengenagelte Brettertür. Nichts! Erneut schlug er die Knöchel gegen das verwitterte Holz. Aus dem Innern vernahm er das Geräusch von Stuhlbeinen, die über den Boden schrammten. Eine gefühlte Ewigkeit später wurde die Tür einen Spaltbreit geöffnet und der kahle Kopf eines alten Weibes kam zum Vorschein. Sie war unglaublich hässlich; die faltige gelbe Haut hing in großen schlaffen Lappen an Wangen, Kinn und Armen herab und die Farbe ihrer starren Augen war so hell, als sei sie blind.

»Was wünscht Ihr?«, erkundigte sie sich schnarrend, wobei sie darauf achtete, die Tür nicht weiter zu öffnen als unbedingt notwendig.

»Ich muss mit Euch sprechen!«, platzte Mac Bethad unbeherrscht heraus. »Ihr müsst mir sagen, was geschehen wird!«

Mit einem meckernden Lachen wandte sie sich dem dunkel gähnenden Inneren zu und höhnte: »Der kleine König möchte mehr wissen.« Das Gelächter, das ihr aus der Hütte antwortete, klang wie das Spotten von Elstern.

Mac Bethad spürte heißen Zorn in sich aufwallen. Warum schlug er der alten Hexe nicht einfach den hässlichen Kopf ab? Er versuchte, sich zu beherrschen, ballte die Fäuste und atmete gleichmäßig – war er doch auf ihre Hilfe angewiesen.

»Lass ihn herein, unseren König!«, befahl eine Stimme aus der Hütte, woraufhin die scheußliche Visage des alten Weibes verschwand und sich die Tür mit einem durchdringenden Quietschen öffnete. Er trat über die Schwelle und warf die

Tür hinter sich zu. Seine Augen benötigten eine Weile, um sich an das Dämmerlicht zu gewöhnen. Er blinzelte und konnte schließlich die Umrisse der anderen zwei Hexen ausmachen, die vor einem offenen Feuer kauerten und ihn mit glimmenden Katzenaugen anstarrten. Ihr graues verfilztes Haar reichte beinahe bis auf das schmutzige, nach altem Urin stinkende Bodenstroh. Sie hockten da wie Aasvögel, regungslos und lauernd. Die kahle Alte war in der Zwischenzeit an den Kessel über der Feuerstelle getreten und begann leise murmelnd darin zu rühren. Angewidert schaute Mac Bethad ihr zu und war froh, nicht zu wissen, was sie dort zusammenbraute. Dutzende von Gefäßen in allen erdenklichen Formen und Farben – gefüllt mit harmlosen Kräutern bis hin zu gräulichschwarzen Würmern – standen auf windschiefen Regalen aufgereiht. Zufrieden schnurrend schlief ein schwarzer Kater zusammengerollt in einer Ecke.

»Ihr müsst mir mehr über meine Zukunft sagen!«, forderte Mac Bethad ungehalten, was zur Folge hatte, dass die größere der beiden anderen Weiber den Kopf hob, langsam aufstand und auf ihn zuhumpelte. Sie machte erst Halt, als sie so nah vor ihm stand, dass er die Haare auf den Warzen in ihrer Fratze erkennen konnte und ihr fauler Atem ihm bitter in die Nase stach.

»Was wollt Ihr wissen?«, fragte sie mit krächzender Stimme, hob jedoch gebieterisch die Hand, als er antworten wollte. »Sagt es nicht! Ich weiß es bereits.« Ihre trockenen Lippen verzogen sich zu einem boshaften Grinsen und der Anblick ihres zahnlosen Mundes brachte ihn beinahe zum Würgen.

»Wir haben einen Trank für Euch zubereitet.« Ihr Blick wanderte zu dem alten Kessel über der Feuerstelle. »Ihr müsst ihn trinken, dann werdet Ihr die Wahrheit erfahren.« Eine ihrer klauenartigen Hände schoss vor, grub sich in sein Gewand und zog ihn zu der Stelle, an der die dritte Hexe ihm Platz gemacht hatte. Das glatzköpfige Weib hörte auf zu rühren und nahm von dem ersten Weib einen schmutzigen Becher entgegen. Zauberformeln nuschelnd tauchte sie ihn in die dick brodelnde Flüssigkeit und reichte Mac Bethad das Gefäß, das dieser mit Widerwillen und Ekel entgegennahm – nicht sicher, ob er das dampfende Gebräu trinken sollte oder nicht. »Ihr müsst alles austrinken«, beschied die Kahlköpfige, während er den Inhalt mit misstrauischem Blick beäugte. »Trinkt!«, bellte sie ihn an.

Nach einem tiefen Atemzug setzte Mac Bethad den Kupferbecher an die Lippen und stürzte die grünliche Flüssigkeit hinunter, ohne abzusetzen. Um ein Haar hätte er sich übergeben, als der erste Schluck seine Kehle hinab rann, doch dann durchzuckte ihn plötzlich ein warmes Gefühl. Er fühlte sich wie benebelt. Mit schweren Gliedern ließ er sich auf einen der klebrigen Schemel fallen und beobachtete neugierig die Umgebung.

Wie von Zauberhand schienen die Gesichter der drei alten Weiber auf einmal länger und hübscher zu werden und das Innere der Hütte wirkte nicht mehr ganz so schäbig. Der Schein des offenen Feuers erhellte nun den gesamten Raum und die Luft war warm und trocken; nichts erinnerte mehr an den Fäulnisgestank, der ihm bei seinem Eintreten in die Nase gestiegen war. Benommen schüttelte er den Kopf und hörte die Hexen gackernd lachen. Ihre Fratzen schienen, losgelöst von den gebeugten Körpern, vor seinen Augen auf und ab zu schweben. »Ich denke, er ist bereit«, hörte er eine von ihnen sagen und spürte kurz darauf, wie sie seinen Körper berührten und bewegten. Er konnte nichts dagegen tun. Dann, wie aus dem Nichts, tauchte der Kessel vor ihm auf und er folgte mit trübem Blick einer der krallenartigen Hände, die etwas in die Flammen schleuderte, woraufhin wilde Rauchschwaden aus dem Kamin quollen. »Hier ist deine Zukunft!«, verkündete eine Stimme und die verschwommene Gestalt gab den Blick frei auf das tanzende Feuer.

Kapitel 22

Forres, Oktober 1040

Duncan hatte Gwynn in ihrer Kammer abgeholt. Obwohl sie sich vor den Geistern der Vorfahren fürchtete, wollte sie auf keinen Fall die großen Feuer und die anderen Samhainfeierlichkeiten versäumen. Schließlich hatte Duncan versprochen, sie vor allen Gefahren zu beschützen. Auf dem Weg nach unten waren sie mit Màiri und Gareth, die seit dem Turnier unzertrennlich schienen, zusammengestoßen. Nun waren die beiden jungen Paare fröhlich schwatzend auf dem Weg in die geschäftige Stadt. Obwohl ein Festtag war und alle bis spät in die Nacht auf den Beinen sein würden, hatte der Torwächter sie eindringlich davor gewarnt, nicht nach Mitternacht zurückzukehren, ansonsten würden sie bis zum nächsten Morgen warten müssen, wenn man die Zugbrücke herabließ. Gwynn hatte Duncan schwören lassen, sie rechtzeitig nach Hause zu begleiten, da sie auf keinen Fall die Nacht außerhalb der schützenden Mauern verbringen wollte. Auf dem steilen Weg zum Marktplatz tauschten sich Gareth und Duncan über Kampftechniken aus und Gwynn und Màiri besprachen, was sie an diesem Abend zu tun gedachten. In der Mitte des Kirchplatzes würde ein riesiges Feuer entzündet werden und der Platz würde vermutlich überfüllt sein von Schaulustigen. »Lasst uns zuerst dorthin gehen«, schlug Màiri aufgeregt vor. Als sie sich dem weitläufigen Platz näherten, kamen ihnen kleine Kinder mit bemalten Gesichtern und Holzschwertern entgegen.

Nicht nur sie vier waren zum Platz gekommen, sie erkannten unter den Schaulustigen auch viele junge Ritter und Damen von der Festung, die auch die Feierlichkeiten in der Stadt begehen wollten. Auf der Burg würde man, aus Respekt vor dem ermordeten Banquo, kein Feuer entzünden. Gwynn sah sich begeistert um. Ein in Grün Gekleideter brüllte einen Befehl, woraufhin einige Burschen aufsprangen und Stroh und Reisig zwischen die Holzscheite stopften. Das würde es den Fackelträgern erleichtern, den riesigen Holzhaufen zu entzünden. Diese stießen ihre Pechfackeln ins Stroh und nur wenige Augenblicke später loderten hohe Flammen auf. Die Hitze war so stark, dass die Zuschauer mehrere Schritte zurückwichen, um das Schauspiel aus sicherer Entfernung zu genießen.

Abseits des Kirchplatzes, auf einem der kleineren Marktplätze, war eine Bühne errichtet worden. Gwynn und Màiri beschlossen, sich durch die Menge zu kämpfen und sich das von reisenden Gauklern aufgeführte Stück anzusehen. Jedes Jahr gab es in den größeren Städten Theaterstücke, in denen die Legende des Großen Feuers von Tara und die Geschichte der wandelnden Toten erzählt wurden. Gwynn konnte es kaum erwarten, sie bewunderte die prunkvollen Gewänder und kostbaren Masken der Darsteller.

»Komm schon, es wird sicher lustig.« Mit einem verschmitzten Lächeln schob Màiri den sich sträubenden Gareth in Richtung Bühne.

»Nein!«, protestierte er lachend. »Es ist todlangweilig; jedes Jahr das Gleiche«

»Ich weiß, dass ihr Männer lieber den Waffenmarkt vor der Schmiede besuchen wollt«, sagte Gwynn. Viele der Ritter und Knappern nutzten Samhain, um sich über Waffen und Pferde auf dem Laufenden zu halten. Denn auch Schmiede und Pferdezüchter hatten Stände aufgebaut, an denen sich die Männer Waffen und Pferde ansehen und ausprobieren konnten. »Wir treffen euch dann dort, wenn das Stück zu Ende ist.« Schmunzelnd blickte sie Duncan an, der ebenfalls erleichtert schien, sich das Schauspiel nicht ansehen zu müssen. »Mach dir keine Sorgen«, setzte sie hinzu, als ob sie seine Gedanken gelesen hätte. »Wir sind dort sicher.« Mit einem Kuss auf die Wange verabschiedete sie sich und eilte Màiri hinterher.

Es erwies sich schwieriger als vermutet, bis zur Bühne vorzudringen, da inzwischen von allen Seiten Zuschauer herbeiströmten. Im Getümmel wurde Gwynn immer weiter von Màiri getrennt, deren dunkler Schopf ein Dutzend Schritte vor ihr in der Menge tanzte.

»Màiri!«, rief sie verzweifelt, doch es war unmöglich, sich in dem Stimmengewirr und Getöse Gehör zu verschaffen. Verdammt! Warum war sie nur so klein? Sie versuchte, sich einen Weg durch die Menschenmenge zu bahnen, doch viele hochgewachsene Männer ragten vor ihr auf und sie verlor Màiri rasch aus den Augen. Das war alles nicht so schlimm. Sie wusste ja, wo sie die anderen nach der Vorführung treffen würde. Eine Wand breiter Rücken nahm ihr die Sicht und gleichzeitig spürte sie etwas Bedrohliches. Die feinen Härchen auf ihren Armen stellten sich auf, ein Schauer lief ihr über den Rücken. Langsam drehte sie sich um und starrte auf einen massigen Brustkasten. Ihre Augen wanderten hinauf … Welch eine Erleichterung, als sie die ihr vage bekannten Züge erkannte. »Effric! Schön, dich zu sehen!« Sie hatte ihn das erste Mal auf dem Bankett in Inverness gesehen. Damals war ihr gar nicht aufgefallen, wie groß Duncans Freund war. Gwynn legte den Kopf in den Nacken und sah ihm ins Gesicht. Ein gutmütiges Lächeln spielte um seinen Mund, doch irgendetwas schien daran nicht zu stimmen. Erst später erinnerte sie sich daran, dass es die kalten, blauen Augen nicht erreicht hatte.

»Gwynn.«

Seine Gegenwart fühlte sich gut an, da ihr seine Größe ein wenig mehr Platz in der dicht gedrängten Menge verschaffte.

»Wo ist Duncan?«, wollte er wissen.

Sie erzählte ihm, wo Duncan und Gareth waren und dass sie Màiri verloren hatte. Langsam wurde ihr seine Gegenwart unangenehm und sie wusste nicht, was sie als Nächstes sagen sollte.

»Soll ich dir helfen, sie zu finden?«, bot er an und suchte das Meer an Köpfen vor ihnen ab. Als sie zustimmend nickte, ergriff er hastig ihr Handgelenk. »Komm mit!« Sein Griff war hart, aber sie beschwerte sich nicht; schließlich half er ihr, Màiri zu finden. Ohne seine Hilfe wäre sie verloren. Da sie hinter ihm nicht erkennen konnte, welche Richtung sie einschlugen, verkrampfte sich ihr Magen, als sie sich plötzlich alleine mit ihm in einer engen Gasse hinter der Kirche wiederfand. Er riss so grob an ihrem Arm, dass sie beinahe gestolpert wäre, als er sie unvermittelt losließ. »Warum bist du mit einem Verlierer wie Duncan zusammen?«, stieß er hervor. Ihr Versuch, vor ihm zurückzuweichen, wurde von der Kirchenmauer verhindert. Wütend massierte sie sich das brennende Handgelenk. »Duncan ist kein Verlierer! Warum hast du mich hierher gebracht?«

Ohne die Frage zu beantworten, trat er mit einem langen Schritt auf sie zu und holte mit einem verächtlichen Knurren aus. Mit vor Entsetzen geweiteten Augen sah sie den Schlag kommen, der sie so hart auf den Mund traf, dass er sie von den Füßen fegte.

»Du weißt nicht, wo du hingehörst!«, zischte er. »Es wird höchste Zeit, dass es dir jemand zeigt!« Er schnallte seinen Gürtel ab und trat noch näher.

Eine schäbige Hütte an der schottischen Küste, Oktober 1040

Ein bärtiger, mit einem Helm bewehrter Kopf schwebte durch den Raum. Mac Bethad blinzelte, um den Schleier vor seinen Augen zu vertreiben, doch die Erscheinung verschwand nicht.

Ein Spuk! Er wollte gerade den Mund öffnen, um etwas zu sagen, als ihn das kahle Weib rüde anfuhr: »Er kennt Eure Gedanken. Schweigt!«

Stunden schienen zu vergehen, ohne dass sich der Geist bewegte. Mac Bethads Herz pochte wild und er fixierte den Kopf, der in den dichten Schwaden des Rauchs hing, mit bangem Blick. Plötzlich sprach dieser mit dröhnender Stimme: »Nimm dich in Acht vor MacDuff! Hüte dich vor dem Than von Fife!« In dem fruchtlosen Versuch, das sich auflösende Trugbild zu ergreifen, streckte der König zitternd eine Hand aus, doch sie fuhr durch graue Luftschwaden und fasste ins Leere.

»Ich wusste es! Gib mir noch einen Rat!« Schwankend erhob er sich und taumelte auf das Feuer zu, wurde jedoch von einer der Frauen, hastig und mit überraschender Kraft, zurückgezogen.

»Ihr könnt ihm nicht befehlen«, fauchte sie ihn an. »Hier ist ein anderer; mächtiger als der erste.« Mit einem schmerzhaften Griff an seine Schulter zwang sie ihn auf den Schemel zurück und warf eine weitere Hand voll dunklen Pulvers in die tanzenden Flammen.

Kaum hatte sich die zweite Spukgestalt aus dem Rauch erhoben, schien Mac Bethad vor Entsetzen die Sinne zu verlieren. Mein Sohn! Der blutüberströmte Spuk schwebte näher und er erkannte erleichtert, dass das verstümmelte Gesicht wesentlich ältere Züge trug als sein Kind. »Mac Bethad!« Der Knabe hob die Hände als wolle er ihn segnen. »Sei blutig, kühn und entschlossen! Niemand, der von einem Weib geboren wurde, kann dir Schaden zufügen.«

Das Trugbild verschwand im Rauch und löste sich auf. Aus weiter Ferne drang sein eigenes irres Lachen an Mac Bethads Ohr. Dann sollte MacDuff am Leben bleiben. Nein! Er würde doppelt sicher gehen. Er lachte erneut. Die Situation war wieder unter Kontrolle. Er war der Herr der Zauberinnen, nicht umgekehrt. Er erhob sich mit steifen Gliedern und wollte gerade aus der Kate wanken, als das kahle Weib zum dritten Mal Pulver ins Feuer warf.

Dieses Mal erfüllte der Qualm die ganze Hütte, und ein gekrönter Jüngling, mit einem beinahe blattlosen Schössling in der Hand, schritt feierlich durch die Schwaden auf ihn zu. »Was ist das?«, fragte der König verwirrt, als der Geist auf ihn zukam.

»Sei mutig wie ein Löwe! Du kannst nicht bezwungen werden, ehe nicht der Wald von Birnam Wood nach Dunsinane Hill kommt.«

Ehe Mac Bethad die Bedeutung der Prophezeiung begriffen hatte, war auch diese Erscheinung verschwunden; unsicher griff er sich an die Schläfen, um das Kopfweh zu lindern.

»Das wird niemals geschehen«, knurrte er zufrieden und starrte dem Rauch nach, der langsam an die Decke der Kate stieg und sich durch den schmalen Schornstein einen Weg ins Freie suchte. Plötzlich ergriff ihn ein weiterer Gedanke. »Sagt mir, wird Banquos Linie jemals Schottland regieren?«

Die Alten schüttelten ablehnend die Köpfe. Doch als Mac Bethad erzürnt aufsprang, die Hand an den Schwertknauf legte und donnernd nach einer Antwort verlangte, hob die Älteste warnend die rechte Hand, öffnete die zur Faust geballte Linke und schleuderte Pulver ins Feuer.

Der Klang von Dudelsäcken erfüllte die Hütte und eine Reihe gekrönter Häupter erhob sich aus dem Rauch – gefolgt von Banquo.

»Oh, mein Gott«, stöhnte Mac Bethad und wandte sich den Hexen zu.

»Warum seid Ihr erstaunt?«, verhöhnte ihn die Hässlichste. Da überkam ihn der unwiderstehliche Drang, alle drei zu ergreifen, ihnen die dürren Kehlen zuzudrücken und jeden Knochen in ihren ausgemergelten Leibern zu brechen. Auf einmal drehte sich der ganze Raum um ihn herum. Keuchend schwankte er zur Tür und umklammerte den Knauf – dann versank alles in Dunkelheit.

Kapitel 23

Eine enge Gasse in Forres, November 1040

Den schweren Ledergürtel in der Hand stand Effric über Gwynn und ließ seinen gierigen Blick ihren Körper entlangwandern. Ein Alptraum! Warum tat er ihr das an? Sie hatte ihm kein Leid zugefügt, sie kannte ihn kaum. Verzweifelt versuchte sie wegzukriechen, doch kaum hatte sie sich wenige Zoll bewegt, trat er ihr hart in die Rippen. Gwynn wand sich vor Schmerzen und wimmerte. Effric griff zu und riss sie an den Haaren auf die Beine. Zitternd und leise schluchzend wand sie sich in seinem schraubstockartigen Griff. Er stieß sie gegen die Kirchmauer und drückte ihre Arme mit seinen mächtigen Pranken über ihrem Kopf an die Wand.

»Ich werde dir zeigen, was ein richtiger Mann ist!«, zischte er ihr ins Gesicht, sodass sie den feinen Sprühregen seines Speichels spürte. Angeekelt versuchte Gwynn, den Kopf abzuwenden, doch er packte sie hart unter dem Kinn und zwang sie, ihm in die kalten Augen zu blicken. Der Gürtel, den er immer noch in der Linken hielt, schnitt ihr schmerzhaft in die Haut.

»Wenn Duncan, dieser Verlierer, dich nehmen kann, kann ich das auch!« Verächtlich ließ er ihr Kinn los, warf den derben Rindsledergürtel zu Boden und grapschte grob nach ihren Brüsten.

»Hilfe!« Sie wollte schreien, doch es war nur ein heiseres Wispern.

Effric erstarrte, funkelte sie zornerfüllt an, ballte die Faust und rammte sie ihr mit Wucht in die Magengrube. Ihr Körper wollte sich zusammenkrümmen, doch sie musste aufrecht stehen bleiben, da Effric ihre Arme immer noch gegen die Wand drückte. Mit einem grausamen Lachen leckte er sich die Lippen und knetete grob ihre Brüste. Gwynn stöhnte vor Schmerz und Scham. »Nicht gerade üppig«, bemerkte er verächtlich und ließ seine Hand zur Schnürung ihres Obergewands wandern.

»Bitte«, schluchzte sie. »Bitte lass mich gehen.«

Effric antwortete nicht. Er zog sie von der Wand weg und schleuderte sie zu Boden wie einen Sack Stroh. Sie meinte, eine Rippe brechen zu hören, doch es war ihr gleichgültig, denn die Hoffnung, dass er sie liegenlassen und fortgehen würde, war dahin.

Mit schweren Schritten kam er auf sie zu, die Gesichtszüge von einem boshaften Grinsen entstellt. Einen Augenblick lang starrte er auf ihren zitternden Leib, dann bückte er sich, zerriss ihre Röcke und ließ seine Hose herunter. Als er auf die Knie ging, erblickte Gwynn über seine Schulter hinweg am Ende der Gasse zwei Männer, die sich suchend umsahen. »Hilfe!« Dieses Mal war der Schrei schrill und panisch.

»Gwynn!« Duncans Stimme schallte durch das Dunkel der engen Gasse. »Gwynn!« Er rannte über das Kopfsteinpflaster, mit Gareth dicht auf seinen Fersen. Kaum hatte er die Situation erfasst, als er einen heiseren Wutschrei ausstieß, das Schwert aus der Scheide riss und Effric hasserfüllt angriff. Effric zerrte an seiner Hose, doch bevor es ihm gelang, die Blöße zu bedecken, fiel Duncan wütend über ihn her. Effric lag schwer atmend auf dem Rücken, Duncans nackte Klinge an der Kehle. Die scharfe Schneide hatte seine Haut verletzt und hellrotes Blut rann im Licht der Fackel, die Gareth in der Rechten hielt, in seinen aufgeschnürten Kragen. Duncan bebte vor Wut, doch als er den Arm hob, um die Waffe in Effrics Hals zu rammen, ergriff Gareth seinen Ellenbogen und verhinderte den tödlichen Stoß.

»Nicht, Ducan«, sagte er ruhig. »Er ist es nicht wert.«

Duncan starrte Effric an und ließ langsam die Hand sinken, mit der er das Schwert umklammert hielt.

»Wenn du ihn tötest«, fuhr Gareth fort und legte Duncan die Hand auf die Schulter, »werden sie dich wegen Mordes aufhängen.«

Mit einem verächtlichen Knurren ließ er das Schwert zurück in die Scheide gleiten und trat Effric mit der Stiefelspitze zwischen die Beine. Der schrie und krümmte sich vor Schmerzen und schlang die Hände um den Körper, um seine Genitalien vor weiteren Schlägen zu schützen.

»Gareth hat Recht«, sagte Duncan, wobei seine Stimme vor unterdrückter Wut bebte. »Du bist es nicht wert.« Zornig spuckte er dem Wimmernden ins Gesicht. »Aber wenn ich dich jemals wieder in Gwynns Nähe erwische, töte ich dich! Und es ist mir egal, was für Folgen das hat.« Er trat zu Gwynn, die sich inzwischen in eine sitzende Stellung gekämpft hatte, nahm sie in die Arme und streichelte ihr tröstend den Kopf, wobei er ihren von Weinkrämpfen geschüttelten Körper leise wiegte. »Lass uns zurück zur Festung gehen«, schlug er vor, als sie sich ein wenig beruhigt hatte. Er half ihr auf die Beine und geleitete sie aus der engen Gasse in Richtung Burg.

Ein Gemach in der königlichen Festung von Forres, Oktober 1040

Wie still es war! So still, dass ein ohrenbetäubendes Surren ihren Kopf zu erfüllen schien! Während der vergangenen Stunden hatte sie in ihrer Kammer gesessen und darauf gewartet, dass ihr Gemahl vom Besuch bei den zauberkundigen Alten zurückkehrte. Da die meisten Ritter und Damen in die Stadt gegangen waren, um das keltische Neujahrsfest zu begehen, war sie mit dem Gesinde allein auf der Burg. Die Mägde und Knechte hatten sich schon lange in die Halle zurückgezogen. Stöhnend griff sie sich an die Schläfen. Sie hielt es nicht mehr aus! Sie musste sich bewegen, umherlaufen, versuchen, die dunklen Ängste abzuschütteln, die ihr Nacht für Nacht den Schlaf raubten.

Nachdem sie sich ein wollenes Tuch übergeworfen hatte, trat sie hinaus in den dunklen Korridor, der bis auf das Geräusch des Windes, der hoch über ihr durch die Dachbalken pfiff, still vor ihr lag. Wie in Trance folgte sie einem Mondstrahl und fand sich unversehens in der Kammer ihres Sohnes wieder. Vielleicht würde sie sein friedlicher Anblick beruhigen. Behutsam zog sie die schwere Tür hinter sich ins Schloss und trat an sein Bettchen. Der silberne Mond spielte auch hier sein Schattenspiel und in dem zwielichtigen Halbdunkel erkannte sie, dass in den vom Schlaf geröteten Wangen noch Kohlespuren vom Samhainspiel zu sehen waren. Warum sah sie ihren Sohn in letzter Zeit nur wenn er schlief? Waren die Tage früher auch so kurz gewesen? Leise seufzend ließ sie sich auf seiner Bettkante nieder, nahm eine seiner kleinen Hände in die ihre und genoss die Wärme auf ihrer kühlen Haut. Während sie in die glimmenden Überreste des Feuers starrte, bemühte sie sich, ihre Gedanken von allen Sorgen frei zu machen.

Als sie Stunden später mit einem unterdrückten Schrei aus dem Schlaf aufschrak, blickte Gruoch sich verwirrt blinzelnd um und hielt den Atem an. Über dem Bett schwebte etwas! Als sie den Kopf wandte, schien das Trugbild sich auf ihren Sohn zu senken und mit ihm zu verschmelzen. Was war das? Der kleine Junge warf sich unruhig in seinem Bettchen hin und her und murmelte irgendetwas. Seine Hände griffen ins Leere. Hatte der Schemen nicht ausgesehen wie der erschlagene Banquo? Ein kalter Schauer kroch ihr den Rücken hinauf und sie zog das dünne Nachtgewand enger um die schmalen Schultern, bevor sie hastig die Kammer verließ.

◈

Die schottische Küste, Oktober 1040

»Sind sie fort?«, murmelte Mac Bethad verwirrt. Über ihm schwebte ein schmerzverzerrtes Gesicht und griff nach seinem Kopf.

Dann erkannte er den Than von Lenox, der ihn besorgt anblickte. »Geht es Euch gut, Herr?« Lennox half seinem Lehnsherrn auf.

MacBethad sah sich verwundert um. Weit und breit keine Spur von der Hütte der Hexen. Wie lange hatte er im feuchten Sand gelegen? Er rieb sich grübelnd den schmerzenden Rücken.

»Wo ist mein Pferd?«

»Wir haben es einige hundert Schritte von hier gefunden.« Lenox wies mit dem Kinn in östliche Richtung. »Es war an einen verfallenen Schuppen gebunden.«

Also doch! »Habt Ihr sie gesehen?«

»Wen?«, fragte Lennox verwundert

»Die alten Weiber!«, stieß Mac Bethad hervor. »Ich habe galoppierende Pferde gehört. Sie müssen Euren Pfad gekreuzt haben.«

Stirnrunzelnd schüttelte der Than den Kopf. »Wer sind ›sie‹?«

»Drei widerliche doppelzüngige Weiber, die die Luft verpesten, die sie atmen!«, knurrte Mac Bethad »Wer waren dann die Reiter, wenn nicht die alten Hexen?« fragte er ungehalten.

»Das waren wir, mit zwei Boten, die Euch die Nachricht überbringen sollen, dass MacDuff nach England geflohen ist.«

Mac Bethad wandte sich abrupt um. »Nach England geflohen?« Sein Gesicht hatte plötzlich die weiße Farbe der Klippen angenommen. Also waren die Gerüchte wahr. Während er darüber nachdachte, was nun zu tun sei, ließ er seinen Blick über die raue See schweifen, betrachtete die Wellenkämme, die kraftvoll auf die Küste zuritten. Es war Zeit für ein Exempel! »Wo sind die Boten? Bringt mich zu ihnen.«

Ein Gemach in der königlichen Festung von Forres, November 1040

Nach ihrer Rückkehr auf die Festung hatte Lenox einige der anderen Thane über den seltsamen Zustand informiert, in dem er Mac Bethad vorgefunden hatte.

»Ich fürchte, er führt etwas im Schilde.« Er warf dem Than von Angus einen Blick zu, doch dieser schüttelte nur traurig das graue Haupt.

»Dieses Königreich geht vor die Hunde«, stellte der untersetzte alte Than schließlich fest und ließ sich auf einen der Schemel in dem angenehm warmen Gemach fallen. »Der König ist halb verrückt und unsere besten Männer laufen zum Feind über.« Mit einem müden Seufzer nahm er einen Schluck Gewürzwein, den Lenox aus der Küche hatte bringen lassen.

Die Thane von Cathness und Menteth nickten zustimmend.

»Aber es gibt keinen ehrenhaften Ausweg«, brummte Menteth, während er gedankenverloren mit einer Strähne seines roten Bartes spielte. »Wir haben Mac Bethad die Treue geschworen und nichts in der Welt kann mich dazu bewegen, meinen Eid zu brechen.« In seiner Stimme schwang Furcht mit. »Das wäre Meineid!«

Auch die anderen Thane waren unsicher. Manch einer bekreuzigte sich heimlich, denn Meineid war eine unverzeihliche Sünde; ein Verbrechen gegen die göttlichen Gesetze, für das der Schuldige auf ewig in der Hölle schmoren würde!

Kapitel 24

Castle MacDuff, an der Ostküste Schottlands

Trotz der herbstlichen Kälte hing Morven die Wäsche auf die straffgespannten Leinen. Dann erblickte sie die Reiter. Da der Haushalt relativ bescheiden war, musste sie viele Dinge selbst erledigen, für die andere Damen Gesinde und Mägde hatten. Laut juchzend spielte ihre Jüngste mit den schnatternden Gänsen, die sie eigentlich in den Stall treiben sollte, während Morgain, Morvens älteste Tochter, im Anbau des düsteren Hauptgebäudes der Köchin dabei half, ein bescheidenes Abendessen vorzubereiten. Den neunjährigen Gawain hatte sie in den Stall geschickt, damit er seinem Pony frisches Heu und Hafer gab. Allmählich musste er lernen, Verantwortung zu übernehmen. Um im nebligen Weißgrau des Herbsttages etwas erkennen zu können, hob Morven die Hände an die Augen und blickte angestrengt das Tal hinunter, an dessen Sohle die galoppierenden Pferde Schmutz und Steine aufwarfen. Sollte ihr Gemahl schon zurück sein? Nach seiner Rückkehr vom Schlachtfeld hatten sie nur zwei wundervolle Nächte miteinander verbracht, dann war er erneut aufgebrochen – ohne ihr zu sagen, wohin und nur von seinem Knappen begleitet. Trotz der Eile und des wortkargen Abschieds hatte sie angenommen, er hätte sich auf den Weg zum königlichen Hof in Forres gemacht, doch seit Wochen hatte sie keine Nachricht von ihm erhalten. Hastig warf sie das letzte der nassen Obergewänder über die Leine, hob den leeren Weidenkorb auf und eilte mit gerafften Röcken zum Haupthaus zurück. Sie wollte die Besucher nicht in dem groben, braunen Gewand empfangen, das sie für gewöhnlich trug, wenn sie sich draußen aufhielt und ihrer Arbeit nachging. Nach kurzem Überlegen entschied sie sich für ein taubenblaues, eng geschnittenes Kleid aus feiner Lammwolle, flocht ihr Haar und steckte es mit einem silbernen Schmuckkamm auf. Als sie die Röcke glattgestrichen hatte, warf sie einen letzten Blick in den Spiegel, zupfte einige Locken unter der strengen Haube hervor und strich mit dem Finger ihre Brauen glatt. Vom Hof hörte sie lautes Hufgeklapper und das klingende Lachen ihres Sohnes. Morven eilte die Treppen hinab und stieß das schwere Tor zum Hof auf. Die Enttäuschung traf sie wie ein Stich. Gawain alberte nicht mit seinem Vater, sondern mit dem Than von Rosse herum, einem Cousin ihres Gemahls.

»Rosse!« Sie streckte ihm die Hände entgegen. »Es ist schön, dich zu sehen.«

Obwohl der herumtollende Gawain ihn immer noch bedrängte, beugte sich der hochgewachsene Than zu ihr hinab und küsste sie auf die Wange.

»Was führt dich hierher?«, erkundigte sich Morven. Auch wenn sie es nicht zugeben konnte, aber sie hatte mit jeder Faser ihres Herzens gehofft, ihren Gatten vorzufinden. Als sie ihren Blick die halb unter Helmen verborgenen Gesichter entlanggleiten ließ, musste sie feststellen, dass sie keinen der jungen Männer je zuvor gesehen hatte.

»Ich habe schlechte Nachrichten für dich.« Rosse hatte ihre Hand ergriffen und führte sie fort, wobei ihnen Garwain wie ein Schatten folgte. Behutsam schob er sie die Treppen zum Hauptgebäude hinauf und steuerte auf die Küchentür zu, statt sich der Halle zuzuwenden.

Morvens Herz pochte wild und die Furcht raubte ihr beinahe den Atem.

Mit einer ungeduldigen Handbewegung scheuchte Rosse die mollige Köchin aus der Küche, warf die Tür zu und sah Morven ernst an.

»Was ist geschehen?«, fragte sie atemlos, wobei sich ihr Busen hob und senkte. »Ist er tot?« Der Gedanke, den sie so lange verdrängt hatte, erfüllte sie mit lähmender Furcht.

»Nein.« Rosse schüttelte beruhigend den Kopf. »Er ist nach England geflohen.«

Die Wirkung dieser Worte war wie ein Schlag. Sie taumelte zurück und presste eine Hand vor den Mund. Ihr Sohn verfolgte die Szene mit aufgerissenen Augen. »Was hat er getan, dass er fliehen musste?«, fragte sie schließlich.

»Ich kann es dir nicht sagen. Du musst Geduld haben.« Rosse ergriff erneut ihre Hand und versuchte, sie zu beruhigen.

Doch sie war zu aufgewühlt. Fahrig entzog sie ihm ihre Hand und ließ sich auf eine der Eichenbänke fallen. »*Er* hatte doch auch keine Geduld. Seine Flucht ist Wahnsinn!«, rief sie aus, die Augen voller Panik. Was sollte sie ohne den Schutz ihres Gemahls tun? »Warum?«, hauchte sie und schlug die Hände vors Gesicht. »Der König wird ihn für einen Verräter halten«, murmelte Morven und ergriff geistesabwesend die Hand ihres Sohnes, der sich verängstigt an sie schmiegte.

Rosse ging vor den beiden in die Hocke. »Du weißt nicht, was ihn dazu veranlasst hat«, sagte er sanft und zog den bebenden Gawain von seiner Mutter fort, um ihm beruhigend die Hand auf den Kopf zu legen.

»Wahnsinn!« Sie sprang auf, Tränen in den blauen Augen. »Seine Kinder ohne Schutz zurückzulassen.« Mit einer fahrigen Geste raufte sie sich die kunstvoll geflochtenen Haare und nachdem sie eine Weile reglos in die Flammen des Herdfeuers gestarrt hatte, flüsterte sie: »Er liebt uns nicht mehr. Er ist mehr um sich selbst besorgt als um seine Familie.« Ihr Blick suchte die Augen des Thans. »Das ist widernatürlich.«

Eine Zornesader pochte an Rosses Schläfe und er blickte kühl auf sie hinab. »Meine liebe Base. Nimm dich zusammen!« Seine sonst so ruhige Stimme klang scharf und schneidend. »Dein Gatte ist edel und umsichtig.«

Als sie Anstalten machte, ihm ins Wort zu fallen, hob er warnend die Hand. »Er weiß am besten, was zu tun ist.« Er nahm den verstörten Gawain auf den Arm und ging zur Tür. »Ich muss gehen. Die Ereignisse beginnen sich zu überschlagen.« Er setzte den Knaben wieder ab. »Ich kann nicht länger bleiben«, sagte er mit Blick auf Morven. »Es würde sowohl dich als auch mich in Gefahr bringen.« Er warf sich den Mantel um die Schultern und verließ die Küche. Morven und Garwain starrten ihm nach.

Als Gawain Rosse nachlaufen wollte, hielt Morven ihn am Ärmel seines Hemdes zurück und hob sein Kinn, um ihm in die Augen zu blicken.

»Ist mein Vater tot?«

»Nein«, sagte Morven und hoffte, dass sie Recht hatte .

»Ist er ein Verräter?« Der Kleine sah seine Mutter verzwifelt an. Doch ehe sie antworten konnte, kam ein Ritter polternd in die Küche.

»Herrin!«, grüßte er mit einer hastigen Verbeugung. »Ihr müsst fliehen! Soeben hat uns die Nachricht erreicht, dass Ihr hier nicht länger sicher seid.« Ohne eine Antwort abzuwarten, stob er nach draußen.

Morven war verwirrt. Fliehen! Als ihr bewusst wurde, was das letztlich bedeutete, zerrte sie den weinenden Garwein mit nach oben in ihre Kammen. Verzweifelt sah sie sich um und begann, ohne Sinn und Verstand, Kleidungsstücke in einen Reisesack zu werfen.

Wohin sollten sie fliehen? Der Gedanke hing noch unbeantwortet in der Luft, als ihr einfiel, dass ihre Töchter noch nicht einmal ahnten, dass sie in Gefahr schwebten. Sie musste sie holen. Doch noch bevor sie die Tür erreicht hatte, hörte sie von unten helle, von tieferen Stimmen überlagerte Schreie. Hastig riss sie an dem schweren Knauf und prallte mit einem bewaffneten Ritter zusammen, der gerade in ihr Gemach eindringen wollte. Blitzartig schlug sie die Eichentür wieder zu und verriegelte sie. Schwertknäufe krachten donnernd gegen das Holz und Morven eilte ans Fenster, um nachzusehen, was sich auf dem Hof tat. Was sie sah, raubte ihr beinahe die Sinne. Dutzende von bewaffneten Kriegern in wappenlosen Rüstungen stachen mit ihren Schwertern auf das Vieh ein und metzelten alles nieder, was ihnen in den Weg kam. Plötzlich hörte sie einen Schrei, der ihr das Blut in den Adern gefrieren ließ. Im nächsten Moment sah sie ihre jüngste Tochter, der ein gewaltiger blonder Kämpfer nachsetzte. Er ergriff sie, warf sie brutal zu Boden und riss ihr das Kleid vom Leib.

»Nein!« Die Stimme des Mädchens überschlug sich und sie trat wild nach dem Angreifer, der eine seiner Pranken in ihre Haare gekrallt hatte.

»Nein! Lass mein Kind in Frieden!«, schrie Morven.

Das Holz der Eichentür gab nach und plötzlich standen drei Männer in ihrer Kammer. Morven stellte sich schützend vor ihren Sohn.

»Wo ist Euer Gemahl?«

»Ich hoffe, an einem Ort, an dem ihr ihn niemals findet!«, antwortete sie keuchend.

Der Ritter lachte und trat drohend auf sie zu. »Er ist ein Verräter.«

Als er das hörte, befreite sich Gawain aus Morvens Griff, rannte auf den Soldaten zu und schlug mit seinen kleinen Fäusten auf ihn ein. »Du lügst!« Tränen rannen ihm die Wangen hinunter, während er auf den Panzer des Mannes eintrommelte.

Ohne auf die Schläge zu achten, schob dieser ihn in die Arme des hinter ihm stehenden Soldaten, der mit einem grausamen Lachen die Waffe hob und sie dem Jungen bis ans Heft in die Brust trieb.

Mit vor Überraschung geweiteten Augen glitt Gawain an ihm hinab und sank zu Boden. »Mutter«, hauchte er und suchte mit den brechenden Augen nach Morven, die mit einem heiseren Schrei auf ihn zurannte, auf die Knie fiel und weinend seinen Kopf in ihren Schoß bettete. Schmerz und Trauer ließen sie den tödlichen Hieb kaum spüren, der sie im Rücken traf.

Eine schlammige Straße in der Nähe von Forres, November 1040

Es war unglaublich gewesen – das berauschende Gefühl der Macht, das Blut, die Furcht in den Augen der Frauen. Effric war in Hochstimmung, als er in gemäßigtem Trab zur königlichen Festung zurückritt. Erst vor zwei Tagen hatte ihn der Than von Cupar in seine Dienste aufgenommen und bereits heute für einen vom König befohlenen Überfall ausgewählt. Welch eine Ehre. Rosse, sein ehemaliger Dienstherr, hatte sich aus der Festung entfernt und es kursierten Gerüchte, dass man auch ihm nicht mehr trauen konnte. Ein leichter Nieselregen hatte eingesetzt und die geraubten Tiere blökten widerwillig, als sie mit der Peitsche vorwärtsgetrieben wurden.

Er musste an die kleine Rothaarige denken, die er sich genommen hatte, ihre Furcht. Erregung schoss durch seinen Unterleib. Sie hatte sich gewehrt, gefleht und geschrieen. Als ihre Augen schließlich gebrochen waren, war das Gefühl der Macht durch seinen Körper pulsiert. Mit Duncans Hure hatte er kein Glück gehabt, doch der heutige Tag hatte ihn für diese Erniedrigung mehr als entschädigt. Duncan würde noch lernen, welcher Platz ihm zustand. Dafür würde er zu sorgen wissen!

Kapitel 25

Eine der Burgen des englischen Königs in der Nähe von Nottingham, November 1040

»Wo zum Teufel bleibt er?« Mit einer nervösen Geste zupfte sich MacDuff den schlecht gestutzten Bart. Nachdem er von einer jungen Frau in den gut geheizten Raum geführt worden war, durchmaß er das prunkvolle Gemach mit langen Schritten. Voller Ungeduld wartete er auf Prinz Malcolm. Schon bald nach seinem überhasteten Aufbruch aus Schottland hatte er aufgehört, die kurzen Tage und langen Nächte zu zählen, die er durch das wilde, von Stürmen gepeitschte Land geritten war, bis er am Vortag endlich die sicheren Mauern der alten englischen Festung erreicht hatte. Erstaunlich schnell war er von König Edward empfangen worden, der gerade erst aus der Normandie zurückgekehrt war. Er hatte ihn formlos, in eine Mönchskutte gekleidet, willkommen geheißen. Wie alle Inselbewohner hatte auch MacDuff vom exzentrischen Charakter des Königs und dessen Nähe zur Kirche gehört und mit leichter Verwunderung festgestellt, dass dieser mit seiner dunklen Haut und dem normannischen Kurzhaarschnitt nicht besonders englisch wirkte. Die Audienz war nur von kurzer Dauer und statt Stellung zu seinem Verhältnis zum schottischen Thronfolger zu nehmen, hatte Edward darauf bestanden, dass sich MacDuff mit dem Erben des schottischen Thrones traf.

Obwohl er davon überzeugt war, das Richtige getan zu haben, stiegen langsam Zweifel in ihm auf. Er kannte den Prinzen doch nur flüchtig. Würde er überhaupt geeignet sein für die verantwortungsvolle Aufgabe, die in Schottland auf ihn wartete? Gerüchte hatten ihn erreicht, dass Mac Bethad nicht mehr in der Lage war, den Landfrieden aufrechtzuerhalten. Banden von Vogelfreien und Gesetzlosen plünderten Dörfer und raubten Reisende aus. Zudem war der Thronräuber dazu übergegangen, seine Reihen mit zwielichtigen Söldnern zu verstärken, die unbscholtenen Untertanen, die versehentlich ihren Weg kreuzten, Angst und Schrecken einjagten.

Während er noch über die düsteren Aussichten grübelte, öffnete sich endlich die Tür und Malcolm erschien. Er trug einen hellgrünen Umhang und sah MacDuff ernst an. Der Prinz schien reifer und männlicher als an dem schicksalshaften Tag, an dem man seinen Vater tot aufgefunden hatte. Mit ausgreifenden Schritten kam er auf den Besucher zu und ergriff energisch dessen ausgestreckten Arm.

»Seid willkommen«, begrüßte er ihn und setzte nüchtern hinzu: »Es scheint, unser Reich ist verloren.«

MacDuff, betroffen über die Hoffnungslosigkeit des jungen Mannes, blickte ihn prüfend an und verstärkte seinen Griff. »Nein!«, widersprach er. »Noch kann es befreit werden. Ergreift das Schwert und rächt die zu Unrecht Erschlagenen.«

Ohne auf das Drängen MacDuffs einzugehen, ließ Malcolm dessen Arm los und wandte sich einer Karte der Insel zu, die auf einem der prunkvollen Wandbehänge gestickt war. Dann drehte er sich unvermittelt um und blickte MacDuff durchdringend an.

»Wart Ihr nicht einer der treuesten Anhänger dieses Verräters?«, presste er verächtlich hervor. »Habt Ihr nicht seine Treue und Redlichkeit verteidigt?« Seine vor Hass funkelnden Augen musterten den Angesprochenen. »Warum seid Ihr hier?«, fragte er schließlich. Da die Frage unbeantwortet blieb, legte er herausfordernd die Hand auf den Griff seines Schwertes. »Was für eine Intrige spinnt Ihr?«

»Ich bin kein Verräter!« MacDuff war rot vor Zorn geworden. Wie konnte er es wagen? »Aber Mac Bethad ist einer«, warf Malcolm scharf ein. »Warum sollte ich Euch vertrauen?«, setzte er ruhiger hinzu, während die dunklen Augen die Gedanken des anderen zu lesen schienen. »Warum habt Ihr Eure Familie an einem solchen Ort zurückgelassen?«, fragte er schließlich.

MacDuff stöhnte innerlich. Er verachtete sich selbst dafür, seine Gemahlin und seine Kinder ohne Schutz zurückgelassen zu haben, doch selbst dieses Zeichen seiner Treue schien den Prinzen nicht überzeugen zu können. Zornig wandte er sich ab und stürmte zur Tür. »Dann muss unser Land wohl verbluten. Ihr seid ein Feigling.« Er wollte gerade das Gemach verlassen, als Malcolms versöhnliche Stimme an sein Ohr drang.

»Verzeiht mir, MacDuff.« Ein herzliches Lächeln verwandelte die vormals harten Züge. »Euer Zorn sagt mir alles.« Mit einer versöhnlichen Geste führte er den immer noch bebenden MacDuff auf eine Reihe weich gepolsterter Sitzgelegenheiten zu und lud ihn ein, Platz zu nehmen. »Noch heute wird sich das Schicksal unseres Reiches entscheiden.«

Die königliche Festung von Forres, November 1040

Während der vergangenen beiden Wochen hatte sich Gwynn in einen schützenden Kokon aus Schweigen gehüllt und Duncan machte sich ernsthafte Sorgen um sie. Der Schreck über das, was in der Samhainnacht vorgefallen war, saß noch tief und obwohl er sich bemühte, so oft wie möglich an ihrer Seite zu sein, war sie immer noch verstört. Die Situation in und außerhalb der Festung trug nicht dazu bei, dass sie sich sicherfühlen konnte, da Banden von Gesetzlosen das Land verwüsteten und jeden Tag neue Berichte über ausgeraubte und niedergebrannte Dörfer eintrafen. Warum unternahm Mac Bethad nichts dagegen, fragte Duncan sich zum wiederholten Male. In letzter Zeit hatte er seinen Dienstherrn nicht sehr oft zu Gesicht bekommen, da er mehr und mehr die Einsamkeit zu suchen schien.

Nach einem langen arbeitsreichen Tag saßen er und Gwynn in warme Mäntel gehüllt auf einer kleinen Bank hinter den Ställen und beobachteten den Mond. Am vergangenen Tag war der erste Schnee gefallen und eine dünne weiße Decke lag wie ein Leichentuch über der hügeligen Landschaft. Das ehemals unberührte Weiß war im geschäftigen Hof jedoch schnell dem Schlamm und Schmutz des täglichen Lebens gewichen. Während er schüchtern nach Gwynns Hand griff, flüsterte Duncan sanft: »Gwynn?« Die ersten Tage nach dem schrecklichen Vorfall war sie ihm gegenüber unsicher und ängstlich gewesen, hatte ihm nicht gestattet, sie zu küssen und als es ihm schließlich gelungen war, die Barriere ihrer Tür zu überwinden, hatte sie sich geweigert, ihr Untergewand in seiner Gegenwart abzulegen. Unendlich zärtlich hatte er sie in die Arme geschlossen und ihren von verzweifeltem Schluchzen geschüttelten Körper gestreichelt. Als die Krämpfe schließlich nachgelassen hatten, hatte er ihr unter sanften Küssen aus dem Kleid geholfen. Dann war sein Blick auf die Abschürfungen und blau und grün verfärbten Verletzungen gefallen. Wie sehr er Effric in diesem Moment gehasst hatte. Manchmal wünschte er sich, er hätte ihn an Samhain getötet; doch Gareth hatte Recht – er war es nicht wert.

Er erhielt keine Antwort. »Gwynn?«

Langsam bewegte sie den Kopf, so dass sich ihr Profil scharf vom aufgehenden Vollmond abzeichnete. »Ja?«

Er holte tief Luft. »Denkst du, es wird jemals wieder so sein wie zuvor?«

Lange Zeit erwiderte sie nichts, starrte einfach nur geradeaus, doch er wollte sie nicht bedrängen. Er sah ihr an, dass sie über die Frage nachdachte. Schließlich wandte sie sich ihm zu, blickte ihn an und erwiderte ruhig: »Nein, Duncan.« Sie schüttelte die roten Locken. »Es wird niemals wieder sein wie früher.« Als er etwas erwidern wollte, legte sie einen Finger auf die Lippen. »Aber wir werden uns von diesem Vorfall erholen. Und in Zukunft werde ich vorsichtiger sein.«

Mit einem innerlichen Seufzer der Erleichterung drückte er ihre zarte Hand und küsste die kleine Falte, die sich zwischen ihre ebenmäßig geschwungenen Augenbrauen gestohlen hatte, bevor er eifrig beteuerte: »Ich werde dich beschützen! Und wenn ich nicht bei dir sein kann, dann finde ich jemanden, der auf dich Acht gibt.«

Leise lachend strich sie ihm über den feuchten Schopf und als sie sich näher an ihn schmiegte, spürte er trotz des dicken Wollumhangs die Wärme ihres Körpers an seiner Brust.

»Weißt du«, nahm sie nach einigen Augenblicken des Schweigens die Unterhaltung wieder auf. »Die Zeiten haben sich geändert.«

Er nickte grimmig. »Unschuld und Ehre scheinen nichts mehr zu bedeuten.« Mit einem traurigen Ausdruck ließ sie den Blick über das schweifen, was einmal ein ordentlicher, gut organisierter Hof gewesen war. Innerhalb der vergangenen beiden Wochen hatten viele der Adeligen Forres verlassen und eine beängstigende Zahl zwielichtiger Söldner war an ihrer Stelle in die Dienste des Königs getreten. Die Sicherheit, die die gewaltigen Mauern der Festung einst gegeben hatten, gehörte längst der Vergangenheit an. Seit die Nachricht des feigen Mordes an Morven und ihren Kindern den Königshof erreicht hatte, brummte es in der Burg wie in einem Nest zorniger Hornissen. Bis jetzt war es Duncan gelungen, Gwynn zu verschweigen, dass Effric bei der Gräueltat seine Hand im Spiel gehabt hatte und er hoffte, dass dies auch so bleiben würde.

»Wenigstens stehen wir hier unter dem Schutz des Königs«, murmelte Gwynn versonnen. Dennoch war es bedrückend, mit ansehen zu müssen, wie das Königreich im Chaos versank. Sie unterdrückte ein Gähnen. »Ich denke, heute

Nacht wird es zu kalt sein im Stall«, flüsterte sie ihm ins Ohr.

Duncan sprang erleichtert auf. Zwar hatte sich seine Befürchtung, das Knappenquartier mit Effric teilen zu müssen, nicht bestätigt, da der Than von Cupar seine Schergen gerne um sich versammelte, doch der Gedanke an das zugige Strohlager hatte ihn nicht gerade mit Begeisterung erfüllt. Breit grinsend bot er Gwynn den Arm, sie hakte sich unter und sie schlenderten zum Hauptgebäude zurück.

Kapitel 26

Die dunklen Straßen in Forres, November 1040

Halb tot vor Müdigkeit und Hunger schleppte sich Leofric unter Aufbietung seiner letzten Kräfte durch die kalten, schlammigen Straßen der Stadt. Auf seiner langen, zu Beginn ziellosen, Wanderschaft durch den unwirtlichen Nordosten des Landes hatte er von anderen Ausgestoßenen erfahren, dass der Hof des Königs von Inverness nach Forres gezogen war. Nur die Hoffnung, Duncan zu finden und um Hilfe anflehen zu können, hatte ihn die unmenschlichen Strapazen des langen Fußmarsches aushalten lassen. Seit sein Orden ihn in Schimpf und Schande davongejagt hatte, war er im Land umhergestreift und hatte versucht, einen Herrn zu finden, in dessen Dienste er treten konnte; doch niemand hatte einen Krüppel mit einer Hand gebrauchen können. Nachdem er viele Tage erfolglos nach einer Arbeit gesucht hatte, war ihm schließlich keine andere Wahl geblieben, als zu betteln und zu stehlen. Eines Tages hatte ihn ein Bauer, der seine mageren Erzeugnisse auf dem Markt einer kleinen Stadt angeboten hatte, dabei erwischt, wie er einen alten, halb verschimmelten Laib Brot stehlen wollte. Blind vor Wut und Verzweiflung hatte ihn der Mann so lange mit seinem Lederriemen verprügelt, bis er die Besinnung verloren hatte. Leofric konnte sich nicht erinnern, was danach geschehen war, doch als er wieder zu sich gekommen war, hatte er in einem Graben neben der Straße in seinem eigenen Erbrochenen gelegen. Nachdem er sich mehrere Stunden nicht hatte rühren können, hatte er schließlich unter furchtbaren Schmerzen mit der Rechten seinen geschundenen Körper nach gebrochenen Knochen abgetastet und festgestellt, dass das Blut in seinem Gesicht von seiner übel zugerichteten Nase herrührte. Obwohl die Schwellung inzwischen abgeklungen war, fiel es ihm immer noch schwer, zu atmen.

Die sternenklare Nacht war bitterkalt und der sich steil zu der hoch aufragenden Festung hinaufwindende Weg war im Dunkeln tückisch. Er musste einen Platz zum Schlafen finden, wenn er in dem trügerisch friedlichen Weiß des frischen Schnees nicht erfrieren wollte. Wäre Bruder Aelwyn nicht gewesen, der Tage damit zugebracht hatte, seinen eiternden Stumpf zu heilen, hätte Leofric nicht einmal das fadenscheinige wollene Habit besessen, das er zitternd enger um die ausgemergelten Schultern zog. Als er das Gewirr der winzigen, von niedrigen Holzhäusern eingerahmten Gässchen verließ, öffnete sich vor ihm ein weitläufiger Platz, an dessen Ende die beeindruckende Silhouette einer dreischiffigen Kirche aufragte. Ein Gefühl der Erleichterung kam in ihm auf, er stolperte auf die bescheidene Kate zu, die sich im Schatten der mächtigen Kirche verbarg, und klopfte schüchtern an die Tür. Der Priester würde ihm Unterschlupf gewähren. Als niemand auf sein Pochen reagierte, hieb er die wunden Knöchel erneut gegen das raue Holz; dieses Mal etwas lauter. Vergebens. Auch dieser Versuch blieb unbeantwortet und erschöpft sank er mit dem Rücken zur Wand zu Boden.

Er war eingenickt und schrak keuchend hoch, als ihn jemand vorsichtig an der mageren Schulter berührte. Mit vor Furcht geweiteten Augen sprang er auf die Beine und wollte davonrennen, doch eine starke Pranke griff nach seiner ausgefransten löchrigen Kapuze und hielt ihn zurück.

»Wo willst du hin, mein Sohn?«, fragte der untersetzte Kirchenmann ohne den Griff zu lockern, und drehte den Knaben mit sanfter Gewalt um, um im Licht der flackernden Fackel sein Gesicht zu betrachten. »Du siehst aus, als könntest du ein anständiges Mahl und einen Platz für die Nacht gebrauchen.« Seine gütigen braunen Augen funkelten lustig.

Leofric, der den Priester zitternd anstarrte, beruhigte sich. »Ja«, murmelte er schüchtern und schlug die Augen nieder.

»Wie heißt du?«, erkundigte sich der Bruder, nachdem er Leofric mit sanftem Nachdruck ins Innere der ärmlichen, aber gemütlichen Hütte geschoben und auf einen niedrigen Schemel gedrückt hatte.

»Leofric«, erwiderte er und verfolgte den Priester mit hungrigem Blick, als dieser, nachdem er einige Kerzen entzündet hatte, aus einem großen Kessel, der über der leise glimmenden Feuerstelle hing, eine grob behauene Schale mit dampfender Suppe füllte. Mit einem einladenden Augenzwinkern stellte er die Schüssel vor Leofric und säbelte mit einem rostigen Messer eine dicke Scheibe Brot von dem knusprigen Laib, der auf dem schiefen Tisch lag. Nachdem er Leofric das Brot und einen Holzlöffel gereicht hatte, setzte er sich ihm gegenüber und sah ihm zu, wie er das Essen gierig hinunterschlang.

»Mehr?«, bot er an und als Leofric nickte, füllte er die Schale erneut mit duftendem Eintopf. »Möchtest du mir deine Geschichte erzählen?«, fragte er.

Eine Kammer in der königlichen Festung von Forres, November 1040

Mit starrem Blick verfolgte Gwynn die im Mondlicht tanzenden Staubkörner und lauschte Duncans leisem Schnarchen, während eine Unzahl ungeordneter Gedanken in ihrem Kopf umherwirbelten. Sie hatten sich geliebt und es war wundervoll gewesen – so berauschend wie beim ersten Mal. Zuerst hatte sie sich vor seiner Berührung gefürchtet, doch als sie seine sanften Hände gespürt hatte, die ihren angespannten Körper liebkosten, war alles Dunkle und Beklemmende von ihr abgefallen und sie hatte sich der Lust hingegeben. Glücklich lächelnd war sie schließlich in seinen Armen eingeschlafen, doch irgendetwas hatte sie aus dem Schlaf aufgeschreckt und nun war sie hellwach.

Was würde aus ihnen werden? Aus ihrer Liebe? Jeden Morgen schlug sie mit dem Gefühl die Augen auf, Duncan noch mehr zu lieben als am Tag zuvor. Wie lange würde es ihnen gestattet sein, dieses unbeschreibliche Glück zu genießen? Sie hatte furchtbare Angst vor dem, was die Zukunft bringen mochte. Am Hof kursierten immer lauter werdende Gerüchte, dass Prinz Malcolm Truppen sammelte, um Mac Bethad anzugreifen und ihn von dem geraubten Thron zu vertreiben. Würde er die Mitglieder des königlichen Haushalts ebenfalls als seine Feinde betrachten? Warum wandten sich die Thane, die, dessen war sie sich inzwischen sicher, ihren Verdacht teilten, nicht gegen den Thronräuber? Viele der bekannten Gesichter waren in den vergangenen Tagen verschwunden und sie fragte sich, ob sie sich, wie viele andere, den vorrückenden Engländern angeschlossen hatten. Während sie sich über dieses Dilemma den Kopf zermarterte, rührte sich Duncan neben ihr. Er murmelte etwas Unverständliches, schlug die Augen auf und blinzelte – verwirrt, sie im schwachen Schein der Glut auf einen Ellenbogen gestützt auf ihn hinabblicken zu sehen.

»Hmmmm?«, nuschelte er. »Warum bist du wach? Es ist mitten in der Nacht.« Mit einem leisen Grunzen zog er den Arm unter ihrem Kinn weg, so dass ihr Kopf zurück in die Kissen fiel. Noch im Halbschlaf schlang er einen Arm um sie und schlief wieder ein – den Kopf an ihren Busen geschmiegt.

Eine der Burgen des englischen Königs in der Nähe von Nottingham, November 1040

Nachdem sich Malcolm wegen einer Unterredung mit König Edward entschuldigt hatte, war MacDuff allein in der reich geschmückten Vorkammer des Audienzsaales zurückgeblieben. Nach den emotionalen Höhen und Tiefen der vergangenen Stunden waren seine Gefühle immer noch im Aufruhr und er starrte versonnen aus dem hohen Doppelfenster und beobachtete die Wolken, die von einem heftigen Nordwind über den Himmel getrieben wurden. Es hatte begonnen, zu schneien und die hin und her wirbelnden Schneeflocken tanzten in den Windböen, die immerzu die Richtung änderten. Er fröstelte. Zu viele schlaflose Nächte lagen hinter ihm und sein Körper war müde und erschöpft – ganz im Gegensatz zu seinem hellwachen, rastlosen Verstand.

Schwere Schritte und ein energisches Klopfen rissen ihn aus den verworrenen Gedanken, die sich selbständig gemacht zu haben schienen. Er blickte sich neugierig um und erblickte einen nassen, schmutzigen Rosse, in dessen Haar und Bart die letzten Schneeflocken schmolzen. »Vetter!« Freudestrahlend eilte er dem Besucher entgegen und schloss ihn herzlich in die Arme, doch der Ausdruck in den überschatteten Augen des anderen ließen ihn mit pochendem Herzen zurückweichen.

»Was führt dich hierher?«, erkundigte er sich – bemüht, die Furcht aus seiner Stimme zu verbannen. Als der Than von

Rosse ihn hart an der Schulter packte und ernst anblickte, wobei das sonst so klare Blau seiner Augen von Trauer getrübt war, hatte MacDuff das Gefühl, eine eiserne Hand würde ihm das Herz aus der Brust reißen.

»Nein!«, brüllte er und befreite sich aus Rosses Griff. »Nein!« Mit vor Entsetzen aufgerissenem Mund wandte er sich ab und schlug mit geballten Fäusten gegen die Wand bis das Blut aus seinen Knöcheln schoss. Ohne auf den Schmerz zu achten, hieb er weiter, schrie und tobte, bis aus der Wut Trauer und Verzweiflung wurde. Rosse, dessen Gesicht eine Maske des Schmerzes war, stand reglos hinter ihm, als er sich schließlich erschöpft umwandte und ihn mit blutunterlaufenen Augen ansah.

»Wie?«, stieß er bebend hervor und presste die blutigen Knöchel an die Zähne.

»Sie haben deine Burg überfallen«, berichtete der Freund, der Tag und Nacht ohne Unterlass geritten war, um MacDuff die furchtbare Nachricht persönlich zu überbringen. »Meine Warnung kam zu spät.«

Mit einem gequälten Aufschrei vergrub MacDuff das Gesicht in den zitternden Händen. »Meine Kinder?«, flüsterte er hoffnungsvoll.

Doch Rosse seufzte und schüttelte den Kopf. »Sie haben jeden niedergemetzelt, den sie finden konnten.«

Während ein krampfartiges Beben durch seinen Körper lief, wandte sich MacDuff erneut ab und lehnte die Stirn gegen die raue, kalte Steinmauer. Ohne dass es einer der beiden bemerkt hatte, war Malcolm durch eine Seitentür eingetreten. Rosse zuckte zusammen, als er die tiefe Stimme des Prinzen vernahm.

»Trauert nicht länger, MacDuff.« Er trat an die beiden Thane heran und betrachtete sie mit einem düsteren Ausdruck auf dem jungen Gesicht. »Lasst den Zorn Eure Klinge schärfen!« Als er Rosses missfälligen Blick auf sich spürte, fuhr er fort. »Es bleibt keine Zeit zum Trauern! Edward hat uns den Earl von Siward und zehntausend Mann zur Verfügung gestellt. Wir brechen noch diese Nacht auf.«

Kapitel 27

Eine ärmliche Hütte in Forres, November 1040

Zwischen hastigen Bissen und gierigen Schlucken hatte Leofric dem Kirchenmann seine traurige Geschichte erzählt. Nachdem die anfängliche Strenge auf den Zügen des Predigers mitleidigem Unglauben gewichen war, hatte er sich schließlich erhoben, um die Überreste des bescheidenen Mahls abzuräumen.

»Was ihr Jungen getan habt, war gotteslästerlich«, stellte er ernst fest. »Doch Vergebung ist eine der höchsten Tugenden unseres Glaubens.«

Leofric starrte ihn verwundert an – wie anders war doch die Auffassung der Mönche, in deren Obhut er die vergangenen Jahre zugebracht hatte. Während Leofrics Blick den Bewegungen des Priesters folgte, stellte er im schwachen Licht der Kerze fest, dass die Hütte lediglich aus einem niedrigen Raum und einem offenen Dachboden bestand, an dessen dicken Holzbohlen eine wackelige Leiter lehnte. Die winzige Feuerstelle, über der der Kessel mit der dampfenden Suppe hing, dem Tisch und den beiden grob gezimmerten Schemeln und eine dicke Schicht frischen Bodenstrohs sorgten für eine einfache, aber heimelige Umgebung. Der einzige Schmuck der bescheidenen Unterkunft bestand aus einem kunstvoll geschnitzten Kruzifix über der niedrigen windschiefen Tür.

Leofric hatte zwar davon gehört, dass, im Gegensatz zu dem harten, aber dennoch mangelfreien Leben im Kloster, die

Umstände, unter denen die einfachen Kirchenmänner ihr Dasein fristeten, erbärmlich waren. Die prachtvolle Kirche, in deren Schatten sich die Kate des Priesters duckte, hatte ihn allerdings wesentlich mehr Komfort erwarten lassen. Mit leisem Entsetzten stellte er fest, dass es dem Mann, der ihn so gastfreundlich unter sein Dach aufgenommen hatte, nur unwesentlich besser ging als den mittellosen Bauern, deren Dörfer er auf seinem langen Weg hinter sich gelassen hatte. Die Gedanken vermischten sich mit der Sorge um seine Zukunft. Dann legte sich die Müdigkeit wie ein bleierner Schleier über seine Sinne, und ohne dass er es bemerkte, fiel ihm der Kopf auf die Brust und er schlief ein. Als der Pfarrer polternd die Leiter, die er erklommen hatte, um eine warme Decke zu holen, hinabstieg, wurde er wach.

»Heute Nacht kannst du hier schlafen«, bot der Pfarrer an. »Aber morgen musst du wieder auf die Straße.« Seine warmen Augen wanderten mitleidig an Leofrics magerer Gestalt hinab, die sich unter dem abgewetzten wollenen Habit abzeichnete. »Ich habe selbst kaum genug zum Leben«, seufzte er, während er die grobe Decke vor der Feuerstelle ausbreitete. »Vergiss dein Gebet nicht«, ermahnte er den Jungen, nachdem Leofric seinem Wink gefolgt und auf dem weichen Strohlager niedergesunken war. Dann warf er einen letzten Blick auf die hageren Züge des Knaben und steckte die Enden der Decke unter dessen kalte Zehen. Mit einem gemurmelten Segen wandte er Leofric den Rücken, erklomm erneut die Leiter zu seiner Bettstatt, blies die Kerze aus und machte es sich in dem leise raschelnden Stroh gemütlich. Mit einem tiefen Seufzen kuschelte sich Leofric in die warme Decke und versuchte, die drohenden Wolken zu verscheuchen, die ihn beim Gedanken an den nächsten Morgen bedrängten. Würde er Duncan jemals finden?

Ein Wald in der Nähe von Forres, November 1040

Im grauen Zwielicht der Morgendämmerung hatte die kleine Jagdgruppe – bestehend aus Mac Bethad und seinen beiden zuverlässigsten Dienern – die Festung verlassen. Während sie gemächlich den schmalen Pfad entlangtrabten, schien zum ersten Mal seit Langem die zentnerschwere Last der Sorgen weniger drückend als sonst. Die gespannte Armbrust, die er mit der Rechten umklammert hielt, gab ihm das Gefühl der Macht zurück, das er in letzter Zeit immer öfter vermisste. Der Wald um sie herum war still und friedlich und der frisch gefallene Schnee schluckte das Geräusch der Hufe. Sie hatten bereits zwei prächtige Hirschkühe erlegt, doch er war noch nicht zufrieden mit der Ausbeute, weshalb sie tiefer in das Labyrinth der blattlosen Bäume eindrangen.

Sein Königreich war gespalten. Das Exempel, das er an MacDuff und dessen Familie statuiert hatte, war wie ein überspanntes Katapult zu einer Waffe geworden, die sich nun gegen den Angreifer richtete. Viele seiner ehemals treuen Thane und Lairds hatten überstürzt den Hof verlassen und sich dem Than von Urquart angeschlossen, der, so hatten ihn seine Spione informiert, sich der englischen Armee anschließen wollte, sobald diese die Grenze zu Schottland überschritt. Bei denjenigen, die nach wie vor auf seiner Seite waren, handelte es sich vornehmlich um dänische und norwegische Söldner sowie um Adelige von niedrigem Rang, die hofften, in der Feudalhierarchie aufzusteigen, wenn sie ihm treu blieben. Lediglich eine Hand voll kampferprobter Thane hatte den geleisteten Treueschwur noch nicht gebrochen.

Um einen Aufstand in der Bevölkerung zu unterdrücken, hatte er beschlossen, die Zügel anzuziehen und Truppen ausgesandt, um in den umliegenden Dörfern nach den Männern zu suchen, die er für vogelfrei erklärt hatte. Er würde diesen Bastarden zeigen, was er mit seinen Feinden machte. Viele

Häuser und Burgen waren bereits niedergebrannt oder von seinen Männern eingenommen worden, wobei die Familien der Geächteten entweder getötet, geschändet oder vertrieben worden waren. Es bereitete ihm kein Unbehagen, dass auch Unschuldige von den erbarmungslosen, blutdurstigen Kriegern, die alle seine Farben trugen, abgeschlachtet wurden. Hatten die doppelzüngigen Weiber ihm nicht versichert, dass er nicht von einem Sterblichen bezwungen werden konnte? Oder war das eine weitere ihrer abscheulichen Halbwahrheiten? Immer noch brannte heißer Zorn in ihm über ihre Unverschämtheit und die Ungewissheit, die sie mit ihrer letzten Weissagung in ihm geschürt hatten. Banquo! Er erschauerte bei dem Gedanken an das geisterhafte Gesicht des Erschlagenen, das die Reihe der trugbildhaften Könige angeführt hatte. Wenn er die alten Vetteln doch nur finden könnte! Dann würde er ihnen zeigen, was mit denjenigen geschah, die sich über ihn lustig machten. Doch bisher hatten die von ihm ausgesandten Schergen noch keinen Erfolg gehabt.

Nach einer langen Zeit des Schweigens erreichten die Reiter schließlich eine Lichtung, in deren Mitte eine einsame uralte Eiche stand. Mac Bethad zügelte seinen Hengst, um das dichte Unterholz nach verdächtigen Bewegungen abzusuchen. Als sein Blick über einen mit verdorrten Beeren gespickten Schlehenbusch wanderte, glaubte er, in den dahinterliegenden Tiefen etwas Weißes aufblitzen zu sehen. Angestrengt blinzelte er gegen die durch die hohen Baumkronen brechenden Sonnenstrahlen und starrte in die Dunkelheit des dichten Waldes. Dort! Etwas Schemenhaftes hatte sich hinter den moosbewachsenen Stämmen bewegt! Ruhig atmend hob er vorsichtig die Armbrust an die Schulter und zielte auf die Stelle, an der er die Bewegung wahrgenommen hatte, doch endlose Herzschläge lang geschah überhaupt nichts. Witterte das Tier die Gefahr oder hatten ihn seine Sinne getrogen? Als sein Arm schließlich zu schmerzen begann und er mit einem enttäuschten Seufzen die Waffe senkte, brach unvermittelt ein schlohweißer Hirsch aus dem Dickicht, um mit unglaublicher Kraft und Geschmeidigkeit über die weite Lichtung zu setzen. Ohne erneut zu zielen, riss Mac Bethad die Armbrust hoch. Kaum hatte der Bolzen mit einem surrenden Geräusch die Sehne verlassen, wurde das Tier von den Hufen gerissen und schlug mit verdrehtem Hals auf dem Boden auf.

Triumphierend ritt der König näher, stieg ab und kniete neben der blutigen Beute nieder. Entsetzt hielt er den Atem an. Der Bolzen hatte eine klaffende Wunde in die Brust des Tieres gerissen und obwohl sich der Hirsch nicht mehr bewegte, schlug das mächtige Herz unbeirrt weiter. Was für ein furchtbares Omen. Nackte Furcht stieg in Mac Bethad auf und er sprang hastig wieder auf den Rücken seines Pferdes, das die Anspannung seines Herrn spürte und nervös mit den Augen rollte.

»Wir reiten zurück!«, brüllte er den Männern entgegen, die sich näherten, um ihm beim Ausweiden der Beute zur Hand zu gehen. »Das Tier ist krank.« Ohne eine Antwort abzuwarten, rammte er seinem Hengst die Sporen in die Flanken und preschte über die Lichtung auf den dunkel gähnenden Wald zu, ohne sich auch nur einmal umzusehen.

Wie hatte er nur so dumm sein können, Jagd auf einen weißen Hirsch zu machen?, schalt er sich, während ein anderer Teil seines Bewusstseins ihn einen Narren schimpfte, der er alten Legenden glaubt. Schon lange waren die Beltaneriten ausgestorben, an denen junge Priesterinnen mit dem die Erde verkörpernden Hirsch vermählt wurden, um die Fruchtbarkeit des Landes zu sichern. Mit halsbrecherischer Geschwindigkeit ritt er weiter über den von Eis und Schnee bedeckten Boden, bis er schließlich den Waldrand vor sich auftauchen sah. Erleichtert verlangsamte er das Tempo und wartete schwer atmend auf seine Begleiter, während er mit einem boshaften Lächeln auf den Lippen eine Rauchsäule beobachtete, die in der Ferne von einem weitläufigen Anwesen aufstieg. Ein weiterer Verräter, der ihm nicht mehr in die Quere kommen konnte! Als seine Diener ihn endlich einholten, trabten sie in Richtung Forres davon, über dessen Dächern sich die königliche Festung wie ein riesiger Wachhund erhob.

Sie waren kaum eine Meile geritten, als sie vor sich einen etwa achtjährigen Knaben in den Wald stolpern sahen, der immer wieder furchtsam den Kopf in Richtung der brennenden Häuser wandte. Mac Bethad bleckte die Zähne und galoppierte dem Burschen hinterher, dessen kreidebleiches Gesicht mit Blut und Ruß befleckt war. Vom Stampfen der Hufe aufgeschreckt, blickte das Kind bang über die Schulter, stieß einen Angstschrei aus und versuchte, schneller zu laufen, doch gegen die Pferde war es chancenlos. Mac Bethad brachte sein Tier dicht neben dem Jungen zum Stehen und zog das Schwert.

»Wo willst du hin?«, zischte er, während der Knabe verzweifelt den Kopf schüttelte, auf die Knie fiel und um sein Leben bettelte.

»Bitte, ich habe nichts getan«, schluchzte er. »Tötet mich nicht!«

Mac Bethad blickte mit einem kalten Lächeln auf ihn hinab. »Wenn du nichts getan hast, warum läufst du dann davon?«, erkundigte er sich, wobei er den Augenblick sichtlich genoss.

Der Junge wagte nicht, zu ihm aufzusehen und erwiderte mit zitternder Stimme: »Sie sind gekommen und haben einen Mann getötet, der bei meinem Vater war. Ich habe ihn nicht gekannt.« Er schluchzte auf. »Sie haben auch meinen Vater und meine Mutter und all meine Geschwister erschlagen.«

Während die helle Stimme in der Flut der Tränen erstickte, holte Mac Bethad mit dem Schwert aus und schlug dem knienden Kind den Kopf ab. »Dann wird es Zeit, dass du dich zu ihnen gesellst!« Mit einem höhnischen Lachen wischte er das Blut von seinem Mantel.

Kapitel 28

Die königliche Festung von Forres, November 1040

Nach einer ruhigen und friedlichen Nacht hatte sich Duncan sich früh erhoben, flink angezogen und aus Gwynns Kammer gestohlen. Mit großen Schritten erklomm er die Stufen zu seinem Quartier über den Stallungen, um Kettenhemd und Beinlinge anzulegen und sich Schild, Streitaxt und Langschwert aus der Waffenkammer zu besorgen. Für den heutigen Tag war nach den Einzelübungskämpfen eine Gruppenübung angesetzt, in der die Knappen und Jungritter in Mannschaften gegeneinander antreten würden. Als Duncan die Tür zur Waffenkammer aufstieß, prallte er mit Harold, einem schüchternen, zurückhaltenden Neuling zusammen, der mit roten Ohren an einem glänzenden Schwert herumpolierte. »Guten Morgen«, stammelte er unsicher und Duncan erwiderte den Gruß mit einem fröhlichen Grinsen. Er mochte den dunkelhaarigen Jungen, der den Streitereien um die besten Schlafplätze aus dem Weg ging und meist für sich blieb. »Die anderen schlafen noch«, sagte Duncan und schnallte sich den schweren Schild um. »Sollen wir ein wenig üben, bis sie soweit sind?«

Harold blickte überrascht auf und nickte eifrig. »Gerne!«, erwiderte er freudestrahlend, warf sich einen dicken Umhang um die Schultern und folgte Duncan durch die Stallgasse in den schneebedeckten Hof.

Noch lag der gefrorene Kampfplatz verlassen da und so breiteten sie ihre Utensilien aus und begannen, sich aufzuwärmen. Sie hüpften auf der Stelle auf und ab und dehnten ihre steifen Muskeln. Der Morgen war klirrend kalt und ihr Atem stieg in kleinen Dampfwölkchen zum Himmel. Als Duncan den letzten Riemen seiner Beinschiene zugeschnallt hatte, rief er aufmunternd: »Bist du soweit?«

Harold nickte und richtete seine dicken wollenen Hosen. Dann nahmen sie die schweren Breitschwerter auf und begannen, einander drohend zu umkreisen. Es war anstrengend, mit Harold zu trainieren. Im Gegensatz zu anderen Kampfpartnern besaß er eine vorbildliche Disziplin und Ausdauer und einige seiner Hiebe waren kaum zu parieren. Nach einer Weile konnten beide die Schilde kaum noch oben halten und Duncan keuchte erschöpft: »Lass und eine Pause einlegen.« Verschwitzt ließ er die schwere Waffe in den Schnee fallen. »Hast du schon etwas gegessen?«

Harold schüttelte seine wilde Mähne. Duncan schlug vor, der Köchin etwas Brot und kaltes Fleisch vom Vorabend abzuschwatzen. »Du kannst hier warten.« Mit knurrendem Magen machte er sich auf den Weg zum Wirtschaftsgebäude.

Als er, einen schweren Beutel voller Köstlichkeiten unter dem Arm, wieder auf den Übungsplatz zusteuerte, sah er, dass mehrere groß gewachsene Burschen Harold umzingelten. Es machte ihnen offensichtlich Spaß, den schmächtigen Knaben zu drangsalieren.

»Oh, nein!« Duncan fluchte leise, als er Effrics breite Gestalt unter den Neuankömmlingen ausmachte. Er ließ den Beutel achtlos zu Boden fallen und rannte auf den Kampfplatz zu. Fünf der älteren Knappen hatten einen Kreis um Harold gebildet, dessen Gesicht bis auf zwei feuerrote Flecken auf den Wangenknochen totenbleich war, und stießen ihn grob von einem zum anderen. Ihr höhnisches Gelächter hallte durch den klaren Morgen »Seht euch nur die Memme an! Gleich fängt er an zu heulen.«

Verzweifelt versuchte sich der Junge zu wehren, doch die agressiven Kerle stießen ihn immer heftiger und brutaler vor die Brust, so dass er schließlich zu Boden ging.

»Lasst ihn in Ruhe, ihr Feiglinge!«, brüllte Duncan, als sie sich auf ihn werfen wollten. Augenblicklich ließen sie von Harold ab und sahen Duncan an. Wer konnte so dreist sein, sie zu stören?

Effric stieß einen Schrei aus und wollte Duncan einen Tiefschlag in die Magengrube versetzen. Duncan kannte seinen früheren Freund nur zu gut und wich dem Schlag, den er vorhergesehen hatte, geschickt aus. Effrics Gefährten feuerten ihn johlend an. Einer von ihnen hielt Harold im Schwitzkasten, aber als Duncan einen harten rechten Haken auf Effrics Kinn platzierte, musste er trotz des Schmerzes grinsen. Effric schlug in blinder Wut nach Duncans Nase, doch dieser wich wieder aus und verpasste ihm blitzschnell eine Kombination, die diesen wie einen gefällten Baum zu Boden streckte. Die Wegfährten Effrics fielen daraufhin mit Wutgeschrei über Duncan her und traktierten ihn mit Tritten und Schlägen gegen Rippen, Kopf und Unterleib. Duncan versuchte sich einzurollen, doch ein brutaler Tritt traf ihn am Kinn und schleuderte seinen Kopf zurück. Die Umrisse der dunkel über ihm aufragenden Gestalten verschwammen und der winzige Fetzen blauen Himmels über ihren Köpfen verblasste zu einem milchigen Weiß, als Duncan das Bewusstsein verlor.

Ein Gemach in der königlichen Festung von Forres, November 1040

Wie einsam und leer die Kammer wirkte. Mit schweren Lidern starrte Gruoch an die Wand ihres kalten Gemachs, warf mit einem tiefen Seufzer die Decken zurück und schwang die Beine über den Rand des wohlig warmen Bettes. Wie gewöhnlich war ihre Tür von innen verriegelt, so dass sich ihr Gemahl nicht in ihre Kammer stehlen konnte, während sie schlief, um sie mit seiner ekelerregenden Begierde aus dem Schlaf zu reißen. Seine merkwürdige Zurückhaltung hatte sich seit dem Mord an Banquo ins Gegenteil verkehrt, doch allein der Gedanke an die rauen Hände, die ihren Körper berührten, bereitete ihr Übelkeit. Wie eine Flamme war ihre Fleischeslust erloschen; egal, wie sehr sie sich auch bemühte, sie ließ sich nicht mehr entfachen.

Sie warf sich einen dicken Wollschal über das Nachtgewand, kniete sich fröstelnd vor die kalte Feuerstelle und versuchte, mit zitternden Händen Holzscheite und Reisig aufzuschichten. Anstatt nach den Feuersteinen zu greifen, beschloss sie, einen Kienspan an den Fackeln zu entzünden, die den langen Korridor erleuchteten.

Als sie sich aus der kauernden Stellung aufrichten wollte, begann sich der Raum um sie zu drehen und ein schwarzer Schleier legte sich über ihre Augen. Reflexartig klammerte sie sich am Mauervorsprung des Kamins fest und schloss die Augen, um den plötzlichen Schwindel abzuschütteln. Seit sie nicht mehr regelmäßig an den Mahlzeiten teilnahm, beschlich sie diese lästige Schwäche immer häufiger. Sie atmete tief ein und aus und wartete, dass sich der Anfall legte. Kaum waren die kleinen silbernen Sternchen verschwunden, öffnete sie vorsichtig die Tür und schlich auf Zehenspitzen zu der ihrer Kammer am nächsten steckenden Fackel. Sie wollte niemandem begegnen, mit keinem der Speichellecker reden, die in letzter Zeit den Hof zu überschwemmen schienen. Beinahe alle ehrbaren Männer, deren Aufrichtigkeit sie hoch geschätzt hatte, hatten die königliche Festung verlassen und waren von ihrem Gemahl für vogelfrei erklärt worden. Jetzt gab es nur noch Kriecher oder Söldner, deren Umgangsformen so abscheulich waren, dass sie sich in ihrem eigenen Heim nicht mehr wohlfühlte. Vermutlich war das der Preis der Macht. Sie seufzte und als der Kienspan aufflammte, kehrte sie auf leisen Sohlen zu ihrer Kammer zurück. Bevor sie die schwere Eichentür wieder aufstieß, hielt sie inne und presste ein Ohr gegen das kalte Holz. Stimmen? Wer konnte das sein?

Misstrauisch drückte sie die Tür einen Spalt auf und lugte hinein, doch ihr Gemach lag ebenso leer da, wie sie es verlassen hatte. Wen hatte sie dann sprechen hören? Als die Flamme des Kienspans ihre Fingerspitzen berührte, schrak sie zusammen, hastete zur Feuerstelle und legte das brennende Holz in die sorgsam aufgeschichtete Pyramide aus Scheiten.

◈

Der Kampfplatz hinter der königlichen Festung von Forres, November 1040

Mit einem Schlag war der Spuk vorüber. Thorn, der Waffenmeister, und mehrere Ritter hatten den Übungsplatz erreicht und ohne viel Federlesens das tretende und schlagende Knäuel der Knappen zerschlagen.

»Was zum Teufel macht ihr hier?«, brüllte der breitschultrige, von einer langen Narbe entstellte Thorn die Angreifer an. »Vier gegen einen!« Sein breites Gesicht war dunkelrot vor Wut und die Knöchel seiner rechten Hand, die den schweren Beingriff seines Kurzschwertes umklammerte, traten weiß hervor. »Sind das vielleicht die ritterlichen Tugenden, die ich versuche, euch beizubringen?« Die tiefe Stimme überschlug sich vor Ärger und die Venen pulsierten sichtbar am Hals des kräftigen Mannes.

Duncan kam stöhnend wieder auf die Beine. Das Gebrüll hatte er nur wie aus weiter Ferne wahrgenommen. Er bemühte sich, die zerschundenen Glieder so wenig wie möglich zu bewegen. Einer der älteren Ritter hatte Harold aus der schmerzhaften Umarmung befreit. Jetzt kümmerte er sich um Duncan, der aus mehreren Platzwunden blutete. Vorsichtig nickend beantwortete dieser die Frage nach seinem Wohlergehen, während er mit spitzen Fingern seine geschwollenen Lippen abtastete.

»Ich werde euch zeigen, wie es sich anfühlt, in der Minderheit zu sein!«, tobte Thorn weiter und wandte sich den inzwischen in großer Zahl auf den Platz strömenden Knappen zu. »Ihr Burschen tut euch zwei und zwei zusammen und übt den Einzelkampf!«, befahl er schwer atmend, bevor er zu den mit gesenkten Köpfen dastehenden Angreifern herumwirbelte. »Ihr vier werdet gegen je zwei erfahrene Kämpfer antreten«, zischte er. »Scharfe Waffen!«

Als Duncan das nackte Entsetzen sah, das sich bei diesen Worten in die Augen seiner Gegner gestohlen hatte, spürte er beinahe so etwas wie Mitleid. Keiner der Ritter würde auch nur den Hauch von Erbarmen zeigen, denn nichts war mehr verpönt als Feigheit. Zwar waren den meisten der Hochadeligen, die am Hof verblieben waren, die Tugenden der Ritterlichkeit fremd, doch die einfacheren Krieger waren ehrenhaft.

In der Zwischenzeit hatte sich auch Effric mit mordlustiger Miene erhoben und sich mit einem hochgewachsenen schwarzhaarigen Knappen zusammengetan, den Duncan noch nie gesehen hatte. Vermutlich war er erst in den letzten Tagen mit einem der neuen Thane eingetroffen. Jeden Tag erschienen neue Gesichter auf der Festung, während alte und vertraute verschwanden. Effric warf Duncan einen hasserfüllten Blick zu, bevor er sich abwandte und mit dem erfahren wirkenden Neuankömmling die Waffen kreuzte. Auch Duncan und Harold rissen sich mühsam am Riemen und nahmen den unterbrochenen Kampf mehr schlecht als recht wieder auf. Der Gedanke an ein Frühstück war in völlige Vergessenheit geraten.

Nach einer scheinbaren Ewigkeit ließ Duncan schließlich erschöpft die Klinge sinken und wischte sich mit dem Handrücken die Stirn. Sein Arm war steif und sein ganzer Körper schien aus Prellungen und Wunden zu bestehen. Und dennoch – stellte er fest, als er etwas Schnee in den Mund steckte, um seinen quälenden Durst zu löschen – stand es um ihn und Harold nicht im Entferntesten so schlimm wie um die vier Übeltäter, die blutüberströmt um ihr nacktes Leben fochten. Mit einem Handzeichen gab Thorn den Fechtenden zu verstehen, dass sie eine Pause einlegen sollten. Als das jammervolle Kleeblatt ihrem Beispiel folgen wollte, herrschte er sie grob an: »Ihr nicht! Ihr macht weiter!« Er winkte die übrigen Knappen und Jungritter heran, die einen lockeren Kreis um die keuchenden Streiter bildeten. Keiner wollte sich den Ausgang des Kampfes entgehen lassen. Obwohl die zahlenmäßig unterlegenen Streiter offensichtlich am Ende ihrer Kräfte waren, attackierten die Ritter sie erbarmungslos. Schließlich fiel einer von ihnen, seine Stiefelspitze spürte Duncan immer noch in der Lendengegend, zu Boden und bettelte um Gnade. Der Krieger, dessen mächtiger Streich ihn in die Knie gezwungen hatte, warf Thorn einen fragenden Blick zu, und als dieser den Kopf schüttelte, hob er mit ausdrucklosem Blick die Waffe.

Kapitel 29

Ein Flussufer vor den Mauern der königlichen Festung von Forres, November 1040

Gwynn und Màiri knieten am Ufer des kleinen Flusses, der sich an den dicken Festungsmauern entlangschlängelte, um im kalten Wasser die ihnen anvertrauten Kleidungsstücke zu waschen. Da der Tag trotz der Kälte sonnig und freundlich war, hatten die Mädchen beschlossen, die Gelegenheit beim Schopf zu packen und die Sicherheit des Tageslichtes zu nutzen, um die lästige Pflicht zu erledigen. Mit hochgekrempelten Ärmeln schrubbten sie die von der Nässe schweren Gewänder mit soviel Kraft, dass ihnen selbst bei der eisigen Witterung der Schweiß auf die Stirn trat.

»Hilf mir mal!«, rief Gwynn der Freundin zu, die ein durchsichtiges Untergewand auf den gefrorenen Boden legte, um die Enden eines schweren wollenen Überwurfes aufzufangen, den Gwynn ihr zuwarf. Geschickt griff sie den Stoff und gemeinsam gelang es den jungen Frauen, das unhandliche, widerspenstige Kleidungsstück von den dicken Lehmklumpen zu befreien, die den Saum verschmutzten. Nachdem sie die Seife ausgespült hatten, zogen sie den triefenden Umhang aus dem Fluss und wirbelten ihn heftig durch die Luft, um die Feuchtigkeit aus ihm herauszuschleudern.

»Ich kann nicht mehr«, keuchte Gwynn, nachdem das Gewand mehr einem Seil als einem Mantel ähnelte, und ließ sich schwer atmend auf den Boden fallen. Mit einem breiten Lächeln auf dem Gesicht nahm ihr Màiri das andere Ende des Mantels aus der Hand und begann, das feuchte schwere Tuch zu einem sauberen Rechteck zu falten, bevor sie es in den bereits randvollen Weidenkorb legte, den die Mädchen nahe der Böschung abgestellt hatten.

»Das war's«, beschied sie, nachdem sie das Untergewand ebenfalls gefaltet und geglättet hatte. »Lass uns zurückgehen.«

Mit einem kleinen Seufzer stemmte sich Gwynn in die Höhe, griff nach einem der großen Henkel und fiel in Màiris beschwingten Schritt ein. Als sie die dunkel aufragende Ringmauer fast erreicht hatten, hielt Màiri unvermittelt inne und ließ die Arme sinken. Sie sah die Freundin mit einem merkwürdigen Ausdruck in den warmen braunen Augen an und holte ein paarmal tief Luft.

»Was ist?«, fragte Gwynn neugierig und als Màiri nicht sofort antwortete, knuffte sie die Freundin ungeduldig in die Seite. »Sag schon, was du auf dem Herzen hast.« Die Mischung aus Freude und Sorge, die sie in Màiris Miene lesen konnte, ließ leises Unbehagen in ihr aufsteigen.

»Ich trage ein Kind«, platzte diese schließlich hervor und biss sich auf die leicht bebende Unterlippe.

»Ein Kind?«, flüsterte Gwynn fassungslos und hielt sich erschrocken die Hand vor den Mund.

»Von Gareth«, sagte Màiri grinsend.

»Aber dann muss er dich heiraten«, entfuhr es Gwynn, denn nichts war schlimmer als eine Schwangerschaft ohne Ehe.

»Das will er«, versetzte Màiri stolz. »Er muss nur noch den König um Erlaubnis bitten.« Sie hoffte inständig, dass dieser sie ihnen nicht verweigerte.

Vor den Mauern der königlichen Festung von Forres, November 1040

Geblendet blinzelte Leofric zu den scharfgezackten Zinnen der hohen Wehrmauer hinauf. Seit einem halben Tag schlich er nun schon unentschlossen am Rand des Gegenwalls entlang, ohne zu wissen, wie es ihm gelingen sollte, auf die königliche Festung zu kommen. Das köstliche Frühstück des Priesters lag immer noch angenehm schwer in seinem Magen, doch die Furcht vor dem nagenden Hunger, der in den vergangenen Wochen sein steter Begleiter gewesen war, stieg bereits unaufhaltsam wieder in ihm auf. Wie konnte er zu Duncan kommen? Gerade als er die Wachen auf dem Wehrgang zählte, sah er aus den Augenwinkeln heraus zwei schwerbewaffnete Männer auf sich zukommen. Der vordere war ein Hüne mit langem blondem Haar, das ihm bis auf die breite Brust reichte, den zweiten zierte ein feuerroter Schopf.

Als Leofric mit klopfendem Herzen die Flucht ergreifen wollte, waren sie mit wenigen Schritten bei ihm und packten ihn grob am Kragen.

»Was willst du hier?«, herrschte ihn der Hüne an, dessen gelbe Zähne wie die eines Raubtiers in dem wettergegerbten Gesicht blitzten. »Verzieh dich!« Mit einem unsanften Stoß zwischen die Rippen beförderte er Leofric auf sein Hinterteil. Als er drohend die Hand hob, rappelte sich dieser hastig auf und nahm die Beine unter den Arm. Stolpernd und rutschend rannte er den steilen Abhang hinab, bis seine Flucht von einem Dornenbusch aufgehalten wurde, der ihm Gesicht und Arme zerkratzte. Lachend blickten ihm die Wachen nach, bevor sie ihm mit einer verächtlichen Geste den Rücken kehrten und auf das Burgtor zugingen.

»Verdammt!«, fluchte Leofric leise, klopfte sich den Schlamm aus dem Habit und wollte sich gerade zum Gehen wenden, als er auf dem Kamm des Burghügels ein rothaariges Mädchen erblickte, das mit einer anderen jungen Frau auf die Festung zusteuerte. Das musste Gwynn sein. Duncan hatte sie in vielen blumigen Worten beschrieben, doch bevor Leofric ihren Namen rufen konnte, tauchte sie in die tiefen Schatten des Torbogens ein und war verschwunden.

Den Tränen nahe ließ er sich auf die Knie fallen und vergrub das Gesicht im rauen Stoff der Kutte. Er musste nachdenken. Auf keinen Fall konnte er weiter vor der Festung herumlungern; die Wachen schienen absolut keinen Spaß zu verstehen. Bevor ihn der Priester seines Wegs geschickt hatte, hatte er ihn wissen lassen, dass es ganz in der Nähe ein Dorf gab. Vielleicht fand er dort Arbeit. Irgendetwas musste er schließlich tun. Obwohl er nur eine Hand hatte, konnte er Schafe hüten oder in einem Gasthof aushelfen. Immerhin konnte er kochen. Das war eines der Dinge, die man ihm während der trostlosen Zeit im Kloster beigebracht hatte.

Der Kampfplatz hinter der königlichen Festung von Forres, November 1040

»Nein!«, hörte sich Duncan schreien und rannte auf den Ritter zu, der drohend das Schwert über dem am Boden liegenden Knappen schwang. Doch Thorn hielt ihn mit eisernem Griff zurück und ganz gleich, wie sehr er sich auch wehrte, gegen Thorn hatte er keine Chance. Verwundert hielten die Ritter im Kampf inne und auch die jungen Männer, die sie beobachtet hatten, wandten sich verwundert zu. Thorn gab dem Ritter ein Zeichen, woraufhin dieser widerwillig das Schwert senkte und es zurück in die Scheide gleiten ließ.

»Sie haben dich beinahe getötet und du trittst für sie ein?«, fragte Thorn und ließ Duncan los.

»Ja«, sagte er und rieb sich den schmerzenden Arm. »Es ist nicht gerecht.«

Thorn zog eine Grimasse und schnaubte »Gerecht!« Er blickte herausfordernd in die Runde. »Glaubt ihr Burschen vielleicht, der Krieg sei gerecht?«

Die meisten senkten wortlos den Kopf und Duncan kam sich vor wie ein dummer Junge. Als niemand antwortete, brach der Waffenmeister in röhrendes Gelächter aus und schlug Duncan mit einer seiner riesigen Hände so heftig auf den Rücken, dass dieser um ein Haar das Gleichgewicht verloren hätte. »Du solltest dein Gesicht sehen, Junge!«, prustete er, wurde aber sofort wieder ernst und musterte die anderen. »Der Krieg ist nicht gerecht«, stellte er nüchtern fest. »Aber es gibt so etwas wie Ehre.« Während er die Worte wirken ließ, legte er Duncan die Hand auf die Schulter. »Und Duncan hat gerade bewiesen, dass er es wert ist, ein Ritter zu werden.«

Duncan wurde rot vor Stolz und als er die bewundernden Blicke der anderen Knappen spürte, fühlte er sich einen Kopf größer.

»Also«, rief Thorn. »Holt euch Pferde und kommt auf den Turnierplatz!« Tuschelnd löste sich die Versammlung auf und die Knaben eilten zu den Stallungen. Da Thorn sie vom Kampfplatz aus im Blick hatte, wagten weder Effric noch seine Begleiter, Duncan oder Harold erneut anzugreifen.

Als alle bewaffnet und hoch zu Ross in der Arena waren, deutete Thorn auf zwei Lanzen, an denen rote beziehungsweise blaue Bänder im Winterwind flatterten. »Jeder von euch bindet sich ein Band an den Helm!«, rief er. »Dann teilt ihr euch in zwei Mannschaften auf und tretet gegeneinander an.« Geduldig wartete er, bis die nervösen Knappen mit fliegenden Fingern die Tücher befestigt und sich in zwei Gruppen aufgeteilt hatten. »Nach der ersten Runde werde ich euch erklären, was ihr falsch gemacht habt und was in einem Gruppenkampf wichtig ist.«

Kapitel 30

Der Thronsaal der königlichen Festung von Forres, November 1040

Mac Bethad hatte keine Lust, MacNair oder MacNeill oder wie auch immer er hieß, zu empfangen. Wie sehr er diese Speichellecker hasste, die in letzter Zeit seine Burg besuchten. Allerdings blieb ihm keine Wahl, als den rückgratlosen Opportunisten, die ihn ohne mit der Wimper zu zucken an den Feind verkaufen würden, sollte seine Stellung jemals gefährdet sein, seine Gunst zu erweisen.

Er hatte sich nicht die Mühe gemacht, die königlichen Gewänder anzulegen und als der Stiefellecker von einem katzbuckelnden Diener hereingeführt wurde, legte er nicht einmal das Hühnerbein zur Seite, an dem er gerade nagte. Sowohl

Hände als auch Unterarme trieften vor Fett und er wischte sich mit dem Handrücken über den Mund, bevor er den kleinen, aber kräftigen Mann, der vor ihm auf ein Knie gesunken war, willkommen hieß.

»Seid gegrüßt!« Nachlässig bedeutete er dem Laird mit dem dunklen Bart und den wachsamen Augen, aufzustehen. Eine mächtige Hakennase verlieh seinem wenig interessanten Gesicht einen raubvogelartigen Ausdruck und die Blässe der durchscheinenden Haut ließ darauf schließen, dass er kein Freund von frischer Luft war. Nur dumpf erinnerte sich Mac Bethad daran, dass König Duncan diesem Vasallen hoch oben im Norden ein winziges Stück Land zum Lehen gegeben hatte. Jetzt war er vermutlich darauf aus, den Besitz eines der geächteten Thane zu übernehmen. »Herr«, sagte der Laird mit seltsam hoher Stimme. »Ich bin gekommen, um Euch meiner Ergebenheit zu versichern.«

MacNair! Mac Bethad war sich sicher, dass sein Name MacNair war. Beim Klang seiner Stimme erinnerte er sich an eine wunderschöne junge Frau, die den Laird seinerzeit an den königlichen Hof begleitet hatte. Es schien Ewigkeiten her zu sein und vermutlich war die Dame inzwischen Mutter dutzender plärrender Bälger und fett, hässlich und zahnlos.

All das jagte ihm durch den Kopf, doch sein Gesichtsausdruck war steinern und ausdruckslos. MacNair wies untertänig in Richtung Tür, wo einer seiner Männer Stellung bezogen hatte und Mac Bethad erlaubte ihm, mit einem kurzen Nicken, fortzufahren. »Ich habe einige Männer mitgebracht, die Euch zur Verfügung stehen.« Ein Stirnrunzeln zeichnete sich auf seinen bleichen Zügen ab, dann fuhr er seufzend fort: »Und meine Gemahlin.« In diesem Augenblick öffnete der Bedienstete mit einer tiefen Verbeugung die Tür. Im Dunkeln der Halle stand eine Frauengestalt. Das einzige Licht im Raum fiel durch die hohen schmalen Fenster und die Lichtstrahlen, in denen Staubkörnchen tanzten, schnitten wie Lanzen durch die Düsternis des riesigen Raums. Mac Bethad kniff die Augen zusammen und blinzelte, doch alles, was er in dem bizarren Spiel aus Licht und Schatten erkennen konnte, war, dass die Frau von ungewöhnlich schlanker Gestalt war und das volle schwarze Haar offen trug – was für eine Dame edler Herkunft eigentlich undenkbar war. Gelassen und mit elegantem Schritt näherte sie sich den Männern und machte vor dem verwirrten König einen anmutigen Knicks.

»Herr.«

Mac Bethads Blick war gefesselt von dem furchtlosen, leicht ironischen Lächeln, das ihre vollen Lippen umspielte. Wie schön sie war! Es handelte sich eindeutig um dieselbe Frau, die er vor Jahren in Stirling gesehen hatte, doch statt in Hässlichkeit zu verwelken, hatte sie sich in eine überwältigende Schönheit verwandelt. Das hüftlange rabenschwarze Haar, in dem ein schmaler Silberreif funkelte, fiel glatt und seidig über ihre schmalen Schultern und das aus fließender Seide gewobene, mitternachtsblaue Gewand schmeichelte ihrem perfekten Körper. Während er sich wie ein Trunkener in ihren tiefen Augen verlor, erinnerte er sich an die Gerüchte, die damals am Hof kursierten. Man hatte gemunkelt, dass sie eine Zauberin aus dem Hochland sei. Heute neigte Mac Bethad dazu, dieser Behauptung Glauben zu schenken.

»Willkommen«, presste er mühsam hervor und schluckte trocken. Sein Herz hämmerte wild wie das eines liebeskranken Jünglings, seine Handflächen wurden feucht und als er sich endlich von ihrem Blick losriss, fühlte er sich seltsam erschöpft und leer. Mit einer müden Geste winkte er einen seiner Männer heran und beschied, an MacNair gewandt, etwas zu schroff: »Einer meiner Männer wird Euch zu Eurem Quartier geleiten.«

Mit keiner Geste jedoch ließ der untersetzte Than erkennen, dass ihm das merkwürdige Verhalten des Königs aufgefallen war.

»Falls Ihr nichts dagegen habt, würde ich gerne mit meinen Rittern Quartier beziehen«, widersprach er zu Mac Bethads Verwunderung höflich, aber bestimmt.

Welcher Gemahl bei gesundem Verstand würde es vorziehen, seine Nächte mit raubeinigen Soldaten zu verbringen, statt mit einer solchen Frau? »Nun«, erwiderte er gleichgültig. »Dann wird mein Diener nur Eurer Gemahlin ihre Unterkunft anweisen.« Mit diesen Worten entließ er MacNair. Dieser verließ, nach einem kuzen Blick zu seiner Frau, hastig die Halle, ohne darauf zu warten, ob sie ihm folgte. Mac Bethad starrte der dunklen Schönheit, die mit hocherhobenem Haupt durch die Flügeltür an den Wachen vorbeiging, mit unbändigem Verlangen nach.

Außergewöhnlich, beinahe unwirklich erschien ihm die Begegnung. Die Halle lag verlassen und geisterhaft vor ihm. Außer seinem eigenen schweren Atmen war nichts zu hören. Während er noch darüber nachdachte, wessen Einfall es wohl gewesen war, dass sie ihren Gemahl an den königlichen Hof begleitete, bemerkte er an der Stelle, an der sie noch vor Kurzem gekniet hatte, ein mit Goldfäden durchwirktes Tüchlein. Hastig sprang er auf, eilte die wenigen Stufen hinab und hob das dunkelblaue Pfand auf. Eine Einladung? Ein Zeichen? Während er den weichen Stoff in seinen Händen zusammenballte, durchmaß er den großen Saal mit langen Schritten, hastete durch die Eingangshalle und eilte die Treppen ins Obergeschoss hinauf. Er konnte seine Ungeduld nur mühsam unterdrückten, als er sich bei dem Diener nach ihrer Unterkunft erkundigte. Dann hetzte er den Gang entlang. Nachdem er durch eine verwirrende Vielzahl von Gängen und Korridoren gekommen war, gelangte er endlich an eine mit Schnitzereien verzierte Tür, durch deren Spalt Sonnenlicht auf den Boden fiel. Mit zugeschnürter Kehle hob er die Hand, um zu klopfen, als sich die Tür öffnete und MacNairs Gemahlin ihn mit einem Nicken in die großzügige Kammer bat.

»Ich habe Euch erwartet!«

Der Kampfplatz hinter der königlichen Festung von Forres, November 1040

Die kraftvolle Dynamik des Gruppenkampfes erfüllte Duncan immer noch mit tiefer Ehrfurcht. Nachdem sie vom Waffenmeister aufgeklärt worden waren, was sie beim Kampf beachten mussten, hatten sich die gegnerischen Parteien, nach anfänglichem Durcheinander, schnell zurechtgefunden. Thorn hatte einen der Jungritter zu ihrem Anführer erklärt und obwohl immer noch Hass in Effric brodelte, war es zu keinem weiteren Zwischenfall gekommen.

Duncan führte sein erschöpft schnaubendes und dampfendes Pferd zurück in die Stallungen und unterhielt sich lebhaft mit Harold.

»Es ist, als ob man in einem Fluss mit starker Strömung schwimmt«, bemerkte Harold.

»Ja«, versetzte Duncan. »Wenn du einmal drin bist, gibt es kein Zurück mehr!«

Harold grinste zustimmend. »Das will man ja auch nicht, oder?«

Duncan schüttelte den Kopf. »Nein, in der Schlacht ist die einzige Richtung, die dich interessiert, vorwärts!« Mit Grauen erinnerte er sich an die unglaubliche Gewalt der Menschenmassen, die ihn in der Schlacht gegen die Wikinger vorwärtsgedrängt hatten. Der Himmel, der gerade noch in makellosem Blau gestrahlt hatte, hatte sich zugezogen und war nun mit schweren, bleigrauen Schneewolken bedeckt. Ein eisiger

Wind war aufgekommen, der den beiden durch die verschwitzten Kleidungsstücke pfiff. »Ach, warte mal!«, rief Harold plötzlich und streckte Duncan den Zügel seiner Stute entgegen, während er verzweifelt versuchte, sein Haar zu bändigen, das sich aus dem Lederband befreit hatte, mit dem er es zurückgebunden hatte. Als es ihm schließlich gelungen war, die verknoteten Strähnen zu entwirren und festzubinden, schlossen einige der anderen Knappen zu ihnen auf. »Habt ihr Lust, einen Krug Ale mit uns zu teilen?« Duncan hob die Schultern und blickte Harold fragend an.

»Warum nicht«, erwiderte dieser und nickte. Schließlich hatten sie immer noch nichts im Magen und ein Krug Bier konnte nicht schaden. Schwatzend und lachend folgten sie den anderen, führten die Pferde in die Stallgasse und begannen, sie mit Stroh trockenzureiben.

Eine Kammer in der königlichen Festung von Forres, November 1040

Es hatte ihn vollkommen überwältigt! Noch nie zuvor war Mac Bethad mit einer Frau zusammengewesen, die so energisch und hungrig war wie Beornwyn. Wortlos hatte sie ihn ins Bett gezogen und verführt, wobei ihre schlanken Finger und ihr Mund Dinge getan hatten, von denen er nicht einmal zu träumen gewagt hatte. Nachdem sie zum dritten Mal erschöpft in Lust versunken waren, hatte sie sich erhoben, ihm seine Kleider gereicht und sich schweigend angezogen, als ob nichts geschehen wäre.

Nun stand er vor ihrer Tür und kam sich vor wie ein Narr. Hatte sie ihn verzaubert? Seit Wochen hatte er sein Bett mit keiner Frau geteilt, da seine Gemahlin ihm den Liebesdienst verweigerte. In der Kühle des Korridors schienen Beornwyns liebeskundige Hände immer noch auf seinem erschöpften Körper zu brennen. Im Gegensatz zu der silbernen Blondheit der Königin, wirkten ihr rabenschwarze Haar und die schlanken muskulösen Glieder kraftvoll und stark. Nach einem letzten sehnsüchtigen Blick auf die geschlossene Tür wandte er sich ab und wanderte eine Zeitlang ziellos durch die labyrinthartig verschachtelten Gänge der weitläufigen Festung, bevor er sich dem breiten, von kostbaren Rüstungen flankierten Treppenabsatz zuwandte.

Kaum hatte er den Fuß auf die oberste Stufe gesetzt, hörte er von unten aufgeregte Stimmen durcheinanderrufen.

»Lasst mich durch!«, ertönte ein erzürnter Bass und nur wenig später flog das schwere Hauptportal auf und ein breitschultriger Mann mit rotem Bart stürmte schimpfend in die Eingangshalle. Mehrere aufgebrachte Ritter des Königs bemühten sich erfolglos, ihn zurückzuhalten.

»Ihr könnt ihn nicht ohne Erlaubnis sehen!«, wies eine der Wachen den Neuankömmling mit einer Mischung aus Verzweiflung und unterdrücktem Zorn zurecht. Der Fremde schnaubte nur verächtlich und stürmte unbeirrt weiter. Grinsend beobachtete Mac Bethad die Szene von oben. Wie typisch für den heißblütigen MacGregor. Der Ritter mit dem feuerroten Schopf, einer seiner besten Kundschafter, kämpfte immer noch lauthals gegen die Wachen. Schließlich machte Mac Bethad mit einem amüsierten Räuspern auf sich aufmerksam.

Die Männer erstarrten in ihren Bewegungen und ließen von dem Wütenden ab. MacGregor senkte den Kopf zum Gruß gesenkt, eilte dem König entgegen und überreichte ihm eine verknitterte Pergamentrolle.

»Eine Liste derjenigen, die sich dem Feind angeschlossen haben, Herr«, knurrte er und folgte Mac Bethad in den Burghof.

Der entrollte das Pergament und überflog es. Je mehr Namen er las, desto härter pressten sich seine Kiefer aufeinander. Schließlich ließ er die Nachricht sinken und zischte: »Diese Verräter!« Sie würden ihre Falschheit bereuen, dafür würde er sorgen. Mit vor Wut geröteten Wangen wirbelte er zu MacGregor herum, dessen hohe Stirn trotz der Kälte schweißnass glänzte. »Wie groß ist die Kampfstärke der Engländer?«, fragte Mac Bethad tonlos. »Sagt es mir!«, knurrte er ungehalten, als MacGregor nicht sofort antwortete.

Dieser holte tief Luft und erwiderte bedrückt: »Über zehntausend englische Soldaten, die jeden Tag von mehr und mehr schottischen Thanen und Rittern verstärkt werden.«

Kapitel 31

Ein Feldlager im Norden Englands, November 1040

Es schneite heftig in dieser Nacht. MacDuff hatte das beengte Innere seines Zeltes verlassen, die Erinnerung an seine erschlagene Familie ließ ihn keine Ruhe finden. Wieder war er schweißgebadet aus dem Schlaf aufgeschreckt, ein grauenhafter Alptraum, der ihn regelmäßig heimsuchte. Wut und Trauer hatten ihn gleichermaßen im Griff. Mit tränenverschleierten Augen starrte er in den dunklen Himmel, der die großen schweren Schneeflocken, die das Land in eine weiße Wüste verwandelt hatten, nur wenige Ellen über ihm auszuspeien schien. Das wirbelnde und tanzende Weiß hatte eine hypnotisierende Wirkung und beinahe hätte er sich in der Betrachtung der abstrakten Muster verloren, wenn nicht die Kälte, die seine nackten Beine emporkroch, ihn in die Gegenwart zurückgeholt hätte. Frierend schlang er sich den dicken Tartan enger um die Schultern und klopfte den Schnee aus dem Kilt, bevor er sich auf eine ziellose Wanderung durch das riesige Feldlager machte.

Jeden Tag stießen neue Männer zu ihnen, um sich der Streitmacht anzuschließen, die das Land ihrer Väter aus den Klauen des wahnsinnigen Mörders befreien würde.

»Wer ist da?«, forderte ein Wachsoldat mit erhobener Fackel und einer Hand auf dem Schwertknauf. Er hatte einen der vier Ausgänge erreicht. MacDuff gab sich zu erkennen und unterdrückte seinen Zorn, als der Bursche ihn mit unverhohlenem Misstrauen in der Stimme fragte: »So spät noch auf den Beinen, Than?« Wie die meisten Engländer fürchtete auch er, dass sich Verräter in ihre Reihen schleichen könnten.

MacDuff seufzte ergeben. Er konnte es dem Mann nicht verdenken – immerhin war es seine Aufgabe, für die Sicherheit des Lagers zu sorgen. »Ja«, versetzte er gleichmütig und nahm den Soldaten genauer in Augenschein. Wie jung er war. »Ich konnte nicht schlafen und …« Er verstummte mitten im Satz und hielt warnend eine Hand in die Höhe.

Hinter den Büschen gegenüber dem bewachten Zugang hatte er aus den Augenwinkeln im schwachen Licht der Flamme eine verdächtige, vom leisen Rascheln dürrer Blätter begleitete, Bewegung wahrgenommen. Das Licht hatte sich kurz im Metall einer Klinge gespiegelt. »Ich denke«, nahm er die Unterhaltung mit lauter Stimme wieder auf, »das Gehen hat mich müde gemacht.« Mit einem kurzen Nicken wandte er der Wache den Rücken und schlenderte auf die dunklen Umrisse der Zelte zu, bis er außerhalb der Sichtweite desjenigen war, der sich vor dem Lagerwall verbarg. Mit einer knappen Handbewegung gab er dem verdutzten Wachsoldaten zu verstehen, sich nicht von der Stelle zu rühren. Er selbst huschte geduckt auf die angespitzten Palisaden zu, die die Männer am Vortag zu einem sicheren Zaun zusammengezimmert hatten. Vorsichtig tastete er nach dem Dolch an seinem breiten Gürtel und zog ihn aus der kalten Lederscheide. Langsam bewegte er sich auf eine Stelle hinter den Zelten zu, an der das Feuerholz aufgestapelt worden war

– bemüht, sich nicht durch brechende Äste oder lautes Atmen zu verraten.

Als er den schneebedeckten Holzhaufen erreicht hatte, schwang er sich hinauf, flankte über die tückischen Spitzen des Zaunes und hielt erschrocken die Luft an, als er mit lautem Knirschen die Schneedecke durchbrach. Nichts rührte sich. Ein kurzer Orientierungsblick über die Schulter, dann machte er sich in Richtung Norden auf. Er wollte dem Spion in den Rücken fallen. Da der Schnee von einer hauchdünnen Eisschicht bedeckt war, war es unmöglich, sich geräuschlos fortzubewegen. Inzwischen musste der Feind ihn gehört haben. Zoll für Zoll, die brennende Ungeduld niederringend, näherte er sich mit geschärften Sinnen der Stelle, an der sich eine dürre Buschgruppe in den Nachthimmel erhob. Er war nur noch wenige Schritte entfernt, als er das unruhige Schnauben eines Pferdes und das helle Klirren eines Geschirrs vernahm. Wie achtlos! Kaum hatte er die Umrisse des Tieres ausgemacht, sah er die zwischen Büsche gekauerte Gestalt eines Mannes, dessen flachsblondes Haar in der Finsternis leuchtete. Ohne einen weiteren Gedanken zu verschwenden, stürzte sich MacDuff mit blanker Klinge auf den Ahnungslosen, der jedoch blitzschnell reagierte, herumwirbelte und sein Schwert, das er in der Rechten gehalten hatte, hochriss. Um ein Haar wäre MacDuff bei seinem Ausweichmanöver mit dem Pferd zusammengestoßen, das hinter ihm unruhig mit den Hufen scharrte und ein unwilliges Wiehern von sich gab. Der gesichtslose Gegner war gut, doch nicht gut genug für den kampferprobten Krieger. Mit einer Finte zwang MacDuff den Mann, die Deckung fallen zu lassen, entwaffnete ihn mit einem schnellen Hieb und sprang in seinen Rücken. Dann drückte er ihm die kalte Klinge des langen Dolches an die Kehle. »Ergebt Euch!«

Ein Dorf in der Nähe von Forres, November 1040

Mutlos und entkräftet starrte Leofric auf das im Wind in den rostigen Scharnieren quietschende Schild des *Boar's Head.* Der letzte Gasthof im Dorf, an dessen Pforte er noch nicht geklopft hatte. Die Wirte der anderen beiden Schänken hatten ihn davongejagt, bevor er sie nach einer Arbeit hatte fragen können. Vermutlich hatten sie ihn für einen zerlumpten Strauchdieb gehalten, der ihre Gäste belästigte und deren Eigentum stehlen wollte. Das malerisch gelegene Dorf war ruhig und weitläufig und die meisten der kleinen Holzhäuser waren in tadellosem Zustand. Viele der ansässigen Bauern waren damit beschäftigt, die letzten Tiere für den Winter zu schlachten, sodass die kalte Luft erfüllt war vom Brüllen der Schlachter und dem Schreien des Viehs. Auch mehrere große Steinhäuser säumten die engen Gassen, da sich viele der reichen Kaufherren, die die Hafengebühr in der geschäftigen Stadt umgehen wollten, in der Nähe des breiten Flusses niedergelassen hatten. Die meisten von ihnen handelten mit Tuchen und Wolle, die sie in den umliegenden Orten erstanden und nach dem Färben und Weben bis nach Spanien verschifften. Leofric erinnerte sich vage an die Geschichten von Bruder Wulfstan, der auf Pilgerfahrt in dem sagenumwobenen Land gewesen war, in dem dunkelhäutige Mauren regierten und in dessen heißem und trockenem Klima die unglaublichsten Pflanzen gediehen. Auch die ungeschickten Zeichnungen, die der alte Mönch von Bauwerken angefertigt hatte, hatten Leofric mit Staunen und Ehrfurcht erfüllt.

Der dumpfe Klang einer zuschlagenden Tür riss ihn aus seinem Tagtraum. Noch immer starrte er unentschlossen auf den Eingang des kleinen Gasthofes, nicht sicher, ob er es wagen sollte, anzuklopfen oder nicht. Schließlich nahm er allen Mut zusammen, holte tief Luft und erklomm die beiden Stufen zum Eingang und klopfte schüchtern. Als niemand antwortete, drückte er mit klopfendem Herzen die Klinke, öffnete zögernd die quietschende Tür und betrat den dämmerigen, gut geheizten Schankraum. Neugierig ließ er den Blick durch den leeren Raum schweifen. Auf dem blitzblank geschrubbten Dielenboden verteilten sich ungefähr zehn grob behauene Tische um eine großzügige Feuerstelle. Die Tür in der Wand zu seiner Rechten schien in die Küche zu führen. Eine zweite offen stehende Tür in der Wand neben dem Kamin gab den Blick frei auf eine schmale Treppe, die zu den Gästekammern führte. Die Schankstube war zu dieser Stunde verwaist und die einzigen Geräusche, die Leofric vernahm, kamen aus der angrenzenden Küche. »Ist jemand da?«, rief er leise, nicht sicher, was er als Nächstes tun sollte. Als erneut niemand antwortete, schlich er auf Zehenspitzen zur Küchentür und klopfte vorsichtig.

»Ja!«, antwortete die tiefe Stimme einer Frau und er betrat zögernd den betörend duftenden Raum, der sich weit und niedrig vor ihm erstreckte. Eine kleine füllige Frau rührte in einem schweren Kessel über einem züngelnden Feuer und Leofric konnte nur mühsam sein Magenknurren unterdrücken. Das blonde Haar der Wirtin war zu einem dicken ordentlichen Knoten hochgesteckt und die lange Schürze wies nicht einen einzigen Schmutzfleck auf. Als sie Leofric eintreten hörte, wandte sie sich ohne Hast um und lächelte ihn mit zwei nahezu lückenlosen Zahnreihen an.

»Kann ich dir helfen?«, erkundigte sie sich freundlich, wobei ihre Augen beiläufig über Leofrics zerschlissene Kleidung strichen, was ihn dazu veranlasste, den Blick zu senken und nervös mit den Füßen zu scharren. Mit einem kaum merklichen Stirnrunzeln legte die Köchin den Rührlöffel nieder und kam auf ihn zu. »Möchtest du etwas zu essen?« Ihr rosiges Gesicht strahlte eine angenehme Ruhe und Freundlichkeit aus.

Leofric nickte wortlos und sie angelte eine Schale von

einem der Regale. »Braucht Ihr einen Küchengehilfen?«, platze es unvermittelt aus ihm heraus.

Einen Augenblick lang hielt sie in der Bewegung inne, nahm dann aber die Schüssel von dem langen Brett und füllte sie mit dem dicken Fleischeintopf, der im Kessel vor sich hin brodelte.

»Setz dich.« Sie wies mit dem Kinn auf einen Schemel und stellte die Schale auf den Tisch. Dann musterte sie Leofric, bis ihr Blick auf seinem Armstumpf ruhte. Mit der rechten Hand nahm er ihr den Löffel ab und begann, den köstlichen Eintopf gierig in sich hineinzustopfen. Eine Weile beobachtete die rundliche Wirtin ihn aufmerksam und schweigend, doch als er die letzten Reste vom Boden der Schüssel gekratzt hatte, stellte sie schließlich trocken fest: »Ich könnte in der Tat jemanden in der Küche gebrauchen.«

Leorfric, der nicht zu hoffen gewagt hatte, dass sie ihn ernst genommen hatte, blickte überrascht auf.

»Es gibt eine Menge zu tun«, fuhr sie unbeirrt fort. »Ich muss mich um die Gäste kümmern und gleichzeitig kochen.«

Leofric hielt den Atem an.

»Und das Mädchen, das mir bisher in der Küche geholfen hat, ist vergangene Woche im Kindbett gestorben.« Sie seufzte und erhob sich, um nach dem Eintopf zu sehen; er durfte nicht anbrennen. »Wie heißt du?«, fragte sie, nachdem sie die Kohlen etwas verteilt hatte, um die Hitze unter dem Kessel zu verringern.

»Leofric«, erwiderte er und sah sich neugierig um. Die Decke über der Feuerstelle war schwarz vor Ruß, doch der Rest des langen Raumes war sauber und ordentlich. Über einem Schneidetisch hingen akurate Kräuterbüschel an Haken an der Wand, Säcke mit Mehl und irdene Behälter mit Eingelegtem standen in Reih und Glied auf dem gestampften Lehmboden. Ein totes kopfloses Huhn auf einem langen Brett wartete darauf, gerupft und ausgenommen zu werden.

»Ich bin Hilda«, stellte sich seine neue Herrin vor. »Du kannst unter dem Dach schlafen.« Leofrics Herz machte einen Sprung.

»Es ist ein bisschen zugig, aber es gibt genügend Schaffelle.« Sie lächelte ihn an und wies auf das Hühnchen. »Meinst du, du kannst diese Henne für mich rupfen?« Mit einem eifrigen Nicken sprang Leofric so schnell auf, dass sein Stuhl mit einem lauten Krachen zu Boden fiel. Hilda zuckte erschrocken zusammen, doch als sie sein glühendes Gesicht sah, brach sie in schallendes Gelächter aus.

Kapitel 32

Ein Feldlager im Norden Englands, November 1040

MacDuffs Dolch lag scharf an der Kehle seines Gefangenen, der in der Bewegung erstarrt war und nicht wagte, den geringsten Laut von sich zu geben. »Beweg dich!«, knurrte MacDuff und stieß den Mann mit einem harten Tritt auf das totenstill vor ihnen liegende Lager zu. Als sein Fuß gegen einen halb eingeschneiten Schößling stieß, strauchelte der schwer Atmende und wäre beinahe lang hingeschlagen, hätte ihn MacDuff nicht an der Kapuze seines schlammverspritzten Mantels zurückgerissen. Um zu vermeiden, dass er ihm aus Versehen die Kehle durchschnitt, nahm MacDuff den Dolch vom Hals des Mannes und stieß ihn unsanft an dessen Rücken. Als sie den Zugang zum Lager erreicht hatten, gab MacDuff dem jungen Wachsoldaten mit einem Wink zu verstehen, dass er den Gefangenen nach weiteren Waffen durchsuchen solle. Mit geübten Händen tastete er die feuchte Kleidung ab und förderte eine prachtvoll geschmiedete kurze Klinge zutage. MacDuff hatte das Gesicht des Feindes immer noch nicht sehen können, bohrte seinen Dolch tiefer in dessen Rücken und knurrte: »Dreh dich um!«

Zögernd wandte sich der Angesprochene ihm zu und als der schottische Than die vertrauten Züge erkannte, stieß er einen überraschten Schrei aus und ließ augenblicklich den Dolch sinken.

»Fleance!«

Die Verwirrung wich Freude und er schloss den jungen Mann in die Arme. »Warum hast du dich nicht zu erkennen gegeben?« Er runzelte die Stirn. »Ich hätte dich töten können!«

Fleance, der MacDuff kannte, seit er der Amme entwachsen war, lächelte schwach. »Ich wusste ja nicht, wer mein Angreifer ist«, verteidigte er sich. »Es war viel zu dunkel. Ich wollte erst bei Anbruch des Tages mein Glück versuchen; nicht dass man mich für einen Spion hält.«

Erst jetzt wurde MacDuff die volle Tragweite der Situation bewusst und er ärgerte sich über seine Leichtfertigkeit. Um ein Haar hätte er den einzigen Sohn seines Freundes erschlagen. Mitfühlend legte er dem Jungen die Hände auf die Schultern und sah ihm tief in die immer noch von Schmerz und Trauer gezeichneten Augen. »Ich habe davon gehört«, sagte er tonlos und führte den Zitternden auf eines der Zelte zu. »Wir werden deinen Vater rächen!«

Die königliche Festung von Forres, November 1040

Die Tage waren so schnell verflogen, dass Gwynn an diesem Morgen überrascht festgestellt hatte, dass es bereits der Tag des Herrn war. Während der vergangenen drei Nächte war soviel Schnee gefallen, dass die hügelige Landschaft um Forres aussah, als sei sie mit geschlagener Sahne überzogen. Jedes noch so laute Geräusch wurde von der weißen Pracht gedämpft und der bleiern verhangene Himmel ließ weiteren Schneefall erahnen. Nach einem kurzen Disput hatte Gwynn ihren Wunsch, nach langer Zeit endlich wieder einmal einen Gottesdienst zu besuchen, durchgesetzt. Gemeinsam mit Duncan und Màiri hatte sie sich, einen schmalen ausgetretenen Pfad entlang, auf den Weg in die Stadt gemacht. Als sie schließlich atemlos von dem steilen Abstieg das hohe Kirchenportal erreichten, strömten bereits viele Stadtbewohner in das überfüllte Gebäude. Eifrig drängten sich die jungen Leute an ihnen vorbei, um in das riesige banklose Mittelschiff einzutauchen, in dem viele der Gemeindemitglieder unfein um die besten Plätze stritten. Nachdem sie sich, von Ellenbogen grob hin und her gestoßen, eine Weile suchend umgeblickt hatten, erspähte Duncan eine Lücke im Schatten einer der runden Säulen. Während sie ihm und Màiri durch das Getümmel folgte, fragte sich Gwynn, ob die Glöckner, die an den Strängen der ohrenbetäubend durch den Innenraum der Kirche schallenden Glocken zogen, wohl schwerhörig waren. Als das Geläut ohne Vorwarnung verstummte, verebbten die Gespräche und die schwere Doppeltür schloss sich mit einem dumpfen Laut. Am anderen Ende des langen Mittelschiffs erklomm ein kleiner unscheinbarer Mann die Stufen zum Altar.

»Willkommen!«, begrüßte er das Meer aus Köpfen und erstaunlicherweise erreichte die tiefe, volltönende Stimme selbst die hintersten Winkel der Kirche.

»Oremus!« Lasset uns beten. Im Sog des monotonen lateinischen Gebetes ließ Gwynn das angenehme Gefühl der Gemeinsamkeit auf sich wirken, das durch die Gleichmäßigkeit des Sprachrhythmus noch verstärkt wurde. Als die letzten Zeilen des Gebetes verhallt waren, schlug der Priester eine kostbare Bibel auf und begann, aus einem Buch der Makkabäer vorzulesen. Die etwas befremdliche Predigt handelte von einem König, der eine Mutter und ihre sieben Söhne auf brutale Art hatte abschlachten lassen und seinem Sturz. Es war offensichtlich, dass diese Predigt sowohl eine Warnung für Mac Bethad war, dessen Soldaten mordend und brandschatzend durch das Land zogen, als auch eine Ermutigung für diejenigen, die unter seiner despotischen Herrschaft zu leiden hatten. Gwynn ließ ihren Blick durch die Reihen der Zuhörer wandern; sie hatte Angst um die Sicherheit des Kirchenmannes. Den Mienen der anwesenden Ritter war deutlich zu entnehmen, dass sie nur die Tatsache, dass sie sich in einem Gotteshaus befanden, davon abhielt, zum Altar zu stürmen und den Mann zu erschlagen.

»Lasst uns gehen«, flüsterte Duncan, dem die Anspannung ebenfalls bewusst geworden war. Die meisten Augenpaare waren gebannt auf den Pfarrer gerichtet, doch die drei schlüpften ungesehen durch einen Spalt in der Tür ins Freie.

Nach der Wärme der überfüllten, von mehreren hundert Kerzen erleuchteten Kirche, schlug ihnen die Kälte mit voller Wucht ins Gesicht. Gwynn zog sich ihr dickes Schultertuch über Kopf und Mund.

»Ist er von Sinnen?«, flüsterte sie aufgeregt. »Das ist Hochverrat.«

Duncan nickte und zuckte verständnislos mit den Achseln. Er konnte sich nicht vorstellen, was in den Priester gefahren sein mochte, doch er war sicher, dass der Mann die heutige Predigt teuer bezahlen würde. Sie hatten gerade die Einmündung zum Pfad erreicht, auf dem sie zurück zur Festung gehen wollten, als aufgebrachte Stimmen und klirrendes Eisen die schneidende Winterluft erfüllten. Neugierig und entsetzt wandten sie sich zum Kirchplatz um, auf dem etwa zwanzig Soldaten mit gebleckten Klingen über das Pflaster stürmten. Auf ihren Gesichtern zeichnete sich unbändige Wut ab. Gwynn stieß einen kurzen Schrei aus, als sie die Gestalt des Kirchenmannes durch eine Hintertür auf eine winzige Kate zusteuern sah. Kaum hatte die aufgebrachte Meute den Priester entdeckt, stürzte sie sich mit Gebrüll auf ihn und warf ihn zu Boden, wobei sie sein wollenes Habit zerrissen und ihm eine böse Platzwunde an der Schläfe zufügten. Vor Furcht gelähmt, mussten die drei mit ansehen, wie die Ritter den hilflosen Mann solange traten und schlugen, bis er nur noch ein blutendes Häufchen Elend auf dem kalten Boden war. Derbe Flüche brüllend, rissen sie ihn grob auf die Beine und trieben ihn mit blanken Schwertern auf die Festung zu.

»Sie werden ihn vor den König bringen«, stellte Duncan nüchtern fest und griff nach Gwynns kalter Hand.

»Das ist sein Tod«, sagte Màiri, die sich bei der Freundin unterhakte, um sie den steilen Hügel hinaufzuzerren. Wenn sie sich beeilten, würden sie durch unwegsame Abkürzungen vor der schäumenden Meute an der Zugbrücke sein.

Eine Kammer in der königlichen Festung von Forres, November 1040

»Ah.« Mit einem wohligen Seufzer öffnete Mac Bethad die Augen. Er lag in Beornwyns Armen, die Hände zwischen ihren Beinen vergraben, und fühlte sich großartig. Nachdem inzwischen der gesamte Hofstaat zu wissen schien, dass er das Bett mit MacNairs Gemahlin teilte, hatte er sich in dieser Nacht keine Mühe mehr gegeben, vor den ersten Sonnenstrahlen zu seinen Gemächern zu schleichen. Am vergangenen Abend hatte er MacNairs Grund für den tugendhaften Verzicht auf die Freuden der Gesellschaft seiner Gattin erfahren, als einer seiner Männer den Than mit einem Knappen beim Liebesakt im Stroh erwischt hatte. Als Mac Bethad Beornwyn davon berichtete, zuckte sie nur mit den Achseln, die Vorliebe ihres Angetrauten war ihr seit der Hochzeitsnacht bekannt. Er hatte nie die Ehe mit ihr vollziehen wollen.

Nachdem sie ihm versprochen hatte, keine Silbe darüber zu verlieren, hatte er ihr freigestellt, sich Liebhaber zu nehmen, wann immer sie Lust dazu verspürte; vorausgesetzt, es kam es zu keinem Eklat. Einmal hatte einer ihrer Buhlen ihr Schwierigkeiten gemacht, weil er das Wesen ihrer Beziehung missverstanden hatte. Als er von ihr forderte, ihren Gemahl zu verlassen, hatte sie das Problem mit einem Kräutersud gelöst, der den ohnehin nicht lupenreinen Geist des jungen Heißsporns so verwirrte, dass er sich nicht einmal mehr an seinen Namen erinnern konnte. Auf der Suche nach einem imaginären Untier hatte er die Hochlandfestung verlassen. Was aus ihm geworden war, wusste sie nicht; es war ihr auch vollkommen gleichgültig.

Zuerst war Mac Bethad erstaunt darüber gewesen, wie hart und skrupellos seine neue Gespielin sein konnte, doch in den vergangenen Tagen und Nächten hatte er gelernt, sie besser zu verstehen. Seit ihrer Ankunft in Forres hatte er beinahe jede der langen Winternächte in ihren Armen verbracht. Sie war zwar immer noch wortkarg, doch er hatte Dinge über sie erfahren, die ihn ihre Feindschaft fürchten ließen. Den Blick starr auf die Decke gerichtet, lag sie, tief und gleichmäßig atmend, neben ihm. Wären ihre Augen nicht offen, er hätte gelaubt, sie schliefe noch. Vorsichtig bewegte er seine Finger in ihrem Schritt, was jedoch keinerlei Reaktion hervorrief. Auch das hatte er lernen müssen; sie ließ sich nicht einfach nehmen wie die meisten anderen Frauen, deren Liebesdienste er in der Vergangenheit in Anspruch genommen hatte, sondern gestattete einem Mann nur, sie mit Lust zu besitzen, wenn sie ihn ebenso zügellos begehrte. Langsam, beinahe gelangweilt, wandte sie den Kopf und blickte ihn mit den unergründlichen beinahe schwarzen Augen an. Ein schmaler hellbrauner Ring lief um die tiefbraune Iris, er wurde breiter, wenn sie erregt war. Ihre weiße Haut war so durchscheinend, dass Mac Bethad eine feine blaue Vene an ihrer Schläfe pulsieren sah. Wie konnte ein solch zerbrechliches Wesen nur soviel Macht ausstrahlen? Ausdruckslos ruhte ihr Blick auf seinem Mund und er wagte zu hoffen, dass er ihre Leidenschaft entfacht hatte.

»Du musst gehen«, stellte sie stattdessen fest, warf ohne weitere Erklärungen Felle und Decken zurück und setzte die Füße auf den kalten Steinboden. Wut stieg in ihm auf, doch inzwischen wusste Mac Bethad, wann er seine Gefühle ihr gegenüber im Zaum halten musste. Er stand auf, nahm seine Gewänder vom Schemel und warf sich das klamme Hemd über. Gerade als er in die schweren Stiefel steigen wollte, drangen Rufe und derbe Flüche vom Hof hinauf. Da das Fenster der Kammer nach Osten ging, konnte er nichts sehen. Hastig fuhr er in den zweiten Stiefel, zog Hose und Übergewand an und eilte zur Tür.

»Wir sehen uns heute Abend!« Ohne auf eine Reaktion zu warten, er wusste, dass es keine geben würde, stürzte er aus der Kammer, die verwinkelten Korridore entlang, die Treppen hinunter und in den trüben Morgen hinaus, wo eine Meute erzürnter Soldaten einen blutüberströmten Kirchenmann vor sich her stießen. Als sie den König sahen, trat einer von ihnen dem Priester derb in die Kniekehlen und der Geistliche fiel in den Schlamm. Der Ritter sank vor Mac Bethad auf ein Knie.

»Dieser Mann wollte die Stadtbewohner aufwiegeln, sich Euch zu widersetzen!« Er funkelte den am Boden Liegenden zornig an. »Er hat Euch mit üblen Lügen und falschen Behauptungen verleumdet.«

Nach einem kurzen Bericht über den Inhalt der Sonntagspredigt, bedeutete Mac Bethad dem Ritter, sich zu erheben und näherte sich dem Priester, der sich inzwischen hingekniet hatte. »Hat er das?«, fragte er ruhig. »Dann ist es wohl an der Zeit für ein weiteres Exempel.« Mit einer Kopfbewegung wies er auf den zitternden Geistlichen. »Schafft ihn zum

Haupttor und hängt ihn auf!« Bevor er sich abwandte, fügte er hinzu: »So, dass ihn jeder sehen kann!«

Kapitel 33

Auf den Zinnen der königlichen Festung von Forres, November 1040

Stimmen! Überall diese Stimmen! Wimmernd presste sich Gruoch die Hände auf die Ohren. Warum verfolgten sie sie? Mit nichts als einem dünnen, leinenen Untergewand bekleidet, stand sie auf den Zinnen und hoffte, dass die Kälte ihren Geist klären würde. Am ganzen Körper bebend, starrte sie in den bleigrauen Himmel. Ihre Gedanken kreisten um die düsteren Vorahnungen, die sie nicht mehr aus ihren Klauen ließen. Verlor sie den Verstand? Jede Nacht schrak sie aus dem Schlaf auf. Im Traum sah sie den bleichen, in einem See von Blut liegenden König. In der vergangenen Nacht war der Blutstrom so überwältigend gewesen, dass er die ganze Festung überflutet hatte und sie und ihre Familie darin ertrunken waren. Der kalte Nordwind fuhr ihr schneidend durch die Glieder und sie grub ihre knochigen Finger noch tiefer in das Tuch, das sie um die Schultern geworfen hatte. Die Schönheit, der sich sich noch vor wenigen Wochen hatte rühmen können, war verschwunden. Nicht nur ihre verwelkten Hände, ihr gesamter Körper zeugte davon. Sie konnte es ihrem Gemahl nicht zum Vorwurf machen, dass er das Bett mit einer anderen teilte. Doch die Bilder, die bei dieser Vorstellung in ihr aufstiegen, versuchte sie zu verdrängen.

Plötzlich riss sie Lärm und Gelächter aus ihren Gedanken. Eine Gruppe von Rittern zerrte einen Mann zur äußeren Burgmauer, wo sie ein Seil an den Metallringen befestigten, die sonst für das Hochziehen der Zugbrücke benötigt wurden. Was ging da vor? Selbst von hier oben konnte sie erkennen, wie brutal die Ritter den Gefangenen behandelten. Sie warfen ihn zu Boden und banden das Seilende um die Knöchel. Geschrei und Flüche hallten durch die Winterluft. Gruoch konnte nur mühsam Ekel und Furcht unterdrücken. Würde die Lawine der Gewalt, die sie losgetreten hatten, jemals aufgehalten werden können?

◈

Vor den Mauern der königlichen Festung von Forres, November 1040

Wie gelähmt beobachteten Gwynn, Duncan und Mairí das Geschehen am Burgtor. Was der König für den ketzerischen Prediger vorgesehen hatte, war eine der grausamsten Foltermethoden, die Duncan kannte. Das Opfer hing mit dem Kopf nach unten, sodass ihm das Blut in den Kopf schoss, was zu einem langsamen und unvorstellbar qualvollen Tod führte.

»Oh, Gott, Duncan! Können wir denn gar nichts tun?«, fragte Gwynn entsetzt.

Duncan schüttelte den Kopf. Es gab nichts mehr, dass irgendjemand für den Priester tun konnte, außer ihm zu einem schnellen Tod zu verhelfen. Während er auf das von Furcht und Schmerz entstellte Gesicht des Priesters blickte, grinsten die Schergen höhnisch zu dem inzwischen hoch in der Luft schaukelnden Körper des Geistlichen hinauf und genossen dessen Leid. Einer der Männer kam mit einer Lanze zurück und stach, unter anfeuernden Rufen und Pfiffen seiner Kameraden, nach dem Kopf des Gefangenen, der erfolglos versuchte, dem blitzenden Stahl auszuweichen. Bald klaffte eine eine tiefe Wunde in seiner Wange und das Blut färbte den

Schnee rot. Der Soldat trieb sein grausames Spiel weiter, bis den Priester die Kraft verließ und er den Widerstand aufgab.

Der nächste tiefe Schnitt entlockte ihm nicht einmal mehr einen Schmerzensschrei. »Komm schon! Sei kein Spielverderber!« Ein hochgewachsener Krieger griff nach der Lanze und zielte auf den Schritt. »Vielleicht braucht er nur einen besseren Anreiz!«, schnaubte er verächtlich und machte Anstalten, mit der Waffe zuzustoßen.

»Nein!«, entfuhr es Gwynn entsetzt. Bevor Duncan sie zurückhalten konnte, stürmte sie wütend auf die Gruppe zu. Die Männer wandten sich um. Wer besaß die Stirn, ihren spaßigen Zeitvertreib zu unterbrechen? Als sie sahen, dass eine Frau auf sie zustürmte, lachten sie.

Was war denn in sie gefahren? »Ihr Feiglinge!« Gwynns Körper bebte vor Wut. »Ihr solltet euch schämen!« Mit zornigem Blick sah sie von einem zum anderen. »Ihr seid doch Christen!«

Die Männer starrten sie sprachlos an. »Ist seine Bestrafung nicht schon schmerzhaft genug?« Ihr Gesicht hatte einen flehentlichen Ausdruck angenommen. Vielleicht würden sie ja ihr grausames Spiel beenden.

Einen ewig scheinenden Augenblick sagte niemand etwas und Duncan hielt bang den Atem an. Dann machte die Heiterkeit der Verblüffung Platz und einer der Soldaten brach in brüllendes Gelächter aus. Er ging auf Gwynn zu und blieb nur wenige Zoll vor ihr stehen. Die Hand auf dem Schwertknauf, machte sich Duncan bereit, zu kämpfen – gegen jeden einzelnen von ihnen. Er war bereit, das Leben seiner Liebsten zu beschützen. Doch der Mann legte Gwynn eine Hand auf die Schulter und sah ihr in die Augen.

»Du hast Recht, Mädchen!«, stellt er fest. »Die Strafe ist hart genug.« Ohne ein weiteres Wort wandte er sich um und gab den anderen ein Zeichen, ihm ins Innere der Festung zu folgen.

Über ihren Köpfen wimmerte leise der Priester.

Gwynn schlug das Herz bis zum Hals. »Ich konnte nicht anders«, meinte sie entschuldigend zu Duncan, hob hilflos die Schultern und ließ sich von ihm an seine Brust drücken.

»Du hast das Richtige getan«, flüsterte er. »Wenn du ein Mann wärst, würdest du einen guten Ritter abgeben.«

Mit vor Stolz glühenden Ohren machte sie sich von ihm los und strahlte. Bevor sie jedoch etwas erwidern konnte, ließ ein heiseres Stöhnen die drei aufblicken.

»Danke«, flüsterte der immer noch stark blutende Priester. Er atmete schwach und mühsam; der Druck auf seine Lungen musste inzwischen schon so gewaltig sein, dass ihm jeder Atemzug unvorstellbare Pein bereitete. Als sie sich gerade zum Gehen wenden wollten, bohrten sich seine schmerzgetrübten Augen in Duncans und er flehte kaum vernehmbar: »Bitte, tötet mich!«

Die königliche Festung von Forres, November 1040

Bei den Stallungen prallten sie mit Gareth zusammen, der, von einer Waffenübung erhitzt, sein Pferd absattelte und trockenrieb. Duncan erzählte ihm stammelnd von dem schrecklichen Vorfall und dass er es nicht übers Herz gebracht hatte, dem Leidenden den Gnadenstoß zu geben.

Plötzlich krümmte sich Màiri, presste die Hand vor den Mund und eilte stolpernd auf die Abfallgrube hinter einem der flachen Wirtschaftsgebäude zu.

»Das ist normal in ihrem Zustand«, beruhigte Gwynn die beiden jungen Männer, noch bevor sie Fragen stellen konnten.

Mit neugierig hochgezogener Braue wanderte Duncans Blick von ihr zu Gareth, der leicht errötete, und wieder zurück.

»Ihrem Zustand?«, wiederholte er neugierig.

Sich innerlich über Gareths peinlich berührten Gesichtsausdruck ausschüttend, raffte Gwynn die Röcke und eilte der Freundin hinterher. »Das kann Gareth dir sicher besser erklären als ich«, antwortete sie verschmitzt.

Mit einem letzten schelmischen Blick auf Duncan eilte sie auf die Jauchegrube zu, in die sich Màiri mit schweißnasser Stirn krampfartig erbrach, und tätschelte ihr vorsichtig den Rücken.

»Das geht bald vorüber«, beruhigte sie ihre Freundin, die sich mit zitternden Händen auf den Knien abstützte. »Das ist ganz normal.«

Als sich die Krämpfe ein wenig gelegt hatten, half sie Màiri, die totenbleich geworden war, auf und schob den Arm unter ihre Achseln.

»Normal?«, stöhnte Màiri und humpelte entkräftet auf das Hauptgebäude zu. »Ich dachte, ich würde sterben.« Gwynn lächelte. »Dummerchen, du brauchst nur ein wenig Ruhe.«

Nachdem er zunächst versucht hatte, Duncans neugierigen Fragen auszuweichen, setzte Gareth seinen Freund schließlich über Màiris Schwangerschaft ins Bild. Zuerst war Duncan wie vom Donner gerührt, doch als er das stolze Funkeln in Gareths Augen sah, lachte er und schlug dem Älteren mit einer männlich verschwörerischen Geste auf den Rücken. Als sie das Thema in allen Einzelheiten erörtert hatten, stopften sie sich in der Küche ein hastiges Mittagsmahl in den Mund, um den Rest des Tages mit Waffen- und Lederpflege zuzubringen. Gwynn hatte sie davon in Kenntnis gesetzt, dass es Màiri den Umständen entsprechend gut ging, dass sie allerdings in den nächsten Stunden nicht gestört werden sollte. Als die Dämmerung hereinbrach, entzündeten die beiden die Fackeln in den Halterungen entlang der Wand und vertieften sich in ein Gespräch über Schmiedetechniken. Duncan hatte von einer Art der Eisenbearbeitung gehört, die dem geschmiedeten Stahl unglaubliche Härte verleihen sollte, doch Gareth dämpfte seine Begeisterung und tat das Gerücht mit einem müden Kopfschütteln ab.

Irgendwann verstummte das Gespräch und das Einzige, was in der nach Leder und Öl duftenden Kammer zu hören war, waren das Atmen der jungen Männer und das Rascheln des Strohs, wenn sich eines der Pferde in seiner Box bewegte. Hin und wieder erhob sich ein leises Wiehern, doch alles in allem herrschte eine wohlige Stille im Stallgebäude.

»Meinst du, es wäre Sünde, den armen Pfaffen von seinem Leid zu erlösen?«, fragte Duncan und legte den Brustharnisch nieder, den er mit viel Liebe und Sorgfalt poliert hatte.

Gareths Kopf schoss in die Höhe und er blickte Duncan fragend an. »Ich hoffe, du meinst nicht, was ich befürchte«, knurrte er und musterte seinen Freund, dessen Hände leicht zitterten.

»Bitte, Gareth«, flehte Duncan. Der verzweifelte Ausdruck in den Augen des Kirchenmannes hatte ihn den ganzen Tag über nicht losgelassen und nach langem Grübeln war er schließlich zu dem Schluss gekommen, dass er dem Leidenden helfen musste.

Gareth seufzte und legte das Kettenhemd nieder, in dem er einige schadhafte Glieder ersetzt hatte. »Und wie stellst du dir das vor?«

Duncan sprang auf, hockte sich neben ihn und erläuterte ihm flüsternd seinen Plan.

»Wir müssen warten, bis die Wachen vor lauter Met nicht mehr stehen können«, beschied Gareth trocken und schüttelte, erstaunt über seine eigene Torheit, den Kopf.

Kapitel 34

Ein Feldlager im Norden Englands, November 1040

Die Dämmerung färbte den Horizont im Osten bereits rosa und die Soldaten im englischen Lager begannen, sich zu regen. MacDuff geleitete Fleance zum Zelt des Kronprinzen. Es gehörte zu den Angewohnheiten des jungen Anführers der Schotten, sich zeitig von der ohnehin recht unbequemen Pritsche zu erheben und mit seinem Bruder, der vor einigen Tagen aus Irland zurückgekehrt war, ein ausgiebiges Frühstück einzunehmen. Der Weg durch die Reihen zahlloser Zelte schien dem Neuankömmling endlos und während er seinem Begleiter nacheilte, ließ er neugierig den Blick über die erstaunlich jungen Gesichter der Soldaten wandern. Viele von ihnen waren kaum dem Knabenalter entwachsen und mit einem leisen Schauern dachte er an die Dinge, die sie im unwirtlichen Norden erwarten würden. Sein Blick war gerade an einem rothaarigen Krieger haften geblieben, der seine breiten Schultern streckte und den Mund aufriss wie ein hungriger Wolf, als MacDuff die Schritte verlangsamte und Fleance um ein Haar mit ihm zusammengestoßen wäre. Sie hatten ein ausladendes, prächtig geschmücktes Zelt im Herzen des Lagers erreicht, dessen vordere Leinwand zurückgeschlagen worden war, damit die Wärme des Feuers auch das Innere erwärmte. Von dort waren erregte Stimmen zu hören.

»Warte hier«, wies MacDuff den Jüngeren an und verschwand im Zelt. Die Stimmen verstummten augenblicklich und wenig später kam Malcolm freudig lächelnd aus dem Zelt gestürmt.

»Fleance!«, begrüßte er den Freund, an dessen Seite er in Stirling gegen die Wikinger gekämpft hatte, und schloss ihn in die Arme, bevor der leicht verlegene Neuankömmling sich förmlich verneigen konnte. Nachdem er dem ihn um einen halben Kopf überragenden jungen Mann überschwänglich auf den Rücken geklopft hatte, hielt er ihn um Armeslänge von sich und musterte ihn. »Es tut mir leid wegen deines Vaters.« Die eben noch fröhliche Miene wurde ernst. »Wir werden bald Vergeltung üben.«

Hinter ihm waren inzwischen sein Bruder Donalbain und ein weiterer junger Mann in die Kälte des Wintermorgens getreten, die Fleance kurz zunickten und dann ihre Unterhaltung weiterführten. Donalbains hochgewachsener, muskulöser Begleiter hatte langes hellbraunes Haar und einen eckigen Kiefer. Fleance erkannte an seiner Kleidung, dass er Engländer war. Er hatte den Burschen allerdings noch nie gesehen. Wie um seine unausgesprochene Frage zu beantworten, winkte Malcolm die beiden näher und stellte sie einander vor.

»Donalbain, Siward.« Stolz legte er eine Hand auf die Schulter des Freundes. «Das ist Fleance. Ein alter Freund.”

Fleance ergriff die ihm dargebotenen Hände und musste verwundert anerkennen, dass der ihm als recht weich in Erinnerung gebliebene Donalbain inzwischen einen durchaus männlichen Händedruck entwickelt hatte. Was doch ein paar Wochen ausmachen konnten.

»Das ist Hugh, der Sohn unseres englischen Generals«, stellte er den jungen Mann vor, dessen forschendem Blick Fleance so lange standhielt, bis sich ein Lächeln auf dessen Gesicht stahl. »Kommt, lasst uns unser Mahl beenden«, lud Malcolm ein und die Besucher folgten ihm ins Innere des Zeltes.

Die königliche Festung von Forres, November 1040

Nur noch wenige Stunden und die Sonne würde aufgehen. Duncan und Gareth hatten sich aus den Kammern der Mädchen gestohlen und sich im Stockfinsteren über den Hof in die Stallungen geschlichen. Nachdem sie eine Weile lauschend ausgeharrt hatten, sie wollten sichergehen, dass ihnen keiner der Stallbewohner in die Quere kommen würde, hatte Duncan Seil und Armbrust aus der Waffenkammer genommen, während Gareth die knarrende Tür einen Spaltbreit aufgehalten und in die Dunkelheit gestarrt hatte. Auf Zehenspitzen huschten sie zu dem schweren Tor und schlüpften lautlos in die klirrend kalte Nacht. Der Himmel war klar und funkelte in atemberaubender Sternenpracht.

»Wir müssen auf die Zinnen«, flüsterte Duncan, nachdem sie das Tor geschlossen und sich in den Schatten der Wand gedrückt hatten, um die Lage zu sondieren.

Gareth wies auf die kleine Kapelle neben dem Küchengebäude. »Hinter der Kapelle gibt es eine Treppe«, flüsterte er, nahm Duncan das schwere Seil ab und warf es sich über die Schulter. Dann eilten sie zur Mauer hinüber, die endlos hoch über ihnen aufzuragen schien. Eine schmale Holztreppe ohne Geländer führte von einem Vorsprung auf den an dieser Stelle nicht überdachten Wehrgang hinauf.

Als sie die knarrenden Stufen zur Hälfte erklommen hatten, vernahmen sie im Hof das Krachen einer zufallenden Tür, laute Stimmen und ungehemmtes Gelächter. Leise fluchend gab Duncan Gareth ein Zeichen und sie kauerten sich hin; in der Hoffnung, dass ihnen die Dunkelheit genug Deckung gab. Im Licht des blassen Mondes stolperte eine sturzbetrunkene Gruppe Soldaten auf die hell erleuchtete Wachstube zu, wobei sie lauthals mit ihrem Liebesleben prahlten. Als die beiden gerade erleichtert aufatmen wollten, scherte einer aus der Gruppe aus und taumelte auf sie zu. Duncans Herz hämmerte so wild, dass er befürchtete, es würde ihm die Brust sprengen. Wenn der Betrunkene aufsah, würde er unausweichlich ihre Umrisse entdecken, die sich deutlich von dem hellen Hintergrund des gegenüberliegenden Gebäudes abhoben. Doch der war so voll, dass er sich leise wimmernd in eine Ecke erbrach, bevor er seinen Kameraden hinterhertorkelte und in der Hütte verschwand.

»Weiter«, flüsterte Gareth und in Windeseile liefen sie den Rest der Treppe hinauf und huschten geduckt die Mauer entlang, bis sie oberhalb der Zugbrücke angelangt waren. Ohne viele Worte zu verlieren, reichte Gareth Duncan das Seil, das dieser um einen Vorsprung und um seine Hüfte knotete. Dann schwang er sich mit einem letzten tiefen Atemzug über die Zinnen. Das Unterfangen erwies sich als weitaus schwieriger als er es sich vorgestellt hatte. Er konnte sich zwar an der Mauer abstützen, musste aber all seine Kraft aufbringen, um nicht den Halt zu verlieren und sich auf dem harten Boden tief unter ihm alle Knochen zu brechen. Zoll um Zoll ließ er sich weiter ab, bis er endlich die Gestalt des Priesters ausmachen konnte. Nur noch wenige Augenblicke, dann war er am Ziel. Es war eisig kalt und Duncan pfiff ein schneidender Ostwind um die Ohren, doch seine Hände brannten wie Feuer. Das Tau schien sich in eine messerscharfe Schneide zu verwandeln. Während er sich Stück um Stück abseilte, spürte er warmes Blut in seinen Ärmel laufen, als er jedoch den leise im Nachtwind schwingenden besinnungslosen Körper des gefolterten Priesters vor sich sah, verschwand der Schmerz.

War er bereits tot? Selbst wenn, es gab keinen Weg mehr zurück! Duncan angelte vorsichtig die bereits gespannte Armbrust von seinem Rücken und zielte mit zitternder Hand auf die Brust des Mannes. Aus so kurzer Entfernung abgefeuert, durchschlug der Bolzen den Körper des Priesters und kam mit einem solch ohrenbetäubenden Knall auf einem Strebebalken der Zugbrücke auf, dass Duncan vor Schreck um ein Haar das Seil hätte fahren lassen. Wie eine Gliederpuppe in der Hand eines Puppenspielers baumelte der Tote wild hin und her. Duncan wagte es kaum, Luft zu holen. Nur langsam wurde sein Kopf wieder klar und er begann, sich keuchend an dem dicken Tau hinaufzuziehen. Unter Aufbietung seiner letzten

Kräfte stemmte er sich auf die kalten Steinquader und ließ sich vor Erschöpfung bebend nach hinten fallen.

»Hat es geklappt?«, flüsterte Gareth, der ihn geschickt auffing.

Duncan nickte müde. Jetzt, wo die Tat vollbracht war, fühlte er sich ausgepumpt und leer. »Lass uns verschwinden«, drängte Gareth und half ihm auf die Beine.

Auf ihn gestützt, trottete Duncan die Zinnen entlang, bis sie die Holztreppe erreichten. Am nächsten Tag konnte er sich nicht mehr daran erinnern, wie er zum Quartier über den Ställen gekommen war. Er konnte sich nur noch daran erinnern, dass er wie ein Toter auf seinen Strohsack gesunken und in einen von blutigen Bildern gejagten unruhigen Schlaf gefallen war.

Ein Feldlager im Norden Englands, November 1040

Auf einem groben Feldtisch standen mehrere Schalen mit dampfendem Porridge, auf den sich die fünf Männer mit soviel Appetit stürzten, als ob sie noch nie etwas Köstlicheres gegessen hätten. Eine Karte von Schottland, auf der mehrere Stellen markiert waren, lag auf dem Boden. Malcolm, der Fleances neugierigen Blick auffing, erläuterte zwischen zwei Löffeln, dass sich der Herrführer noch nicht entschieden hatte, welche Marschroute sie einschlagen sollten. Bei dieser Entscheidung, erläuterte er, musste Mehreres berücksichtigt werden: Das Wetter, die Truppenstärke, die jeden Tag anwuchs, sowie Mac Bethads Bewegungen. Siward, der Führer der englischen Armeen gegen Mac Bethad, vermutete, dass Mac Bethad die Festung von Forres bald aufgeben würde, da weder sie noch die Stadt einer Belagerung lange standhalten würde. Er nahm an, dass der Thronräuber nach Stirling Castle ziehen würde, um sich dort den englischen Invasoren entgegen zu stellen.

Die Gesichter der Anwesenden waren alle von Hass und Wut gezeichnet, denn alle außer Hugh hatten den Verlust von Familienmitgliedern zu beklagen. Sie waren entweder von Mac Bethad oder von seinen Schergen feige ermordet worden. Mit jeder Faser seines Körpers hoffte Fleance, dass das Schicksal ihn dazu bestimmt hatte, den Mörder seines Vaters zu bestrafen – ihm die Klinge in die Eingeweide zu rammen und ihm dabei zuzusehen, wie er elendiglich verreckte. Seine düsteren Gedanken wurden von MacDuff unterbrochen, der, mit einem breiten Grinsen im Gesicht, einen Trinkschlauch auf den Tisch warf.

»Uisge-beatha!«, verkündete er verschwörerisch und Malcolm stellte, mit einem nicht minder breiten Grinsen, fünf kleine Trinkschalen daneben. Fleance, der das Getränk noch nie gekostet hatte, schnupperte misstrauisch an der dunklen bernsteinfarbenen Flüssigkeit und rümpfte die Nase. Als jedoch die anderen vier die Gefäße an die Lippen hoben, tat er es ihnen gleich und nahm einen Schluck – was er im selben Augenblick bereute. Mit einem feurigen Brennen bahnte sich das nach einer Mischung aus Torffeuer und Meersalz schmeckende Gebräu den Weg in seinen Magen, bevor es in weiteren Geschmacksnuancen explodierte. Donalbain, der ebenfalls einen beherzten Schluck genommen hatte, schnaubte und begann heftig zu husten.

Als er endlich wieder Luft bekam, fragte er mit feuerrotem Gesicht: »Was zum Teufel ist das?« und klopfte Hugh, der ebenfalls hustete, auf den Rücken. Malcolm und MacDuff lachten und nahmen einen weiteren Schluck. »Das, kleiner Bruder, ist Wasser des Lebens, Whisky. Auf unseren Sieg!«

Kapitel 35

Ein Dorf in der Nähe von Forres, November 1040

Leofric hatte geschlafen wie ein neugeborenes Kind. Es stimmte, der Dachboden war kalt und zugig, doch Hilda hatte ihn mit so vielen Wolldecken und Lammfellen versorgt, dass er sie über sich hätte aufstapeln können. Die ersten beiden Tage waren mit viel harter Arbeit erfüllt gewesen und er war jeden Abend wie erschlagen auf sein ordentlich aufgehäuftes Strohlager gesunken. Hildas Warmherzigkeit und Güte ließen alle anfänglichen Schwierigkeiten verblassen. Zurzeit nächtigten über fünfzehn Gäste in den kleinen gemütlichen Kammern, die auf eineinhalb Stockwerke verteilt waren und Leofric musste sich beeilen, rechtzeitig mit dem Frühstück fertig zu werden. Nachdem er seine steifen Glieder ausgiebig gestreckt hatte, kletterte er die eng gewundene Wendeltreppe hinab und trat, mit einem Eimer bewaffnet, in den nebeligen Hof hinaus, um aus dem Brunnen Wasser für die Küche zu schöpfen. Ein letztes Mal rieb er sich die vor Müdigkeit noch kleinen Augen, ergriff das gefrorene Seil und band es sich um die Hüfte, bevor er den eisenbeschlagenen Eimer in die Tiefe stieß. Beim ersten Mal war ihm das Tau entglitten und das Aufklatschen auf der Wasseroberfläche war ein weitaus weniger befriedigender Laut gewesen als heute, aber er hatte aus seiner Ungeschicklichkeit gelernt und das Missgeschick war einmalig geblieben. Unter dem Gewicht der Last leicht schwankend, schleppte er den Eimer in die Küche und goss das eiskalte Wasser in den über der Feuerstelle hängenden Kessel. Als er frische Scheite aufgeschichtet hatte, entfachte er das Feuer neu und begann, das Frühstück für die noch friedlich schlummernden Gäste vorzubereiten.

Er war schon lange nicht mehr so glücklich gewesen. Es schien, als habe seine verzweifelte Reise ihn endlich an einen Ort geführt, an dem er Zuflucht gefunden hatte. So pfiff er fröhlich vor sich hin, schlug die frisch gelegten braunen Eier in eine Pfanne, in der reichlich Fett brutzelte, und gab großzügig Zwiebeln und getrockneten Schnittlauch hinzu. Während die Eier brieten und das Wasser leise zu sieden begann, eilte er in den verwaisten Schankraum und wischte Tische und Schemel mit einem feuchten Tuch ab. Dann verteilte er Holzlöffel und Schalen. Auch im Schankraum schürte er die noch leicht glimmenden Kohlen zu einem gemütlichen Feuer an. Auf einmal erklangen schwere Schritte auf der Treppe und kurz darauf betrat der erste Gast den noch recht kühlen Raum.

»Guten Morgen, Herr«, begrüßte Leofric den stämmigen, bärbeißigen Händler, der ihn mit einem finsteren Blick bedachte. »Euer Frühstück ist gleich soweit.«

Mit einem kurzen Nicken verließ der Mann die Schänke, um nach seinem Pferd zu sehen. Kaum war die Tür hinter ihm ins Schloss gefallen, hastete Leofric in die Küche, wendete die inzwischen goldbraunen Eier und machte das Tablett für den Frühaufsteher fertig. Außer den Eiern stellte er einige Scheiben frisches Brot, lauwarmen Haferbrei, ein kleines Kännchen frische Sahne und einen Krug Ale bereit. Nachdem er das Tablett mit den Köstlichkeiten auf einen der Tische nahe der Feuerstelle abgestellt hatte, benachrichtigte er den Kaufmann, der gerade sein Pferd sattelte. Ohne eine Antwort erhalten zu haben, kehrte er in die Küche zurück und machte sich daran, den Teig für die süßen Pfannkuchen anzurühren. Als er das Knallen der Eingangstür und das Knarren eines der alten Eichenstühle hörte, musste er lächeln; so ging er weiter seinen Pflichten nach.

Die königliche Festung von Forres, November 1040

Duncan erwachte mit einem schmerzhaften Pochen in der Handfläche. Mit einem leisen Stöhnen griff er sich an die schweißnasse Stirn. Erst konnte er sich nicht daran erinnern, was in der vergangenen Nacht geschehen war, doch dann holte ihn die grausige Erinnerung mit solcher Gewalt ein, dass sich sein Magen schmerzhaft zusammenkrampfte. Vorsichtig setzte er sich auf, öffnete die geschwollene Hand und betrachtete die tiefe Wunde, an deren Rändern sich bereits eitrige Hautlappen gebildet hatten. Er zwang sich auf die Beine, kämpfte sich einhändig in seine Stiefel und kletterte behutsam die steile Leiter zu den Boxen hinab. Die meisten Knappen hatten den Stall bereits verlassen und so kam ihm niemand in die Quere, als er sich über den Hof durch den Hintereingang in die Küche stahl – in der Hoffnung, Gwynn dort anzutreffen. Die Köchin, die ihn in ihr Herz geschlossen hatte, begrüßte ihn mit einem freudigen Lächeln, drückte ihn, gegen seinen schwachen Protest, auf eine Bank und schob ihm eine Platte mit kaltem Braten und frischem Brot vor die Nase. Obwohl er eigentlich keinen Hunger hatte, war der Duft so verlockend, dass er trotz der Eile, die ihn bis gerade eben noch angetrieben hatte, herzhaft zugriff und gierig kaute.

»Ist Gwynn da?«, fragte er zwischen zwei Bissen, doch die Köchin schüttelte bedauernd den Kopf.

»Sie hat gerade Birks Essen geholt«, ließ sie ihn schmunzelnd wissen, als sie die Enttäuschung in seinen Augen las. »Aber sie kommt bestimmt bald zurück.« Neugierig wanderte ihr Blick zu Duncans Hand, die er nur notdürftig mit einem schmutzigen Fetzen bandagiert hatte. Bevor sie jedoch unangenehme Fragen stellen konnte, stürmten ein paar aufgeregt schnatternde Küchengehilfinnen herein und bestürmten sie mit den Neuigkeiten des Tages.

»Jemand hat den Pfaffen erschossen!«, hörte Duncan aus

dem Stimmengewirr heraus und ein Schauer lief ihm über den Rücken.

»Wer?«, fragte die Köchin aufgeregt. »Weiß man das?«

Doch die Magd, die sich mit der Nachricht hervorgetan hatte, zuckte abfällig mit den Schultern. »Wen interessiert das schon?«, schnaubte sie, während sie sich eine Schürze umband. »Vermutlich irgendein Stadtbewohner, dem das Gewimmer auf die Nerven ging!« Mit einer wegwerfenden Handbewegung tat sie das Thema ab und wandte den anderen Mädchen den Rücken zu.

Duncan konnte sein Glück kaum fassen, wollte aber sichergehen. »Sucht man denn nicht nach dem Täter?«, mischte er sich scheinbar gleichgültig ein.

Die Magd lachte. »Gott, nein. Was für eine Zeitverschwendung.«

Am liebsten hätte Duncan lauthals gejubelt.

»Sie haben ihn abgeschnitten und in die Abfallgrube vor der Mauer geworfen«, erzählte die Küchenhilfe weiter, stolz darauf, einem der jungen Edelmänner mit ihrem Wissen zu imponieren.

Als sich Duncan gerade den letzten Bissen zwischen die Zähne stopfte und die fettigen Finger leckte, krachte unvermittelt die Küchentür gegen die Wand und Gwynn kam mit einer zornigen Falte zwischen den feinen Brauen hereingestürmt.

»Was für ein Teufel!«, rief sie wütend aus und pfefferte einige Tonscherben in einen Abfallbehälter, bevor sie nach einem feuchten Tuch griff und ihr über und über mit Milch beflecktes Kleid säuberte. »Er wird mit jedem Tag frecher!« Ihr Zorn war fast schon wieder verraucht und als ihr Blick nach einer weiteren Schimpftirade auf Duncan fiel, erhellten sich ihre Züge und sie trat an seinen Tisch. »Duncan!« Als sie sah, wie bleich er war, fügte sie erschrocken hinzu: «Was ist los?" Sie hatte bereits von dem rätselhaften Tod des Priesters gehört und sich das Ihre zusammengereimt.

Doch als Duncan unruhig auf der Bank hin und her rutschte und verstohlen seine Hand unter dem Tisch hervorzog, erschrak sie dennoch heftig. Hastig warf sie das Tuch auf den Tisch und packte ihn am Arm »Komm mit!« Sie ließ ihm kaum Zeit, sich bei der Köchin zu bedanken, sondern zerrte ihn die Treppen hinauf, die Gänge entlang, bis sie schließlich an der Tür ihrer kleinen Kammer angelangt waren. Drinnen drückte sie ihn aufs Bett und wickelte den schmutzigen Fetzen von seiner Hand. Als er sie vorsichtig öffnete, zog sie scharf die Luft durch die Zähne. »Ich habe es geahnt«, flüsterte sie. »Die Wunde kommt von einem Seil.« Sie sah Duncan an, dass sie ins Schwarze getroffen hatte und während sie die Verletzung mit kühlender Salbe behandelte, schalt sie: »Das war gefährlich! Was, wenn sie dich erwischt hätten?« Sie sah ihn vorwurfsvoll und zugleich zärtlich an. Als sie die Enden des Verbandes vorsichtigt verknotete, biss er sich auf die Zähne, um einen Schmerzensschrei zu unterdrücken. »Ich sage nicht, dass es falsch war.« Liebevoll strich sie ihm über den blonden Schopf. »Aber es war unglaublich leichtsinnig.«

Ein schiefes Lächeln breitete sich auf seinem Gesicht aus. »Er hätte so furchtbar gelitten«, sagte er tonlos, während Gwynn ihre Utensilien wieder verstaute. »Ich bin stolz auf dich.« Sie ging neben ihm in die Hocke und griff nach seiner unverletzten Hand. »Es war ehrenhaft, ihm zu helfen.«

Die königliche Festung von Forres, November 1040

Es war ein ungemütlicher nasskalter Novembertag, am frühen Morgen, an dem der König seine Entscheidung verkündete. Ende des Monats würde der gesamte Hof nach Dunsinane Castle umziehen. Jetzt hatte sich in der Festung geschäftiges Treiben breitgemacht, alles musste vorbereitet werden. Die

Gerüchte über die sich nähernde Armee der Engländer hatten Forres längst erreicht und Gareth war sich sicher, dass die angebliche Uneinnehmbarkeit von Dunsinane Castle der Hauptgrund dafür war, dass der König die Burg ausgewählt hatte. Es würde Krieg geben!

Nervös durchmaß der junge Ritter den Audienzsaal und wartete darauf, dass Mac Bethad ihm einige Minuten seiner kostbaren Zeit opferte. Màiri hatte ihn gedrängt, die Erlaubnis für die Heirat einzuholen, da ihnen nicht mehr viel Zeit blieb, bis alle deutlich sehen würden, wie es um sie stand. In Gedanken formulierte Gareth ein weiteres Mal die Sätze um, mit denen er den König überzeugen wollte, als sich die hohen Türen öffneten und Mac Bethad, gefolgt von einer Traube seiner Ratgeber, den Raum betrat. Mit einem leichten Flattern in der Magengegend kniete sich Gareth hin und wartete darauf, dass der König näher trat. Als er vor ihm zum Stehen kam, hob er gerade rechtzeitig den Blick, um einen Schatten von Ungeduld über Mac Bethads steinerne Züge huschen zu sehen.

»Steh auf!« Er winkte ungeduldig, während er sich nach seinen Begleitern umblickte, die respektvoll zur Seite getreten waren. »Bist du nicht der, der das Turnier gewonnen hat?«, fragte er leicht irritiert, als sich Gareth zu seiner vollen imposanten Größe aufgerichtet hatte.

»Ja, Herr«, antwortete er und senkte den Kopf

»Also, heraus damit. Ich habe nicht viel Zeit«, ermutigte ihn Mac Bethad.

Gareth holte tief Atem und wischte sich die feuchten Handflächen an der aufgerauten Oberfläche seines Obergewandes ab. »Ich erbitte Eure Erlaubnis, zu heiraten«, presste er hervor und hätte sich für das Zittern in seiner Stimme am liebsten geohrfeigt.

»Gewährt«, brummte der König, ohne sich dafür zu interessieren, um wen es sich bei der Braut handelte. »Ist das alles?«, setzte er ungeduldig hinzu, während Gareth ihn verdattert anstarrte.

Das wars? Hätte es nicht viel schwieriger sein müssen, um die Hand einer Hofdame der Königin anzuhalten? »Ja-a«, stammelte er unsicher.

»Dann kannst du dich entfernen.« Mit einer ungeduldigen Geste entließ Mac Bethad ihn und wandte sich wortlos seinen wartenden Begleitern zu, während Gareth wie benebelt zur Tür ging, nicht sicher, was er denken sollte.

Kaum war die schwere Tür hinter ihm ins Schloss gefallen, gewann jedoch die Freude die Oberhand über Verwirrung und Enttäuschung und er beschloss, nach Màiri zu suchen und ihr die wundervolle Neuigkeit zu unterbreiten. Viel Zeit blieb ihm nicht, da er und die anderen Ritter mit den Vorbereitungen des umzugs beschäftigt waren. Er wollte die Suche schon aufgeben, als er sie hinter einem der Wirtschaftsgebäude erspähte, den Arm voller kostbarer Gewänder. »Màiri!«, rief er, von einem plötzlichen Glücksgefühl übermannt, aus, rannte auf sie zu und wirbelte sie strahlend durch die Luft. »Wir dürfen heiraten!«, platzte er heraus, als er sie schließlich wieder absetzte. Er küsste sie auf den vor Verwunderung offen stehenden Mund und keiner von ihnen scherte sich um die im Schnee liegenden Gewänder.

Gwynn und Duncan verabschiedeten sich kurz nach Mitternacht von der zechenden und lachenden Gesellschaft, die sich aus Anlass der Verlobung ihrer Freunde versammelt hatte. Sie zogen sich in Gwynns Kammer zurück, wo sie nach einer wundervollen Nacht in den weichen Kissen lagen und darauf warteten, dass die schwache Sonne die Burgmauer hinauf durch ihr winziges Fenster kroch. Geistesabwesend streichelte Gwynn Duncans zerzausten Schopf, den Blick starr auf die Decke geheftet. Obwohl er ihre Berührung wie ein schnurrender Kater genoss, blickte Duncan auf, nachdem sie minutenlang dieselbe Stelle massiert hatte, und stemmte sich auf einen Ellenbogen, als er den düsteren Ausdrucks auf ihrem ernsten Gesicht sah. »Was bedrückt dich?«, fragte er sanft, woraufhin sie in ihrer mechanischen Bewegung innehielt und ihn kritisch musterte.

»Nichts«, seufzte sie schließlich niedergeschlagen, doch sowohl der Ton als auch ihre Augen straften die Worte Lügen. Das ansonsten so strahlende Grün war von Tränen verwischt und eine feine Falte hatte sich zwischen ihre zart geschwungenen Brauen gestohlen.

Misstrauisch drehte sich Duncan auf den Bauch und stützte sich mit beiden Armen ab. »Ich sehe doch, dass etwas nicht stimmt.« Während sein Blick forschend über ihre Züge glitt, beugte er sich vor und küsste eine dicke Träne fort, die sich schaukelnd von den langen Wimpern gelöst hatte. Erst schüttelte sie energisch den Kopf und starrte weiter mit leeren Augen geradeaus, doch dann, plötzlich, brach sie in heftiges Schluchzen aus, stieß ihn wild von sich und vergrub den Kopf in den prallen Kissen. Was war denn nun los? Hilflos tätschelte Duncan Gwynns bebenden Rücken, während er sich das Gehirn zermarterte, was er tun sollte. Warum waren Frauen nur so furchtbar kompliziert? Mit sanften, beruhigenden Bewegungen strich er über ihr zerwühltes Haar, bis sich der Weinkrampf legte und sie wieder regelmäßig atmete.

»Möchtest du darüber sprechen?«, fragte er schüchtern, woraufhin sie einen tiefen Seufzer ausstieß und sich zu ihm umdrehte. Die sonst so schönen Augen waren vom Weinen rot und geschwollen und mit einer ungeduldigen Geste wischte sie sich die laufende Nase am Ärmel ihres Nachthemdes ab.

»Denkst du, *wir* werden jemals heiraten?«

Kapitel 36

Ein Dorf in der Nähe von Forres, November 1040

Die vergangenen Tage waren in emsiger Vorbereitung auf den Umzug verflogen. Den Schmieden in einem Umkreis von zwanzig Meilen war befohlen worden, Waffen zu schmieden; die Ritter und Knappen hatten so viele Kampfübungen abgehalten, dass Duncan das Gefühl hatte, sein geschundener Körper sei eine einzige Prellung; die Hofdamen hatten Gewänder gewoben und bestickt und Köche und Küchengehilfen hatten ohne Unterlass gebacken, gepökelt und eingelegt. Dunsinane Castle war so abgelegen, dass es nicht viele Möglichkeiten geben würde, die Vorräte auf dem Weg dorthin aufzustocken. Da es so gut wie sicher zu einer Belagerung kommen würde, wollte Mac Bethad vorbereitet sein. Mehr als einmal war Duncan bereits mit ausgesandt worden, um Lebensmittel zu beschaffen, was sich in den letzten beiden Tagen als schwieriger erwiesen hatte als vermutet. Nur wenige Bauern und Händler waren noch gewillt, ihnen Lebensmittel und Waren zu verkaufen, da die meisten von ihnen das bisschen, das ihnen geblieben war, benötigten, um den harten Winter zu überleben. Inmitten all des Trubels waren Gareth und Màiri in aller Stille von einem reisenden Klosterbruder getraut worden, der am Morgen des nächsten Tages wieder weitergezogen war. Nur eine Handvoll Neugieriger hatte der feierlichen Zeremonie in der kleinen Kapelle im Burghof beigewohnt, da die meisten Mitglieder des Hofes mit anderen Dingen beschäftigt waren.

Erneut mit dem Beschaffen von Waffen beauftragt, ritt Duncan an diesem Morgen neben dem frisch vermählten Freund durch die klirrend kalte Landschaft, während der harschige Schnee unter den Hufen ihrer Pferde knirschte. Kleine

Dampfwölkchen stiegen von den Nüstern der schnaubenden Tiere in den eisgrauen Novemberhimmel, der neuen Schneefall verkündete. In weiser Voraussicht hatte sich Duncan in einen alten, aber warmen Mantel gehüllt und wollene Handschuhe übergestreift, damit die von der Kälte ohnehin schon aufgeplatzten Hände nicht an den steifen Zügeln anfroren. Als sie sich dem kleinen Flecken näherten, der ihr heutiges Ziel war, fielen ihm zu beiden Seiten der schmalen Straße karge Felder und verkohlte Baumstümpfe auf, die wie faule Zähne aus der winterlichen Landschaft ragten. Am Horizont verliehen die skelettartigen Gerüste kahler Eichen, über denen, unheilvoll krächzend, Saatkrähen kreisten, der Landschaft ein ausgemergeltes und krankes Aussehen. Dumpf scholl der Laut der aufschlagenden Hufe über die leergefegte Straße und Duncan vermutete mit leisem Neidgefühl, dass sich die meisten Einwohner vermutlich im Inneren der überwiegend aus Holz gezimmerten Häuser aufhielten – um prasselnde Kaminfeuer versammelt.

Nachdem sie die ersten Häuser des Dorfes hinter sich gelassen hatten, passierten sie einen einladend wirkenden Gasthof, vor dessen Eingang ein altes quietschendes Schild im leichten Wind schaukelte, und bogen in eine schmale Seitengasse ein. Die Schmiede, aus der das schlagende Geräusch eines Hammers in die Kälte herausdrang, lag nur wenige Schritte hinter einer Gabelung auf der rechten Seite. Als sie sich der ärmlichen Kate näherte, sah Duncan einen Schwarm orangefarbener Funken durch die weit offen stehende Tür in die Freiheit entfliehen. In ungeduldiger Erwartung wohliger Wärme saßen die beiden ab und schlangen die Zügel ihrer Tiere um einen stabilen Pfosten, der die gesamte Breite des Gebäudes entlanglief. Die Hitze, die ihnen beim Betreten des rußgeschwärzten Innenraums entgegenschlug, war so enorm, dass Duncan glaubte, spüren zu können, wie die Luft seine Lunge versengte. Es gelang ihm nur mit Mühe, einen Hustenanfall zu unterdrücken. In der Mitte des Raums hieb ein hünenhafter Mann mit einem riesigen Hammer auf ein rotglühendes Stück Eisen auf einem Amboss ein. Von der Hüfte aufwärts nackt glänzte sein Oberkörper vor Schweiß und die enormen Muskeln schienen bei jeder seiner kraftvollen Bewegungen die Haut bis zum Zerreißen anzuspannen. Als Duncan, Gareth und ihre Begleiter über die Schwelle traten, ließ er sich mit keiner Regung anmerken, dass er ihre Anwesenheit bemerkt hatte, sondern fuhr unbeirrt fort, die breite Klinge der neuen Waffe zu behauen. Schließlich legte er den schweren Hammer zur Seite und tauchte das immer noch glühende Metall in einen mit Wasser gefüllten Eimer, woraufhin zischender Dampf die Hütte bis unters Dach vernebelte.

»Ich bin fertig«, brummte er in einem tiefen heiseren Bass, der Duncan die Nackenhaare zu Berge stehen ließ. »Die Ware ist dort drüben.« Mit einem kurzen Nicken wies er auf mehrere in Leder eingeschlagene Bündel und wischte sich mit dem schwarz verschmierten Unterarm über das ohnehin schon rußige Gesicht.

Nachdem einer seiner Begleiter die Lieferung überprüft hatte, gab er Gareth ein Zeichen, woraufhin dieser eine mit Silbermünzen gefüllte Börse vom Gürtel löste und sie dem Schmied in die schwielige Hand gab. Während dieser die glänzenden Stücke mit konzentrierter Miene nachzählte, griffen sich Duncan und Gareth jeweils ein Bündel Schwerter und Lanzen und verließen die Schmiede. Mit einem Mal drangen schrille panische Schreie und dröhnendes Rufen von der Hauptstraße in die schmale Gasse. Was zum Henker ging da vor sich?

»Du bleibst hier«, befahl Gareth dem verdutzten Duncan, riss die Klinge aus der Scheide und stürmte mit seinen Begleitern in Richtung Hauptstraße.

Leofric war vor Furcht wie gelähmt. Ohne Vorwarnung waren die Männer in die Schankstube gepoltert und hatten begonnen, alles was sie finden konnten in große Leinensäcke zu stopfen. Hildas schriller Protest blieb unbeachtet. Als sie die Wirtin grob aus der Küche zerrten und zu Boden schleuderten, kreischte sie hysterisch, doch einer der Räuber, ein hochgewachsener blonder Mann, schlug ihr ohne viel Federlesens mit dem Kettenhandschuh ins Gesicht. Die Köchin wischte sich das Blut ab und blickte erschrocken von einem Plünderer zum anderen. Schließlich ruhten ihre Augen auf Leofrics zusammengekauerter Gestalt.

»Halt dein Maul!«, brüllte der Breitschultrige,warf einen letzten Blick auf den verwüsteten Innenraum und eilte seinen Kumpanen hinterher. Ein halbes Dutzend Krieger hatten begonnen, das Vieh der Dorfbewohner aus den Ställen zu treiben. Schreie stiegen in den trüben Winterhimmel, als die verzweifelten Bauern versuchten, die Männer davon abzuhalten, ihre einzige Hoffnung, den strengen Winter zu überleben, zu stehlen. Frauen und Kinder weinten und die Männer und Väter kämpften in hoffnungsloser Wut gegen die schwerbewaffneten Räuber. Dutzende von blutigen Leichen säumten bereits die Straße, als einer der Soldaten ein junges Mädchen vom Rock ihrer Mutter zerrte und sie auf den kalten Boden zwang. Sie wehrte sich wild und flehte schluchzend um Gnade, doch er riss ihr einfach das Kleid vom Leib und schändete sie in der Mitte des Dorfplatzes – angefeuert von den Rufen seiner Spießgesellen. Als er mit ihr fertig war, zog er einen breiten Dolch und schnitt ihr mit einer blitzschnellen Bewegung die Kehle durch, bevor er sie wie einen Sack in den Graben warf, der parallel zur Straße verlief. Mit einem erstickten Gurgeln erbrach sich Leofric auf den Dielenboden und verkroch sich heftig zitternd hinter der Tür, durch deren Spalt er verfolgen konnte, was vor sich ging.

Während er mit einem weiteren Anfall von Übelkeit rang,

kamen plötzlich drei heftig gestikulierende Männer, auf deren Umhängen das Wappen des Königs prangte, aus einer Seitengasse gerannt.

»Halt!«, donnerte ihr Anführer, ein goßer Ritter mit dunklem Schopf. »Im Namen des Königs!« Sein Gesicht war wutverzerrt und die behandschuhten Fäuste ballten sich krampfartig um den Griff seines Breitschwertes. Die sieben Schergen wandten sich um.

»Wir sind auf Befehl des Königs hier!«, höhnte einer von ihnen, der ein Seil um den Hals einer knochigen Kuh geschlungen hatte, die er aus einem verfallenen Stall zerrte.

»Haltet augenblicklich ein!«, forderte der junge Ritter erneut und näherte sich vorsichtig dem Marktplatz, wobei er seine Aufmerksamkeit auf einen untersetzten Plünderer mit einem feuerroten Gesicht konzentrierte.

»Wer seid ihr?«, erkundigte sich der Untersetzte sarkastisch. »Bruder Mitleid?« Hämisches Gelächter scholl über den Platz, während seine Kumpane unbeirrt damit fortfuhren, die gestohlenen Güter in Säcke zu stopfen.

»Ihr werdet sofort damit aufhören!«, knurrte der Ritter und ging mit drohend erhobener Klinge auf den Blonden zu, der Hilda die Nase gebrochen hatte.

Als die Plünderer die bedrohliche Lage erfassten, rotteten sie sich zusammen und gingen johlend auf die Gruppe der vier los. Sie stürzten sich auf sie und kaum hatte der Dunkelhaarige seinen blonden Gegner mit einem Schlag ins Gesicht außer Gefecht gesetzt, fiel der untersetzte Rädelsführer der raubenden Meute ihm in den Rücken. Mit der Behändigkeit einer Katze schnellte der Angegriffene zur Seite, wich dem Hieb aus und trieb dem Rotgesichtigen das Schwert in den Oberschenkel. Mit einem durchdringenden Schmerzensschrei ging der Krieger heftig blutend zu Boden, doch anstatt seine Kräfte sammeln zu können, sah sich der dunkelhaarige Kämpfer gezwungen, die zornige Attacke eines weiteren Gegners abzuwehren. Hinter ihm befanden sich seine Gefährten in lebensbedrohlicher Bedrängnis, da sich jeder von ihnen gegen zwei erfahrene Krieger verteidigen musste.

Mit zusammengebissenen Zähnen ignorierte der Dunkelhaarige die Furcht in ihren Augen und konzentrierte sich auf seinen Gegner, dessen Schwertarm bereits zu erschlaffen begann. Gerade als er die Oberhand über den leise fluchenden Räuber gewonnen hatte und ihn von der Gruppe trennen wollte, kämpfte sich der von seinem Kinnhaken zu Boden gegangene blonde Bursche auf die Beine, erfasste seinen Vorteil mit einem Blick und rammte ihm mit einem schadenfrohen Grinsen das Schwert in den Rücken. Beinahe im selben Augenblick wurden seine beiden Gefährten von ihren Angreifern überwältigt und brachen blutüberströmt neben ihm zusammen. Leofric schloss die Augen und begann zu beten.

»Nein«, flüsterte Duncan heiser. Entsetzen legte sich über seine Sinne. Er hatte die Schmiede verlassen, um herauszufinden, was in der Mitte des Dorfes vor sich ging. Gerade als er um die Ecke der kleinen Gasse bog, sah er Effrics hinterhältigen Hieb auf Gareth. »Nein!« Mit einem erstickten Stöhnen sank er auf die Knie und verbarg das Gesicht in den Händen. Ein trockenes Schluchzen raubte ihm beinahe den Atem, sein Körper wurde von Krämpfen geschüttelt und sein Verstand rang damit, die Endgültigkeit der Lage zu begreifen. Auch wenn er den feigen Mördern am liebsten die Herzen aus dem Leib gerissen hätte, war er doch noch so vernünftig, einzusehen, dass er gegen eine derart gewaltige Übermacht keine Chance hatte. Als sich die Kämpfe endlich legten, hob er den Kopf und verfolgte ohnmächtig, wie die Räuber ihre Beute auf den Rücken der gestohlenen Tiere verteilten. Obwohl er es vermied, das blutüberströmte Gewirr aus Körpern in der Mitte des Platzes anzusehen, fing er aus dem Augenwinkel eine kaum wahrnehmbare Bewegung auf. Er schnellte in die Höhe. Hatte sich Gareth bewegt?

◈

Duncan! Bei der im schlammigen Schnee knienden Gestalt am anderen Ende des Marktplatzes handelte es sich eindeutig um Duncan! Trotz des Entsetzens, das Leofric reglos hinter der Tür gefangen hielt, keimte leise Hoffnung in ihm auf. Duncan würde ihm helfen! Um ein Haar hätte er die Beherrschung verloren und den Namen gerufen, doch die hünenhafte Gestalt des Blonden, die sich von links in sein Sichtfeld schob, ließ ihn den Atem anhalten. Mit vor Furcht aufeinanderschlagenden Zähnen presste Leofric seinen mageren Körper näher an die Wand, um völlig hinter der offen stehenden Tür zu verschwinden.

Hilda saß immer noch leise weinend am Boden, die Hand auf die zertrümmerte Nase gepresst. Als die schweren Schritte des hochgewachsenen Kriegers die Stufen zum Ächzen brachten, wich sie furchtsam in eine Ecke zurück. Er hatte einen der derben Tuchsäcke mit gestohlenen Vorräten im Schankraum zurückgelassen und steuerte zielstrebig auf seine Beute zu. Er schulterte die schwere Last, als sei es eine Feder und wollte gerade wieder in die Kälte hinaustreten, als sein Blick auf die zusammengekauerte Wirtin fiel. Nach einem kaum merklichen Zögern, das Leofric hoffen ließ, er würde seinen Kumpanen nacheilen, setzte er den Sack wieder ab und grinste Hilda, deren Röcke zerrissen und schmutzig waren, lüstern an. »Hätte ich doch beinahe vergessen, mich zu verabschieden.« Sein Mund verzog sich zu einem gierigen Grinsen. Mit einem gequälten Laut kämpfte sich Hilda auf die Beine und stolperte rückwärts gegen die Feuerstelle. Panisch tastete sie hinter sich nach dem schweren Schürhaken, der am Eisengitter lehnte. Mit der Rechten zog sie ihn hinter dem Rücken hervor, ergriff ihn mit beiden Händen und fuchtelte damit vor dem Gesicht des Kriegers herum.

»Geht«, keuchte sie und er wich instinktiv einen Schritt zurück, als sie die Waffe senkte und damit auf seine Weichteile zielte.

Er lachte. »Sei nicht lächerlich, Weib.« Die tiefe Stimme war bedrohlich ruhig.

»Geht«, wiederholte Hilda und hob die Eisenstange, um ihn damit zu schlagen.

Leofric wollte schon entsetzt aufschreien, um sie davon abzuhalten, doch die Warnung blieb ihm im Hals stecken, denn die Hand des Kriegers schoss mit unvorstellbarer Schnelligkeit nach vorn und entriss die Waffe ihrem Griff. Bevor die verdatterte Frau verstand, was geschehen war, holte er mit dem Eisen aus und ließ es mit solcher Gewalt auf ihren Kopf sausen, dass ihr mit einem übelkeiterregenden Krachen der Schädel barst. Wie eine schnurlose Gliederpuppe brach sie in die Knie und blieb reglos liegen. Bevor sein Verstand wusste, was seine Beine taten, stürmte Leofric aus seinem Versteck und griff Effric in blinder Wut an. Der schreckte kurz zusammen, da er den Jungen nicht gesehen hatte; doch als er seinen wild fuchtelnden Feind erblickte, brach er in haltloses Gelächter aus. Dann erhob er mit kalten Augen erneut die Waffe. Der Schlag traf Leofric am Ohr und brachte ihn zu Fall. Wie durch dichten Nebel bemerkte, dass er auf Hilda lag und dass jemand den Blonden aus der Hütte zog. Dann verlor er das Bewusstsein.

◈

Wann würden sie das Dorf endlich verlassen? Inzwischen war Duncan sicher, dass Gareth noch lebte, da die Hand des Freundes leicht zuckte. Wenn die Schergen jedoch nicht bald mit ihrer Beute abzögen, würde ihm der Schwerverletzte unter den Händen wegsterben. Der Aufruhr im Gasthof hatte sich gelegt, als einige der Räuber die Schänke betreten und Effric, auf dessen zornesbleichem Gesicht einige dunkle Blutstropfen klebten, herausgezerrt hatten. Nachdem einer der älteren Männer ihn heftig angefahren hatte, hatte er den Kopf gesenkt und begonnen, die noch nicht aneinandergebundenen Tiere festzubinden. Der untersetzte Ritter, dem Gareth eine tiefe Wunde im Oberschenkel zugefügt hatte, saß inzwischen mit abgebundenem Bein auf dem Rücken seines dunkelbraunen Hengstes und trieb die anderen zur Eile an.

Nachdem alle aufgesessen waren, brüllte er einen Befehl und der Zug setzte sich in Bewegung – vorbei an den verängstigten Bauern, die der Prozession mit stillem Entsetzen nachblickten. Die Plünderer hatten sie zu einem langsamen und qualvollen Hungertod verurteilt. Sobald der letzte Schweif über der Hügelkuppe verschwunden war, stürmte Duncan aus seinem Versteck und kam rutschend im schlammigen Schnee neben seinem Freund zum Stehen. Ohne auf die Kälte zu achten, die sich nass in seine Kleidung sog, kniete er neben dem flach Atmenden nieder und fühlte dessen schwachen Puls. Mit rasendem Herzen sprang er auf, eilte zur Schmiede zurück, um die Pferde zu holen und hievte Gareth schnaufend und keuchend auf die Kruppe seiner nervös tänzelnden Stute. Nachdem er sich selbst in den Sattel geschwungen hatte, ergriff er den Zügel des zweiten Tieres und gab seinem Pferd die Sporen. Hoffentlich verblutete der Freund nicht, bevor sie Forres erreichten.

Kapitel 37

Die königliche Festung von Forres, November 1040

»Seid ihr von Sinnen?«, tobte Mac Bethad die blutigen, abgerissenen Männer an, die mit gesenkten Köpfen vor ihm auf den Knien lagen. »Wenn ich nicht jeden einzelnen Mann bräuchte, würde ich euch an den Zehennägeln aufhängen lassen!« Wütend stampfte er im Raum auf und ab und schlug sich wütend mit der geballten Faust in die Handfläche. »Es ist mir gleichgültig, was ihr mit den Dorfbewohnern treibt«, grollte er. »Aber wenn ihr anfangt, meine Leute zu töten und Zwietracht in meinen Reihen zu säen …« Er hätte sie am liebsten bei lebendigem Leib gehäutet. Doch sie waren die Zuverlässigsten, wenn es darum ging, Dinge zu erledigen, vor denen andere zurückschreckten. Und dennoch musste er ein gewisses Maß an Disziplin in seinen Reihen aufrechterhalten. Mit einer ungeduldigen Geste winkte er die an der Tür postierten Wachen näher und befahl schroff: »Führt sie in den Kerker. Zeigt ihnen, was es bedeutet, mein Missfallen auf sich zu ziehen.« Als er das sadistische Funkeln in ihren Augen erblickte, warnte er: »Tötet sie aber nicht! Ich brauche sie noch.« Verächtlich blickte er auf die gesenkten Köpfe. »Ihr sollt ihnen nur eine Lektion erteilen.« Mit grimmiger Genugtuung beobachtete er, wie sie durch die Tür verschwanden und fuhr sich mit den Fingern durch das lange Haar. Diese Idioten. Zwei seiner Ritter tot und der Gewinner des Turniers lebensgefährlich verwundet.

Bevor er sich weiter in seinem Zorn ergehen konnte, fiel sein Blick auf seine Gemahlin, die die Szene vom Treppenabsatz im ersten Stock beobachtet hatte. Seufzend ließ er den Blick über ihren ausgezehrten Körper wandern und fragte sich, wie es soweit hatte kommen können. Ihr Haar, dessen schimmerndes Blond an gesponnenes Mondlicht erinnert hatte, fiel kraftlos und strähnig auf ihre knochigen Schultern. Wie hatte er mit dieser traurigen Gestalt sein Bett teilen können? Als sie seinen Blick bemerkte, kam sie langsam, unsicher das Geländer umklammernd, die breiten Stufen hinab und blieb vor ihm stehen. Ihre milchigen Augen bohrten sich in die seinen, die auf die schlaffen, kraftlosen Lippen starrten, die sich zu einer Frage öffneten.

»Es wird immer so weitergehen, oder?« Ihr Blick flehte um Verneinung und obwohl Mac Bethad genau wusste, wovon sie sprach, spielte er den Überraschten.

»Was, meine Liebe?«

Auch er hatte bemerkt, dass die Spirale der Gewalt, die sie mit dem Mord an König Duncan in Bewegung gesetzt hatten, nicht mehr aufzuhalten war und sich verselbstständigt hatte. Noch immer hatten seine Männer keine Spur von den verlogenen Weibern entdeckt, an deren widersinnige Prophezeiung er sich entgegen besseren Wissens immer noch klammerte. Immerhin war er der König von Schottland! Warum sollten dann nicht auch die anderen Vorhersagen einen gewissen Kern an Wahrheit enthalten? Mit nur schwer unterdrückter Abscheu nahm er die dürren Hände seiner Gemahlin in die seinen und blickte sie mit einer Mischung aus Mitleid und Verachtung an. »Geh in deine Kammer zurück«, befahl er sanft. »Es ist alles in Ordnung.« Wollte er das nicht genauso verzweifelt glauben wie sie? »Wenn wir erst in Dunsinane sind, brauchst du dich vor nichts mehr zu fürchten.« Beinahe glaubte er selbst, was er sagte.

Eine Kammer in der königlichen Festung von Forres, November 1040

Gareths Zustand war besorgniserregend. Gwynn seufzte, als sie auf die bleiche Gestalt in den Kissen hinabblickte. Er hatte Unmengen an Blut verloren, doch die Klinge schien glücklicherweise seine lebenswichtigen Organe verfehlt und lediglich Muskeln und Fleisch verletzt zu haben. Das Fieber war in den vergangenen Stunden leicht gesunken, doch auch wenn der Leibarzt des Königs ihr zur Seite stand, hatte Gwynn Angst, dass Gareth ein Opfer des Wundbrandes werden könnte. Der alte Arzt hatte die tiefe klaffende Wunde mit einem Kräutersud ausgewaschen, damit keine Fäulnis entstehen konnte. Gwynn reinigte gerade die weniger gefährlichen

Schnitte und Abschürfungen mit einem weichen Tuch, als sich die Tür öffnete und die tränenüberströmte Màiri hereinkam.

»Wie geht es ihm?« Gwynn erhob sich, um der Freundin Platz an der Seite ihres Liebsten zu machen. Sie hatte ihr gegenüber behauptet, dass er schlimmer aussah als es wirklich war und dass er wieder vollständig genesen würde.

»Besser als noch vor ein paar Stunden.« Das entsprach sogar entfernt der Wahrheit und trotz aller Skepsis hatte selbst der Arzt diese Tatsache mit Wohlwollen und Hoffnung zur Kenntnis genommen. Gwynn wollte sich nicht vorstellen, was aus ihrer lebenslustigen Freundin würde, sollte Gareth sterben. Mit einem unterdrückten Schluchzen beugte sich Màiri über die scheinbar leblose Gestalt, küsste zärtlich die schweißnasse Stirn und strich ihm eine Strähne des feuchten Haares zurück. Forschend blickte sie in Gareths bleiches Gesicht. Seine Lippen hatten eine bläuliche Färbung angenommen und tiefe purpurfarbene Schatten lagen unter den geschlossenen Augen.

»Er sieht so verletzlich aus!« Um die Flut der Tränen zu verbergen, hob sie die kalte Hand des Kranken an ihre Lippen und bedeckte sie mit Küssen. »Wenn er nun stirbt?« Sie rang nach Luft und sah Gwynn, die ihr beruhigend eine Hand auf die Schulter legte, mit rotunterlaufenen Augen an.

»Er wird nicht sterben«, versprach sie. »Er ist stark.«

Just in diesem Augenblick stieß Gareth ein gequältes Stöhnen aus und warf sich im Schlaf hin und her. Màiri beobachtete die merkwürdig zielgerichtet wirkenden Bewegungen. »Das ist ein gutes Zeichen, nicht wahr?«

Gwynn nickte, wobei sie es vermied, den Blick der Freundin zu erwidern. »Wir sollten ihn eine Weile allein lassen«, schlug sie vor und half Màiri auf.

Als sie die niedrige Tür hinter sich ins Schloss gezogen hatte, atmete sie erleichtert auf, froh, wieder frische Luft atmen zu können, und führte ihre Freundin hinaus in den lichtdurchfluteten Hof der Festung. Betont heiter hakte sie sich bei ihr unter und versuchte, sie aufzumuntern. Sie erkundigte sich nach den neuesten Gerüchten und fragte, wie es der Königin ging. Benahm sie sich immer noch so merkwürdig? Tapfer beantwortete Màiri all ihre Fragen, doch in Gedanken war sie bei ihrem verwundeten Gemahl. Sie hatten eines der Wirtschaftsgebäude hinter sich gelassen und steuerten auf einen freien Platz zu, als sie mit Duncan zusammenstießen, der beim Anblick der Mädchen unwillkürlich erschrak.

»Hallo Màiri«, grüßte er zögernd. Irgendwie fühlte er sich für das, was im Dorf vorgefallen war, verantwortlich.

»Danke, dass du Gareth heimgebracht hast«, sagte Màiri tonlos, während erneut Tränen über ihre Wangen liefen.

Duncan blickte hilflos zu Gwynn, da er nicht wusste, was er darauf erwidern sollte. »Es waren zu viele!«, platzte es plötzlich aus ihm heraus.

Màiri winkte müde ab. »Mach dir keine Vorwürfe. Du hättest nichts gegen sie ausrichten können.«

Duncan nickte. »Der König hat sie bestrafen lassen.«

Gwynn erwiderte mit grimmiger Befriedigung in der Stimme: »Ich hoffe, sie leiden!«

Bevor sie das Thema weiterspinnen und sich in Einzelheiten über die Bestrafung der Missetäter ergehen konnten, wurde ihr Blick von einer langen Reihe Karren abgelenkt, die unter lautem Gebrüll und Peitschenknallen in den Hof gefahren wurden. »Wofür sind die denn?«, fragte Màiri verdutzt und Duncan hob die Schultern.

»Ich nehme an, darauf werden die Sachen verladen, die mit nach Dunsinane kommen«, murmelte er. Das bedeutete, dass der Aufbruch wesentlich näher war, als er angenommen hatte.

Ein Dorf in der Nähe von Forres, November 1040

Langsam und unter dröhnenden Schmerzen öffnete Leofric die Augen. Doch alles, was er wahrnahm, waren verschwommene Formen und Farben, die wild durcheinander zu tanzen schienen. Leise stöhnend schloss er die Augen wieder und versuchte, sich zu bewegen. Kaum hatte er den Kopf angehoben, schoss ein entsetzlicher Schmerz sein Rückgrat entlang und er verlor die Kontrolle über seine Blase. Warmer Urin rann die Innenseiten seiner Schenkel hinunter und tränkte sein wollenes Untergewand, bevor er in Hildas Röcken versickerte. Der Körper unter ihm war immer noch warm und weich, doch er wusste, dass sie tot sein musste. Niemand überlebte einen solch fürchterlichen Schlag.

Er musste Duncan finden! Erneut, dieses Mal ein wenig vorsichtiger, versuchte er, die schmerzenden Glieder zu bewegen, wackelte erst mit den Zehen, dann mit den Fingern und stellte erleichtert fest, dass er nicht gelähmt war. Mit Bedacht winkelte er ein Knie an und zog den Fuß an den Körper, wobei er vor Anstrengung zitterte. Er wiederholte die Prozedur mit dem anderen Bein, um seine Lage mit gegeneinander gelehnten Knien zu stabilisieren. Mit den nun flach auf dem Boden stehenden Füßen schob er sich Stück um Stück von Hildas Körper, bis er auf den harten Boden glitt. Mit einer hastigen Bewegung griff er nach dem Bein eines Tischs, das direkt vor seiner Nase aufragte und zog sich quälend langsam, Zoll um Zoll, daran in die Höhe. Als er sich schließlich aufgerichtet hatte, ließ er schwer atmend den Blick über den verwüsteten Schankraum gleiten. Beinahe alles war zerstört – die Krüge auf den Tischen waren zerschmettert, zerborstene Stühle lagen auf dem Boden und ein Teil des gestohlenen Korns war über die Dielen verteilt. Sie hatten sich nicht einmal die Mühe gemacht, die Säcke ordentlich zu verschließen.

Zögernd setzte Leofric einen Fuß vor den anderen und ließ den Tisch los, um auf wackeligen Beinen durch den Raum zur Küchentür zu staksen. Die Augen starr geradeaus gerichtet vermied er es, den Blick auf Hildas leblosen blutbesudelten Körper zu richten, trat durch die aus den Angeln getretene Tür und durchsuchte die einstmals so ordentliche Küche. Einige Kanten alten Brotes und ein paar halb abgenagte Knochen waren achtlos vom Tisch gefegt worden und Leofric bückte sich langsam, um die Kostbarkeiten in einen zerschlissenen Sack zu stopfen, den er aus der leeren Vorratskammer nahm. Als er sicher war, alles Essbare eingesammelt zu haben, humpelte er in sein Quartier, griff sich zwei der warmen Felle und verließ schweren Herzens den Ort, der in den vergangenen Wochen sein Zuhause gewesen war. Die Dorfbewohner würden Hilda begraben. Nur mit Mühe konnte er das Schuldgefühl, das in ihm aufstieg, unterdrücken. Er trat in den kalten Tag hinaus und humpelte die verlassene Straße entlang. Die heißen Tränen, die ihm über die Wangen liefen, spürte er kaum.

Kapitel 38

Eine Straße in Forres, Dezember 1040

Drei Tage nach dem furchtbaren Vorfall im Dorf brach der Zug nach Dunsinane auf. Der Morgen war grau und es schneite. Die Zügel fest in den Händen ritt Duncan schräg hinter dem König und betrachtete verstohlen dessen steinerne Miene. Die Königin und ihre Hofdamen reisten auf Karren, die von grimmigen Kriegern bewacht wurden. Zuerst hatte sie darauf bestanden, an der Seite ihres Gemahls zu reiten, doch als sie entgegen aller Warnungen versucht hatte, sich in den

Sattel ihres Zelters zu stemmen, war sie ausgeglitten und beinahe gestürzt. Gwynn und Màiri waren bei Gareth, der, in warme Felle gehüllt und auf eine breite Liege gebettet, vom Leibarzt des Königs betreut wurde. Trotz aller Vorbereitungen war der Aufbruch überstürzt und Màiri hatte vor Sorge beinahe den Verstand verloren. Was, wenn ihr Gemahl die Strapazen des Zuges nicht überlebte? Zwar erholte sich der junge Ritter erstaunlich gut von der lebensbedrohlichen Verletzung, doch sein Zustand war in keinster Weise gut genug, um eine solch anstrengende Reise auf sich zu nehmen.

Gerüchten zufolge waren die Übeltäter aufs Strengste bestraft worden, doch Duncan hatte den meisten der Geschichten keinen Glauben geschenkt. Zwar hatte er grimmige Befriedigung verspürt, als er die Schreie und das leise Wimmern gehört hatte, das aus der Tiefe des Kerkers in den Hof gedrungen war, doch allzu schwer konnte die Bestrafung nicht ausgefallen sein – hatten sie doch noch all ihre Gliedmaßen. Während er an die Genugtuung zurückdachte, die ihn bei den grausigen Geräuschen der Folter erfüllt hatte, wandte er sich um und blickte den Zug entlang. Das Ende der scheinbar endlosen Schlange verlor sich im wirbelnden Schnee und das Einzige, das auf das Vorhandensein eines Vorratstrosses hinwies, war das Blöken des gestohlenen Viehs. Im Schneckentempo wand sich der Zug die schmale Straße ins Tal hinab. Duncan dachte mit leichtem Unbehagen an die vielen Tage und Nächte, die vor ihnen lagen, bis sie Dunsinane erreichen würden. Die von zerklüfteten Felsen und weiten Wäldern eingeschlossene Festung lag an der Mündung des Firth of Tay und der junge Mann fragte sich, ob sie ihnen wohl mehr Schutz vor den herannahenden Angreifern bieten konnte als Forres Castle. Bei dem gemächlichen Trab, den sie ritten, hatte er genug Muße, seine Umgebung zu beobachten. Die Thane und Lairds, die Mac Bethad trotz des inzwischen allgemein geteilten Verdachtes immer noch die Treue hielten, ritten dicht hinter ihm und unterhielten sich mit gedämpften Stimmen. Die raubeinigen Nordmänner und Söldner waren ans Ende des Trosses verbannt worden, um die Nachhut zu bilden, während sich Effric und seine Spießgesellen bei den Karren herumdrückten, die mit den Waffen beladen worden waren. Noch immer stieg bittere Galle in Duncan auf, wenn er an die Ohnmacht dachte, die ihn gelähmt hatte, als Effric Gareth feige das Schwert in den Rücken getrieben hatte. Dafür und für das, was er Gwynn angetan hatte, würde er büßen.

Der Norden Englands, Dezember 1040

»Schneller! Kommt schon, schneller!« Ungeduldig preschte MacDuff an den Reihen der marschierenden Soldaten entlang, die beschwerlich durch den knöcheltiefen Schnee stapften. Sie waren zu langsam! Seit vier Wochen waren sie bereits auf dem Weg in den unwirtlichen Norden der Insel, doch bisher hatten sie erst die alte Wikingerstadt York erreicht, deren gewaltige Holzkirche sich dunkel vor dem bleichen Horizont abzeichnete. Da sie nicht allzu viel Aufmerksamkeit auf sich und ihre Marschroute ziehen wollten, hatten sie beschlossen, die Stadt zu meiden. Je mehr sie sich der schottischen Grenze näherten, desto größer war die Gefahr, von Spionen entdeckt zu werden. Die hügelige Landschaft war schneebedeckt, die kleineren Flüsse zugefroren und obwohl sie bereits an mehreren ärmlichen Katen vorbeigekommen waren, in denen allem Anschein nach Leibeigene hausten, hatte sich keine Menschenseele blicken lassen. Alle hielten sich versteckt. Er konnte die einfachen Leute verstehen, die lange Schlange marschierender Männer in blitzenden Rüstungen war ein erschreckender Anblick. Die Disziplin der Engländer rang ihm jeden Tag aufs Neue Respekt ab. Jede Nacht errichteten die erschöpften

Männer einen doppelreihigen Palisadenzaun, um das Lager vor Wölfen und Feinden zu schützen. Bis jetzt hatten sie sich um ihre Vorratssituation keinerlei Gedanken machen müssen, doch da Siward nicht mit solch enormen Schneemassen gerechnet hatte, mussten Jäger und Fischer das allmählich knapper werdende Korn durch ihre Fänge ergänzen.

»MacDuff!« Beim Klang der von der winterlichen Pracht gedämpften Stimme blickte er sich um, konnte den Reiter, der von der Spitze des Zuges auf ihn zugaloppierte, jedoch nicht erkennen, da er vom Schnee geblendet wurde.

»Fleance! Was gibt es?«, rief er aus, als der junge Mann nur noch wenige Schritte von ihm entfernt war.

»Siward und Malcolm wollen nördlich von York die Zelte aufschlagen und Männer in die Stadt schicken, um Wintergetreide zu kaufen.« Seine blauen Augen blitzten aus dem von der schneidenden Kälte geröteten Gesicht, als er den fragenden Blick seines Gegenübers sah.

»Das ist merkwürdig«, sagte MacDuff verwundert. Malcolm hatte ihn erst am Morgen davon in Kenntnis gesetzt, dass er keinen Kontakt zu den Einwohnern der Stadt wünsche.

»Die Jäger haben nicht soviel Beute gemacht wie erhofft«, erklärte Fleance. »Wir brauchen jeden Scheffel Korn, den wir bekommen können.«

MacDuff nickte. Es gab nichts Peinlicheres, als eine Belagerung, die abgebrochen werden musste, weil den Belagerern die Vorräte ausgingen.

Vor der königlichen Festung von Forres, Dezember 1040

Mit einem Aufschrei schrak Leofric aus dem unruhigen Schlaf, als die ersten Wagen des Trosses über die Zugbrücke polterten. Er hatte sich in eine Mulde am Fuß der Ringmauer verkrochen. Verwundert verfolgte er, wie sich die scheinbar endlose Schlange der Karren und Reiter aus der Festung den Hügel hinunterwand. Bevor er reagieren konnte, war Duncan, der direkt hinter dem König ritt, an ihm vorbei getrabt und im Schneegestöber verschwunden. Was ging hier vor sich? Warum verließen sie die Festung? Während ihm Panik in die Glieder fuhr und die letzten Überreste der Müdigkeit wegwischte, stand er von Hunger und Schlafmangel geschwächt auf und stolperte auf die von zahllosen Hufen aufgewühlte Straße zu. Verzweifelt sah er die vermummten Gesichter der Reiter an, doch in dem Getümmel achtete niemand auf ihn. So humpelte er, trotz der Schmerzen, der Spitze des Zuges hinterher. Er konnte Duncan nicht einfach gehen lassen! Keuchend und schnaufend mühte er sich, in dem beinahe knietiefen Schnee mit den Reitern Schritt zu halten, musste jedoch bald erkennen, dass er gegen die Kraft von Pferden und Ochsen nichts auszurichten vermochte. Gerade wollte er sich erschöpft zurückfallen lassen, als ein leuchtend roter Schopf auf einem der Karren an ihm vorbeikam. Ohne nachzudenken grub er die tauben Finger tiefer in seinen Beutel, rannte unter Aufbietung seiner letzten Kräfte dem Wagen nach und schleuderte den Sack auf die überdachte Ladefläche, bevor er nach den Brettern griff, um sich daran in die Höhe zu ziehen. Kraftlos baumelte er einen Augenblick gefährlich nahe über dem Boden und war kurz davor, den Halt zu verlieren, als das Gesicht des rothaarigen Mädchens über ihm auftauchte, die sein Handgelenk ergriff und ihn zusammen mit einer anderen jungen Frau hinaufzog. Schwer atmend lag er auf den Bodenbrettern und starrte auf die schmutzigbraune Plane, die den farblosen Himmel ersetzte hatte, während sein Herz gegen seine Rippen hämmerte.

»Wer bist du?«, erkundigte sich der Rotschopf neugierig. »Das war sehr gefährlich.« Ihre Züge waren ernst. »Der nächste Karren hätte dich überrollen können.«

Langsam füllten sich Leofrics Lungen wieder mit Luft und er wollte gerade zu einer Erklärung ansetzen, als der Blick des Mädchens auf seine Hand fiel und sich ihre Augen vor Verwunderung weiteten.

»Du musst Leofric sein«, platzte sie heraus. Als er nickte, fügte sie lächelnd hinzu: »Duncan hat mir von dir erzählt.«

Leofric errötete geschmeichelt.

»Ich heiße Gwynn.« Sie wandte sich zu dem hübschen schwarzhaarigen Mädchen um, das sich an das andere Ende des Karrens zurückgezogen hatte, und deutete mit dem Kopf auf sie. »Und das ist Màiri.«

Leofric folgte ihrem Blick und bemerkte zu seinem Erstaunen, dass sich zwei weitere Gestalten im Halbdunkel des Wageninnerens verbargen. Auf einem improvisierten Strohlager warf sich ein Verwundeter unruhig stöhnend hin und her, während ein gebeugter Alter sein Gesicht mit feuchten Tüchern abtupfte.

»Gareth«, flüsterte die Dunkelhaarige, die seinen Blick erwiederte. »Mein Gemahl.«

Jetzt erkannte Leofric, dessen Augen sich langsam an die Düsternis gewöhnten, die Züge des Kriegers, der von dem Blonden von hinten angegriffen worden war, und er keuchte vor Entsetzen. »Ich war dabei«, flüsterte er heiser. »Ich habe gesehen, wie es passiert ist.« Und dann berichtete er ihnen die ganze Geschichte – von dem Überfall und dem Mord an Hilda, seiner Bestrafung, dem ziellosen Umherirren und der Hoffnung, dass Duncan ihm würde helfen können.

Als er geendet hatte, sahen die beiden jungen Frauen voller Mitleid auf seine ausgezehrte Gestalt. »Du kannst hierbleiben, bis wir Dunsinane erreichen«, bot Gwynn an.

Der gebeugte Greis, der neben dem Patienten kauerte, hob den Kopf und warf Leofric einen misstrauischen Blick zu, doch als er den ängstlichen Ausdruck in den Augen des Jungen sah, wandte er sich wortlos wieder dem Verwundeten zu.

»Duncan fällt sicher etwas ein.«

Leofric hatte sein Bündel etwas tiefer ins Wageninnere geschoben und lehnte sich mit einem tiefen Seufzer gegen die harten Holzbretter. »Die Mönche in Scone haben mir beigebracht, zu schreiben und Dokumente zu illustrieren«, bemerkte er nach einer Weile. »Und ich kann kochen«, fügte er stolz hinzu, als er das Erstaunen in Màiris Augen falsch deutete.

»Du kannst schreiben?«, fragte sie bewundernd; nicht viele der Edelleute und Hofdamen konnten Nachrichten verfassen, geschweige denn kalligraphieren wie die in den Klöstern lebenden Mönche.

»Ja«, gab er nickend zurück. Wie dumm von ihm. Warum hatte er nicht vorher daran gedacht? Vielleicht war er doch nicht so nutzlos wie er angenommen hatte.

Im Norden Schottlands, Dezember 1040

Dort! Mac Bethads Herzschlag beschleunigte sich. Das mussten sie sein! Er konnte sich nicht täuschen. Er erkannte deutlich die gebeugten Körper und das verfilzte gelblichgraue Haar. In einer geraden Linie schritten sie durch den tiefen Schnee. Ihre weißen Gewänder und die ungepflegten Haare flatterten im Wind. Ihre knorrigen Hände umklammerten gewaltige Prügel, auf die sie ihre vertrockneten Körper stützten. Wie Aasvögel schienen sie ihn zu verfolgen.

»Ergreift sie!«, brüllte er und augenblicklich schlossen vier seiner besten Ritter zu ihm auf.

»Wen, Herr?«, fragte einer von ihnen verwundert.

»Diese drei ekelhaften Weiber dort drüben«, tobte Mac Bethad und wies mit zitternder Hand auf die Erscheinung.

»Aber Herr, dort ist niemand«, wagte einer von ihnen zu widersprechen.

Daraufhin fuhr Mac Bethad herum, so wütend, dass er nicht mehr klar denken konnte. Mit einem zornigen Schnauben riss er sich den Kettenhandschuh von der Faust und schlug ihn dem Mann mit voller Wucht ins Gesicht. Auf der Stelle sprudelte Blut aus der gebrochenen Nase. »Ergreift sie!«, zischte er. »Lebend!«

Ohne ein weiteres Wort zu verlieren, pressten die Reiter ihren Pferden die Schenkel an die Flanken und preschten über die weiße Ebene auf die Stelle zu, die der König ihnen gewiesen hatte; doch als sie näher kamen, bestätigte sich ihr Verdacht. Lediglich eine kleine Gruppe kahler Bäumchen wiegte sich schneebedeckt im sachten Winterwind.

Nachdem sie wissende Blicke ausgetauscht hatten ritten sie zurück. Wieder auf Höhe des Zuges erklärte Cathness, der älteste der Gruppe: »Herr, es sind nur einige abgestorbene Bäume.«

Einen Augenblick lang schien es, als würde Mac Bethad erneut die Fassung verlieren, doch dann riss er sich zusammen, nickte kurz und ritt wortlos weiter.

Kapitel 39

Dunsinane Castle, Dezember 1040

Gegen Mittag kam die Festung in Sicht. Drei Wochen waren sie fast ohne Unterlass geritten – aufgehalten durch die Wagen, die Waffen, den Hausrat und Vorräte transportierten. Die Nächte waren bitterkalt gewesen und sie hatten mehrere Männer durch Lungenentzündung und Fieber verloren. Auch Gareth wäre in der ersten Woche beinahe gestorben, als Wundbrand die Haut um die tiefe Schnittwunde befallen hatte. Doch irgendwie war es dem Arzt, nach endlosen Nächten verzweifelten Ringens mit dem Tod, gelungen, ihn zu retten. Schließlich hatte er vor Müdigkeit zitternd erklärt, dass der Patient außer Lebensgefahr sei. Wiederholt hatte Duncan Gareth niederhalten müssen, während der Arzt das verfaulte Fleisch um die Verletzung weggebrannte. Gareth hatte gebrüllt vor Schmerzen und meist sehr schnell die Besinnung verloren. Màiri war vor Angst um sein Leben halb von Sinnen gewesen und Gwynn hatte sie davon abhalten müssen, sich auf Duncan oder den Arzt zu stürzen, um sie von ihrem Gemahl fortzuzerren. Ihr Schluchzen hatte die langen Nächte erfüllt. Duncan hatte die Hoffnung schon aufgegeben, als der Arzt eines Morgens die blutigen Verbände entfernte und die Wundränder frei von von der giftigen Verfärbung waren. Sein Freudenschrei riss Màiri aus dem Schlaf, doch als sie Duncans strahlendes Gesicht sah, war sie aufgesprungen und ans Lager ihres Gemahls geeilt. Ungläubig hatte sie seine Temperatur gefühlt und sein Gesicht geküsst und liebkost; Freudentränen rannen ihre Wangen hinunter.

Duncan war mehr als erstaunt gewesen, auf Leofric zu treffen, doch als der Knabe ihn anlächelte, hatte er ihn überschwänglich begrüßt. Sie tauschten die Erlebnisse seit ihrer schicksalhaften Nacht aus und Duncan versprach Leofric, alles in seiner Macht stehende zu tun, damit er in Dunsinane eine Anstellung im Haushalt des Königs bekam.

Erleichtert über die Genesung des einen und die Wiedervereinigung mit dem anderen Freund war Duncan an die Spitze des Zuges zurückgekehrt.

Jetzt, gegen Mittag eines weiteren trostlosen Tages, tauchten endlich die enormen Mauern von Dunsinane auf. Wie der Sitz von Göttern thronte die Festung hoch oben auf einem Felsen, umgeben von dichtem Nebel. Als Duncan die sich steil den Hang hinaufwindende Straße erblickte, die zu einer mächtigen Zugbrücke führte, blieb ihm vor Erstaunen der Mund offen stehen. Die Brücke war der einzige Zugang zur

Festung. Der schroffe, zerklüftete Felsen schien nahtlos in das raue Mauerwerk überzugehen und innerhalb der doppelten Ringmauer ragten Dutzende runder und eckiger Türme auf. Als sie sich der riesigen Burg näherten, wurde Duncan die massive Stärke der äußeren Befestigungsanlagen bewusst. Kein Feind, egal wie mächtig er auch sein mochte, würde diese Mauern durchbrechen. Die scharfgezackten Zinnen waren mit zahlreichen Wachtürmen versehen und dunkel gähnende Schießscharten glotzten böse auf den herannahenden Zug. Dem Tross wurde befohlen, am Fuß des Berges zu warten, bis die Ritter, Edelleute und Hofdamen ihre Quartiere bezogen hatten. Staunend trabte Duncan den steilen gepflasterten Weg hinauf, über die breite Zugbrücke und den tiefen zugefrorenen Graben. Eine Abordnung Bediensteter, die vorausgeschickt worden war, um die Burg bewohnbar zu machen, verneigte sich ehrfürchtig vor den Neuankömmlingen und geleitete die ersten bereits über den Hof zu ihren Quartieren. Noch waren die Unterkünfte für Soldaten und Gesinde komfortabel, doch wenn alle fünftausend Mann einen Platz innerhalb des Ringwalles finden sollten, würden sie zusammengepfercht sein wie die Tiere, stellte Duncan schaudernd fest. Beim Gedanken, mit Effric oder einem der anderen Mörder eine Kammer teilen zu müssen, musste er würgen.

Eine Kammer in Dunsinane Castle, Dezember 1040

Hier würden sie sicher sein, dachte Mac Bethad zufrieden. Niemand würde dieses Bollwerk einnehmen können. Mit schweren Armen stützte er seine Gemahlin, die nach der anstrengenden Reise müde und erschöpft war. Ein Bediensteter wies ihnen den Weg zur königlichen Zimmerflucht, deren riesige Räume, dank der lodernden Feuer in den zahlreichen

Kaminen, warm und gemütlich waren. In Gedanken bereits bei der drohenden Belagerung, ließ der König seine Gemahlin in der Obhut einer ihrer Hofdamen und gab Befehl, den Tross einzulassen. Der korpulente Steward lief aufgeregt durch die langen Korridore und überwachte mit Argusaugen die Verteilung der Quartiere. Als Mac Bethad in sein Gemach zurückkehrte, bemerkte er, dass die schmalen Fensteröffnungen nach Norden wiesen und den Blick auf Birnam Wood freigaben. Nur wenn sich dieser Wald der Festung näherte, konnte er bezwungen werden. Wie lächerlich! Er steckte den Kopf durch eine der Öffnungen und beobachtete wie die Prozession von Karren und Menschen den steilen Hügel hinaufströmte. Wie winzig sie wirkten. Angreifer würde er wie Ameisen unter seinem Absatz zertreten.

»Ja!«, knurrte der König ungehalten, als ihn ein leises Pochen an der Tür aus seinen Gedanken riss. Wer wagte es, ihn zu stören? Missmutig wandte er sich um, bereit, den Störenfried nicht nur mit Worten zurechtzuweisen, als ein schlanker Knabe durch den Rahmen trat und sich mit einem spöttischen Lächeln auf den Lippen vor ihm verneigte. Verdattert starrte er die unerwartete Erscheinung an, bis der Junge lachend auf ihn zutrat, ihn mit sanfter Gewalt im Nacken packte und ihn schamlos auf den Mund küsste.

»Beornwyn!«, keuchte er, nachdem er sich aus der leidenschaftlichen Umarmung befreit hatte. »Warum trägst du Männerkleidung?«

»Ich wollte nicht, dass man mich erkennt.« Sie schlug die schwere Kapuze zurück und strich sich mit der Hand über die offene Haarpracht. »Oder willst du, dass alle reden?«

Gleichgültig hob er die Schultern. Die meisten Mitglieder des königlichen Haushalts wussten ohnehin, dass er sein Bett mit ihr teilte. »Außerdem«, fuhr sie fort, während sie das grobe Übergewand ablegte, unter dem ein fein gewobenes Unterkleid zum Vorschein kam, das ihre vollkommene Figur auf unsittliche Art und Weise unterstrich, »mag ich die Freiheit, die mir diese Kleidung verschafft. Niemand achtet auf mich.« Mit einer verführerischen Geste legte sie ihm die nackten Arme um den Hals und zog ihn auf die mit frischem Stroh gestopfte Bettstatt zu. »Komm!« Ein Befehl, der keinen Widerspruch duldete. »Ich hatte seit drei Wochen keinen Mann mehr.«

Ein Lager vor den Stadtmauern von Edinburgh, Dezember 1040

Es waren nur noch zwei Tage bis Weihnachten und sie waren immer noch nicht weiter als Edinburgh. Da er mit der bedrohlichen Streitmacht die Einwohner nicht provozieren wollten, hatte Siward Befehl gegeben, das Lager vor den gewaltigen Stadtmauern aufzuschlagen. Die von ihm ausgesandten Spione hatten berichtet, dass Mac Bethads Zug Dunsinane Castle fast erreicht hatte, was bedeutete, dass sich der Usurpator und seine Armee inzwischen vermutlich häuslich eingerichtet hatten. Ungeduld nagte an MacDuff, doch Siward hatte eine dreitägige Rast angeordnet, damit die erschöpften Männer das Fest begehen konnten. Als er den englischen Herrführer zum Weitermarschieren gedrängt hatte, hatte dieser mit den Achseln gezuckt und darauf verwiesen, dass eine Ruhepause für die Moral der Truppe unerlässlich sei und dass es keine Rolle spiele, ob sie die feindliche Festung ein paar Tage früher oder später erreichten. Je später desto besser, hatte er lächelnd festgestellt, da es im näheren Umkreis der Burg keine Dörfer gab, in denen Mac Bethad seine Vorräte auffüllen konnte. »Lasst sie so viele Lebensmittel wie möglich verbrauchen, bevor wir mit der Belagerung beginnen«, hatte der Herrführer mit Funkeln in den Augen gesagt. Obwohl MacDuff wusste, dass er Recht hatte, konnte er es kaum erwarten, Hand an den Mörder seiner Familie zu legen.

◇

Dunsinane Castle, Dezember 1040

Leofric strahlte über das ganze Gesicht, als er den anderen die aufregenden Neuigkeiten erzählte.

Kurz nach ihrer Ankunft in Dunsinane hatte sich Duncan ein Herz gefasst, den Knaben hinter sich hergezerrt und an die Tür von Mac Bethads Kammer geklopft. Mit einem zufriedenen Leuchten in den Augen hatte der König geöffnet und mit einem letzten Blick ins Innere die Tür hinter sich ins Schloss gezogen. »Warum fragst du?« Seine eisgrauen Augen lagen forschend auf Duncan, dem nach einigem Herumdrucksen endlich die Frage nach einem Schreiber über die Lippen gekommen war. Er wies auf Leofric, der sich in einiger Entfernung im Schatten einer riesigen Säule verkrochen hatte.

»Dieser junge Mönch sucht nach einer Unterkunft und einer Beschäftigung.«

Mit einer ungeduldigen Geste winkte Mac Bethad den Knaben näher und musterte ihn.

»Du bist doch der Bursche aus Scone?«, stellte er fest.

Leofric wich ängstlich vor ihm zurück, nickte schüchtern und senkte den Kopf. Eine Ewigkeit stand der König wortlos da und betrachtete den Missetäter. Schließlich klatschte er in die Hände und lachte kurz auf. »Du hast Glück, Bürschchen. Ich hatte einen guten Tag.« Er versetzte Duncan einen heftigen Schlag auf den Rücken, machte auf dem Absatz kehrt und verschwand in seinem Gemach.

»Ihr hättet sein Gesicht sehen sollen!«, feixte Duncan, der mit Gwynn, Màiri und einem noch sehr bleichen Gareth in der warmen Küche saß. Nach einem langen Morgen harter Arbeit gönnten sie sich heiße Suppe und frisches Brot. Hinter dem Hauptgebäude war eine immens große Zeltstadt errichtet worden, in der die weniger edlen Mitglieder des Hofes die eisigen Nächte zubringen würden. Am heutigen Abend sollte eine Feier in der großen Halle stattfinden, daher waren alle in der Festung mit den Vorbereitungen beschäftigt. Sie mussten die Vorräte zwar rationieren, aber es sollte ein Bankett mit Spielleuten und einem Barden stattfinden.

»Ich kann euch gar nicht sagen, wie glücklich ich bin«, nuschelte Leofric zwischen zwei Bissen warmen Brots. Die anderen lächelten ihn an, sie alle hatten den schlaksigen blonden Knaben mit den lustig funkelnden Augen ins Herz geschlossen.

Kapitel 40

Die große Halle in Dunsinane Castle, Dezember 1040

Obwohl sich an diesem Abend nur die Mitglieder des Haushalts in der Halle eingefunden hatten, war sie zum Bersten voll. Die Jüngeren saßen getrennt von Gareth und Màiri, die weiter oben an der Tafel bei den anderen Rittern des Königs Platz genommen hatten, am Ende eines der langen Holztische nahe der geschlossenen Flügeltür. Alle waren in Hochstimmung und Leofric unterhielt sich mit glühenden Wangen mit einem hübschen Mädchen zu seiner Rechten, das ihn gebeten hatte, ihr beizubringen, wie man ihren Namen schreibt.

»M-O-R-A-G«, buchstabierte er mit stolzgeschwellter Brust und malte mit dem Zeigefinger Großbuchstaben auf die polierte Holzoberfläche. Das Wasser aus einer der Fingerschalen nutzte er als Tinte.

Schmunzelnd blickte Gwynn Duncan in die Augen und schob verstohlen unter dem Tisch ihre Hand in die seine. Neugierig ließ sie den Blick schweifen. Die von einem unglaublichen Stimmengewirr erfüllte Halle war so hoch, dass sich die Decke in der Dunkelheit verlor. Außer schmalen Schlitzen direkt unter den mächtigen Balken, die das Dach trugen, gab es keine Fenster in den dicken Mauern. Die Luft war schwer von unterschiedlichen Gerüchen und der Raum angenehm warm.

Gwynns Enttäuschung darüber, dass kein Prediger anwesend war, der die Geschichte von der Geburt des Heilands, die sie so gerne hörte, erzählte, wurde durch die Tatsache gemildert, dass ihnen ein Barde den Heiligen Abend versüßen würde. Während sie mit hungrigem Blick den Bewegungen der Bediensteten folgte, fragte sie sich, wann er wohl auftauchte. Trotz der Knappheit an Lebensmitteln waren die Schüsseln an diesem Abend bis zum Überlaufen mit allerlei Köstlichkeiten gefüllt und als ihr Lieblingsgericht hereingetragen wurde, leuchteten Gwynns Augen.

»Sieh nur!« Aufgeregt knuffte sie Duncan in die Rippen und deutete auf eine Holzschale, in der Brotknödel dampften.

»Soll ich Euch einen erlegen, Herrin?«, frotzelte Duncan und spießte einen der prallen weißen Bälle auf, um ihn mit einem unfeinen Klatschen auf ihren mit einem Stückchen Hühnerbrust in Soße gefüllten Teller plumpsen zu lassen.

»Das reicht!«, winkte sie ab, als er ihr einen weiteren Kloß anbot. »Es gibt schließlich noch andere Gänge!«

Das Bankett erstreckte sich über mehrere Stunden und die Stimmung in der inzwischen viel zu heißen Halle wurde von Wein, Met und Ale immer weiter aufgeheizt. Als endlich der Nachtisch serviert wurde, klopfte sich Gwynn mit ernster Miene auf den Bauch und straffte die Schultern, um der Herausforderung eines weiteren Gerichtes furchtlos entgegenzutreten. Während sie sich den köstlichen Geschmack des in

Honig und Mandeln ausgebackenen Apfels auf der Zunge zergehen ließ, wurde ihre Aufmerksamkeit von einem kleinen Mann in bunten Gewändern abgelenkt, der durch eine niedrige Tür am Kopfende der Halle getreten war. Nachdem er sich tief vor Mac Bethad und den Hochadeligen verneigt hatte, erhob sich der König und brachte die Versammlung mit einem Handzeichen zum Schweigen.

»Gott segne Euch!«, sagte er. Mac Bethad winkte den kleinwüchsigen Mann näher und stellte ihn den Gästen vor. »Das ist Olaf, der Barde.« Er überragte den Sänger um mehr als Haupteslänge. »Er wird uns eine Geschichte vortragen.«

Bei diesen Worten verbeugte sich der Alte vor seinem Publikum, das ihn in freudiger Erwartung ansah.

»Wie spannend«, flüsterte Gwynn und rutschte so aufgeregt auf der harten Bank hin und her, dass Duncan ihr beruhigend eine Hand aufs Bein legte.

»Ich werde Euch eine Geschichte erzählen, die von Ritterlichkeit, Tapferkeit und Edelmut handelt«, hub der Barde an und blickte in die Runde, um die Spannung zu steigern. »Die Legende von Beowulf.«

Ein Raunen ging durch die Reihen, da den meisten der Anwesenden die uralte Sage um den tapferen Gotländer wohl bekannt war.

Der Barde fuhr fort:

»Wir alle haben von dem Ruhm des Königs der Speer-Dänen gehört und wie die Prinzen dieses stolzen Volkes in den alten Tagen große Ruhmestaten vollbrachten. Zu der Zeit, von der ich berichte, war Beow der Skylding, der von seinem Volk hochgeachtete König; berühmt bei allen Stämmen, bis ihm Healfdene geboren wurde. Solange dieser lebte, hielt er mit wilder Tapferkeit die Ehre der Skyldinge aufrecht. Ihm wurden drei Kinder geboren. Heorogar und Hrothgar und der gute Halga.

Als Hrothgar Erfolg im Krieg vergönnt war und seine Gefolgschaft zu einer großen Versammlung von Kriegern anwuchs, befahl er diesen, eine große Halle zu errichten, von der alle Barden singen sollten. In dieser Halle gab er alles, was Gott ihm gegeben hatte, an Jung und Alt. Er benannte die Halle Heorot. Die Versprechen, die er seinen Gefolgsleuten gegeben hatte, vergaß er nie. Bei Festen verteilte er Ringe und Schätze. Eine lange Zeit lebten die Krieger in Freude und Frieden, bis eine Ausgeburt der Hölle begann, üble Taten zu wirken. Der boshafte Dämon Grendel war bekannt als ein Wesen, das das Grenzland durchstreifte und in den Mooren und Sümpfen hauste. Nachdem die Nacht hereingebrochen war, strich Grendel um das hohe Haus, in dem sich die Dänen nach einem ausschweifenden Fest zur Ruhe gelegt hatten. Die Männer schliefen tief, als die üble Kreatur mit grausamem Genuss dreißig Thane aus dem Schlaf riss und mit seiner Beute zu seiner Höhle zurückkehrte.«

Die grausige Vorstellung ließ Gwynn erschauern und Duncan drückte unter dem Tisch ihre Hand. Ihre Wangen waren vor Anspannung gerötet, die Lippen in atemloser Spannung geöffnet. Zärtlich strich er ihr eine Locke, die ihrer kleinen Haube entkommen war, aus der Stirn und bemerkte, dass sich auch Leofrics Nachbarin schutzsuchend an die Schulter des Knaben schmiegte.

»Hab keine Angst«, flüsterte er Gwynn ins Ohr, doch sie hörte ihn nicht; ihr Blick war auf den Barden gerichtet, dessen Hände ein unsichtbares Monster in die schwere Luft der Halle malten.

»Dann, im ersten Licht des dämmernden Tages«, fuhr der alte Mann mit unheilverkündender Stimme fort, »wurde Grendels Tat entdeckt. Klagelieder füllten die Halle und viele Thane vergossen bittere Tränen um die getöteten Kameraden. Der berühmte König, der Held der alten Tage, saß freudlos auf seinem Thron. Der Mächtige litt mit seinen Thanen, als die Spur des Monsters entdeckt wurde. Doch die Gräueltaten fanden kein Ende, denn in der nächsten Nacht mordete Grendel erneut. Wer dem Monster entkam, hielt sich von da an von der Halle fern und das prächtige Gebäude stand verwaist. Zwölf Winter lang musste der Herrscher der Skyldinge Schmerz und große Trauer ertragen und traurige Lieder verbreiteten die Untaten Grendels. Das Monster war unersättlich. Der Todesschatten lauerte alten und jungen Kriegern auf und lockte sie in den Hinterhalt der ewigen Dunkelheit der nebligen Moore.«

Duncan sah das dunkle Moor vor seinem inneren Auge. Er hatte die Geschichte schon immer geliebt. Als Kind hatte er sich vorgestellt, wie er den Sumpf durchstreifte, das blitzende Schwert in der Rechten, doch als er älter war, hatte er die schrecklichen Taten, die das Ungeheuer beging, besser verstanden und im Moment war er äußerst froh darüber, in der gut geheizten großen Halle zu sitzen, statt durch Grendels Territorium zu schleichen.

»Der Sohn Healfdenes überlegte unentwegt während dieser Zeit der Sorge. Zu hart und andauernd war die Not, die über sein Volk gekommen war. Doch dann hörte Beowulf, ein Than aus Hygelac, ein guter Mann der Gotländer, von Grendels Taten. Zu seinen Lebzeiten gab es keinen stärkeren Krieger als ihn. Mit einem guten Schiff voller Waffen stieß er sich von der Küste ab. Als er an Land ging, wurde er von einer dänischen Wache aufgefordert, seinen Namen zu nennen und gefragt, was er in ihrem Land suche. Der Anführer erwiderte: ›Ich weiß nicht, was für ein Feind Eure Männer verwundet und abschlachtet, doch ich kann Abhilfe schaffen und ihn besiegen.‹ Sie wurden vor Healfdenes Sohn geführt und zu ihm sprach er: ›Ich kann Heorot säubern. Ich werde weder Schwert noch Schild in die Schlacht tragen, sondern den Feind mit meinen bloßen Händen ergreifen und, Mann gegen Mann, mit ihm um mein Leben ringen.‹ Am selben Abend wurde ein Fest gehalten und als es geendet hatte, legten sich die Thane zum Schlafen nieder. Der Mann aus Gotland reichte sein reich verziertes Schwert einem anderen und bat ihn, gut darauf Acht zu geben.«

Kaum ein Laut war in der großen Halle zu vernehmen, als alle Augen gebannt auf dem Geschichtenerzähler ruhten, der das Schicksal der Krieger in seinen zerbrechlichen Händen zu halten schien. Sein Rücken war gebeugt, als ob er die Last der zum Tode verurteilten Thane auf seinen alten Schultern trüge und die Faust, die seinen Stab umklammerte, bebte vor Aufregung. Er hielt einen Moment inne, und seine Augen funkelten im Halbdunkel der Halle.

»Dort in der Dunkelheit kam der Nachtwandler hereingeglitten. Getrieben von üblem Verlangen, angeschwollen vor Wut, ergriff er einen Schlafenden und zerfetzte ihn heißhungrig. Er biss in die Gelenke, trank das Blut aus seinen Adern und verschlang riesige Bissen. In Windeseile hatte er die leblose Gestalt verschluckt und trat näher, um nach dem nächsten Opfer zu tasten. In diesem Moment ergriff Beowulf seine Klaue und als der Übeltäter zu fliehen versuchte, riss er ihm den Arm mitsamt der Sehnen aus. Mit einem lauten Knall rissen die Bänder und, tödlich verwundet, floh Grendel in sein freudloses Heim in den Sümpfen. Und so ward Beowulf Ruhm in der Schlacht vergönnt.«

In der Halle war es vollkommen still, als der Barde seine Erzählung beendet hatte. Viele der Gäste starrten ihn mit offenem Mund an. Sie waren auf ihren Bänken ganz nach vorn gerutscht, hingerissen von der spannungsgeladenen Atmosphäre. Während des Vortrags hatte der kleine Barde groß und mächtig gewirkt.

»Dies ist die Legende vom tapferen Beowulf.« Mit einem bescheidenen Lächeln verbeugte er sich erneut und blickte sich unsicher um. Niemand applaudierte. Dann, langsam, erwachte die Halle aus dem tranceähnlichen Zustand und die ersten Ritter begannen zögerlich in die Hände zu klatschen, bis der Raum schließlich in tosenden Lärm, Pfiffe und begeisterte Rufe ausbrach. Der Barde errötete und verbeugte sich wieder und wieder. Als der Applaus verebbte, trat eine Gruppe von Spielleuten auf und begleitete den Rest des Abends mit sanft gefiedelten Melodien.

Kapitel 41

Eine Kammer in der königlichen Festung in Dunsinane, Dezember 1040

»Oh!« Mit schmerzverzerrter Miene fuhr sich Lenox durch die vom Schlaf zerzausten Haare. Er hatte am vergangenen Abend zuviel getrunken und sein Kopf fühlte sich an, als würde er jeden Augenblick platzen. Ein ekelhaft bitterer Geschmack lag auf seiner pelzigen Zunge, die auf das Dreifache ihrer normalen Größe angeschwollen zu sein schien. Die Legende vom furchtlosen Beowulf hatte ihm seine eigene Feigheit umso schmerzlicher vor Augen geführt und er hatte alles Erdenkliche getan, um das nagende Gefühl des Selbsthasses mit schwerem Rotwein und Met zu ertränken. Versteckte er sich nicht nur hinter dem hochtrabenden Ideal der ritterlichen Ehre? Wäre es nicht weitaus tugendhafter, sich gegen den unrechtmäßigen Herrscher zu wenden?

Er setzte sich langsam auf der durchgelegenen Strohmatratze auf. Auf einem kleinen Tischchen vor der Feuerstelle erblickte er einen mit Wasser gefüllten Krug, schwang die

Beine aus dem Bett und stolperte auf das Gefäß zu. Er musste sich an der Tischplatte festhalten, um nicht hinzufallen. Mit tiefen, gierigen Zügen stürzte er das abgestandene Wasser hinunter, bereute seine Unbeherrschtheit allerdings sofort. Mit einem lautstarken Gurgeln beschwerte sich sein misshandelter Magen. Fast hätte er sich übergeben, denn bittere Galle stieg ihm die Kehle hoch. Unter Aufbietung all seiner Körperbeherrschung rang er die Übelkeit nieder. Langsam legte sich der Aufruhr in seinen Eingeweiden und er zog mit zittrigen Händen Unter- und Übergewand über den Kopf, zurrte den breiten Gürtel fest und bückte sich, um die schweren Stiefel zu binden. Er hätte vor Schmerz aufschreien können. Offensichtlich schlug im jemand von innen mit einem Hammer gegen die Schädeldecke.

Der Morgen war schon weit fortgeschritten. Vom Hof hörte er vielstimmiges Rufen und Schreien sowie das Quietschen von Karrenrädern, die über den Boden polterten. Das laute Rauschen seines Blutes in den Ohren legte sich allmählich. Eigentlich waren es mehrere Höfe, denn das Areal, das von der doppelten Ringmauer eingeschlossen wurde, hatte die Ausmaße einer Stadt. Vorsichtig versuchte er, den Kopf durch die winzige Fensteröffnung zu stecken und zuckte zusammen. Das grelle Licht der Morgensonne bohrte sich in seine Augen. Er verwünschte sich für die eigene Torheit, kniff die Augen zusammen und entdeckte den Grund des Aufruhrs. Eine Gruppe Soldaten kam den Berg herauf, auf die herabgelassene Zugbrücke zu. Unter Schlägen und Tritten zerrten sie einen Gefangenen hinter sich her, der sich heftig gegen die schweren Ketten, in die sie ihn geschlagen hatten, wehrte. Vermutlich ein englischer Spion, dachte Lenox. Er schloss das Fenster. Beim Anblick des Engländers hatte er unwillkürlich wieder an seine Feigheit denken müssen. Er hatte keine andere Wahl! Mit einem Kopfschütteln wollte er die dunklen Gedanken vertreiben, was sein Körper ihm mit noch heftigerem

Schmerz als zuvor dankte. Den dröhnenden Kopf zwischen den Händen, sank Lenox zurück auf sein zerwühltes Bett.

Die königliche Festung von Dunsinane, Dezember 1040

Rede!«, knurrte Mac Bethad und trat dem vor ihm knienden Mann in den Unterleib. »Wie viele Soldaten umfasst die englische Streitmacht?«

Der Gefangene, der aus zahlreichen Wunden blutete, krümmte sich mit einem erstickten Laut, blieb jedoch stumm. Das Gesicht weiß vor unterdrückter Wut, bleckte Mac Bethad die Zähne zu einem brutalen Grinsen. »Wie viele Verräter sind zu euch gestoßen?« Erneut holte er mit der eisenbeschlagenen Stiefelspitze aus und trat dem Mann zwischen die Beine. Der Engländer wand sich vor Pein und fiel vornüber auf den schlammigen Boden.

Einer der Soldaten griff nach den Ketten, mit denen sie ihm Hand- und Fußgelenke gefesselt hatten, und riss ihn zurück auf die Knie.

Mit schmerzverzerrtem Gesicht spuckte er vor Mac Bethad aus und biss die Zähne zusammen. »Ihr werdet nichts von mir erfahren!«, zischte er.

Außer sich vor Zorn riss Mac Bethad die Klinge aus der Scheide und holte aus. Dann sah er das triumphierende Lächeln des Spions und hielt wenige Zoll vor seinem Nacken inne. »Nein«, knurrte er finster. »Du wirst leiden!« Mit dieser Drohung wandte er sich an seine Schergen und befahl ihnen, den Gefangenen in den tief unter den Mauern der Burg liegenden Kerker zu schaffen. »Blendet ihn!«, herrschte er sie mit einem grausamen Funkeln in den eisgrauen Augen an. »Wenn er dann immer noch nicht redet, schneidet ihm die Ohren ab!« Sein Blick ruhte kalt auf dem reglosen Gesicht des

Engländers. »Sollte er dann immer noch stur bleiben, bringt ihn in den Hof zurück!«

Der Soldat riss den Mann grob hoch und nickte.

Mit einem Faustschlag in die Nieren trieb der Schotte den Spion an und führte ihn über den verwinkelten Hof auf den Eingang der Kerkergewölbe zu. Einen kaum wahrnehmbaren Augenblick zögerte Mac Bethad, bevor er sich der kleinen Gruppe anschloss und durch den schmutzigbraunen Schnee stakste. Er würde sich jede einzelne Grausamkeit sehen. Jeden einzelnen Schmerzensschrei genießen und jeder Silbe lauschen, die der Gefolterte zwischen Schlägen und Schnitten ausstieß. Die schmalen steilen Stufen, die in das Gewölbe hinabführten, waren ausgetreten und mit Zeit hatte sich der helle Sandstein rostrot verfärbt. In den kleinen, den engen Korridor säumenden Zellen, war kein Gefangener. Das Geräusch der rasselnden Ketten hallte von der niedrigen Gewölbedecke wider. Je weiter Mac Bethad in die Tiefe der Festung vordrang, desto deutlicher meinte er die Dämonen der hier zu Tode geschundenen Männer und Frauen spüren zu können. Er fröstelte. Das Licht der Fackeln, die seine Männer vor sich hertrugen, warf unheimliche tanzende Schatten auf die Mauern. Mehrere Male bogen sie ab, dann erreichten sie schließlich einen großen Raum, der die Albträume so mancher armen Seele heimgesucht haben musste. Er war vollgestopft mit Folterinstrumenten. Piken, grässlich aussehende Messer, Peitschen, Bänke mit Eisenfesseln, um die Gefangenen niederzuhalten, etwas, das aussah wie ein Bett mit Nägeln, wobei die Nägel nach oben herausstanden, einem Rad, einem Bottich, in dem die Gefangenen bei lebendigem Leib gekocht werden konnten, Ketten, um die Gefolterten an der Decke aufzuhängen und vielem mehr. »Bindet ihn fest!«, befahl er. In rasch herbeigeschafften Kohlebecken brannte Feuer und die Männer gingen im Licht der Fackeln und der glühenden Kohle an die Arbeit.

Nachdem sie den englischen Spion, der versuchte, sich gegen die erbarmungslosen Hände zur Wehr zu setzen, mit dem Gesicht nach oben auf eine der Holzbänke gebunden hatten, spannten zwei der Schergen breite Lederriemen über Kehle und Bauch, um zu verhindern, dass er sich aufrichten konnte. Dann griff einer von ihnen nach einer Zange mit spitzen Enden und angelte vorsichtig ein Stückchen orangeglühender Kohle aus einem der kunstvoll geschmiedeten Becken. Ohne zu Zögern ging er zu dem Engländer und drückte die Kohle mit einem höhnischen Feixen in das vor Entsetzen weit aufgerissene rechte Auge des Mannes. Der Engländer schrie vor Schmerz und bäumte sich auf. Doch sein Peiniger verlor keine Zeit und presste das glühende Stück auch in das andere Auge. Bevor er das Bewusstsein verlor, stieß der Engländer einen tierischen Laut aus, der Mac Bethad einen Schauer über den Rücken jagte.

»Weckt ihn auf!«, donnerte der König. »Lasst ihn nicht ausruhen.« Ungeduldig rief einer der Folterer nach einem Eimer Wasser. Als der junge Bursche zurückkam, riss er ihm den Eimer aus der Hand und goss dem Gefangenen einen Schwall eiskaltes Wasser ins Gesicht. Prustend und röchelnd erwachte der Gefolterte, schüttelte den Kopf und schnappte nach Luft. Vergeblich versuchte er, nach seinen Wunden zu tasten. Mac Bethad ging zu ihm und beugte sich über den Spion.

»Ich frage dich noch einmal«, knurrte er dicht an dessen Ohr. »Wie viele Engländer sind es?«

Der Gefangene regte sich nicht und blieb stumm, als habe er die Frage nicht verstanden. Wütend trat Mac Bethad von der Bank zurück. »Schneidet ihm die Ohren ab!«

Ein Korridor in der königlichen Festung von Dunsinane, Dezember 1040

Lady Mac Bethad fühlte sich besser – viel besser als in den Wochen zuvor. Die beiden kräftigen Männer, die ihr Gemahl ihr zu ihrem Schutz zugewiesen hatte, folgten ihr wie Schatten. Nachts, wenn sie versuchte, Schlaf zu finden, hielten sie vor ihrer verriegelten Tür Wache, sodass sich niemand zu ihr hineinschleichen konnte. Sie hatte immer noch das Gefühl, dass sich der Feind, der sie zu Fall bringen wollte, im Inneren der Festung aufhielt. Mehr als einmal hatte sie den Eindruck gehabt, dass sie verfolgt wurde – dass in den Tiefen der Burg tödliche Gefahr lauerte.

Es war ein heiterer Weihnachtsmorgen und sie war auf dem Weg zur Küche, um Anweisungen für die folgenden Tage zu geben, den Kopf bereits bei den Dingen, die sie dem Steward und der Köchin auftragen wollte, passierte sie die Zimmerflucht ihres Gemahls und steuerte auf die breite Treppe zu. Da öffnete sich die Tür seines Schlafgemaches und eine schlanke Frau mit rabenschwarzem Haar trat auf den Gang. Diese erstarrte wie vom Donner gerührt, ihr Blick blieb auf der Königin haften. Dann schlug sie die Augen nieder und machte einem tiefen Knicks.

»Herrin«, murmelte sie, ohne aufzublicken.

Lady Mac Bethad erbleichte, dann überzog Zornesröte ihre eingefallenen Wangen. Sie stürmte auf die Nebenbuhlerin zu, ohrfeigte sie mit solcher Kraft, dass diese taumelte und gegen die Tür fiel.

»Wenn du dich schon von meinem Gemahl vor den Augen der Bediensteten besteigen lässt, dann beweise wenigstens genug Anstand, um dich nicht von mir ertappen zu lassen!« Ohne die andere zu beachten, wirbelte sie herum und eilte an ihren beiden verblüfften Wächtern vorbei, die gleichmütig die Schultern hoben und ihr folgten.

Der Kerker der königlichen Festung von Dunsinane, Dezember 1040

Der Gefangene hatte erneut das Bewusstsein verloren. Seine Ohren lagen in einer Lache gerinnenden Blutes, aber er hatte keinen Ton von sich gegeben.

»Bringt ihn in den Hof!«, schrie Mac Bethad wutentbrannt. »Weidet ihn vor aller Welt aus!« Mit vor Wut bebenden Nasenlöchern drehte er sich um und stürmte aus der Folterkammer. Wie konnte jemand solch unmenschliche Qualen aushalten? Er würde brechen! Er musste brechen! Mit langen Schritten eilte er die Treppe hinauf und sog die frische Morgenluft in seine Lungen. Er musste den ekelhaften Gestank des Kerkers loswerden. Der Hof wimmelte von Männern und Frauen, die ihren Pflichten nachgingen und mit einem grimmigen Lächeln nahm er den Übungskampf auf dem Kampfplatz hinter dem Bergfried zur Kenntnis. Seine Männer waren vorbereitet. Egal, was kommen mochte.

Die Wachen trieben den Engländer die Treppe hinauf. Als er, vor Schmerzen taumelnd, die letzte Stufe erreicht hatte, schleuderten ihn zwei der Wachen zu Boden, ein halbes Dutzend anderer eilte zurück in die Folterkammer, um die Gerätschaften zu holen, die sie für ihr grausiges Handwerk benötigten. Jemand brüllte nach einem Tischler, der ihm beim Aufstellen des Rades zur Hand gehen sollte und als schließlich alles bereit war, wurde der Spion unter Tritten und Stößen zum Foltergerät gestoßen. Noch stand das Rad aufrecht und Handgelenke und Knöchel des Mannes konnten mit Stricken an den armdicken Speichen festgebunden werden. Den letzten Knoten zogen die Folterknechte mit soviel Kraft fest, dass die Haut des Mannes aufplatzte. Dann hoben vier von ihnen das Rad an und hievten es auf zwei Holzböcke. In der Zwischenzeit hatte sich eine Menge Neugieriger versammelt, um dem grausamen Schauspiel beizuwohnen. Einer der Folterer nahm eine Metallstange mit einem abgeflachten Ende zur Hand, setzte sie nahe ans Herz des Gestreckten und holte mit dem Hammer aus. Erschrockenes, fasziniertes Raunen ging durch die Zuschauerreihen. Mit einem grässlichen Knirschen brach das Brustbein des Mannes und ein ohrenbetäubender Schrei gellte über den Burghof. Die begeisterten Gaffer schoben sich näher heran, um nur ja kein blutiges Detail zu verpassen. Jetzt griff sich der Folterer einen gebogenen Dolch und begann, den Bauch des Engländers aufzuschlitzen. Der Gefesselte schrie wie ein gemartertes Tier. Mac Bethad fragte ihn ein weiteres Mal nach der Truppenstärke der herannahenden Streitmacht und der Mann flehte ihn an, die Folter abzubrechen. Blutiger Schaum hing an seinem Kinn und die Zunge, mit der er versuchte, die aufgeplatzten Lippen zu befeuchten, war blau verfärbt. »Über fünfzehntausend.« Dann verlor er erneut die Besinnung.

Fünfzehntausend! Mehr als dreimal so viele wie sie! Es kostete Mac Bethad all seine Selbstbeherrschung, im Angesicht dieser furchtbaren Nachricht ruhig zu bleiben. »Bringt es zu Ende«, befahl er tonlos und wandte sich ab. Der Anblick hervorquellender Eingeweide war ihm zuwider.

Kapitel 42

Eine Kammer in der königlichen Festung in Dunsinane, Dezember 1040

»Hier, Gwynn«, sagte Birk mit leuchtenden Augen und hielt Gwynn eine der Holzfiguren, die er über den harten Steinboden schob, unter die Nase. »Du bist der schwarze Ritter!«

Sie saß neben dem kleinen Jungen auf einem dicken Polster aus Lamm- und Hirschfellen. Die dunklen Augen des Kindes ruhten erwartungsvoll auf ihr und sie nahm mit feierlicher Geste den Spielzeugsoldaten mit Pferd entgegen, der von der Hand des Jungen noch warm war. Die ganze Zeit über, während er seine Armee aufgestellt hatte, hatte er die für ihn so kostbare Figur umklammert gehalten. »Was muss ich denn mit ihm tun?«, fragte sie und seine Augen weiteten sich vor Überraschung.

»Du musst die Prinzessin retten. Das ist der Turm, in dem sie gefangen gehalten wird.«

Gwynn nickte ernst und setzte den schwarzen Ritter zurück auf sein Pferd, mit dem er durch einen Dorn auf dem Rücken des Tieres befestigt werden konnte.

»Aber zuerst musst du die bösen Ritter besiegen, die sie bewachen!«, rief Birk und ergriff einen seiner Männer, um die Festung zu verteidigen. »Und den Drachen.« Seine Zunge klemmte zwischen den Zähnen, die Wangen waren vor Aufregung gerötet. Mit der Linken angelte er sich eine weitere Figur und stieß Gwynn mit solcher Macht an, dass ein Bein ihres Pferdes abbrach, als die Kontrahenten zusammenstießen.

»Oh, sieh nur!«, rief Gwynn erschrocken, während Birk erbleichte und das ramponierte Schlachtross des schwarzen Ritters näher betrachtete. Vorsichtig untersuchte er den Schaden. »Können wir es reparieren?« Dicke Tränen kullerten über seine Wangen.

Gwynn schüttelte den Kopf. »Nein. Ich weiß nicht, wie wir das anstellen sollten«, sagte sie und strich ihm tröstend über den zerwühlten Schopf. »Aber vielleicht können wir es schienen.«

Birk runzelte die Stirn und zögerte, bevor er schüchtern fragte: »Was ist schienen?«

Gwynn musste sich ein Lachen verkneifen. »Das tut man, wenn sich jemand das Bein bricht«, erklärte sie geduldig. »Man bindet es an einen Stock, damit es wieder zusammenwachsen kann.«

Birk nickte eifrig. »Das habe ich schon mal gesehen.« Und bevor Gwynn etwas erwidern konnte, war er aufgesprungen und hatte einen kleinen Ast aus dem Reisigkorb neben der Feuerstelle gezerrt, den er ihr strahlend hinstreckte.

»Das sollte gehen«, schmunzelte sie. »Jetzt brauchen wir nur noch eine Bandage.«

Ohne auf weitere Erklärungen zu warten, sprang der Knabe erneut auf, eilte zu seinem Bett und zog sein Nachtgewand unter den Kissen hervor.

Als das verwundete Tier schließlich, mit einem dicken Klumpen Stoff umwickelt, der so groß war, dass man es kaum noch erkennen konnte, neben dem Kamin stand, gab Gwynn dem Jungen einen Kuss auf die Stirn und hob ihn auf den Arm.

»Es ist Zeit für deinen Mittagsschlaf, kleiner Mann.« Trotz des Protestes, ging sie zur Eichentruhe, in der Birks Kleider aufbewahrt wurden, holte ein neues Nachthemd und legte es aufs Bett, um ihm aus seinen Kleidern zu helfen. Sie hatte gerade die Schnüre des kleidchenhaften Gewandes festgezurrt und den Jungen unter die warmen Decken gesteckt, als sich unvermittelt die Tür öffnete und Gruoch, gefolgt von ihren Wächtern, den Raum betrat.

»Wartet draußen.«, befahl sie ihnen, bevor sie ihnen die Tür vor der Nase zustieß.

Gwynn knickste. »Herrin.«

Als Birk seine Mutter erblickte, warf er die Decken zurück, sprang aus dem Bett und rannte geradewegs auf sie zu. »Mama!« Seine kleinen Hände gruben sich in ihre Röcke und er schmiegte sich selig an sie, doch Gruoch runzelte missbilligend die Stirn, musterte ihn und packte ihn hart an den Schultern.

»Du musst lernen, deine Gefühle unter Kontrolle zu halten, mein Sohn«, sagte sie scharf, drehte ihn um und stieß ihn aufs Bett. »Du bist der Thronerbe.«

Der Kleine verzog das Gesicht, eine solche Zurückweisung war er nicht gewohnt. Doch ehe er auch nur einen Laut von sich geben konnte, versetzte ihm seine Mutter eine solch gewaltige Ohrfeige, dass er aufs Bett stürzte.

»Ein zukünftiger König heult nicht«, fauchte sie.

»Herrin!« rief Gwynn entsetzt. Die Königin wirbelte herum und funkelte sie wütend an.

»Du kannst dich zurückziehen.« Mit versteinerter Miene wies sie auf die Tür und Gwynn verließ schweren Herzens die Kammer. Sie schob sich durch einen kleinen Spalt hinaus in den Korridor, den Blick auf Birk gerichtet, der stocksteif auf seinem Bett lag.

◈

Eine Ebene in der Nähe von Stirling, Dezember 1040

In der kommenden Nacht würde das neue Jahr beginnen. Der lange Zug der englischen Streitmacht bewegte sich zwischen den Hügeln der Stadt Stirling und der graue Himmel verhieß kein gutes Wetter. Seit einigen Tagen hatte der Schneefall nachgelassen und die Kälte war milderen Temperaturen gewichen. Die Freude darüber hatte sich schnell verflüchtigt, als ihnen am Morgen ein Bote die Nachricht von der Gefangennahme eines ihrer Spione überbracht hatte. Seitdem war die Stimmung ins Bodenlose gesunken. Fleance, der mit gesenktem Kopf neben MacDuff ritt, hatte bis jetzt kein Wort darüber verloren; der Spion war ein entfernter Cousin von ihm gewesen.

MacDuff überlegte noch, ihn wegen seines Selbstmitleides zu tadeln, als ihre Kundschafter am Horizont erschienen.

»Nanu«, er stutzte, denn die Zahl der Reiter hatte sich mehr als verdreifacht.

»Merkwürdig«, stellte Malcolm fest, der sich zu ihnen hatte zurückfallen lassen. Über den Köpfen der Reiter flatterten

Banner in den Farben König Duncans. Als sie eine Erhebung gegenüber den mächtigen Mauern von Stirling Castle erreicht hatten, gab Malcolm Befehl zum Anhalten.

Außer den Kundschaftern, die der Thronfolger ausgesandt hatte, ritten noch etwa ein Dutzend weitere Reiter auf prächtigen Schlachtrössern den Hang hinauf. »Das ist MacFingal!«, rief MacDuff. Die Neuankömmlinge saßen ab und beugten ehrfürchtig vor Malcolm das Knie.

»Heil Euch, Prince of Cumberland!«, huldigte der hochgewachsene Anführer der Schotten dem jungen Mann, der ihn mit leicht hochgezogenen Brauen betrachtete. »Stirling heißt Euch willkommen.« Der Than hob den Kopf und blickte dem Prinzen in die Augen. »Unsere Stadt ist auch die Eure, Herr.« Er senkte erneut den Blick und wartete auf Antwort.

Langsam ließ sich Malcolm aus dem Sattel gleiten, drückte einem herbeieilenden Pagen die Zügel in die Hand und schritt auf die kniende Gestalt zu. »MacFingal«, er legte ihm die Hände auf die Schultern. »Ich danke Euch.« Er gab dem Than zu verstehen, dass er sich erheben solle und als der schottische Krieger, der ihn um Haupteslänge überragte, vor ihm stand, blickte ihm der junge Prinz ernst in die Augen. Das offene Gesicht mit der tiefen Narbe, die vom linken Ohr bis zum Mundwinkel verlief, wurde halb von einem schwarzen von ersten Silberfäden durchzogenen Bart verdeckt, doch erkannte Malcolm Aufrichtigkeit hinter den wettergegerbten Zügen.

»Meine Männer wollen sich Eurem Zug anschließen«, erklärte MacFingal und wies auf die Gruppe Gepanzerter, die sich inzwischen lebhaft mit den Kundschaftern unterhielt. »Und in Stirling warten weitere Krieger darauf, Euch dabei zu unterstützen, Euer Geburtsrecht zurückzuerlangen.«

Malcolm war gerührt. Mit einem Lächeln ergriff er den Unterarm des anderen und legte ihm die Linke auf die Schulter. »Ich danke Euch.« Bevor sich der Prinz abwenden und den Kundschaftern zuwenden konnte, sagte der Than: »Erweist mir die Ehre, heute Abend mein Gast zu sein.« Er wies mit der bewehrten Hand in Richtung eines der nebelverhangenen Hügel, auf dem eine Burg ihre Mauern gen Himmel reckte. »Ich werde Leute schicken, die Euch zu meiner Festung geleiten.«

Die königliche Festung von Dunsinane, Dezember 1040

Fröstelnd zog sich Gwynn die Kapuze tiefer ins Gesicht und wandte den Blick von dem grausigen Anblick ab. Noch immer hing der Tote in den Speichen des Rades und die grässlichen Wunden jagten ihr Schauer über den Rücken. In der Zwischenzeit hatten sich Raben und andere Aasfresser über den Toten hergemacht. Trotz der Kälte und der Gefahren, die außerhalb der Mauern lauerten, hatte sie beschlossen, den Tag zu nutzen, um ihre stark geschrumpften Vorräte an heilenden Pilzen und Moosen aufzufüllen. Vermutlich würde sie bald all ihre Salben und Tränke benötigen. Da sie Duncan nicht gefunden hatte, hatte sie das bereitwillige Angebot eines jungen Ritters angenommen, der sie auf ihrem Gang begleitete. Nicht wesentlich älter als Gareth, war sein Bartwuchs noch recht spärlich und das kastanienfarbene Haar, das er durch mehrere dünne Zöpfchen aus der Stirn hielt, fein und dünn. Während sie wortlos die Zugbrücke überquerten, zog Gwynn instinktiv ihren Mantel enger um die schmalen Schultern. Die Feuchtigkeit, die gleichermaßen durch Mauern und Kleider kroch, erschien ihr schlimmer als die schneidende Kälte der vergangenen Wochen.

Nach einigen Schwierigkeiten auf dem vereisten Abstieg, erreichten sie den Fuß des Burghügels und Gwynn blickte sich suchend um. Zu ihrer Rechten wuchsen knorrige Kiefern und alte Tannen und da der Boden dort fruchtbar und relativ trocken sein würde, beschloss sie, kurz nach der ersten engen Wegbiegung ins dunkle Unterholz des dichten Forstes zu gehen. Der Weg erwies sich jedoch als schwieriger als gedacht, denn das dornige Gestrüpp verfing sich in ihrem Haar. Der junge Ritter zog sein Schwert und schlug eine Schneise in das widerspenstige Gewirr trockener Äste.

»Danke«, seufzte Gwynn, raffte die Röcke und folgte ihm in den Wald. Nachdem sie sich eine Weile durch das Dickicht gekämpft hatten, kamen sie an eine weite, von Birkenschösslingen gesäumte, Lichtung. Durch die Schneedecke lugten die geknickten Spitzen mehrerer Dutzend winterharter Kräuter. Gwynn bat den jungen Mann, ihr einige bemooste Zweige und Flechten vom anderen Ende der Lichtung zu beschaffen. Sie hockte sich hin und stopfte die Kräuter in ihren geräumigen Lederbeutel.

Eine Bewegung ließ sie aufschauen. Sie blickte angestrengt über das blendende Weiß und, entdeckte drei alte in zerschlissenen Lumpen gekleidete Frauen, die sie vom Rand der Lichtung aus beobachteten. Völlig regungslos standen sie da, wie Tiere, die auf Beute lauern. Gwynn hatte Angst, doch ihr Beschützer, der die Anwesenheit der Frauen offensichtlich nicht bemerkt hatte, zupfte weiter Flechten von den Baumstämmen.

»Wer seid ihr?«, fragte sie schüchtern, als sie nahe genug war, dass die Alten sie verstehen konnten.

»Sagt Mac Bethad, sein Schicksal ist nah!«

Gwynn hatte zwar auf eine Antwort gehofft, aber als die eine ihren knorrigen Stab hob und mit kratzender Stimme ihre Botschaft verkündete, zuckte sie voller Angst zusammen.

Was hatte das zu bedeuten? Wer waren die drei? Ihr Begleiter kam mit gezücktem Schwert auf sie zu, um sie zu beschützen. Sie wandte sich um. »Es ist nichts geschehen!«, gab sie ihm zu verstehen, doch als sie ihre Aufmerksamkeit wieder den drei Frauen zuwenden wollte, um in Erfahrung zu bringen, was ihr seltsamer Ausspruch zu bedeuten hatte, waren diese wie vom Erdboden verschluckt.

»Diese Teufel!«, zischte Mac Bethad, als er über den Hof auf die Ställe zueilte, um sich der Suche anzuschließen. Sein Knappe hatte ihn über die Begegnung im Wald in Kenntnis gesetzt und ihm von dem Ausspruch der Hexen erzählt. Er würde sie ergreifen und sie dazu zwingen, ihm die rätselhafte, wie immer zweideutige, Aussage zu deuten. Die Entscheidungsschlacht zwischen ihm und dem Prince of Cumberland rückte näher und er würde keine Gelegenheit ungenutzt lassen, um in Erfahrung zu bringen, ob das Schicksal auf seiner oder auf der Seite der verweichlichten Engländer war.

Als er durch die Stalltür stürmte, schreckte er einige Stallknechte auf, die in einer der dunklen Ecken gewürfelt hatten, doch er zollte ihnen keinerlei Aufmerksamkeit, als sie erschrocken aufsprangen und sich ehrfürchtig vor ihm verneigten. Er hatte Wichtigeres zu tun. Er stürzte die Stallgasse entlang, zerrte einen Sattel vom Gestell, öffnete mit fliegenden Fingern die Box und warf ihn seinem Rappen auf den Rücken. Brutal legte er dem Tier die Trense über und zog den Sattelgurt an, ohne auf das unwillige Wiehern und Stampfen des Hengstes zu achten. Nachdem er das Pferd gegen die Wand gedrängt hatte, schwang er sich in den Sattel, rammte ihm die Sporen in die Flanken, schoss aus der Box, den Gang entlang auf den Ausgang zu. Als die eisenbeschlagenen Hufe auf dem glitschigen Kopfsteinpflaster des Hofes ins Rutschen kamen, riss Mac Bethad fluchend an den Zügeln. Das verängstigte Tier verlangsamte die Gangart und fiel in Trab. Vorsichtig überquerte Mac Bethad die Zugbrücke und trabte den steilen Hang hinab. Erst als er die weiche Grasnarbe des offenen Feldes unter den Hufen spürte, gab er dem Hengst erneut die Sporen. Es war Nebel aufgekommen und der dichte Wald, der die Felsen, auf denen die Festung thronte, umgab, wirkte bedrohlich und geheimnisvoll. Birnam Wood, dachte er triumphierend. Wie lächerlich, zu glauben, dieser Wald könne sich bewegen. Die ersten struppigen Zweige tauchten vor ihm auf und er verlangsamte das Tempo. Aus der Ferne hörte er Stimmen und lauschte angestrengt, aus welcher Richtung sie kamen.

Sie mussten sich irgendwo im Inneren des Waldes befinden. Dieser Teil des natürlichen Schutzgürtels, der den Burgfelsen umgab, bestand aus uralten Eichen und moosbewachsenen Buchen, zwischen denen hier und da schlanke Birken und fächerförmig gewachsene Kiefern aufragten. Das Unterholz war spärlich und dürr, sodass es ihm keinerlei Schwierigkeiten bereitete, hineinzureiten. Der von einer dicken Schicht trockener Nadeln und Blätter bedeckte Boden verschluckte das Geräusch der Hufe. Ein seltsames Gefühl beschlich Mac Bethad und er wandte sich instinktiv um, um zu sehen, ob ihm jemand folgte. Plötzlich zerschnitt ein schriller Schrei, gefolgt von drohenden Rufen, die Stille. Er lenkte den Hengst nach links zwischen kahlen Bäumen hindurch bis zu einer Weggabelung. Die ausgetretenen Pfade verloren sich in zwei Richtungen im milchigen Nichts. Ein weiterer Schrei wies ihm den Weg, er trieb seinen Hengst an, bis er schließlich an eine Lichtung kam. Was er dort erblickte, ließ sein Herz vor Freude höher schlagen. Etwa sechs bis an die Zähne bewaffnete Berittene hatten die drei Frauen, nach denen er so lange vergeblich gesucht hatte, am Rand der kleinen Wiese zusammengetrieben und hielten sie mit Lanzen und Schwertern in Schach. Aufgebracht und kopflos schleuderten die Hexen ihnen keifend und kreischend Flüche und Verwünschungen entgegen, schienen jedoch jeglichen Versuch, sich körperlich gegen die Übermacht zur Wehr zu setzen, aufgegeben zu haben. Über die faltige Glatze der einen lief eine hässliche Platzwunde, doch die anderen beiden schienen unverletzt.

Kaum hatten die Männer Mac Bethad erblickt, machten sie ihm respektvoll Platz und er ritt mit einem höhnischen Grinsen im Gesicht auf die Alten zu.

»Das habt ihr wohl nicht kommen sehen?«, knurrte er.

Die Gefangenen warfen ihm lediglich einen verächtlichen Blick zu.

»Bringt sie in die Festung!«, befahl er kurz, bevor er das tänzelnde Pferd wendete. »Sie sollen für ihre Prophezeiungen belohnt werden.«

Kapitel 43

Die königliche Festung von Dunsinane, Dezember 1040

Was um alles in der Welt ging da vor sich? Duncan war auf dem Weg zur Waffenkammer, als er Gebrüll und Schreie über den Hof schallen hörte. Er drehte um und wandte sich Richtung Haupthof. Dort errichteten einige Soldaten einen riesigen Scheiterhaufen, aus dem drei Pfähle staken. Schon wieder eine Hinrichtung? Eine Handvoll Männer trieb drei alte Frauen die Treppe zum Kerkergewölbe hinauf. Erhobenen Hauptes gingen sie voran und ignorierten die rüden Beschimpfungen und Schläge, unter denen sie zum Scheiterhaufen gebracht wurden. Die faltigen Münder verzogen sie zu einem ironischen Lächeln, als würde ihnen das, was sie erwartete, keine Furcht bereiten. Kaum hatten die Trommeln zu schlagen begonnen, da tauchte Mac Bethads Gestalt aus den Tiefen des Haupthauses auf. Der König näherte sich mit energischem Schritt dem Richtplatz.

Der dröhnende Klang zog einen Strom von Schaulustigen an und bevor Duncan verstanden hatte, wie ihm geschah, war er von der neugierigen Menge nach vorn gedrängt worden, wo er sich Auge in Auge mit den an die Pfähle gebundenen Frauen wiederfand. Jetzt erkannte er die drei! Sein Mund wurde trocken, seine Handflächen feucht. Wollte Mac Bethad sie als Mitwisser aus dem Weg räumen? Bevor er den Gedanken weiterspinnen konnte, wandte sich der König mit zorniger Miene an die Gefesselten.

»Wolltet ihr mir nicht mein Schicksal deuten?«, sagte er höhnisch. »Redet oder schweigt für immer!«

Eine Weile lag eine unheimliche Stille über dem Richtplatz, aber plötzlich erhob eine der alten Frauen ihre Stimme. »Euer Schicksal ist besiegelt!« Ihre Blicke durchbohrten den König, der vor Schreck erblasste.

Er fasste sich schnell wieder und donnerte: »Verbrennt in der Hölle!« Mit einer wütenden Geste bedeutete er den Fackelträgern, die rings um den Scheiterhaufen Stellung bezogen hatten, die Fackeln ins trockene Stroh zu stoßen.

Mit einem fauchenden Geräusch loderte das Stroh auf und sofort schlugen hohe Flammen gen Himmel. Von Ruß und flimmernder Hitze geblendet konnte Duncan wenige Augenblicke später in dem Inferno kaum mehr die Umrisse der Frauen ausmachen. Während das Feuer immer weiter über die trockenen Scheite leckte, wichen die Zuschauer vom Scheiterhaufen zurück, um nicht von der brutalen Hitze versengt zu werden. Schwarzgraue Rußflocken tanzten durch die kalte Winterluft und Duncan krümmte sich in einem Hustenanfall, als er aus Versehen eines der winzigen Teilchen einatmete. Kein Laut des Wehklagens kam über die Lippen der Gefesselten und als das lange verfilzte Haar einer der Hexen Feuer fing, stieß diese ein schrilles Lachen aus, das Duncan das Blut in den Adern gefrieren ließ. Nur Augenblicke später brannten alle drei wie menschliche Fackeln. Der übelkeiterregende Gestank verbrennenden Fleisches vertrieb viele der Frauen, die sich der neugierigen Menge angeschlossen hatten, mit vor den Mund gepressten Händen vom Ort des Geschehens. Entsetzen und Faszination fesselten Duncan an seinen Platz, von dem aus er erkennen konnte, wie sich das Fleisch von den Knochen der Gemarterten schälte, die aus dem flammenden Orange der Brunst weiß hervorblitzten. Die inzwischen unerträgliche Hitze versengte ihm die Augenbrauen, doch als ein verkohlter Schädel von rußgeschwärzten Schultern fiel und in einem Meer aus glühenden Funken auf den brennenden Holzscheiten aufschlug, brach der Bann und er zog sich zurück. Kaum war er aus dem äußeren Kreis der Zuschauer getreten, wandte er sich um und rannte zu den Ställen. Er ließ sich auf einen Strohballen fallen und sog gierig die frische kalte Luft ein.

◈

Während ein unbeschreibliches Gefühl der Hochstimmung durch seine Adern pulsierte, beobachtete Mac Bethad das ersterbende Feuer mit unbewegter Miene. Er hatte sie besiegt! Wenn er diese von übernatürlichen Wesen behüteten Weiber auslöschen konnte, wer sollte ihm dann noch die Stirn bieten können? Die letzen Zuschauer hatten sich abgewandt, um zu ihren Pflichten zurückzukehren, doch er konnte sich nicht von dem befreienden Anblick ihrer verkohlten Gebeine lösen. Niemand konnte ihm das Wasser reichen, nicht einmal Zauberinnen! Genauso wie er sie vernichtet hatte würde er die englische Streitmacht vernichten und das prinzliche Unkraut mit der Wurzel ausreißen. Er genoss die Vorstellung, wandte sich ab und ging zur Burg zurück. Lediglich die bunten Ringe, die trunken vor seinen Augen tanzten, erinnerten noch an die Existenz derjenigen, die es gewagt hatten, ihn zum Narren zu halten.

◈

Eine Kammer in der königlichen Festung in Dunsinane, Januar 1041

Schweißgebadet schreckte Duncan aus unruhigen Träumen auf. Trotz der beträchtlichen Menge an Wein und Met, die er bei der Feier am vergangenen Abend in sich hineingeschüttet hatte, um die schauderhaften Bilder zu verdrängen, fanden sie am frühen Morgen ihren Weg zurück in sein Bewusstsein. Gwynn lag neben ihm, ruhig atmend und unter die warmen Decken gekuschelt. Sie gab ihm inmitten all der Ängste und Sorgen, die ihn quälten, ein Gefühl der Dankbarkeit. Sanft zog er seinen Arm unter ihrem Körper hervor und glitt zur Bettkante. Zu den wenig erfreulichen Erinnerungen an den gestrigen Tag hatte sich am Vorabend noch die Sorge um seinen Vater gesellt, der schon längst in Dunsinane hätte eintreffen müssen. Es war undenkbar, dass er zu den Engländern übergelaufen war. Er hatte Mac Bethad den Treueschwur geleistet. Wo also blieb er so lange?

Leise schlüpfte er in seine klammen Kleider, warf einen letzten Blick auf Gwynns Umrisse und verließ die Kammer. Draußen war noch pechschwarze Nacht. Er hatte kaum die Tür hinter sich ins Schloss gezogen, als ein schemenhafter über die Wand huschender Schatten seine Neugier weckte. Wer geisterte zu dieser Stunde durch die Festung? Auf leisen Sohlen folgte er der im Licht einer Fackel flackernden Erscheinung durch Korridore und um Ecken, bis sie sich schließlich unvermittelt umwandte und er erschrocken erkannte, dass es sich bei dem nächtlichen Wanderer um die Königin handelte. Einen Kerzenleuchter in der starr ausgestreckten Hand, steuerte sie auf eine der steilen Kalksteintreppen zu, die zu den Türmen hinaufführte. Mit schlafwandlerischer Sicherheit umrundete sie eine weitere Ecke und hielt abrupt inne, als sie am Fuß der Wendeltreppe angelangt war. Dort stellte sie den schweren Leuchter ab und begann, die Hände gegeneinander zu reiben. Dabei murmelte sie unverständliche Worte. Was tat sie da? Fasziniert beobachtete Duncan das Schauspiel, bis ihn schwere Schritte aufschreckten und er mit klopfendem Herzen die Beine in die Hand nahm. Gerade als ihre Leibwächter zwischen den Säulen am anderen Ende des Ganges auftauchten, schlüpfte er zwischen zwei Zierrüstungen hindurch und eilte auf die Treppe zu, die in die Halle führte.

Als ihm die eisige Nachtluft entgegenschlug, bereute er, den warmen Mantel am Vortag im Stall zurückgelassen zu haben. Schlotternd schlang er die Arme um den Körper, eilte über den Hof und zog vorsichtig die knarrende Stalltür auf. In einer tröstlich warmen Wolke umfing ihn der Geruch von Leder, Pferden und Stroh und, durch die Sorge um seinen Vater geweckt, stiegen lang vergessene Kindheitserinnerungen in ihm auf. Wie oft hatte er seinem Vater bei der Arbeit mit den Pferden zugesehen und erst Ruhe gegeben, wenn ihn der kampferprobte Ritter vor sich auf den Pferderücken gehoben hatte, um einige Runden um die Weide zu galoppieren. Ein Lächeln stahl sich auf sein Gesicht, als er daran dachte. Der warme Pferdekörper unter ihm, die starken Arme seines Vaters, die sich von hinten um ihn schlangen – das alles hatte ihm das Gefühl gegeben, in Sicherheit und Liebe zu leben. Doch wie sich an Sommertagen ein Wolkenschatten vor die Sonne schob, verdüsterten sich die Bilder, wenn er an den Rückzug seines Vaters dachte, der ihm das Herz gebrochen hatte. Zunächst hatte er gegen seine Erzieher rebelliert und nächtelang geweint, doch dann hatte zornige Ohnmacht die Oberhand gewonnen. Als schließlich der Vorschlag kam, in die Dienste des Than von Glamis zu treten, hatte er mit trotziger Miene angenommen. Jetzt allerdings, da die Ankunft seines Vaters überfällig war, verblasste Duncans Groll vor der Liebe, die er immer noch für ihn empfand. Er schluckte seine Tränen auch dieses Mal wieder hinunter, ging durch die Stallgasse, passierte die Boxen der Dreijährigen und bog links ab zu einer der kleinen Kammern, in denen Sättel und Zaumzeug aufbewahrt wurden. An deren Ende führte eine Leiter auf den von den Knappen bewohnten Heuboden.

Er hatte die Tür fast erreicht, als ihn ein schmaler Lichtstreif aus dem Inneren der Kammer innehalten und das Ohr an den Spalt pressen ließ. Ein paar Männer führten eine lebhafte Diskussion.

»Nein!«, rief ein ärgerlicher Bass aus. »Das werde ich nicht tun!« Es war Thorns Stimme, die sich beinahe überschlug. »Das wäre Verrat! Ihn dem Feind zu übergeben.«

Dieser empörten Feststellung folgte Schweigen, bevor ein anderer Mann sprach. »Als wir den Eid geleistet haben, wussten wir nicht, dass er ein Königsmörder ist«, stellte Lenox nüchtern fest. »Wir wussten nicht, dass er wahnsinnig ist.«

Vorsichtig verlagerte Duncan das Gewicht von seinem rechten auf das linke Bein.

»Ihr habt Recht«, warf Cathness ein. »Aber wenn wir den Eid brechen, sind auch wir als Verräter gebrandmarkt.« Er räusperte sich, bevor er fortfuhr. »Prinz Malcolm wäre von Sinnen, wenn er uns danach noch trauen würde.«

Ein zustimmendes Murmeln erhob sich und da die Versammlung im Begriff schien, sich aufzulösen, trat Duncan von der Tür zurück und huschte zur Leiter, die zu den Schlafquartieren hinaufführte. Er ließ sich auf seinen Strohsack fallen und versuchte, seine Gedanken zu ordnen. Doch während er über das Dilemma nachdachte, in dem sich die Ritter befanden, fand er zurück in den Schlaf.

Kapitel 44

Am Firth of Tay, Januar 1041

Bald! Bald!«, sagte sich MacDuff immer wieder. Der scheinbar endlose Zug hatte bereits Perth passiert und schlängelte sich nun den Firth of Tay entlang nach Dunsinane Castle. Sobald sie Birnam Wood erreicht hatten, würden sie ihr Lager am Waldessaum aufschlagen und die weitere Taktik besprechen. Es wäre vernünftiger, abzuwarten und alles bis ins kleinste Detail zu planen, das wusste er; aber sein Durst nach Rache war größer als alles andere. Sein Herz schlug schneller und unregelmäßiger als gewöhnlich, seine Kehle war trocken; egal, wieviel er trank. MacFingals breiter Rücken war MacDuffs beruhigender Ruhepunkt während des Ritts.

Die Feier zum neuen Jahr in der Festung des gastfreundlichen Thans war üppig und ausschweifend gewesen und MacDuff hatte den guten Geschmack seines Gastgebers bewundert; sowohl in Bezug auf Speisen als auch auf Frauen. Dirnen hatten den Edelleuten die Nacht versüßt. MacDuff jedoch hatte das Angebot eines wunderschönen blonden Mädchens, dessen Haar an reifen Sommerweizen erinnerte, abgelehnt; zu sehr hatten ihn das ebenmäßige Gesicht und die blauen Augen an seine jüngste Tochter erinnert. Die Trauer um seine Familie war auf einmal wieder über ihn hereingebrochen. Er hatte den Schmerz nahezu körperlich fühlen können. Also war er in die kalte Winternacht geflohen.

Nur noch wenige Tage, dann würde er den feigen Mord an ihnen rächen!

Das Knappenquartier in der königlichen Festung von Dunsinane, Januar 1041

Verwirrt schreckte Duncan von seinem Strohlager auf; die anderen Knappen um ihn herum begannen, sich zu regen.

»Hast du in deinen Stiefeln geschlafen?«, frotzelte Harold mit einem breiten Grinsen im Gesicht. Wie die meisten seiner Kameraden wusste er, dass Duncan das Bett für gewöhnlich mit Gwynn teilte, daher zogen sie ihn, immer wenn er im Quartier auftauchte, auf.

»Verdammt!«, fluchte er. Er hatte schon längst mit seinem Tagwerk beginnen wollen. Mürrisch rappelte er sich auf, zupfte ein paar verirrte Halme aus seinem Haar und stieg mit einem schiefen Lächeln zu Harold die Leiter hinab. Er wollte in die Küche. Wenn er ohnehin schon Zeit vertrödelt hatte, konnte er auch noch frühstücken.

Als er die Hintertür zur Küche aufstieß, hörte er den angsterfüllten Schrei einer Frau und unmittelbar darauf kam eine der Küchengehilfinnen aus der Vorratskammer gestürzt; verfolgt von einem hochgewachsenen Mann. Die wutverzerrten Züge des Verfolgers erkannte Duncan sofort. Der packte nach einer wilden Jagd das Mädchen bei den Haaren und riss ihren Kopf nach hinten. Instinktiv griff Duncan nach seinem Schwert. Er hatte vergessen, den Gütel umzulegen!

»Hör auf damit!«, brüllte Duncan.

»Warum musst du mir immer dazwischenkommen?«, zischte Effric, ließ das Mädchen zu Boden fallen und zog einen langen Dolch aus der Scheide.

Geistesgegenwärtig griff sich Duncan eines der Küchentücher und verzwirbelte es zu einem armdicken Tau. Effric umkreiste ihn lauernd. Die anderen Mägde hatten sich an die Wand gepresst; die Augen weit aufgerissen und starr vor Angst.

»Ich könnte deine heldenhafte Dummheit ja verstehen, wenn es deine Dirne wäre«, höhnte er. »Aber was kümmert dich eine aus der Küche?« Bei jeder seiner Bewegungen traten die kräften Muskeln seiner Arme zutage. Duncan musste sich zwingen, einen kühlen Kopf zu bewahren. Im Zweikampf die Gefühle die Oberhand gewinnen zu lassen, war ein tödlicher Fehler.

»Lass das Messer fallen und verschwinde!«

Doch Effric warf den Kopf in den Nacken und lachte. »Du hast wohl die Hosen voll?«, prustete er und kam Duncan gefährlich nahe.

Nur noch wenige Schritte trennten die beiden. Duncan war zum Angriff bereit.

»Effric! Wir müssen zum Erkundungsritt!«

Bevor Effric den ersten Stoß ausführen konnte, war mit einem ohrenbetäubenden Krachen die Tür aufgeflogen und drei Ritter waren in den Raum gestürmt.

»Du hast Glück, Duncan«, schnaubte Effric und steckte die Waffe zurück in den Gürtel.

»Aber eines Tages erwische ich dich!«

Das Mädchen, das leise schluchzend am Boden lag, würdigte er keines weiteren Blickes, Er folgte den Soldaten und knallte die Tür hinter sich zu.

Kaum waren die Männer verschwunden, kniete sich Duncan neben die junge Magd und legte ihr behutsam Hand auf den bebenden Rücken.

»Geht es dir gut?«, fragte er leise. Doch sie vergrub ihr Gesicht noch tiefer in den Ärmeln ihrer Schürze und blieb regungslos sitzen, bis er sich erhob und zurücktrat. Kopfschüttelnd blickte er in die Runde der anderen Mädchen, die immer noch verängstigt an der Wand standen. »Kümmert euch um sie!« Mit einer hastigen Bewegung schnappte er sich einen Kanten Brot und ein Stück Käse, verließ das Küchengebäude und ging grübelnd zum Stall zurück.

Die königliche Festung von Dunsinane, Januar 1041

Ein letztes Mal überprüfte Leofric die Holzschatulle: Federkiele, Tinte, Pergament. Dann verließ er die Kammer und eilte die Treppe hinab. Der König hatte nach ihm geschickt. Als er die hohe Pforte der Audienzhalle erreichte, hielt er kurz inne, um seinen rasenden Herzschlag zu beruhigen. Schüchtern klopfte er an die mit kostbaren Schnitzereien versehene Tür.

»Herein!«

Leofric drückte den Türgriff fest nach unten und musste den schweren Türflügel mit aller Kraft zur Seite schieben. Der riesige Raum roch nach Ruß und Staub. Er sah sich verschämt um und ging langsam auf den König zu, der am entgegengesetzten Ende eines langen Holztisches saß. Als er etwa zehn Schritte von ihm entfernt war, sank er auf die Knie und senkte den Kopf.

»Steh auf, Junge. Setz dich«, befahl Mac Bethad ungeduldig und wies auf einen dreibeinigen Schemel, den sich Leofric mit zitternden Händen heranzog. Mit ungeschickten Bewegungen legte er seine Gerätschaften auf den Tisch und zog eine Pergamentrolle hervor. Ohne weiter auf ihn zu achten, erhob sich Mac Bethad und schritt auf und ab, was Leofric, der ohnehin schon ein Nervenbündel war, noch nervöser machte. »Ich werde dir einen Brief diktieren. Ein offizielles Dokument.«

Hastig glättete Leofric das Pergament, beschwerte die Ecken mit den Gewichten, die er mitgebracht hatte, tauchte die Feder in die schwarze Tinte und wartete darauf, dass Mac Bethad diktierte.

Mac Bethad, König von Schottland, an Siward, Führer der englischen Armee:

Siward,

mich hat die Nachricht erreicht, dass Du Dich meinem Sitz mit einer Armee näherst, um Malcolm, den ehemaligen Prinz von Cumberland, dabei zu unterstützen, meinen Thron zu usurpieren. Mein Anspruch auf die schottische Krone ist rechtmäßig und der edle König Edward ist von vergifteten Zungen dazu verleitet worden, den Lügen eines Verräters und Mörders Glauben zu schenken.

Ich fordere hiermit Euren Rückzug und die Auslieferung des Königsmörders. Sollten meine Bedingungen erfüllt werden, werden alle schottischen Verräter, die sich im Moment in Deinen Reihen befinden, begnadig;, mit Ausnahme von MacDuff, der mir, zusammen mit dem Prinzen, ausgeliefert werden muss.

Ich erwarte Deine Antwort innerhalb der nächsten vier Tage. Werden meine Forderungen nicht erfüllt, werden alle schottischen Thane und Lairds in Euren Reihen für vogelfrei erklärt, ihre Familien bestraft und ihre Ländereien beschlagnahmt.

Mac Bethad, König von Schottland, Than von Glamis, Than von Cawdor

Der Brief war herausfordernd und Leofric war sich sicher, dass er das Gegenteil dessen, was der König plante, bewirken würde. Gerüchten zufolge zweifelte fast keiner der Edelleute am Hof mehr daran, dass Mac Bethad bei der Bluttat die Hand im Spiel gehabt hatte. Leofric wusste nicht genau, wie groß die schreckliche Streitmacht der Engländer war, doch er fürchtete sich vor dem, was in den nächsten Tagen und Wochen geschehen würde. Daran konnte auch die Freude über Moragς Gefühle, die sie ihm entgegenbrachte, nichts ändern. Aber seine Sorgen waren wie weggeblasen, wenn er mit ihr zusammen war.

Mit einem letzten Schwung beendete er das Schreiben und warf eine Handvoll feinen Sand auf die feuchte Tinte. Kaum hatte er die glitzernden Körnchen vom Pergament gefegt, als Mac Bethad ungeduldig hinter ihn trat, es ihm aus der Hand riss und zusammenrollte. Mit kantigen Bewegungen erhitzte er über der Kerze einen Klumpen Siegelwaches und drückte seinen Ring in den zähflüssigen Tropfen.

»Du kannst gehen, Junge«, murmelte er, ohne aufzublicken, und Leofic raffte erleichtert sein Schreibzeug zusammen und zog sich unauffällig zurück.

»Sag meinem Knappen, er soll MacNair zu mir bringen!«, rief Mac Bethad ihm hinterher. »Ja, Herr.«

Leofric zog die Tür hinter sich zu und rannte die Treppe hinauf. Er war erleichtert, seine erste Arbeit für den König ohne einen Tadel überstanden zu haben. Jetzt musst er Duncan finden.

Er hatte beinahe das gesamte Gelände durchkämmt, als er Duncan schließlich in der Falknerei fand. Einer der Jagdvögel saß auf seiner Hand, die durch einen dicken Lederhandschuh vor den scharfen Krallen des Falken geschützt war. Dieser pickte gerade an einer toten Maus.

»Duncan!«, rief Leofric und hätte sich in dem Moment am liebsten auf die Zunge gebissen. Mit einem durchdringenden Protestschrei versuchte sich der aufgeschreckte Raubvogel in die Luft zu schwingen, was die Lederriemen, mit denen er an Duncans Handgelenk befestigt war, jedoch verhinderten. Während er heftig mit den Flügeln schlug und kreischte, stülpte ihm Duncan geschickt die Lederhaube über und brachte ihn zurück in seinen Verschlag.

»Mach das nie wieder, wenn jemand einen Jagdvogel auf der Faust hat!«, knurrte er ärgerlich. »Er hat mir fast die Augen ausgepickt!«

Als er Leofrics zerknirschtes Gesicht sah, musste er lachen. »Ach, sieh mich nicht so an.« Er ging auf den Freund zu und klopfte ihm beruhigend auf die Schulter. »Es ist ja nichts passiert.«

»Warum bist du hier?«, wollte Duncan wissen, denn für gewöhnlich bekam er während der kurzen Tage nicht viel von Leofric zu sehen, der von den Thanen und Rittern, und jetzt auch vom König, voll in Anspruch genommen wurde.

»Ich habe einen Brief für den König geschrieben!«, platzte Leofric stolz heraus. »Er fordert die Auslieferung von Prinz Malcolm und MacDuff und den Rückzug der englischen Truppen.«

Mit offenem Mund starrte Duncan ihn fassungslos an. »Du sollst MacNair zu ihm bringen. Ich glaube, er soll die Nachricht überbringen.« Leofric grinste, als er sah, welche Wirkung seine Worte auf den sonst so beherrschten Freund hatten.

Duncan schüttelte den Kopf. »Du machst Scherze, oder?«

»Nein«, antwortete Leofric empört. »Es stimmt.« Er legte Duncan die Hand auf den Arm. »Und ich glaube, du solltest dich beeilen. Der König war sehr ungeduldig.«

Eine Taverne in der königlichen Festung in Dunsinane, Januar 1041

Duncan fand den Than in einer der kleinen, über die vielen Höfe verstreuten Tavernen, in der Ale, Met und andere alkoholische Getränke an die Ritter und Soldaten ausgeschenkt wurden. Das gescheckte Pferd des Adeligen war an einem Balken vor dem einstöckigen Fachwerkgebäude angebunden. Vermutlich war er eben erst von einem Auftrag zurückgekehrt und gönnte sich nun einen Schluck. Mit leichtem Unbehagen betrat Duncan den dämmrigen Raum und blickte sich suchend um. Die Taverne war voll mit Zechern und lautes Stimmengewirr umfing ihn. Zuerst konnte er den bleichen, untersetzten Ritter mit dem rabenschwarzen Haar in der Menge nicht ausmachen, doch als sich seine Augen an das dämmrige Licht gewöhnt hatten, erspähte er ihn an einem Tisch in der Nähe einer der beiden Feuerstellen. Dort saß er mit zwei Männern, deren weißblondes Haar vermuten ließ, dass es sich um dänische Söldner handelte.

Mühsam bahnte er sich einen Weg durch die Menge und neigte grüßend den Kopf. »Herr«, wandte er sich respektvoll an MacNair, während einer der beiden noch recht jungen Männer verstohlen seinen Stuhl von dem des Thans wegrückte.

»Was willst du, Junge?«, brummte der Highlander mürrisch, sichtlich erbost über die Störung.

»Der König verlangt nach Euch«, erwiderte Duncan, wobei es ihn all seine Selbstbeherrschung kostete, die Begleiter nicht anzustarren. Auch ihm waren die Gerüchte über die Vorlieben des Thans zu Ohren gekommen, doch bis jetzt hatte er ihnen keinen Glauben geschenkt. Als sich der Ritter jedoch mit einem unmissverständlichen Blick von seinen Tischnachbarn verabschiedete, erhob und wortlos zur Tür drängte, begriff Duncan. Er wandte sich gerade zum Gehen, als ihn einer der Dänen auf die Bank neben sich zog.

»Du willst doch nicht etwa schon gehen?«, sagte er und die vollen Lippen schürzten sich zu einem lüsternen Lächeln. »Trink doch was mit uns«, bot der andere an, dessen blaue Augen von langen blonden Wimpern umrahmt wurden. Beiläufig legte er seinen Arm um Duncans Schulter und zog ihn näher.

»Tut mir leid«, stammelte Duncan und sprang auf. »Aber ich muss noch weitere Botengänge erledigen.« Ohne auf eine Antwort zu warten, eilte er hinaus in die kalte Nachmittagsluft.

Kapitel 45

Eine Kammer in der königlichen Festung von Dunsinane, Januar 1041

In der Nacht hatte es geschneit und als Gwynn am Morgen erwachte, bemerkte sie als erstes die dicke Schneeschicht vor ihrem Fenster. Duncan schlief noch tief und fest. Sie schlüpfte aus dem Bett, warf sich ein warmes Wollkleid über und schürte das Feuer. Als die Flammen im Kamin tanzten, setzte sie sich neben ihm aufs Bett, nahm liebevoll eine Strähne seines blonden Haares und wickelte sie um den kleinen Finger. Als sich Duncan bewegte, küsste sie ihn sanft auf die Nase und flüsterte ihm ins Ohr: »Wach auf, du Faulpelz. Es ist der Tag des Herrn.«

Mit einem unwilligen Grunzen öffnete Duncan vorsichtig ein Auge, nur um es gleich wieder zu schließen. »Wenn es der Tag des Herrn ist, warum müssen wir dann mitten in der Nacht aufstehen?«, nuschelte er, zog sie aufs Bett, schlang die Arme um sie und legte seinen Kopf an ihren Busen. »Warum trägst du dieses kratzige Ding?«, protestierte er. »Hier drin ist es warm.« Ungeduldig zupfte er an dem Obergewand, bis sie schließlich lachend nachgab und es samt Untergewand über den Kopf zog. Nackt schlüpfte sie unter die Felle und Decken und erwiderte seine gierigen Küsse. Sie genoss seine rauen Hände, die ihren Rücken entlang wanderten und ihren Hals streichelten. Mit einem ungeduldigen Stöhnen schob er sich auf sie. Sie hatten sich erst vor wenigen Stunden geliebt, doch sie hatte das Gefühl, als könne sie nie genug von ihm bekommen.

◈

Mit einem zufriedenen Seufzer glitt er von ihr und ließ sich in die Kissen fallen. Lange Zeit lagen sie schweigend und glücklich nebeneinander.

»Ich möchte eine Schneeballschlacht machen!«, rief Gwynn plötzlich. Sie drehte sich zu Duncan, stützte sich auf einem Ellenbogen ab und funkelte ihn an. Er küsste sie leidenschaftlich und wandte dann ein: »Wir haben doch gar nicht genug Schnee.«

Ihre wilden Locken tanzten, als Gwynn energisch den Kopf schüttelte und nach draußen zeigte. »Es hat geschneit!«

Duncan sah aus dem Fenster und nickte. »Warum nicht?« Mit Schwung schlug er die Decke zurück und warf ihr das achtlos am Boden liegende Kleid zu, bevor er sich selbst schlotternd in seine Kleider kämpfte. »Lass uns die anderen suchen.«

Nachdem sie sich erneut geküsst hatten, stiegen sie die Treppen hinab, um ihre Freunde ausfindig zu machen. Sie fanden sie in der Küche, wo sie mit einigen der anderen Knappen und Jungritter beim Frühstück saßen. Wie die meisten Frühaufsteher zogen sie es vor, in dem gemütlichen und geheizten Raum zu essen, statt sich einen Platz in der kalten Halle zu suchen. Gareth, der wieder bei Kräften war, saß neben Màiri, deren praller Bauch das dicke Tuch ihres Rockes zu sprengen schien und stopfte Brot und Porridge in sich hinein.

Leofric, der auch den warmen Haferbrei löffelte, grinste breit und begrüßte sie mit vollem Mund.

»Wir wollen eine Schneeballschlacht machen«, verkündete Gwynn aufgeregt und angelte sich ein Stückchen kalten Braten, das sie zwischen zwei dünne Scheiben frisches Brot legte. »Wollt ihr mitmachen?«

Gareth grinste und zwinkerte Duncan und Leofric zu. »Aber sicher. Männer gegen Frauen.«

Màiri kicherte. »Ja, dann werdet ihr endlich sehen, wer stärker ist.«

Lachend beendeten sie ihr Frühstück und wollten sich gerade auf den Weg nach draußen machen, als plötzlich die Küchentür aufflog und ein aufgeregter Birk hereingerannt kam.

Er wurde von einer verzweifelten Amme mit einer Mütze in der Hand verfolgt. »Ich will im Schnee spielen!«

Der Hof der königlichen Festung von Dunsinane, Januar 1041

Sie hatten sich erboten, den Jungen mit nach draußen zu nehmen und nun rollten die Jungen johlend im Schnee. Birk saß auf Duncans Rücken, schrie triumphierend und versuchte, Duncan eine Handvoll Schnee ins Gesicht zu reiben. Der wiederum versuchte, sein Gesicht zu schützen. Gwynn und Màiri bombardierten Leofric und Gareth mit Schneebällen, die sie in Windeseile formten und auf den leeren Karren feuerten, hinter dem die jungen Männer in Deckung gegangen waren. Obwohl Leofric Schwierigkeiten hatte, mit einer Hand Bälle zu formen, gelang es den beiden, die Mädchen von zwei Seiten anzugreifen. Als eine Schneekugel in Gwynns Gesicht landete, kreischte sie auf und rieb sich kichernd die Augen.

Birk, dem es inzwischen zu langweilig geworden war, sich mit Duncan im Schnee zu suhlen, schloss sich mit lautstarkem Kampfesgeheul dem wilden Spiel an, indem er mit voller Wucht auf Leofric prallte, der daraufhin das Gleichgewicht verlor und mit dem Hinterteil voraus in eine Schneewehe fiel. Kaum hatte der Kleine seinen Vorteil erkannt, hechtete er ihm hinterher und schaufelte soviel Schnee wie er fassen konnte auf Leofrics blonden Schopf. Dieser spuckte verzweifelt und warf Birk ab, der im tiefen Schnee versank. Als er mit feuerrotem Gesicht wieder auftauchte, verfolgte er Leofric mit übermütigem Lachen. In der Zwischenzeit hatte Gareth Màiri erreicht und bedrohte sie mit einer Handvoll Schnee. »Gibst du auf?«, neckte er sie, doch sie streckte ihm die Zunge heraus und feuerte ihre letzten Bälle auf ihn ab.

Er wollte sich gerade mit Geheul auf sie werfen, als das lustige Treiben von einem Boten unterbrochen wurde. Gwynn und Duncan, die ebenfalls im Schnee herumtollten, warfen sich einen fragenden Blick zu, bevor sie sich aufrappelten und das weiße Pulver aus den Kleidern klopften. Màiri, die ebenso wie die anderen wusste, dass Boten meist schlechte Nachrichten brachten, erfasste die Lage sofort, fasste Duncan bei der Hand und zog ihn fort.

»Duncan McLeod?«, erkundigte sich der Mann. Duncan nickte und er reichte ihm eine feuchte dunkle Pergamentrolle. Mit zitternden Händen nahm Duncan die Nachricht entgegen, erbrach das Siegel eines Freundes seines Vaters und starrte auf die verschlungenen Linien.

»Ich helfe dir«, sagte Leofric sanft, nahm ihm das Papier aus den Händen und begann zu lesen.

Duncan,

Es tut mir leid, dass ich Dir solch schlechte Nachrichten zukommen lassen muss. Dein Vater ist auf dem Weg nach Dunsinane von MacInnes, seinem alten Rivalen, getötet worden. MacInnes hat sich den Engländern angeschlossen und hofft, dass er für seine feige Tat mit dem Land deines Vaters belohnt wird.
Deine Mutter und Deine Schwester sind geflohen und haben unter meinem Dach Schutz gefunden. Ihnen wird nichts geschehen, solange noch Blut durch meine alten Adern rinnt, das verspreche ich Dir. Ich kann Dir allerdings, fürchte ich, nicht dabei helfen, Euren Besitz zurückzubekommen. Du wirst dem König von dieser furchtbaren Tat berichten und ihn bitten müssen, Dir zu helfen.
Es tut mir leid, Dir Schmerz zu bereiten.

Mit aufrichtigem Beileid
MacNab

Nachdem Leofric geendet hatte, sagte niemand ein Wort. Duncan war nicht anzusehen, wie sehr ihn die furchtbare Neuigkeit getroffen hatte. Er starrte in die Ferne, als sei von dort Trost zu erwarten.

»Oh, Duncan, es tut mir so leid«, sagte Gwynn und nahm seine kalte Hand in die ihre. Eine einsame Träne lief seine Wange hinab. Sie wischte sie zärtlich mit dem Daumen weg, bevor sie sanft fortfuhr: »Deine Mutter und deine Schwester sind in Sicherheit.« Es waren banale Worte, doch etwas anderes fiel ihr nicht ein. Wie sollte man jemandem Trost spenden, der einen solch furchtbaren Verlust erlitten hatte?

Duncan nickte, fuhr sich mit dem nassen Ärmel übers Gesicht und seufzte. »Wenn ich ihm doch nur hätte sagen können, dass ich nicht mehr wütend auf ihn bin.« Sein tränenfeuchter Blick fiel erst auf Leofric, der noch immer das Schreiben in der Hand hielt, dann auf Gareth, dessen Gesicht vor Wut erstarrt war.

»Ich werde zum König gehen und ihn um Hilfe bitten«, sagte Duncan. »Und wenn ich MacInnes zu Gesicht bekomme, werde ich ihn töten!«

Die Audienzhalle in der königlichen Festung von Dunsinane, Januar 1041

Ich habe keine Zeit für solche Streitereien, Junge!«Mac Bethad war ärgerlich. Sein Knappe war zu ihm gekommen, um ihn in einer Familienangelegenheit um Hilfe zu bitten. Irgendein Laird hatte seinen Vater getötet und dessen Land gestohlen. »Sie werden alle bestraft werden, das verspreche ich.« Er blickte auf den Jungen hinunter, dessen Kiefermuskeln unter seiner gespannten Haut arbeiteten. »Du kannst nach der Schlacht einen anderen Besitz haben. Es wird viele verlassene Burgen geben, nachdem ich Schottland von der Verräterbrut befreit habe.« Der Junge sah nicht überzeugt aus, aber das war ihm gleichgültig. Er hatte Wichtigeres zu tun. Bis jetzt hatte er noch keine Antwort von den Engländern erhalten. Die Männer, die er auf Patrouille geschickt hatte, berichteten, dass die englische Brut den Firth of Tay entlangkam. Es blieb also nicht mehr viel Zeit. »Lass mich allein.« Mit einem kurzen Nicken entließ er den Knappen. Er wandte sich ab und zog sich in den Thronraum zurück, der in den letzten Tagen zu seinem bevorzugten Aufenthaltsort geworden war. Wenn er auf dem Thron saß, fühlte er sich stark und sicher und die Stille, die ihn dort umgab, linderte seine Ängste und dunklen Vorahnungen.

Kapitel 46

Das englische Feldlager am Firth of Tay, Januar 1041

MacNair war mit allem gebührenden Respekt empfangen worden und, nachdem er die Nachricht seines Lehnsherrn übergeben hatte, in ein großes beheiztes Zelt geführt worden. Dankend hatte er die Schale heißen Eintopf und den Gewürzwein angenommen, die ihm ein englischer Page mit einer knappen, aber nicht unverschämten Verneigung gereicht hatte. Während er auf Antwort wartete, durchmaß er die rechteckige Grundfläche der Unterkunft und grübelte über die respekteinflößende Größe und Disziplin der feindlichen Armee nach, die ihm bei seinem Ritt durch das Lager ins Auge gefallen war. Die Verteidiger hatten nicht den Hauch einer Chance gegen diesen furchterregenden Feind! Er presste die Handflächen an den Silberpokal. Der Gewürzwein wärmte seine von der Kälte steifen Finger. Außer der Feuerstelle in der Mitte der Zeltkuppel, gab es nicht viel im Zelt. Einige grobe Schemel und hastig zusammengezimmerte Tische deuteten darauf hin, dass hier für gewöhnlich die Offiziere ihre Mahlzeiten zu sich nahmen.

Erschöpft setzte er sich an einen der Tische und hob den Becher an die Lippen, um die letzten Schlucke des Weins zu trinken. Als der Bote mit der Antwort zurückkehrte, stemmte sich MacNair in die Höhe, nahm die Rolle entgegen und verstaute sie in einem kleinen Lederbeutel. Dann schlang er sich den Mantel enger um die Schultern und trat ins Freie. Dort erwartete ihn eine Gruppe schottischer Adeliger. Der Anführer versperrte ihm den Weg, die Arme vor der breiten Brust verschränkt.

»Jeder, der sich uns anschließt, wird begnadigt! Das solltet Ihr weitergeben.« Mit einem mürrischen Kopfnicken ging MacNair an ihm vorbei, schob den Stiefel in die Steigbügel und zog sich in den Sattel.

Der Übungsplatz der königlichen Festung von Dunsinane, Januar 1041

Die Trauer hatte sich tief in Duncans Herz gefressen und er war zornig, wie gleichgültig Mac Bethad auf seine Bitte reagiert hatte. Da er keine Ruhe finden konnte und Gwynn ihn mit ihrer gut gemeinten Behutsamkeit um den Verstand brachte, hatte er Gareth gebeten, mit ihm zum Lanzenstechen zu gehen. Sie mussten üben, denn die Entscheidungsschlacht rückte unausweichlich näher. Sie hatten ihre Pferde aus dem Stall geholt und ritten Seite an Seite zum Kampfplatz.

»Verdammt!«, knurrte Gareth, als sie das Feld erreichten. Mehrere Dutzend Männer waren bereits dort und übten ebenfalls.

»Wir könnten eine Schlacht nachstellen«, schlug Duncan vor, als er Thorns Helm in einem Knäuel verbissen kämpfender Krieger aufblitzen sah. »Lass uns Thorn fragen.« Er gab seinem Pferd die Sporen und galoppierte los.

Der durchdringende Pfiff des Waffenmeisters schrillte durch die Luft. Die gegenerischen Mannschaften stießen Kampfschreie aus und galoppierten in selbstmörderischem Tempo aufeinander zu.

Thorn hatte Duncans Vorschlag begeistert aufgegriffen und sie alle noch einmal darauf eingeschworen, worauf es in der Schlacht ankam.

»Es ist nicht die ausgefeilte Kampfaufstellung zu Beginn des Zusammenstoßes, sondern die sich nach dem Aufeinandertreffen mit dem Feind ergebenden Zweikämpfe. Von diesem Augenblick an gibt es nur noch den Kampf Mann gegen Mann! So viele man überlebt.«

Der Pfiff war kaum verklungen, als Duncan auch schon auf den ersten Gegner traf. Seine Sinne schienen sich zu schärfen, er verlor jegliches Zeitgefühl und in einer nicht enden wollenden Reihe folgte ein Schlag dem nächsten. Mit einer geschickten Finte fälschte er den Hieb seines Angreifers ab, drückte seiner Stute die Unterschenkel in die Flanken und riss seinen Schild hoch, um die niedersausende Streitaxt abzufangen. Während der andere Knappe noch damit kämpfte, sein Gleichgewicht wiederzugewinnen, schlug Duncan mit der flachen Seite seines Schwertes auf die Kruppe des gegnerischen Pferdes. Damit brachte er seinen Gegner zu Fall, denn dessen Tier war senkrecht gestiegen.

»Schnell, verschwinde vom Feld!«, rief Duncan dem Knappen zu, der sich mit schmerzvoll verzogenem Gesicht das Hinterteil rieb. Ob ihm wohl bewusst war, dass er in einer echten Schlacht jetzt tot wäre?

Als er sich dem nächsten Gegner zuwenden wollte, hörte er vom anderen Ende des Feldes lautes Rufen und Geschrei.

Eine Traube von Männern hatte sich um zwei Ritter versammelt, die sich mit funkenschlagenden Klingen bekämpften.

»Oh, nein«, stöhnte Duncan, als er die beiden erkannte. Sowohl Effric als auch Gareth waren aus dem Sattel gesprungen und umkreisten einander wie Raubtiere. Gareth wusste seit Langem, wer ihm die lebensgefährliche Verletzung zugefügt hatte; allerdings hatte er bis jetzt keinerlei Rachegelüste gezeigt. Duncan schalt sich einen Narren, dass er ihm die scheinbare Gleichmut abgekauft hatte. Thorn beobachtete den Kampf interessiert vom entgegengesetzten Ende des Platzes. Erst als er sah, dass sich alle Knappen in Richtung der beiden Streithähne bewegten, erkannte er den Ernst der Lage. Hastig ergriff er die Zügel und galoppierte auf die Menge zu.

»Du taugst nicht viel, wenn dir der Feind gegenübersteht, was?«, höhnte Gareth, der über dem zu Boden gegangenen Effric aufragte und sein Schwert nur eine Handbreit neben dessen Kopf auf den matschigen Boden donnerte. Effric rollte sich wimmernd zusammen und versuchte, sich mit den Armen zu schützen. Aber der Ausdruck in Gareths Augen ließ erkennen, dass der nächste Hieb sein Ziel nicht verfehlen würde. Bevor er die schwere Waffe ein weiteres Mal erheben konnte, packte Thorn ihn von hinten an der Schulter.

»Was zum Teufel geht hier vor? Ihr sollt Euch nicht gegenseitig umbringen!« Die Knöchel der Hand, die sich wie ein Schraubstock um Gareths Schwertarm schloss, traten weiß hervor. »Was denkt Ihr Euch dabei?«

Zunächst erschien es, als hätte Gareth die Worte des Waffenmeisters gar nicht gehört. Er starrte immer noch hasserfüllt auf den im Dreck liegenden Effric. Dann, ganz langsam, senkte er den Schwertarm und wandte sich angewidert ab.

»Entschuldigt«, murmelte er, als Thorn den Griff lockerte. »Ich habe wohl die Kontrolle verloren.«

Der Waffenmeister nickte. »Ich kann verstehen, dass Ihr die Schlacht kaum erwarten könnt. Das geht uns allen so. Das ist aber kein Grund, sich gegenseitig umzubringen!« Mit einer flüchtigen Handbewegung entließ er die übrigen Männer. »Das reicht für heute.«

◈

Die königliche Festung von Dunsinane, Januar 1041

Die nächsten Tage verbrachten alle am Hof mit Vorbereitungen auf die Schlacht. Der Vorfall auf dem Übungsplatz geriet darüber schnell in Vergessenheit. In eigens dafür gegrabenen Teerschwelen wurde Birkenpech zur Verteidigung der Zugbrücke hergestellt, in Eimer abgefüllt und neben den Feuerstellen aufgereiht. Die doppelte Ringmauer war zwar fast dreißig Fuß stark, doch das durch eine Vorschanze geschützte Tor war der Schwachpunkt der Burganlage. Täglich schwärmten Boten und Kundschafter aus und kamen mit Neuigkeiten zurück. Die Truppenbewegungen des Feindes bereiteten dem König große Sorgen; seine Wangen waren eingefallen, die Haut wirkte grau.

Eines Morgens erfuhr Duncan, dass sich MacNair in der Nacht davongestohlen hatte, ohne sich um den Verbleib seiner Gemahlin zu scheren. Er grollte Mac Bethad immer noch und nahm die Neuigkeit mit einer Mischung aus Schadenfreude und Angst entgegen. Wie viele Ritter würden seinem feigen Beispiel wohl noch folgen? Die Halle war erfüllt von Gemurmel und misstrauische Blicke gingen hin und her. Duncan wollte nur schnell ein Frühstück zu sich nehmen, aber Gareth zog ihn am Ärmel und neben sich auf die Bank.

»Màiri bekommt Zwillinge!«, sagte er freudestrahlend und schob Duncan eine Schüssel Porridge hin. Das unerfreuliche Zwischenspiel mit Effric schien er vergessen zu haben.

Kapitel 47

Die königliche Festung von Dunsinane, Januar 1041

Lachend rannte der kleine Junge auf sie und ihren Gemahl zu, dessen starke Hand die ihre beruhigend umschloss. Die Sonne stand am blauen Himmel und schien auf eine mit blauen und weißen Blumen übersäte Wiese. Eine sanfte Brise spielte mit ihrem langen offenen Haar. Auf den jungen, frischen Zügen ihres Liebsten lag ein gütiger Ausdruck. Er hob ihrer beider Sohn hoch, lächelte und wirbelte ihn so lange herum, bis der Kleine vor Vergnügen kreischte.

Plötzlich verdunkelte eine Wolke die Sonne, die Stimme des Kindes verstummte, die Vögel hörten auf zu zwitschern und eine bittere Kälte bemächtigte sich ihrer. Zitternd schloss sie die Augen, um das Dunkel zu vertreiben, doch als sie sie wieder aufschlug, waren die Landschaft, ihr Gemahl und ihr Sohn verschwunden. Sie befand sich unter der Erde, in einer finsteren Höhle, deren Wände feucht im schwachen Licht glänzten. Sie konnte vor Angst kaum noch atmen, aber sie zwang sich, Luft zu holen und nach ihrem Mann und dem Jungen zu rufen. Nichts. Lediglich das Geräusch des die Wand hinablaufenden Wassers war zu hören. Sie musste die Höhle verlassen! Zu ihrem großen Entsetzen war der Ausgang von einem riesigen, undurchdringlichen Spinnennetz verdeckt. Mit einem erstickten Schrei zog sie sich von dem ekelerregenden Anblick der fetten Bewohnerin des Netzes zurück und taumelte tiefer und tiefer in die dunklen Eingeweide der Erde. Die feuchte Kälte kroch ihr über Beine und Arme, bis das dünne Obergewand klamm an ihrem Körper hing.

Immer wieder rief sie nach den Vermissten, doch der finstere Schlund der Höhle warf nur ihre Stimme zurück. Vorsichtig ertastete sie sich den Weg durch die nicht enden wollende Grotte, stolperte und schlug lang hin. Wimmernd kam sie wieder auf die Beine. Sie wusste nicht, wie lange sie sich dahingeschleppt hatte, aber endlich stahl sich ein schwacher Lichtschein in die Schwärze. Wie eine Ertrinkende streckte sie die Hände danach aus, taumelte darauf zu, bis sie sich in einer riesigen, von Stalaktiten übersäten Felsenkuppel wiederfand. In der Mitte stürzte ein tosender Wasserfall in einen See. Kaum hatten sich ihre schmerzenden Augen an das Licht gewöhnt, erkannte sie ihren Gemahl, der friedlich am Ufer lag. Neben ihm spielte ihr Sohn mit einem glänzenden Gegenstand und lachte.

Sie beschleunigte ihre Schritte und eilte auf die beiden zu. Warum regte sich ihr Gemahl nicht? Was für ein Ding hielt ihr Sohn in der Hand? Sie war nur noch wenige Schritte entfernt, als sich das Bild wie ein glühender Pfeil in ihr Bewusstsein bohrte. Der Kopf ihres Gemahls war mit einem glatten Schnitt vom Hals getrennt, um seinen Körper bildete sich eine dunkle Lache. Ihr Sohn spielte arglos mit dem blutigen Schwert. Sie wollte ihm die Waffe entreißen, zog ihre Arme jedoch entsetzt zurück. Auch sie waren bis zu den Ellenbogen mit Blut besudelt.

»Nein!«

Der Schrei gellte durch die Luft, als Gruoch aus dem Schlaf auffuhr.

»Nein!«

Noch ehe er verklang, stürmten die beiden Leibwächter mit gezogenen Klingen in ihr Gemach.

»Was ist, Herrin?«, fragte der stämmigere der beiden verwirrt, da er in dem leeren Raum keine Gefahr ausmachen konnte.

Gruoch saß aufrecht im Bett, die Augen vor Entsetzen geweitet, das feine Haar beinahe grau im bleichen Licht des Mondes. »Wo ist mein Gemahl?« Ihre Hände krallten sich krampfhaft in die Decke. »Ich muss ihn sehen!« Sie schlug die Decke zurück und ging splitternackt zur Tür.

»Herrin!« Mit beschämt abgewandtem Blick versperrte ihr einer der Männer den Weg. »Wir werden Euren Gemahl zu Euch bringen.«

Eine Kammer in der königlichen Festung von Dunsinane, Januar 1041

Beornwyns warmer Körper bewegte sich leise neben ihm, als es an der Tür klopfte. Ihr kohlschwarzes Haar war über die weißen Kissen gefächert und ihre leicht geöffneten sinnlichen Lippen gaben den Blick frei auf makellose glänzende Zähne. Immer noch erfüllte ihn ihre Anwesenheit mit jener Art von Erregung, die er bei seiner Gemahlin schon seit langer Zeit nicht mehr empfunden hatte. In ihren schlanken Armen schienen all seine Sorgen und Ängste zu verblassen. Erst wenn das Gefühl der brennenden Lust nach dem Liebesakt abebbte, gelang es den düsteren Gedanken, sich wieder in sein Bewusstsein zu schleichen. Es klopfte erneut; diesmal lauter und energischer. Wer wagte es, ihn mitten in der Nacht aus dem Schlaf zu reißen? Innerlich fluchend schlüpfte er unter den warmen pelzverbrämten Decken hervor und warf sich den aus dichter Herbstwolle gewobenen Mantel über, den er vor dem Zubettgehen über einen der Stühle geworfen hatte.

»Ja?«, zischte er erbost, als er die Eichentür einen Spaltbreit öffnete und hinauslugte.

Einer der Bewacher seiner Gemahlin, dessen Miene besorgt wirkte, neigte entschuldigend den Kopf und flüsterte: »Eure Gemahlin ist nicht wohl. Sie verlangt nach Euch.«

Was für ein Hirngespinst hatte sich ihr kranker Geist nun schon wieder ersonnen? Sein erster Gedanke war, dem Mann die Tür vor der Nase zuzuknallen und zurück in sein warmes Bett zu schlüpfen, doch das hätte gegen alle Regeln des Decorum verstoßen. Selbst wenn er die wechselnden Gemütsbewegungen seiner Gattin leid hatte, musste er zumindest den Eindruck aufrechterhalten, dass Gruoch ihm nicht vollkommen gleichgültig war. Daher zog er mit einem ergebenen Seufzen die Tür hinter sich ins Schloss und bedeutete dem Mann ungeduldig, ihm den Weg zu weisen.

Zu dieser Stunde lag die Festung in ruhigem Schlaf und die eisige Luft, die durch die zahlreichen Fensteröffnungen und Spalten unter Türen und Balken kroch, ließ die Flamme mehrere Male gefährlich flackern. Er hätte Stiefel überstreifen sollen, dachte Mac Bethad ärgerlich, als er die Kälte seine Beine hinaufkriechen fühlte und sich seine nackten Zehen schmerzhaft über die Tortur beschwerten. Ohne Rüstung oder angemessene Kleidung kam er sich verwundbar vor und fühlte sich dem hünenhaften Ritter, der mit langen Schritten vorauseilte, ausgeliefert. Was, wenn er Teil eines Komplotts gegen ihn war und ihn aus dem Weg räumen sollte, um den Engländern und Prinz Malcolm Tür und Tor zu öffnen? Er sah sich misstrauisch um. War das der richtige Weg zur Zimmerflucht seiner Gemahlin? Es wurde immer dunkler, je weiter er sich von der schwachen Flamme der Kerze entfernte. Doch dann, als der Ritter gerade um eine der zahllosen Ecken bog, fiel Mac Bethads Blick auf einen der mit kostbaren Goldfäden bestickten Wandteppiche, die den Eingang zum Nordflügel markierten, in dem die Damen untergebracht waren. Erleichtert hastete er seinem Führer hinterher.

In Gruochs Gemach hatte der zweite Wächter neben ihrem Bett Wache gestanden. Er verneigte sich und zog sich mit dem anderen auf den zugigen Korridor zurück. In den schmiedeeisernen Halterungen neben dem Eingang warfen zwei Pechfackeln warmes Licht auf die mit leeren Augen an die Decke starrende Gestalt im Bett, die in der Flut von Kissen und Decken klein und zerbrechlich wirkte.

»Du wolltest mich sehen?« Nur mühsam konnte er die Ungeduld unterdrücken, die sich verstärkte, als sie mit keinerlei Regung auf seine Anwesenheit reagierte.

»Was gibt es?«, knurrte er schroff und trat näher an die Bettstatt, was dazu führte, dass sein Gesicht nun völlig im Schatten der in seinem Rücken brennenden Fackeln lag.

»Wo bist du?«, hauchte sie und tastete wie eine Blinde nach ihm, bis sich ihre kalte Hand mit erstaunlicher Kraft um die seine schloss.

»Ich bin hier«, sagte er befremdet. »Was ist mit dir?«

Wirre Augen suchten sein Gesicht und als ihr leerer Blick ihn fand, setzte sie sich abrupt auf und ihre andere Hand zuckte vor, um sich zitternd auf seine Wange zu legen. Sanft folgte sie den Umrissen seines Kinns, den Hals hinab bis zu seiner Schulter. »Du lebst!«, murmelte sie und ließ sich erschöpft in die Kissen sinken.

»Natürlich lebe ich!«, gab er heftig zurück. »Warum sollte ich nicht leben?«

»Er lebt«, murmelte sie wie zu sich selbst und schloss die Augen.

Mac Bethad ergriff sie wütend an den Schultern und schüttelte sie. Als dies keine Wirkung zeigte, holte er aus und schlug ihr zweimal hart ins Gesicht. Während das erschreckend laute Klatschen noch im Raum verhallte und sich rote Male auf ihre Wangen legten, erwachte sie aus der Besinnungslosigkeit und schluchzte wild und hemmungslos.

»Ich habe geträumt, du wärest tot«, stieß sie weinend hervor. »Und unser Sohn hat dich erschlagen.«

Als ihre erstickten Schluchzer leiser wurden, erkannte Mac Bethad, was er so lange verdrängt hatte – sie war wahnsinnig! Die dunkle Macht, die sie zu der Freveltat angetrieben hatte, strafte sie nun mit solchen Träumen und ließ ihr Leben zur

Hölle auf Erden werden. Auch ihn floh der Schlaf immer öfter, doch seit er das Lager mit Beornwyn teilte, waren die Qualen der Albträume nicht mehr so schrecklich wie zuvor.

»Schlaf noch ein wenig.« Sanft drückte er ihren Kopf in die Kissen zurück und strich ihr das wirre Haar aus der Stirn. »Du hast nur schlecht geträumt.« Mit einem letzten Blick auf die elende Gestalt, die einmal seine schöne Gefährtin gewesen war, wandte er dem Bett den Rücken zu. Er schloss die Tür und ging grübelnd zu seinem Gemach zurück.

Die königliche Festung von Dunsinane, Januar 1041

Der Morgen war klar und klirrend kalt. Mac Bethad schickte als erstes nach seinem Leibarzt. »Seht nach meiner Gemahlin«, instruierte er den alten Mann, der sich nur mit Schwierigkeiten wieder aus der tiefen Verbeugung aufrichtete, nickte und sich schweigend zurückzog. Beornwyn hatte schon beizeiten die Kammer verlassen, um einige Dinge mit der ihr zugeteilten Zofe zu regeln und Mac Bethad war froh, allein zu sein. Seinen Knappen hatte er schon lange von den üblichen Pflichten entbunden. Er wollte den Burschen nicht zwischen den Füßen haben, wenn er seinen Liebesspielen mit der Gemahlin eines seiner Untertanen nachging. Er hatte sich daran gewöhnt, sich ohne Hilfe anzukleiden. Während er die vielen Schichten seiner Kleider vor dem halbblinden Spiegel zurechtzupfte, starrte er versonnen das Bild an, das die stumpfe Oberfläche zurückwarf. Täuschte es, oder waren seine Schultern nicht mehr so straff wie früher? Auch sein Mund wirkte weniger energisch als noch Wochen zuvor. Mit einem Lächeln auf den Lippen schalt er sich einen Narren, warf den königlichen Umhang über und richtete sich zu seiner vollen Größe auf. Unsinn! Er war noch immer der unbezwingbare Feldherr, der die Norweger besiegt hatte. Der Schlachtplan, den er mit dem Großen Rat heute durchgehen wollte, würde die Engländer bis in alle Ewigkeit das Fürchten lehren. Sie hatten keine Zeit mehr zu verlieren! Mit einem letzten Blick in den Spiegel verließ er die Kammer mit energischem Schritt.

◈

Eine winzige Kammer in der königlichen Festung in Dunsinane, Januar 1041

Freudetrunken zog Leofric den schweren Kapuzenmantel über den Kopf und pfiff vor sich hin. Er konnte kaum glauben, was in der vergangenen Nacht geschehen war.

Arglos war er Moragς Wunsch nachgekommen, sie weiter in die Kunst des Schreibens einzuführen, doch kaum hatte sich die Tür seiner Kammer hinter ihnen geschlossen, hatte sie ihm die Feder aus der Hand genommen und ihn leidenschaftlich geküsst. Dann hatte sie sich aus ihren zahllosen Röcken geschält, bis sie schließlich in makelloser Nacktheit vor ihm stand. Schließlich hatte sie ihn entkleidet. Energisch, aber zärtlich hatte sie ihn aufs Bett gezogen; was dann folgte, ließ ihm immer noch einen Schauer der Lust über den Rücken laufen. Er würde es sein ganzes Leben nicht vergessen.

Am Morgen war sie schon lange vor ihm aufgestanden, um ihren Pflichten nachzugehen, doch vor Verlassen der Kammer hatte sie ihm ins Ohr geflüstert, dass sie ihn liebte. In seinem Bauch schienen Schmetterlinge zu fliegen, deren Flügelschlag seinen Körper zum Vibrieren brachte. Niemals hätte er zu hoffen gewagt, dass ein so schönes Wesen wie Morag einen Krüppel wie ihn anziehend finden könnte. Nachdem sie sich ein zweites Mal geliebt hatten, hatte sie ihm kichernd gestanden, dass es die Schönheit seiner Schrift gewesen war, die sie in ihren Bann gezogen hatte.

Er schloss die Tür hinter sich, um in die Halle zu eilen, in der der Große Rat tagte. Ein Gedanke schoss ihm durch den Kopf: Dies war das Einzige, das ihm niemand nehmen konnte.

Ein geräumiges Gemach in der königlichen Festung von Dunsinane, Januar 1041

»Reichst du mir den Silberfaden?« Geschickt fing Gwynn die zierliche Spule auf, die Màiri ihr zuwarf. Plötzlich polterte ein Soldat herein und bat sie, ihre Stickerei zu unterbrechen und ihm ins Gemach ihrer Herrin zu folgen. Màiri legte ihren Stickrahmen ebenfalls beiseite und folgte Gwynn. In der Festung waren zahlreiche Menschen unterwegs, die sich um die Vorbereitungen der Belagerung kümmerten. Alle schienen nervös und fahrig zu sein. So mussten die drei immer wieder vorbeihastenden Soldaten ausweichen. Die Tür zur Kammer der Königin war bewacht, doch der Wachhabende öffnete zuvorkommend, als er die beiden Frauen sah.

Der verdunkelte, vom schwachen Licht einer Fackel erleuchtete Raum roch schwer nach Kräutern und Ölen. Gwynn und Màiri machten einen Knicks vor der reglos auf dem Bett Ruhenden und wandten sich fragend dem Leibarzt zu.

»Ich brauche nur eine von euch. Die andere kann in zwölf Stunden wiederkommen.« Seine vor Müdigkeit schweren Augen wanderten von einer zur anderen und blieben bei Gwynn stehen.

»Dann löse ich dich heute Abend ab«, sagte Màiri, schmunzelte und sah auf ihren runden Bauch. »Ich schlafe sowieso nicht besonders gut in letzter Zeit.«

Gwynn nickte und betrachtete die Königin.

»Sie fantasiert«, ließ der Arzt sie wissen und legte eine Hand auf die glühende Stirn der Patientin. »Irgendetwas scheint ihr den Verstand zu rauben.« Er seufzte leise und Gwynn fragte sich, ob auch er inzwischen wusste, was der Königin so schwer auf dem Gewissen lastete. »Sorge dafür, dass die Fackel nicht ausgeht.« Er erhob sich von einem Schemel und griff nach einem kleinen Tiegel »Trage ab und zu ein wenig von diesem Öl auf ihre Schläfen auf. Es lindert die Qualen.«

Mit einem stummen Nicken setzte sich Gwynn auf den Schemel und ergriff die knochigen Hände ihrer Herrin, die regungslos an die weiße Decke starrte. Mitleidig betrachtete sie das eingefallene Gesicht: die tiefen Augenhöhlen und das stumpfe, inzwischen beinahe vollständig weiße Haar. Was für eine grausame Bestrafung; die Tat hatte sie die Seele gekostet.

Kapitel 48

Eine Kammer in der königlichen Festung von Dunsinane, Januar 1041

Màiri hatte sie am Abend abgelöst und sie hatte die ganze Nacht durchgeschlafen. Gegen Mitternacht hatte sich Duncan in Gwynns Kammer geschlichen, doch sie hatte sich mit einem müden Grunzen umgedreht und weitergeschlafen, bis der Lärm der Männer im Hof sie aus einem unruhigen Traum gerissen hatte. Während sie sich ankleidete, versuchte sie vergeblich, sich an ihre Träume zu erinnern. Sie zurrte die letzten Schnürungen fest, drückte die kleine Haube auf die Locken und machte sich für ihren Dienst bereit. Essen konnte sie später. Wenn Gruoch schlief, würde sie einen der Wächter bitten, ihr etwas zu essen zu besorgen.

»Sie hat die Tat fast gestanden!« Màiri stürmte mit vor Aufregung geröteten Wangen in die Kammer und packte Gwynn an den Schultern.

»Was?«, fragte Gwynn fassungslos und befreite sich aus dem schmerzhaften Griff.

»Sie ist schlafgewandelt«, flüsterte Màiri und zog ihre Freundin ans Fenster. »Und die ganze Zeit über hat sie von Blut und Mord gefaselt.«

Gwynn runzelte die Stirn. Offiziell leugnete jeder auf der Burg die Tat. Es war gefährlich, gerade jetzt, wo alles darauf ankam, dass sie gegen die Belagerer eine starke Front bildeten, den Samen der Zwietracht zu säen. »Behalte es für dich!«, ermahnte sie Màiri. »Noch ist die Zeit nicht reif dafür.« Mit diesen warnenden Worten wandte sie sich ab und eilte zum Krankenlager.

Als sie sah, dass der alte Leibarzt vor Erschöpfung nahezu grau wirkte, schlug sie vor, sich ein Weilchen auszuruhen. Mit einem dankbaren Lächeln legte er ihr eine seiner gichtsteifen Hände auf den Arm. »Wenn du meinst, du kommst allein mit ihr zurecht, wäre ich in der Tat froh, eine Weile die Augen schließen zu können.«

Gwynn nickte mitfühlend und half ihm, aufzustehen. »Sie scheint ruhig zu sein«, stellte sie mit einem Blick auf die Königin fest, deren flache Atemzüge in regelmäßigen Abständen ihren mageren Brustkasten hoben und senkten.

Nachdem die Wachen die Tür hinter dem erschöpften Arzt geschlossen hatten, trat sie nachdenklich ans Fenster und starrte auf den von Menschen wimmelnden Burghof hinab. Während sie den Blick über die weit entfernten Berge schweifen ließ, verfluchte sie die krankhafte Machtgier, die sie alle in diese aussichtslose Lage gebracht hatte. Warum mussten so viele unschuldige Menschen für die Fehler anderer bezahlen?

Ein heiseres Stöhnen riss sie aus den Gedanken. Die Königin war aufgewacht und hatte sich in den Kissen aufgerichtet.

»Wurzel ausreißen«, murmelte sie mit tonloser Stimme vor sich hin. »Das Übel muss erstickt werden.«

Was zum Teufel meinte sie damit? Gwynn kniete sich neben

das Bett und versuchte, der mit wirren Augen das Zimmer absuchenden Königin beruhigend die Hände zu halten.

»Ich muss ihn retten!«, rief diese, befreite sich mit unerwarteter Kraft und stolperte aus dem Bett auf eine der Kirschholztruhen zu, die ihre Gewänder enthielten. »Geh mir aus dem Weg«, zischte sie, warf sich einen schweren Mantel über das durchscheinende Nachtgewand und hastete, an Gwynn vorbei, zur Tür. Wo wollte sie hin? Da sie sie nicht aufhalten konnte, lief Gwynn hinter der Königin her; vorbei an den Wachen, die den Frauen stirnrunzelnd folgten, den Gang entlang, bis sie vor der Kammer ihres Sohnes standen.

Vermutlich hatte sie schlecht geträumt und wollte sich versichern, dass es dem Kleinen gut ging, vermutete Gwynn. Sie verlangsamte die Schritte und wischte sich den Schweiß aus dem Gesicht. Sie folgte Gruoch in Birks Kammer, wo diese, zwischen einem wilden Haufen Spielzeug, vor dem Bett des Jungen kniete, der friedlich schlummerte. Nur mühsam unterdrückte sie den Drang, näher zu treten und den zerzausten Schopf des Jungen, der in seinem blauen Lieblingsnachthemd wie ein kleiner Engel wirkte, zu liebkosen.

Gruoch wirbelte herum. »Lass uns allein!«, herrschte sie Gwynn an.

Einen Augenblick lang starrte Gwynn sie verdutzt an, dann verließ sie die Kammer, ließ die Tür jedoch einen Spaltbreit offen und wartete.

Das Kinderzimmer in der königlichen Festung von Dunsinane, Januar 1041

Der Dämon musste verjagt werden! Mit fiebrigen Augen sah Gruoach ihren Sohn an, dessen liebliches Gesichtchen sie mehr denn je an einen Boten des Todes erinnerte. Sie hatte wieder diesen furchtbaren Traum geträumt, der ein Zeichen Gottes sein musste, um ihren Gemahl vor Schaden zu bewahren. Die verfluchten Hände der Natternbrut, die sie an ihrem Busen genährt hatte, würde ihrem Liebsten keinen Schaden zufügen! Während sie Birk anstarrte, warf dieser sich hin und her, öffnete verschlafen die Augen und blinzelte sie verschlafen an.

»Mutter?«, fragte er ungläubig und rieb sich mit den kleinen Fäusten die Augen. Obwohl sie diese kindliche Geste bis tief ins Innerste ihrer Seele berührte, war sie fest entschlossen, sich nicht von seiner unschuldigen Erscheinung täuschen zu lassen. Sie hatte im Traum gesehen, wozu diese scheinbar harmlosen Hände in der Lage waren! Mit einem süßen Lächeln auf den Lippen setzte sie sich auf die Bettkante und zog ein Kissen unter seinem Kopf hervor.

»Wollen wir spielen?«, fragte Birk mit leuchtenden Augen.

»Ja«, erwiderte sie und drückte sich das Kissen an die Brust. »Ich möchte ein sehr schönes Spiel mit dir spielen.«

Mit aller Kraft presste sie ihm das Daunenkissen ins Gesicht. Der Junge verkrampfte sich und strampelte verzweifelt mit den Beinen. Panisch grub er die kleinen Fingernägel in Gruochs Armbeugen und hinterließ blutige Spuren auf ihren Unterarmen. Doch schon bald erschlaffte der kleine Körper und leistete keinen Widerstand mehr.

◈

Mit einem Schrei brach Gwynn durch die Tür, entriss der Königin das Kissen, das sie immer noch auf das Gesicht des Kindes drückte. Ohne nachzudenken, stieß sie sie vom Bett weg und schüttelte die reglose Gestalt des kleinen Birk, bevor sie mit einem trockenen Schluchzen das Ohr an seine leblose Brust presste. Er war tot.

»Ihr habt ihn getötet!«, brüllte sie und ging auf Gruoch los, die sich in eine Ecke zurückgezogen hatte und wirres Zeug faselte. Ehe sie die Königin packen konnte, kamen die beiden Leibwächter in die Kammer gestürzt und rissen sie weg.

»Was geht hier vor, Herrin?«

Der Mann, der Gwynn mit hartem Griff zurückhielt, benötigte all seine Kraft, um sie zu bändigen. Mit wüsten Flüchen und hysterischem Geschrei trat sie nach ihm und versuchte, ihn zu beißen. »Sie hat Birk getötet!« Sie brach in seinen Armen zusammenn und weinte. Von heftigen Weinkrämpfen geschüttelt, wiederholte sie ihre Anschuldigung immer und immer wieder, bis Gruoch, die sich verwirrt über die Augen strich, schließlich mit harter Stimme befahl:

»Bringt sie in den Ostturm!« Sie blickte den Leichnam ihres Sohnes an. Es schien jedoch, als würde sie durch ihn hindurchsehen.

»Er war bereits tot.«

Die Wachen sahen sich zweifelnd an, gehorchten jedoch und führten Gwynn in den Gang hinaus.

Ihre leeren Augen starrten auf die leblose Hülle ihres Kindes. Die bläulich verfärbte Zunge war zwischen den geschwollenen Lippen eingeklemmt, die in dem weißen Gesicht seltsam dunkel wirkten. Sie erschauerte. Es war ein grauenvoller Anblick, doch sie hatte keine andere Wahl gehabt. Oder? Mit einem verzweifelten Wimmern kniete sie sich neben Birk auf den kalten Steinboden und wiegte ihn in den Armen. Mein Sohn! Nie wieder würde sein helles Lachen die Burg erfüllen. Während sie ihn sanft schaukelte, summte sie eine Melodie, die sie ihm als Säugling immer vorgesungen hatte. Doch kaum war die letzte Strophe verklungen, nahmen seine toten Augen plötzlich einen teuflischen Glanz an. Schreiend ließ sie den Körper fallen und stürzte in kopfloser Panik zur Tür hinaus. »Dämon!« Mit klopfendem Herzen flog sie den Korridor entlang zu ihrem Gemach, schlug die Tür hinter sich zu und verriegelte sie mit zitternden Händen. Hier konnte er sie nicht erreichen. Mit einem hastigen Griff riss sie das Kruzifix von der Wand und fiel auf die Knie. Sie presste es so fest an sich, dass sich das Holz in ihren Handballen grub und dann begann sie, zu beten.

◈

Die königliche Festung von Dunsinane, Januar 1041

Rüde wurde Gwynn von dem Soldaten, der sie in Birks Kammer ergriffen hatte, den Korridor entlang zur Treppe geschleift. Sie wehrte sich wie eine Furie gegen seinen brutalen Griff, doch er hielt ihren schmerzenden Oberarm mit eiserner Kraft umklammert.

»Sie hat ihren Sohn ermordet!«, schrie sie und versuchte, dem sie um zwei Köpfe überragenden Mann in die Augen zu sehen. Als das keine Wirkung zeigte, trat sie ihm mit voller Wucht gegen das Schienbein. »Hört Ihr mich nicht?« Ihre Stimme hallte von den Wänden wider. »Sie hat den Thronerben getötet!«

Kaum hatten das gesagt, hielt er an, wirbelte sie herum, packte sie mit beiden Händen an den Schultern und schüttelte sie unsanft.

»Hör auf damit!«, bellte er sie an. »Ich befolge Befehle. Mehr nicht.« Mit diesen Worten ließ er ihren linken Arm los und stieß sie auf den Treppenabsatz der engen Wendeltreppe zu, die in den Ostturm hinaufführte.

Dem anderen Soldaten, der ihnen in einigem Abstand folgte, war anzusehen, dass er zwischen Mitleid und Zweifel hin und hergerissen war. Als Gwynn seinen Blick sah, stemmte sie sich gegen den Breitschultrigen, der sie unnachgiebig die Treppe hinaufschob, und schrie: »Die Wahrheit wird ans Tageslicht kommen!« Wütend stampfte sie mit dem Fuß auf und einen Augenblick lang schien es, als ob sie Erfolg hätte. Doch dann warf der erste sie über seine Schulter. »Ich hab genug«, knurrte er ärgerlich und stapfte unbeirrt die Treppen hinauf, ihrem Gefängnis entgegen. Vor der Tür setzte er sie unsanft ab und suchte an einem dicken Bund nach dem richtigen Schlüssel.

Während er ihn ins Schloss der eisenbeschlagenen Tür schob, rief Gwynn dem zweiten Wachmann zu: »Sagt bitte dem Knappen des Königs, was geschehen ist!« Bevor sie noch etwas hinzufügen konnte, schob der Breitschultrige sie in die Zelle, schlug die Tür zu und ließ den Riegel von außen über das Holz schießen. Verzweifelt hämmerte sie gegen das raue Holz, bis ihre Arme und Schultern brannten wie Feuer. Gwynn sank entkräftet zu Boden, vergrub das Gesicht in den Händen und begann, bitterlich zu weinen.

Erst nach Stunden versiegten die Tränen und ihr Kopf fühlte sich an, als würde er jeden Augenblick bersten. Plötzlich hörte sie Schritte vor der Tür, sie sprang mit neuer Kraft auf und presste ein Ohr gegen das Holz. Jemand hatte Hilfe geschickt! Doch als der Riegel zurückgeschoben wurde, tauchte der Kopf des unnachgiebigen Wächters in der Öffnung auf und ihre Hoffnung platzte wie eine Seifenblase. Wortlos betrat er mit einem Tablett voller Essen und einem Krug Wasser die Zelle, setzte alles auf einem kleinen Tisch ab und ging mit mürrischer Miene wieder hinaus; ohne sie auch nur einen Moment aus den Augen gelassen zu haben. »Wartet!«, flehte Gwynn, doch es war zu spät. Der Riegel rastete wieder ein, als sich ihre Hand um die kalte Klinke schloss.

»Verdammt!« Ärgerlich versetzte sie der Tür einen Tritt; Trauer und Traurigkeit wichen der Wut. Was dachte sich diese Wahnsinnige eigentlich? Glaubte sie wirklich, das Problem lösen zu können, indem sie die Zeugin einsperrte? Vermutlich würde ihr das sogar gelingen, musste sie sich eingestehen; denn wer würde ihr diese Tat zutrauen?

Sie ließ sich auf die Matratze fallen und grübelte über ihre Lage nach. Nach einer Weile stand sie auf, hob entschlossen den Kopf und sah sich in ihrer Turmzelle um. Die runden Wände waren in regelmäßigen Abständen mit schmalen Schießscharten versehen. Nur mit Mühe und wenn sie sich auf einen der morschen Schemel stellte, konnte sie ihren Kopf hindurchzwängen. Über ihr stützten dicke Holzbalken, auf denen verwaiste Schwalbennester saßen, das Dach ab. Unter ihr wiegten sich die kahlen Baumwipfel des Birnam Wood im Ostwind.

Schaudernd zog sie den Kopf zurück und betrachtete das Innere der spärlich eingerichteten Zelle. Ein altes, aber gemütliches Bett, zwei Schemel und ein Tisch. Links neben der Tür war die Feuerstelle mit Holz und Reisig; in einer irdenen Schale lagen Feuersteine und Stroh zum Anzünden. In der Zelle war es empfindlich kalt, also hockte sich Gwynn hin und begann, die Scheite in dem verrußten Kamin zu einer ordentlichen Pyramide aufzuschichten und die Steine gegeneinander zu schlagen. Schon bald loderte eine wärmendes Feuer in dem alten Kamin.

Gwynn wärmte sich dankbar die steifen Hände und als ihr Magen knurrte, erinnerte sie sich wieder an das Tablett mit Essen. Misstrauisch, aber auch hungrig, beäugte sie das Mahl, das aus Haferbrei, einem alten verschrumpelten Apfel und etwas Honig bestand. Sie träufelte den dunklen Tannenhonig über den noch leicht dampfenden Porridge und schlang das Essen im Stehen hinunter. Nachdem sie den letzten Löffel zu sich genommen hatte, setzte sie den Krug an die Lippen und trank gierig. Mit einem zufriedenen Seufzen wischte sie sich den Mund ab. Was nun? Irgendwie musste sie Duncan davon in Kenntnis setzen, was geschehen war. In der abgelegenen Turmzelle half Schreien nichts und wenn sie ihre Haube oder etwas Ähnliches vor das Fenster band, würde es nur helfen, wenn sich Duncan zufällig im Birnam Wood aufhielt. Sie musste sich eingestehen, dass ihre einzige Hoffnung der jüngere der beiden Leibwächter war.

Kapitel 49

Das Kinderzimmer in der königlichen Festung in Dunsinane, Januar 1041

Er kniete vor dem Bett seines Sohnes und wiegte dessen leblosen Körper in seinen Armen, ein stummes Gebet auf den Lippen. Entsetzen und Trauer hatten von Mac Bethad Besitz ergriffen.

Ein Bote hatte ihm mitgeteilt, dass Birk im Schlaf gestorben sei, doch jede Faser seines Körpers wehrte sich dagegen, dass das Licht dieses jungen Lebens aufgehört haben sollten zu leuchten. Vermutlich handelte es sich nur um eines der übermütigen Spiele, mit denen es dem kleinen Burschen immer wieder gelang, ihn zu foppen. Wären da nicht die dunklen Lippen und die wächserne Haut des Kindes gewesen, hätte er der tröstenden Lüge gelaubt – so sehr sehnte sich sein zerrissenes Herz danach. Heiße Tränen liefen dem König die Wangen hinunter und benetzten die toten Augen seines Sohnes. Mit einem erstickten Laut strich er eine Strähne des noch leicht feuchten Haars aus der kalten Stirn und streichelte die weiche durchscheinende Haut.

Wer sollte jetzt seinen Thron erben? Wer sollte das zerrissene Reich nach seinem Tod in eine friedliche Zukunft führen – ohne mit dem Makel der unrechtmäßigen Herrschaft behaftet zu sein? War dies die Rache der doppelzüngigen Weiber, die er ins Höllenfeuer geschickt hatte? Hatten sie selbst aus dem Reich der Toten noch Macht über ihn? Er stöhnte und fuhr sich mit der Hand an die Stirn, um den hämmernden

Kopfschmerz zu vertreiben, der ihm den Schädel zu spalten drohte. Jemand musste den Knaben getötet und die Befehle der Dämonen ausgeführt haben! Aber wer? Nur eine Zauberin würde für das giftige Geflüster aus der Unterwelt empfänglich sein. Langsam nahm der Gedanke Gestalt an und ein unaussprechlicher Verdacht begann sich in seinem Kopf einzunisten.

Beornwyn! Deshalb hatte sie ihn mit ihrer überirdischen Schönheit verhext. Der einzige Grund, warum sie geblieben war, als sich ihr Gatte bei Nacht und Nebel davongeschlichen hatte, war die Ausführung dieses teuflischen Planes gewesen.

Mit einem heiseren Wutschrei ließ er den Körper seines Sohnes in die Kissen gleiten und stürmte aus der Kammer; das blanke Schwert in der zitternden Hand.

»Wo ist sie?«, wütete er, als er auf den Gang hinausstolperte, auf dem inzwischen dutzende Neugieriger zusammengelaufen waren. Vor Raserei tobend stürzte er die Treppen hinab, rannte durch die Eingangshalle und bahnte sich seinen Weg durch die an der Doppeltür versammelten Soldaten. Schwer atmend stand er auf dem schlammigen Hof und sah sich mit irrem Blick um. Dort! Einen Korb über den Arm gehängt, steuerte sie mit federndem Gang auf die Zugbrücke zu, wobei sie den Männern, deren Blicke ihr bewundernd folgten, ein Lächeln schenkte.

»Haltet sie auf!«, brüllte Mac Bethad. Die Pechgießer und Knechte sahen neugierig auf und beobachteten den König, wie er auf das Tor zustürmte.

»Haltet die Hexe auf!«, donnerte Mac Bethad und augenblicklich kreuzten die Torwächter ihre Lanzen vor Beornwyn. Verwirrt hielt sie inne, drehte sich um und erschrak, als sie ihren Liebhaber mit vor Wahnsinn glühenden Wangen und gezogenem Schwert auf sich zustürmen sah.

»Hexe! Du hast meinen Sohn getötet!«

Beschwichtigend hob sie die Arme. Der Korb glitt ihr aus der Hand. »Nein«, stammelte Beornwyn und wich einen

Schritt zurück, doch Mac Bethad stand schon vor ihr. Außer sich vor Wut und Trauer packte er sie am Genick und rammte ihr mit solcher Wucht das Schwert in die Brust, dass es ihren schlanken Körper durchdrang und am Rücken wieder austrat. »Nein«, hauchte sie erneut und sank tot zu Boden. Mit einer verächtlichen Bewegung zog er die Klinge zurück und trat gegen die Leiche, die vornüber auf seine Stiefel gefallen war.

»Zieht sie aus und werft sie über die Mauer!«

Die königliche Festung von Dunsinane, Januar 1041

»Was?« Duncan sah Màiri ungläubig an. Der von Zweifeln gequälte Wachmann hatte sie abgepasst, als sie nach Gruoch hatte sehen wollen, die sich in ihrem Gemach verbarrikadiert hatte. Er nutzte die Abwesenheit seines Kameraden, hatte ihr von dem beängstigenden Vorfall berichtet und den Weg zu Gwynns Gefängnis gewiesen. Duncan war entsetzt. Die Königin hatte ihren eigenen Sohn erstickt und die einzige Zeugin aus dem Weg geschafft? Gwynn schwebte in Lebensgefahr. Falls Gruoch aus ihrer Reise in den Wahnsinn zurückkehrte und ihr bewusst wurde, dass Gwynn für sie eine Gefahr darstellte, würde sie sicherlich nicht zögern, auch sie zu töten. Sie könnte Gwynn die Treppe hinunterstürzen; jeder würde glauben, es ei ein Unfall gewesen. Er musste sie befreien. »Wir müssen den König informieren«, sagte Gareth, der Màiri fassungslos zugehört hatte.

Duncan schüttelte den Kopf. »Ich glaube nicht, dass er die Wahrheit hören will«, wandte er ein. »Aber du solltest ihn bitten, Gwynn freizulassen«, beharrte Gareth. »Sie kann nicht dort oben im Turm bleiben.«

Duncan setzte nicht allzu viel Hoffnung in Mac Bethad. Erst vor wenigen Tagen hatte er erfahren müssen, wie gleichgültig dem König das Schicksal seiner Untertanen war. Aber er wusste, dass Gareth Recht hatte.

Der Thronsaal der königlichen Festung von Dunsinane, Januar 1041

Mac Bethad saß auf dem Thron und starrte ins Leere. Alle Begleiter hatte er hinausgeschickt, doch er war nicht allein. Der nur schwach erhellte Raum war voller Dämonen der Vergangenheit. Das Bild seines Sohnes klammerte sich schmerzhaft an seine Erinnerungen und er hatte das Gefühl, sein lachendes Gesicht zu sehen. Doch noch weitere Geister schwebten vor seinen Augen. Plötzlich tauchten die hässlichen Fratzen der brennenden alten Weiber und das blutige Antlitz seines Freundes Banquo auf, die er mit einer ungeduldigen Geste wegwischte. Er musste sich auf die Schlacht mit der englischen Streitmacht, die sich der Festung näherte, konzentrieren.

Auch wenn er die Pläne und Strategien, die der Große Rat ersonnen hatte, bereits ungezählige Mal hin und her gewälzt hatte.

Ja!, er war ungehalten, dass man ihn störte und beobachtete ärgerlich, wie sich sein Knappe durch einen engen Türspalt schob und auf ihn zutrat.

»Herr.« Duncan verbeugte sich repektvoll und blickte flehend zu ihm auf. »Ich brauche Eure Hilfe.«

Doch die Aufmerksamkeit des Königs schien von etwas hinter seinem Rücken gefesselt zu sein, das er mit weit aufgerissenen Augen anstarrte. Neugierig wandte sich Duncan um und sah Mac Bethad, der sich wie in Trance erhoben hatte, irritiert an.

»Komm zu deinem Vater«, murmelte der König und streckte

dem leeren Raum einladend die Arme entgegen. »Ich wusste, dass du mich nur zum Narren halten wolltest.«

Ein kalter Schauer kroch Duncan den Rücken hinauf. Der König fantasierte. Duncan wartete, doch Mac Bethad schien seine Anwesenheit gar nicht zu bemerken. Nach einer Weile schlich er auf Zehenspitzen an ihm vorbei zur Tür.

Eine Turmzelle in der königlichen Festung von Dunsinane, Januar 1041

Unruhig ging Gwynn auf und ab. Sie war nun bereits seit dem frühen Morgen in der zugigen engen Zelle eingesperrt und langsam senkte sich die Dämmerung über die winterliche Landschaft vor den Fensterschlitzen. Der Breitschultrige hatte ihr noch einmal etwas zu Essen gebracht sowie einen warmen Mantel und zusätzliche Decken. Sie hatte versucht, mit ihm zu sprechen, doch er hatte sie nur schroff abgewiesen.

Sie nagte lustlos an der harten Brotkante, die sie sich für den Abend aufgehoben hatte und schmiedete Fluchtpläne, die sie sofort wieder verwarf. Wie es wäre, wenn man sie hier oben einfach vergessen würde?

»Gwynn? Geht es dir gut?«

Sie traute ihren Ohren nicht. Diese Stimme kannte sie nur zu gut.

»Duncan!«

Mit vor Freude wild pochendem Herzen sprang sie auf, pfefferte den Kanten auf den Tisch und eilte zur Tür. Ihre Lippen berührten das alte Holz.

»Hol mich hier raus!«

»Wir brauchen den Schlüssel. Das Schloss ist zu stark.«

Sie hätte verzweifeln können. Der stiernackige Wächter

bewahrte den Bund an seinem Gürtel auf und sie konnte sich nicht vorstellen, wie Duncan ihm diesen entwenden sollte.

»Morgen hat der andere Wachmann Dienst«, hörte sie von draußen. »Er hat versprochen, uns zu helfen.«

Mit einem Schlag schien ihr der Raum noch enger und unfreundlicher als zuvor. Warum nicht heute schon? Musste sie wirklich die Nacht in dieser Zelle verbringen? Sie wünschte sich so sehr, Duncan sehen und umarmen zu können. Es zeriss ihr beinahe die Brust.

»Ich muss gehen«, flüsterte er. »Ich liebe dich. Hab keine Angst.«

Gwynns Ohr streifte das Metall des Eisenbeschlages. »Ich liebe dich auch.«

◈

Im Licht der Morgensonne sah Gwynn die lange Reihe berittener Krieger und Fußsoldaten auf den Wald von Birnam zumarschieren. Die Vorfreude auf die bevorstehende Flucht hatte ihr den Schlaf geraubt, sodass sie nur wenige Stunden die Augen geschlossen hatte, um die Ruhe der ungewöhnlich hellen Nacht zu genießen. Ein Gedanke hatte den anderen gejagt, bis sie schließlich in den frühen Morgenstunden erschöpft eingedöst war, nur um wenig später vom Klang der Trommeln und Dudelsäcke wieder geweckt zu werden. Als sie aus dem Bett sprang, wäre sie um ein Haar über ihre achtlos hingeworfenen Kleider gestolpert, die sie hastig überstreifte, bevor sie den ungekämmten Schopf durch eine der Fensteröffnungen zwängte. Die Dämmerung kroch graurot von Osten über den Horizont und ein starker Ostwind jagte bizarre Wolkenformen über den Himmel. Königliche Banner flatterten in den Böen und das merkwürdig gedämpfte Licht des frühen Morgens wurde von den funkelnden Rüstungen der marschierenden Soldaten zurückgeworfen. Nie zuvor hatte Gwynn so viele Bewaffnete gesehen. Sie konnte die

Augen nicht von dem beeindruckenden Schauspiel abwenden, das unwirklich und zugleich bedrohlich wirkte. Mit zusammengekniffenen Augen versuchte sie zu erkennen, wie viele Krieger die englische Streitmacht umfasste, die nur noch durch einen breiten Baumgürtel von den Schotten getrennt war, doch der schneebedeckte Wald hatte bereits die meisten von ihnen verschluckt.

Dann traf sie die Erkenntnis wie ein Schlag. Duncan! Er musste unter den Soldaten sein! Oder war er in der Festung zurückgeblieben, um Frauen und Kinder zu beschützen? Sie versuchte vergeblich, sich weiter vorzubeugen und in dem endlosen Wurm der Soldaten ein Zeichen von ihm zu finden. Es war hoffnungslos. Inmitten des bunten Getümmels war es unmöglich, eine Person, geschweige denn ein Gesicht auszumachen. Er würde sie befreien! Er hatte es versprochen! Er hätte ihr gesagt, wenn er in die Schlacht hätte ziehen müssen. Sie versuchte sich einzureden, dass Duncan nicht unter den Kriegern war, doch es war ihr unmöglich, den Blick von dem nicht enden wollenden Zug abzuwenden.

Vor den Mauern der königlichen Festung in Dunsinane, Januar 1041

Verdammt!«, knurrte Duncan leise. Er war der Verzweiflung nahe. Gestern hatte er Gwynn versprochen, sie zu befreien. Heute marschierte er mit der schottischen Streitmacht einem zahlenmäßig beängstigend überlegenen Feind entgegen. Der Befehl war am frühen Morgen gekommen, als er im Knappenquartier noch in tiefem Schlaf gelegen hatte. Dann hatte nur noch Chaos geherrscht. Mit Erleichterung hatte er vernommen, dass Mac Bethad in der Festung zurückbleiben würde. Die Thane und Ritter ärgerten sich über die Feigheit des Königs, doch Duncan freute sich. Das bedeutete, dass er, als sein Knappe, nicht in die Schlacht ziehen würde. Doch weit gefehlt. Es hatte nicht lange gedauert, bis Thorn in die Ställe gestürmt war und allen Knappen befohlen hatte, die Waffen bereitzuhalten, da sie jeden Mann benötigten, um gegen die Übermacht der Engländer etwas ausrichten zu können.

Ohne sein verzweifeltes Gesicht zu beachten, hatten ihm die ersten Thane des Reiches ihre Ersatzwaffen in die Hand gedrückt, die nun auf dem Rücken seiner Stute lagen. Duncans eigenes Schwert und die schwere Streitaxt hingen an dem breiten Gürtel, der den Umhang über seinem Kettenpanzer zusammenhielt. Die Thane von Lenox, Menteth, Cathness und Angus ritten schweigend vor ihm; genau wie die anderen Adeligen und ihre Waffenträger hinter ihm. Alle hüllten sich in Schweigen. Er lauschte dem Klang der Instrumente, die dieses Mal, im Gegensatz zur Schlacht gegen die Wikinger, düster klangen. Es war eiskalt und ein böiger Wind wehte durch die Banner, während sich der Tross den Pfad entlang auf Birnam Wood zubewegte. In der Ferne stieg der Klang der Kriegstrommeln der Engländer gen Himmel.

»Ich frage mich, wie viele Feiglinge sich heute Nacht aus dem Staub gemacht haben?«, brummte der Than von Cathness. »Wenn ich ihm nicht die Treue geschworen hätte, würde ich heute auch auf der anderen Seite kämpfen«, gab Lenox verdrießlich zurück. Duncan wandte rasch den Kopf ab, als sich der Than von Menteth misstrauisch zu ihm umdrehte.

Kapitel 50

Der Thronsaal in der königlichen Festung von Dunsinane, Januar 1041

Von seinem eingeschüchterten Gefolge umgeben, saß Mac Bethad zusammengesunken auf dem Thron und lauschte dem Bericht des alten Medicus. Allem Anschein nach hatte sich seine verwirrte Gemahlin in ihre Gemächer zurückgezogen und sie von innen verriegelt, sodass niemand zu ihr kommen konnte. Zudem hatte sie befohlen, die Wachen vor ihrer Tür abzuziehen und sich geweigert, dem Leibarzt zuzuhören.

Doch das war nicht sein einziges Problem. Die Männer, die zurückgeblieben waren, um die Burg gegen die Belagerungsmacht zu befestigen, flohen in Scharen.

»Lasst sie fliehen«, zischte er, stand auf und schritt langsam die Treppen hinab auf den jungen Ritter zu, der ihm die Nachricht überbracht hatte, dass mehr als dreihundert Fahnenflüchtige auf dem Weg ins englische Feldlager waren.

Doch er wusste, bis zu dem Wald, der von Birnam bis nach Dunsinane reichte, hatte er nichts zu befürchten. »Lasst die Feiglinge fliehen!« Niemand konnte ihn bezwingen, dessen war er sich sicher.

»Seyton!« Wo zum Teufel steckte der Kerl? Er ließ sich auf den Thron fallen. Während er wartete, betrachtete er die Gesichter seiner Untertanen, in denen sich Furcht und Hass spiegelte. »Seyton!«, brüllte er erneut. Er wusste, dass der Kundschafter zurück war und wollte seinen Bericht. »Seyton, verflucht!« Gerade als er aufspringen und seine Wut an dem immer noch vor ihm knienden Boten auslassen wollte, kam der Kundschafter angerannt und ließ sich vor ihm auf ein Knie fallen.

»Was gibt es Neues?«, herrschte Mac Bethad ihn an.

»Ich kann nur bestätigen, was Euch bereits berichtet wurde, Herr«, sagte der Soldat atemlos.

Mac Bethad biss die Zähne zusammen und massierte sich die Schläfen. »Ist das so?«, presste er hervor. »Dann werde ich selbst in die Schlacht ziehen, um die Natternbrut zu vernichten!« Mit steinerner Miene starrte er auf den erschöpften Kundschafter. »Lasst jeden töten, der von Furcht spricht!« Mit diesen Worten stürmte er aus dem Thronsaal. Die Anwesenden sahen ihm verstört nach.

Eine Kammer in der königlichen Festung in Dunsinane, Januar 1041

Feigling und Verräter! Wütend knallte er die Tür seines Schlafgemachs hinter sich zu und riss den Schwertgürtel vom Haken. Wo war sein Knappe? Mit vor Zorn brennendem Gesicht riss er am Knauf und brüllte ungehalten den Gang entlang. »Duncan!« Er brauchte den Burschen, um seine Waffen anzulegen; schließlich hatte er in der Schlacht gegen die Wikinger bewiesen, dass er etwas taugte und sich im Angesicht der Gefahr nicht gleich die Hosen voll gemacht.

»Herr, Euer Knappe ist in den Kampf gezogen«, bemerkte ein Bediensteter schüchtern.

Richtig! Wie hatte er das vergessen können. Er hatte selbst befohlen, dass zuerst die Knappen und Jungritter den Engländern zum Fraß vorgeworfen werden sollten. Die erfahreneren Kämpfer würden später noch benötigt. Missmutig zog er seine staubige Rüstung hinter einem Schrank hervor und pfefferte sie neben das achtlos am Boden liegende Kettenhemd. Der Waffengürtel mit dem prunkvollen Schwert, das König Duncan ihm nach dem Sieg über Sweno geschenkt hatte, hing an einem Haken hinter der Tür.

Ungeduldig riss er sich den Mantel von den Schultern und wiegte den schweren Kettenpanzer in den Händen. Ihn anzulegen erwies sich als schwieriger, als er es in Erinnerung hatte, doch schließlich gelang es ihm, die steifen Lederriemen, mit denen der Brustpanzer befestigt wurde, unter Fluchen und Schimpfen festzuzurren. Er wichte sich den kalten Schweiß von der Stirn, streckte sich und legte den Schwertgürtel an. Es schien eine Ewigkeit her zu sein, dass diese Waffe auf einem Seidenkissen gelegen und ihn das ganze Land verehrt hatte. Wie jung und unschuldig er damals gewesen war. Wie unerfahren in Verrat und Falschheit. Hätte er nicht auf seine Gemahlin gehört, wäre er jetzt nicht in dieser ausweglosen Lage, dachte er verbittert. Gedankenverloren nahm er die funkelnde Krone vom roten Kissen und setzte sich auf. Nachdenklich wanderte er zum Spiegel und betrachtete sich. Wenn seine Gemahlin erst wieder genesen war, würden sie einen weiteren Sohn zeugen, der das Land mit eiserner Hand zusammenhalten und seine Linie fortführen würde!

◈

Ein Schlafgemach in der königlichen Festung in Dunsinane, Januar 1041

Sie warf sie sich auf dem zerwühlten Bett, das von ihrem kalten Schweiß feucht und klamm war, unruhig hin und her. Zum dritten Mal hatte sie der furchtbare Traum heimgesucht, doch anders als zuvor hatte sich die Gestalt ihres Sohnes neben dem schlaffen Körper ihres erschlagenen Gemahls in den jungen Prinzen von Cumberland verwandelt. Der Schrei hing noch an ihren Lippen, als sie mit rasendem Herzen auffuhr und sich in der verdunkelten Kammer umblickte, deren Wände immer näher zu rücken schienen. Mühsam stemmte sie sich aus den Kissen und schluckte trocken. Sie lehnte sich gegen die kalte Wand in ihrem Rücken und schlug die Hände vors Gesicht. Lange Zeit saß sie einfach nur da und hoffte, dass sich das beklemmende Gefühl in ihrer Brust legte. Als sie es endlich wagte, die Finger zu spreizen und hindurchzugucken, stockte ihr der Atem.

Von einem seltsamen Leuchten umgeben, stand ihr Sohn nur wenige Schritte von der Tür entfernt und winkte ihr mit einem süßen Lächeln zu. »Birk?«, hauchte sie und streckte die Hand nach ihm aus.

»Mutter«, erwiderte der Junge. »Spiel mit mir.« Dann wandte er sich um und ging auf die Tür zu.

»Warte!«, rief Gruoch und wollte ihm folgen, doch sie verfing sich in den Decken, die sich um ihre Beine schlangen wie tückischer Seetang in einem Loch. Als sie sich schließlich befreit hatte, war er verschwunden.

Sie musste ihm folgen! Sie schlang sich das dünne Nachthemd enger um ihren ausgemergelten Körper, schob den schweren Riegel zurück und hastete den Gang entlang, an dessen Ende ihr die immer schwächer werdende Gestalt ihres Kindes zuwinkte. Mit rasendem Herzen lief sie ihm nach und folgte ihm die gewundene Treppe hinauf, die auf den Wehrgang führte. Als sie den obersten Absatz erreicht hatte, dessen Bodenbretter von der unwirtlichen Witterung feucht und rutschig waren, musste sie Atem schöpfen. »Warte auf mich!«, rief sie der sich entfernenden Gestalt nach, doch der lächelnde Junge verlangsamte seine Schritte nicht. Hastig raffte sie die Röcke ihres Nachtgewandes und stolperte auf das Ende der Mauer zu, wo er bei den in den Himmel ragenden Zinnen auf sie wartete.

»Komm mit mir«, flüsterte er und trat an den Abgrund.

»Warte!« Gruoch kletterte auf die Mauer und folgte ihm.

Der Körper der Königin schlug auf dem hartgefrorenen Boden auf. Das Geräusch berstender Knochen hallte über den Hof. Der Schädel platzte augenblicklich und Hüfte und Rückgrat brachen auf dem Kopfsteinpflaster als seien sie aus Glas. Blut tropfte in den Schnee und malte bizarre Muster in den schmutzigweißen Matsch. Eine Frau, die in der Nähe einen Eimer mit Essensresten in die Küchengrube geleert hatte, stieß einen schrillen Schrei aus. Bald hatte sich eine Traube Schaulustiger um den marionettenhaft verknoteten Haufen toter Gliedmaßen versammelt.

Birnam Wood, Januar 1041

Die Fanfaren der gegnerischen Streitmächte waren so laut, dass Duncan sich am liebsten die Ohren zugehalten hätte.

Sie hatten den Rand des Waldes von Birnam erreicht und die Heerführer hatten Befehl zur Aufstellung gegeben. Sie würden darauf warten, dass die übermächtige englische Streitmacht den Schutz der Bäume verließ und sich nicht im Unterholz in eine Falle locken lassen. Da das Gelände keine Möglichkeit für einen Hinterhalt bot, mussten sie den Engländern direkt entgegentreten, ohne ihre Unterzahl verheimlichen zu können. Vielleicht waren die Berichte über die feindliche Truppenstärke ja übertrieben gewesen, um ihre Moral zu unterwandern, dachte Duncan. Doch eigentlich wusste er es, dass das nicht stimmen konnte, denn alle vertrauenswürdigen Kundschafter hatten dasselbe berichtet.

Wie immer hatten die Reiter hinter den Bogenschützen und Fußsoldaten Aufstellung genommen. Duncans Pferd, das seine Anspannung spürte, warf nervös den Kopf in den Nacken und scharrte mit den Hufen. Er hatte den Thanen ihre Waffen gereicht und umklammerte fest den beinernen Griff seines Schwertes, als könnte ihm die vertraute Wärme des geschnitzten Knochens die Furcht nehmen, die ihm die Kehle zuschnürte. Der Ostwind hatte an Stärke zugenommen und Duncans Kilt schlug ihm um die nackten Beine, sein langes Blondhaar fiel ihm ins Gesicht und nahm ihm kurz die Sicht. Mit einem Fluch zurrte er das Band, das die Strähnen zusammenhielt, fester und wartete angespannt auf den Ausfall des Feindes.

◈

»Der Tag der Rache ist gekommen!« Malcolms Bariton hatte Mühe, sich gegen das Heulen des Windes durchzusetzen, doch die entschlossenen Mienen der Soldaten zeigten ihm, dass auch diejenigen, die nicht hören konnten, was er sagte, seine Worte verstanden. Er hatte zusammen mit Siward und MacDuff den langen Zug der Krieger durch den dichten Wald auf eine weite Lichtung geführt, wo er den Befehl zum Halten gegeben hatte. Dieser Tag würde die Vergeltung für den feigen Mord an seinem Vater bringen! »Schneidet Äste ab und tragt sie vor euch her«, befahl er. »Dadurch können wir sie in die Irre führen und uns vor ihren Pfeilen schützen.« Er saß ab und mit einem dumpfen Laut fuhr die Klinge seines Breitschwertes durch den Stamm eines Birkenschößlings. Obwohl die Zweige der jungen Bäume noch nicht belaubt waren, würden sie den Männern genügend Schutz vor den tödlichen Geschossen der Schotten bieten, die sie, laut seiner Kundschafter, am Fuß des Burghügels erwarteten.

◈

Es war ein Massaker. Mit einem Kriegsgeheul, das Duncan das Blut in den Adern gerinnen ließ, brachen die Engländer in einer mehrere hundert Fuß breiten Formation aus dem Gehölz und bevor er begriff, was vor sich ging, spuckten die sich wie von Geisterhand bewegenden Bäume auf einmal tödliche Pfeile und Wurfgeschosse aus, die innerhalb weniger Wimpernschläge unzählige schottische Krieger zu Boden brachten. Bevor es Duncan gelang, seinem Pferd die Sporen zu geben, wanden sich bereits zahllose blutüberströmte Bogenschützen, von englischen Pfeilen durchbohrt, auf der sich rot färbenden Erde. Dann brach alle Ordnung zusammen. Die dänischen und norwegischen Söldner machten von hinten einen Ausfall durch die schottischen Reihen und ritten blindwütig auf den gesichtslosen Feind zu und plötzlich fand sich Duncan inmitten eines Knäuels verbissen kämpfender Krieger wieder. Um ihn herum starben schreiend Männer, denen er noch am Morgen zur Hand gegangen war, und ehe er sich versah, musste er sich verzweifelt gegen einen hünenhaften englischen Angreifer zur Wehr setzen, dessen schwarzes Shire Horse wie aus dem Nichts vor ihm aufgetaucht war.

Die verzerrten Züge des Mannes kamen ihm vage bekannt vor, doch es blieb keine Zeit, darüber nachzudenken, wo er den rothaarigen Riesen schon einmal gesehen hatte. Dieser hieb mit solcher Gewalt auf Duncans Schild ein, dass ihm der Griff beinahe aus der Hand glitt. Glücklicherweise konnte er den nächsten Schlag parieren und mit der Axt erwidern. Mit einem verächtlichen Lächeln wehrte sein Angreifer die hektischen, zu heftig geführten Schläge mit seinem eisenbeschlagenen Schild ab und drängte Duncan mit seinem mächtigen Schlachtross in Richtung Waldrand ab. Kurz davor, den Kopf zu verlieren, versuchte Duncan, die nur leicht bewehrten Beine des Reiters zu verletzen, doch dieser schien jede seiner Bewegungen vorherzusehen und wich gekonnt aus. Mit einer blitzschnellen Kombination schlug er ihm die Streitaxt aus der Hand und entblößte die gelben Zähne zu einem triumphierenden Grinsen. Ohne zu zögern, schwang er seine Axt, um Duncan, der inzwischen zwischen zwei Bäumen eingeklemmt war, den Todesstoß zu versetzen.

Duncan, der nicht glauben konnte, dass er Gwynn nie wieder sehen würde, beobachtete, wie der Krieger, der sein Pferd näher an ihn drängte, die Arme über den Kopf schwang, um zum tödlichen Schlag auszuholen. Die mächtigen Kiefermuskeln mahlten und der Bizeps des Kriegers spannte sich, als die

Waffe den Umkehrpunkt erreicht hatte. Doch gerade als die Schneide die Richtung ändern und auf Duncans Schädel niedersausen wollte, weiteten sich die Augen des Riesen, sein Mund öffnete sich zu einem lautlosen Schrei und eine blutige Speerspitze durchdrang seine Brust und zerfetzte den starken Kettenpanzer. Die Axt fiel aus der kraftlosen Hand, der Kämpfer glitt vom Rücken seines Schlachtrosses und schlug mit einem dumpfen Geräusch auf dem Boden auf.

»Ich konnte nicht zulassen, dass er dich auch noch tötet!« Gareths grinsendes Gesicht tauchte aus dem dichten Nebel auf. »Es reicht, dass er deinen Vater auf dem Gewissen hat.«

Bevor Duncan dem Freund für die Rettung danken konnte, bliesen die Fanfaren zum Rückzug und die Reiter um sie herum preschten in wilder Flucht zur Festung zurück. Auf die Schreie ihrer verletzten Kameraden achteten sich nicht. Die Hufe ihrer Pferde brachen ihnen die Knochen und zerfetzten ihre Leiber.

»Komm schon!«, drängte Gareth den immer noch vor Angst gelähmten Duncan, der auf seinem Pferd saß und nicht zu begreifen schien, was um ihn herum geschah. Gareth ergriff die Zügel der Stute und zerrte sie in gestrecktem Galopp auf die Mauern der Festung zu; die Engländer dicht auf den Fersen. Auf dem steilen Pfad zur Burg hinauf rutschten die verängstigten Tiere mehr als einmal aus und verloren beinahe den Halt. Doch Gareth und Duncan, der durch den scharfen Ritt aus seiner Trance erwacht war, gruben ihren Pferden die Fersen in die Seiten und trieben sie mit Rufen an.

»Zieht die Brücke hoch!«, brüllte jemand von den Zinnen, als die beiden sie gerade überquerten. Sie spürten, wie sich die dicken Holzplanken unter ihnen aufwärts bewegten. Duncans Stute verlor auf den schlüpfrigen Kopfsteinen im Hof den Halt und es gelang ihm gerade noch rechtzeitig, sich aus den Steigbügeln zu ziehen, bevor der schwere Körper des Tieres auf dem Boden aufschlug. Er landete kopfüber in einer

Schneewehe. Bevor sich Duncan von dem Schrecken erholen konnte, krachte die Zugbrücke dicht hinter ihm mit einem ohrenbetäubenden Knall gegen die Mauern. Seine Stute war wieder auf die Beine gekommen und wieherte.

»Erhitzt Pech und Öl!«, donnerte einer der auf dem Wehrgang postierten Männer. »Bemannt die Schießscharten!«

Während er mit halbem Ohr die Befehle wahrnahm, sah er die eingefallenen und blutigen Gesichter um sich herum. Gareth war in einer Menschenmenge verschwunden.

»Hol Holz für die Feuer, Junge!«, brüllte ihn jemand an. Duncan blieb keine Zeit, über die Schrecken der Schlacht nachzudenken.

Kapitel 51

Eine Zelle im Turm der königlichen Festung von Dunsinane, Januar 1041

Gwynn hatte die Schlacht von den Schießscharten aus voller Aufregung verfolgt. Es sah schlecht aus für die schottischen Soldaten, denen mehr als doppelt so viele Engländer heftig zusetzten. Zuerst hatte sie geglaubt, ihre übermüdeten Augen spielten ihr einen Streich, als sie sah, dass sich Bäume aus dem Wald lösten und auf die schottische Kampflinie zubewegten, doch dann erkannte sie, dass die Angreifer Schösslinge vor sich hertrugen. Es war ihr nicht gelungen, Duncan in dem wilden Getümmel auszumachen. Sie wusste immer noch nicht, ob er überhaupt mit den anderen ins Feld gezogen war. Doch wäre er nicht dort unten, hätte er inzwischen sicherlich sein Versprechen gehalten und sie befreit. Also blieb ihr nichts anderes übrig als zu beten, dass Duncan diesen furchtbaren Tag unbeschadet überstehen würde.

Tief unter ihr fielen die Männer wie Strohhalme. Von hier oben aus war es schwer, sich vorzustellen, dass die winzigen Figuren, die auf dem Schlachtfeld aufeinanderprallten, Menschen aus Fleisch und Blut waren. Dann endete der Kampf ebenso abrupt wie er begonnen hatte. Gwynn versuchte vergeblich auszumachen, wie viele Schotten es zurück zur Festung schafften. Als die Sonne kurz hinter einer dunklen Wolke hervortrat, meinte sie, Duncans Kilt auf der Zugbrücke erspäht zu haben.

◈

Die königliche Festung von Dunsinane, Januar 1041

Zieht die Banner auf!«, befahl der König schroff. Er war, gefolgt von einer Handvoll seiner treuesten Anhänger, in voller Rüstung in den Hof getreten, um sich über den Ausgang der ersten Schlacht zu informieren. »Lasst sie nur kommen«, knurrte er. »Unsere Mauern halten jeder Belagerung stand.« Zufrieden beobachtete er das geschäftige Hin und Her in den Höfen der Festung.

»Die Königin!«, schluchzte eine Magd, die von Seyton mit düsterer Miene vorgeführt wurde. Als sie seiner gewahr wurde, machte sie einen formlosen Knicks. »Die Königin!«

»Was ist mit der Königin?«, herrschte Mac Bethad sie an und wandte sich ungeduldig an Seyton. Dieser zögerte einen Augenblick, bevor er den Kopf senkte.

»Sie ist tot, Herr.«

Mac Bethad taumelte und stützte sich auf einen der hinter ihm stehenden Soldaten. »Tot?«, wiederholte er ungläubig. Tot. Wie war das möglich? Verwirrt wandte er sich von Seyton ab, dessen Blick ihm jeden Zweifel nahm, und schritt schwankend die Treppen hinauf in die Halle. Tot! Wie wenig doch das Leben zählt, dachte er verbittert. Weggewischt wie ein Schatten! Seine Augen füllten sich mit Tränen. Er ließ sich auf die schmutzigen Stufen fallen und bettete den Kopf in den Händen. Was sollte jetzt aus ihm werden?

Er schien ewig so gesessen zu haben, als er sich vage bewusst wurde, dass ein Mann vor ihm kniete und ihn mit bangem Blick beobachtete. Mutlos hob er den Kopf und starrte den Boten mit blutunterlaufenen Augen an.

»Was?« Der Soldat berichtete mit sich überschlagender Stimme von dem verheerenden Ausgang des ersten Zusammenstoßes mit dem Feind. Über zweitausend Schotten waren gefallen. Als er erzählte, dass sich die Engländer wieder gesammelt hatten und durch Äste und Zweige geschützt auf die Festung zumarschierten, sprang Mac Bethad auf und schlug dem Mann mit der geballten Faust ins Gesicht.

»Lügner!«

Als er erneut die Hand hob, um den Boten zu schlagen, wurde er von Seyton, der zwischen ihn und den Wehrlosen getreten war, daran gehindert.

»Man kann sie innerhalb von drei Meilen kommen sehen«, sagte er ruhig und wies auf die Tür. Mac Bethad griff nach seinem schmutzverkrusteten Umhang und eilte Seyton die schmale Treppe hinterher, die auf den Wehrgang führte.

»Wenn er lügt, lasse ich ihn am nächsten Baum aufknüpfen«, brummte er. Wenn nicht, dachte er, dann hat der Teufel gewonnen!

◈

Endlich hatte Duncan Gareth in einem der Stallgebäude gefunden, wo er seinen erschöpften Hengst abrieb und tränkte. Es war ein langer Tag gewesen und er war todmüde. Wie ein Leichentuch fiel die frühe Nacht über die verschneite Landschaft, deren Weiß vom Blut der Gefallenen getrübt war. Sie waren beide für den nächsten Tag eingeteilt und wollten die kurze Nacht nutzen, um ein wenig Schlaf zu finden. Doch zuerst musste Gwynn befreit werden.

»Du hast mir das Leben gerettet«, sagte Duncan nachdenklich. Er betrachtete seinen Freund, der sich nach getaner Arbeit Schmutz und Blut von Gesicht und Armen wusch. »War das der Mann, der meinen Vater erschlagen hat?« Seine Stimme zitterte.

»Ja.« Achtlos warf Gareth den löcherigen Lumpen in den Eimer, dessen Wasser inzwischen eine gräulichrote Färbung angenommen hatte, und blickte Duncan forschend in die Augen. »Du siehst grauenvoll aus«, stellte er mit einem leichten Grinsen fest, woraufhin sich Duncans traurige Miene etwas aufhellte.

»Du solltest dich selbst sehen«, feixte er und tauchte die Hände in den Eimer, um sich etwas kaltes Wasser ins Gesicht zu werfen.

»Wir sollten nach Gwynn sehen«, sagte Gareth. »Sie fürchtet sich dort oben sicherlich zu Tode.«

Nachdem sie den jungen Wachmann nirgends hatten auftreiben könne, standen die beiden ratlos auf dem winzigen Absatz der schmalen Wendeltreppe, der vor der schweren Tür zu Gwynns Zelle endete.

»Dann brechen wir eben die Tür auf!«, meinte Duncan und legte den Mund an die Tür. »Gwynn?«

Obwohl es kaum mehr war als ein Flüstern, hob Gareth warnend die Hand.

»Duncan! Du lebst.«

Duncan meinte ein unterdrücktes Schluchzen gehört zu haben. Forschend ließ er die Finger über das rostige Metall des riesigen Eisenschlosses gleiten. »Wir werden dich befreien«, beruhigte er sie. »Tritt von der Tür zurück.«

Er zog sein noch blutverschmiertes Schwert und rammte es mit aller Wucht in den breiten Spalt zwischen Tür und Rahmen, stemmte sich mit ganzer Kraft dagegen und bog die Waffe nach hinten. Die Klinge gab unter seinem Gewicht nach, doch die Tür wich keinen Zoll.

»Lass es mich versuchen.«

Gareth schob Duncans Arm ein wenig nach unten, setzte die Spitze seines Schwertes einen halben Fuß über der anderen Klinge an und legte alle Kraft in den Hebelarm. Langsam, ganz langsam gab die Tür nach, bis sie endlich aufbrach und scharfkantige Holzgeschosse in den Gang katapultiert wurden.

»Verflixt!«, fluchte Duncan und saugte an den Knöcheln seiner Rechten, die er sich an der rauen Steinmauer aufgerissen hatte. Gareth trat die zerstörte Tür aus den Angeln.

»Duncan!« Mit einem Aufschrei flog Gwynn, die in der hintersten Ecke der Zelle in Deckung gegangen war, auf ihn zu, schlang die Arme um seinen Hals und bedeckte sein Gesicht mit Küssen. Duncan ließ die Waffe fallen, zog sie an sich und streichelte ihren bebenden Rücken. »Ich dachte, du wärst tot«, murmelte sie, das Gesicht an seine Brust gelehnt.

»Nein, so leicht wirst du mich nicht los.« Er küsste ihre Locken und vergrub die Nase darin. »Nicht weinen. Es ist alles in Ordnung.«

Als sie schniefend zu ihm aufblickte, waren ihre Wangen feucht von Tränen, doch sie bemühte sich, tapfer zu lächeln. »Die Königin ist tot«, erzählte Gareth, der auf dem Gang gewartet hatte, nun aber den Kopf durch die Öffnung steckte. Als er sah, welche Wirkung seine Worte auf sie hatten, setzte er schnell hinzu: »Sie hat sich selbst gerichtet.«

Der Wehrgang der königlichen Festung von Dunsinane, Januar 1041

Mac Bethad stand auf der Brüstung des Nordturms und starrte auf das bizarre Schauspiel hinab. Bäume wogten hin und her. Die Phalanx rückte unaufhaltsam näher. Der dichte Hagel der Pfeile und Armbrustbolzen seiner Schützen bohrte sich in die natürlichen Schilde.

Kurz vor den Mauern ihrer Festung brachte ein Hornsignal die Armee der Engländer zum Stehen. Was hatten sie vor? Es war unmöglich, die mächtigen Befestigungsanlagen von Dunsinane Castle zu überwinden! Sein Blick folgte den scheinbar reglos verharrenden Männern tief unter ihm. Der Wald von Birnam hatte sich bewegt, aber es gab keinen Grund, sich vor den Engländern zu fürchten, redete er sich ein. Schließlich war es unmöglich, dass er von einem Mann besiegt wurde, den eine Frau zur Welt gebracht hatte!

Trotz aller Anstrengungen konnte er nicht erkennen, was hinter dem gewaltigen Schild aus Schösslingen vor sich ging, doch plötzlich, als die blasse Sonne von einer dunklen Wolke verschluckt wurde, teilte sich der künstliche Wald und spuckte eine Gruppe brüllender Männer aus, die mit einem gewaltigen Rammbock einen Ausfall wagten. »Pech!«, donnerte einer seiner Generäle und als der Angriffstrupp die von der Vorschanze geschützten Tore erreicht hatte, schwappte die kochend heiße, schwarze Flüssigkeit von den Zinnen auf sie hinab und verbrannte sie. Zwei der Krieger fielen auf der Stelle tot zu Boden, während sich ihre blasenwerfende Haut in Fetzen von den ungeschützten Gesichtern schälte. Die anderen ließen die Ramme fallen und diejenigen unter ihnen, die noch laufen konnten, ergriffen, ohne sich nach ihren Kameraden umzublicken, die Flucht. »Ha!« Triumphierend blickte Mac Bethad auf seine Männer hinab. Seine Festung würde nicht fallen! Nachdem das traurige Häuflein der Angreifer von der menschlichen Baumgruppe geschluckt worden war, geschah zunächst nichts und eine bedrohliche Stille, die nur vom wütenden Heulen des Sturms unterbrochen wurde, legte sich über das Schlachtfeld.

Dann, als ob ein unhörbares Kommando ertönt wäre, warfen die englischen Soldaten die blattlosen Schösslinge zu Boden und stürmten mit Leitern und gefährlich blitzenden Haken die Mauern. Bald war jeder Zoll der doppelten Ringmauer von Körpern bedeckt, die mühevoll gen Himmel krochen. Fieberhaft wurden überall Befehle gebrüllt. Die eingeschlossenen Schotten versuchten verzweifelt, die Angreifer daran zu hindern, die bewehrten Zinnen zu überwinden. Hunderte von englischen Kriegern fielen im surrenden Pfeilhagel; doch wo ein Mann zu Boden ging, schienen zwei ihn zu ersetzen. Auf dem überfüllten Wehrgang stolperten die Schotten, bei dem hoffnungslosen Versuch, überall zur gleichen Zeit zu sein, über ihre fluchenden Kameraden.

Tief unter sich erspähte Mac Bethad die Gestalt eines Engländers, der mit Hilfe eines Hakens die Mauer emporklomm. Er entriss einem seiner Männer den bereits gespannten Bogen und zielte. Mit lautem Surren schnellte das tödliche Geschoss von der Sehne und durchbohrte die Kehle des Angreifers, der lautlos in die Tiefe stürzte und zwei weitere Männer mit sich riss. Der blutgetränkte Boden war übersät mit Leichen, doch der Feind kämpfte weiter. Sollten sie mit derselben Zähigkeit weiterkämpfen, schoss es Mac Bethad durch den Kopf, würde es schwer werden für seine Männer, die Festung zu halten. Immer wieder schien ein Loch in der Verteidigung aufzureißen und den ersten englischen Soldaten war es bereits gelungen, der Mauerkrone gefährlich nahe zu kommen.

Die königliche Festung von Dunsinane, Januar 1041

Es dämmerte und langsam ging der zweite blutige Kampftag zu Ende. Die kurze Zeit, die ihm nach Gwynns Befreiung geblieben war, hatte Duncan tief schlafend in ihren Armen verbracht. Im Morgengrauen hatte sie ihn mit einem zärtlichen Kuss geweckt, bevor er erneut in die Schlacht gezogen war.

Seite an Seite mit seinen Kameraden versuchte er, der Flut der Engländer standzuhalten, die im Laufe des endlos scheinenden Tages den inneren Mauern der Festung immer näher kamen. Die Verteidigung auf den Zinnen war der Masse der Angreifer kaum mehr gewachsen. Duncan hatte das Gefühl, sein Schwert nicht länger halten zu können, als die Fanfare der Engländer zum Rückzug blies. Beim Blick auf die getöteten Engländer wurde ihm bewusst, dass auch der Feind hohe Verluste zu beklagen hatte. Wahrscheinlich war ihr Anführer nicht bereit, den Sturm um jeden Preis fortzusetzen.

Duncan ließ sich auf einen der blutgetränkten Strohballen fallen und stützte den bleischweren Kopf in die schmutzigen, mit Blasen übersäten Hände. Den ganzen Tag über hatte er unermüdlich Feuerholz geschleppt und sich verbissen gegen die zu allem entschlossenen Engländer zur Wehr gesetzt, die durch die schottischen Verteidigungslinien gedrungen waren. Ein schottischer Kamerad hatte ihm das Leben gerettet, als ein ihm überlegener Engländer ihn zu erschlagen drohte. Die grausamen Bilder des Tages jagten ihm durch den Kopf, langsam legte sich Müdigkeit über ihn und er schloss erschöpft die Augen.

»He! Schlaf nicht ein!« Gareth stieß Duncan in die Rippen. Er war ebenfalls erschöpft und sah hohlwangig aus. »Lass uns in der Küche nach etwas zu essen suchen. Ich bin am Verhungern!«

Während des Kampfes hatte Duncan den Hunger nicht gespürt, doch jetzt spürte er das schmerzhafte Gefühl im Magen umso deutlicher. Er nickte Gareth zu. Steif wie ein alter Mann nahm er die Hand des Freundes und zog sich daran in die Höhe. »In Ordnung, lass uns etwas essen.« Er schwankte. »Und schlafen.«

Beide hatten sie überlebt und nur ein paar Kratzer und Fleischwunden davongetragen. Sie konnten sich glücklich schätzen.

Sie hatten den Hof überquert und gingen gerade in das Hauptgebäude, als sie einen markerschütternden Schrei hörten. Er kam aus einer der Kammern, die von der Halle abgingen.

Die beiden lauschten mit angehaltenem Atem. Dem zweiten Schrei folgte das Geräusch eines Körpers, der zu Boden fällt.

»Komm«, flüsterte Gareth, zog das Schwert und ging auf eine der Leinenkammern zu. »Hilfe!« Der angsterfüllte Schrei der Frau wurde durch einen Schlag, dem eine beängstigende Stille folgte, unterbrochen.

»Dort drüben«, flüsterte Gareth und wies auf eine angelehnte Tür, durch die ein schwacher Lichtschein fiel. Duncan stellte sich neben die Tür und zog ebenfalls die Waffe. Er nickte Garteh zu, der die Tür auftrat und brüllte: »Hör auf damit!«

Beim Anblick des Geschehens ergriff Duncan Wut und Übelkeit. Mit zerrissenem Kleid und entblößten Brüsten lag Màiri zitternd und mit blutender Nase am Boden. Ihre Lippen waren aufgeplatzt, ein Auge zugeschwollen. Die Hände hatte sie in einer flehenden Geste erhoben.

»Du!«, zischte Gareth und stürzte sich auf den Mann. Effric ließ den Gürtel fallen, den er wie eine Peitsche in der Rechten gehalten hatte, um seine Waffe zu ziehen. Noch nie zuvor hatte Duncan solchen Hass empfunden. Sein ganzer Körper schrie nach Rache. Ein erstickter Laut Màiris ließ ihn herumfahren. Mit vor Entsetzen geweiteten Augen hielt sie sich den geschwollenen Bauch.

»Duncan«, hauchte sie und verlor die Besinnung. Erschrocken kauerte sich Duncan neben sie und bemerkte entsetzt, dass sich zwischen ihren Beinen eine dunkle Blutlache ausbreitete.

Das Getöse des Kampfes zwischen Gareth und Effric war für ihn zu einem Hintergrundgeräusch verblasst, doch ein erstickter Schrei riss Duncan aus seiner Sorge um Màiri. Er musste dem Freund zu Hilfe kommen. Doch es war Effric, der geschrieen hatte. Jetzt lag er röchelnd in seinem Blut; den gewaltigen Körper übersät mit Wunden, die Kehle durchbohrt. Duncan erhob sich, ging zu ihm und sah den alten Freund an.

In dem Moment brachen die blauen Augen. Jetzt, da Effric seiner gerechten Strafe zugeführt worden war, verspürte er keine Genugtuung, sondern Erleichterung und Trauer. Gareth, der erschöpft an der Wand lehnte, war kreideweiß und die Hand, die das blutige Schwert hielt, zitterte heftig.

»Màiri«, hauchte er und ließ die Waffe fallen.

»Màiri!« Er kniete sich neben sie und nahm den erschlafften Körper in die Arme. Dann bemerkte er die Blutlache zwischen ihren Beinen. »Hol den Arzt! Tu etwas! Oh, Gott, sie stirbt!«

Schluchzend vergrub er sein Gesicht in ihrem Haar und weinte wie ein Kind.

Kapitel 52

Dunsinane Castle, Januar 1041

Seine Männer waren erschöpft. Lange würden sie nicht mehr kämpfen können, dachte Mac Bethad. Dunsinane Castle hatte sich als weniger uneinnehmbar erwiesen als angenommen und der Feind würde sie mit seiner bloßen Masse überrennen, wenn die Angriffe mit unverminderter Heftigkeit andauerten. Die eisige Nacht hatte ihnen eine kurze Verschnaufpause verschafft, doch sobald die Sonne am Horizont erschien, würden die Engländer erneut zum Angriff blasen. Er fühlte sich wie eine Beute, die von Wölfen zerfleischt wird – jede Gegenwehr war letztlich sinnlos.

Er stand auf dem Nordturm und beoabachtete das feindliche Lager, wo sich die Engländer für einen weiteren blutigen Tag bereitmachten. Sein Umhang wehte im Ostwind, der weiter an Stärke zunahm.

Er würde sie überrumpeln, einen Ausfall wagen, ehe sie ihre

Stellungen eingenommen hatten. Dieses Überraschungsmoment war sein einziger Vorteil!

Mit einem letzten Blick auf die flatternden feindlichen Banner setzte er den Helm auf, eilte die Stufen hinab und gab den Pfeifern das Zeichen zum Spielen. Die übriggebliebenen Männer hatten bereits im Hof Aufstellung genommen. Die meisten von ihnen sahen aus, als ob sie keinen weiteren Kampftag überleben würden. Viele seiner Leute waren an ihren Wunden gestorben und die in den Höfen aufgeschichteten Scheiterhaufen hatten die ganze Nacht über gebrannt. Die Engländer hatten ihnen gestattet, die vor den Mauern gefallenen Kameraden in die Festung zu bringen. Noch immer lagen hunderte Leichen im Burghof, die noch nicht verbrannt waren, und die kalte Winterluft war schwer vom süßlichen Geruch des Todes.

Nein! Ihn konnte man nicht besiegen! Mit einem energischen Kopfnicken stemmte er den Fuß in den Steigbügel und zog sich in den Sattel seines schnaubenden Hengstes. Es gab kein Zurück mehr! Mit einem Hieb durchtrennte er das Seil der Zugbrücke und galloppierte über den tiefen Graben.

»Angriff!«, brüllte er aus vollem Halse. Er ritt den steilen Hügel hinunter auf die Engländer zu, die sich hektisch in Stellung brachten. Er hatte das Gefühl, den stürmischen Wind zügeln zu müssen. Sein Körper erschien ihm schwerelos und eins mit seinem Shire Horse, dessen Hufe über den Boden donnerten. Hinter sich konnte er die ihm verbliebenen Männer hören, die sich gegenseitig Mut zuschrieen. Sie wussten, dass sie den sicheren Tod entgegenritten.

Kaum hatten sie den Fuß des Hügels erreicht, überrollte sie die Masse der englischen Soldaten, die sich in Windeseile formiert hatten.

Es schien ihm, als würde die Zeit um ihn herum stillstehen, nichts war zu hören. Dann stieß er mit dem ersten Feind zusammen. Mühelos enthauptete Mac Bethad den englischen

Krieger und galoppierte, auf der Suche nach Prinz Malcolm, durch die Menge der Kämpfer. Da! Er hatte den verhassten Helm am anderen Ende des Schlachtfeldes gesehen. Er wendete sein Pferd, doch ein braunhaariger junger Ritter auf einem Schimmel versperrte ihm den Weg.

»Wie ist Euer Name?«, forderte der Krieger, wobei er mit der Lanze auf Mac Bethads Brustbein zielte. Sein Gesicht war jungenhaft und glatt, bis auf den eckigen Kiefer, der mit hellbraunem Flaum bedeckt war.

»Geh mir aus dem Weg, Bürschchen!«, fauchte Mac Bethad und schlug ihm die Waffe weg. Wütend griff der Jüngling nach seiner Streitaxt. Mac Bethad duckte sich mit einem verächtlichen Lachen unter dem Hieb hinweg. »Vergiss es!«, schrie er. »Du bist von einer Frau zur Welt gebracht worden.« Mac Bethad trieb ihm das Schwert in die Seite. »Du hättest auf die Warnung hören sollen!«, brüllte er dem Fallenden hinterher.

Ein Krankenzimmer in der königlichen Festung von Dunsinane, Januar 1041

Nicht bewegen.« Mit sorgenvoll gerunzelter Stirn hielt Gwynn die kalte Hand der Freundin in der ihren. Màiris Kopf war mit dicken Verbänden umwickelt, ihre Unterlippe war auf das Doppelte ihrer normalen Größe angeschwollen und das linke Auge immer noch blutverkrustet. Gwynn hatte die Wunde nicht waschen wollen, aus Angst, die Kranke aufzuwecken. Entsetzt dachte sie an den Moment zurück, als Duncan in ihre Kammer gerannt gekommen war und um Hilfe geschrieen hatte. Sofort hatte sie ihre Arbeit fallen lassen und war ihm nachgeeilt. Den wimmernden Gareth, der Màiris leblosen Körper auf den Armen trug, hatte sie angewiesen, Màiri in eines der Zimmer zu bringen, in denen der

Leibarzt des Königs die verletzten Soldaten versorgte. Dann war sie losgerannt, um den Medicus zu suchen.

Lange hatten sie fieberhaft darum gekämpft, die durch die Fehlgeburt ausgelöste Blutung zu stoppen. Màiri hatte beide Kinder verloren. Gwynn hatte die winzigen Körper behutsam in saubere Leintücher gewickelt, damit sie sie später begraben konnten. Zuerst hatte es so ausgesehen, als würde ihre Freundin die Nacht nicht überleben, da ununterbrochen Blut austrat. Dann hatten die blutstillenden Kräuter endlich Wirkung gezeigt und sie hatte vor Erleichterung weinen müssen. Nachdem die Blutung endgültig gestillt war, hatten sie die beiden Männer eingelassen. Gareth hatte wie ein Kind geschluchzt, als er sah, in welchem Zustand sich seine Gemahlin befand. Als Gwynn ihm vom Tod seiner Töchter erzählte, fürchtete sie, er würde wahnsinnig werden vor Schmerz und Trauer.

Die ganze Nacht blieb er an Màiris Seite und wandte die Augen nicht von ihrem totenblassen Gesicht ab. In den frühen Morgenstunden war ihr Atem flacher geworden und Gareth geriet in Panik. Gwynn hatte ihm immer wieder versichern müssen, dass Màiri bald wieder gesund werden würde. Auch Duncan hatte vergeblich versucht, seinen Freund zu beruhigen. Später war er in einer Ecke eingeschlafen, in der er auch jetzt noch kauerte.

»Beweg dich nicht«, sagte Gwynn, als Màiri versuchte, den Kopf zu wenden, um zu sehen, wer bei ihr war. »Es ist alles in Ordnung.«

Behutsam drückte Gareth ihre Hand. »Ich bin bei dir.« Er unterdrückte die Tränen und blickte seine Gemahlin an, die trotz all der Schnitte und Abschürfungen immer noch bildschön war. Sie genoss die Anwesenheit ihres Mannes, doch schließlich fielen ihr vor Erschöpfung die Augen zu.

»Hast du ihn getötet?«

»Ja, mein Liebling, ich habe ihn getötet.«

Die königliche Festung von Dunsinane, Januar 1041

Hier entlang, Herr. Die Festung hat sich ergeben.« Ein zurückhaltendes Lächeln umspielte Prinz Malcolms Lippen, als sein Blick auf den knieenden Mann fiel, der auf der herabgelassenen Zugbrücke eine weiße Fahne geschwenkt hatte. Ohne ihn weiter zu beachten, trabte er in den riesigen Hof, der mit unzähligen Leichen übersäht war, über denen bereits die Krähen kreisten. Entlang der Mauern verfolgten die Frauen, zusammengedrängt und mit misstrauischen Blicken, die Ereignisse. Eine Gruppe schottischer Krieger, die zurückgeblieben waren, um die Festung zu verteidigen, begrüßte die Ankunft des rechtmäßigen Thronerben mit Freudengeschrei. Sie warfen ihre Waffen zu Boden und sanken auf die Knie. Die auf dem Schlachtfeld entwaffneten Schotten, die sich ergeben hatten, strömten durch das Tor.

Das Schlachtfeld vor den Mauern von Dunsinane Castle, Januar 1041

Wo bist du? Zeig dich!« Kochend vor Zorn suchte MacDuff die Reihen der schottischen Soldaten ab, die immer noch verzweifelt das Feld zu behaupten versuchten. Die meisten ihrer Kameraden hatten sich bereits ergeben und waren auf dem Rückweg zur Festung, auf deren Burgfried gerade das königliche Banner des Thronfolgers aufgezogen wurde. Mit einem leisen Gebet auf den Lippen schritt er die scheinbar endlosen Reihen der Toten ab – in der Hoffnung, dass niemand anderer den Mörder seiner Familie erschlagen hatte. Während er sein Pferd geschickt zwischen den Toten und Verwundeten hindurchlenkte, hielt er nach dem Mann Ausschau, den er einst für seine

Tapferkeit bewundert hatte. »Bitte Fortuna, lass mich ihn finden!«, murmelte er.

Er würde nicht den Narren spielen und sich in sein eigenes Schwert stürzen! Solange es noch Feinde gab, würde er bis zum letzten Blutstropfen kämpfen! Seine Arme waren rot vom Blut der englischen Krieger, von denen nicht einer es mit ihm hatte aufnehmen können. Noch immer kämpfte die Wintersonne gegen den zähen Morgennebel, doch die Kälte schien nicht mehr so schneidend zu sein wie an den Tagen zuvor. Seinen wollenen Umhang hatte er beim Gefecht mit einem schottischen Than, der die Seiten gewechselt hatte, weggeworfen. Doch Mac Bethad fror nicht.

Er trabte über einen Teil des Feldes, auf dem der Kampf mit besonderer Heftigkeit gewütet zu haben schien. »Helft mir«, röchelte ein verstümmelter Krieger, in dessen Wange eine tiefe Wunde klaffte, die seinen Kieferknochen freigelegt hatte. Mac Bethad zügelte sein Pferd und sah auf den sterbenden Mann hinab, dessen Gemahlin er vor drei Tagen erschlagen hatte.

»Verräter!«, zischte er und ritt weiter. Er genoss die Qualen des anderen.

»Dreh dich um, du Ausgeburt der Hölle!« Die tiefe Stimme MacDuffs jagte ihm einen Schauer über den Rücken. Langsam wendete er das Pferd, bis er seinem Herausforderer Auge in Auge gegenüberstand.

»Geh mir aus dem Weg.« Mit einem verächtlichen Achselzucken ließ Mac Bethad seine Waffe zurück in die Scheide gleiten. »Auf meiner Seele lastet schon genug von deinem Blut.«

MacDuff war seine unbändige Wut anzusehen. Als sich die Nasenflügel zornig blähten, sagte MacBethad siegesicher: »Du kannst mich nicht besiegen. Auch du bist von einer Frau geboren.«

Zu seiner grenzenlosen Verwirrung brach MacDuff in schallendes Gelächter aus. »Da irrst du dich! Ich wurde aus dem Bauch meiner Mutter gerissen, bevor sie mich gebären konnte!« In seinen Augen loderte das Feuer der Rache und Mac Bethad, der wie vom Donner gerührt war, wich erschrocken einige Schritte zurück. Diese Teufel! Einmal mehr hatten sie ihn mit ihren doppelzüngigen Lügen zum Narren gehalten.

»Ergib dich«, donnerte MacDuff und kam näher.

»Niemals!« Mac Bethad riss die breite Klinge aus der Scheide, hob den Schild und griff MacDuff mit einer blitzschnellen Kombination an. Doch MacDuff parierte sie mühelos. Als sei Mac Bethad ein schwächlicher Knabe, schlug er ihm die Waffe aus der Hand und stieß ihn mit einem kräftigen Schlag mit dem Schwertknauf aus dem Sattel, noch ehe der andere reagieren konnte. Der Aufprall sog ihm die Luft aus den Lungen, sodass Mac Bethad Schwert und Schild fallen ließ. Er kam jedoch gerade noch rechtzeitig wieder auf die Beine, um nach der Streitaxt auf seinem Rücken zu greifen und vor dem feindlichen Langschwert in Deckung zu gehen. Stolpernd blockte er MacDuffs Vordringen ab, bis ihn die Beine eines niedergestreckten Kriegers zu Fall brachten. Das Gesicht MacDuffs verschwand aus seinem Blickfeld, wurde durch das Bild der Festung ersetzt und dann durch den blassblauen Himmel. Ein schmerzhafter Stich fuhr ihm in die Seite, als er auf einer dicken Baumwurzel aufschlug. Als er die Augen wieder öffnete, sah er MacDuffs Schwert, das auf ihn niedersauste. Der Stahl warf das Licht der Sonne zurück, die endlich durch den Nebel gebrochen war.

Ein Krankenzimmer in der königlichen Festung von Dunsinane, Januar 1041

Mit einem erstickten Schrei fuhr Gwynn zusammen; ein hochgewachsener Krieger in englischer Rüstung kam in die kleine Kammer gepoltert. Ohne Gruß wanderte sein Blick zu dem verletzten Mädchen auf dem Bett und weiter zu den beiden erschöpften jungen Männern, die hastig aufstanden, um die Frauen zu verteidigen. »Die Festung hat sich ergeben«, sagte er und ließ sein aufwändig geschmiedetes Schwert wieder in die Scheide gleiten.

»Prinz Malcolm hat das Kommando übernommen.«

Gwynn seufzte. »Es ist vorbei. Gott sei Dank!«, sagte sie leise und wandte ihre Aufmerksamkeit wieder Màiri zu, die von dem Lärm erwacht war.

»Es ist vorbei?«, fragte Duncan und rieb sich die brennenden Augen. Er war soeben erst aus dem tiefen, traumlosen Schlaf aufgeschreckt.

»Ja«, erwiderte der Engländer knapp. »Prinz Malcolm und die Thane sind im Audienzsaal versammelt.«

Gareth blickte Duncan fragend an und dieser nickte. Eine Weile würden sie die Mädchen sich selbst überlassen müssen, da sie das offizielle Ende der Tyrannei mit eigenen Augen sehen und dem neuen König huldigen wollten.

Der Thronsaal der königlichen Festung von Dunsinane, Januar 1041

Die riesige Halle war bereits in den königlichen Farben herausgeputzt und die scheinbar endlose Schlange der Männer, die in den Saal einmarschierten, wurde von Trommeln und Fanfaren begleitet. Gareth und Duncan schlossen sich den Marschierenden an und obwohl sie am Ende der langen Reihe waren, hatten sie einen guten Blick auf Prinz Malcolm, der auf dem Thron Platz genommen hatte, der vom Mörder seines Vaters entweiht worden war. Als die Fanfaren verstummten, teilten sich die Reihen, um einen Gang für die Heerführer freizumachen. Nachdem sich diese um den neuen König von Schottland versammelt hatten, sanken alle auf die Knie und erwiesen dem jungen Bezwinger des Thronräubers ihren Respekt. Neugierig beobachtete Duncan die Männer, die sich im Halbkreis um den jungen Prinzen versammelt hatten. Sein Blick ruhte gerade auf dem sorgenzerfurchten Gesicht eines alten Engländers, als plötzlich ein Raunen durch die Halle ging und alle zur großen Tür sahen. Die Zähne triumphierend gebleckt, das bluttriefende Haupt des Verräters an den Haaren gepackt, stürmte der Than von Fife auf den Thron zu, ließ sich auf die Knie sinken und schleuderte den abgeschlagenen Kopf zu Malcolms Füßen auf den Boden. Als der Schädel auf den harten Steinquadern aufschlug, erfüllte ein dumpfes, gespenstisches Geräusch die Halle.

»Heil Euch, König von Schottland!«, rief MacDuff und hob den Blick zum Prinzen, der den Kopf Mac Bethads lächelnd ansah. »Heil, König von Schottland!« Einer nach dem anderen stimmten die Versammelten ein, bis die Rufe so laut waren, dass Malcolm gebieterisch die Hände hob, um die Menge zum Schweigen zu bringen.

»Ich werde nicht viel Zeit damit verschwenden, meine Rechnung mit diesem Land zu begleichen«, verkündete der junge König. »Meine Thane und Vettern sind von heute an Earls!« Die Menge war verstummt und wartete angstvoll auf ein Urteil. »Ich werde unsere verbannten Freunde, die aus Schottland geflohen sind, aus dem Exil zurückrufen«, fuhr er fort und erhob sich vom Thronsessel, wobei er seine Untertanen streng musterte. »Jeder, der sich ergeben hat, wird begnadigt und in meine Dienste übernommen!« Er hatte endlich das gesagt, worauf jeder mit Bangen gehofft hatte. Es würde keinen Rachefeldzug geben, keine Säuberungen! Duncan seufzte erleichtert und stieß Gareth, der ein schiefes Lächeln zuwege brachte, in die Rippen.

Epilog

Zwei Jahre später

Der Frühlingsmorgen hatte sich für diesen besonderen Tag in sein prächtigstes Gewand gehüllt. Spatzen jagten wild zwitschernd hinter einem mit Saatgut beladenen Karren her und der dichte Wald, der die Festung wie ein Gürtel umfing, leuchtete in frischem Grün und dem Weiß junger Blüten. Würzige Düfte erfüllten die noch recht kühle Luft, doch der leise Windhauch, der vom Meer Richtung Inland wehte, ließ auf wärmere Tage hoffen. Die einst so düster wirkende Festung war kaum mehr wiederzuerkennen. Fröhliche Farben zierten die Zinnen der zahllosen Türmchen und das Labyrinth der Höfe wirkte, dank des im vergangenen Herbst verlegten Pflasters, geordnet. Junge Burschen aus den benachbarten Dörfern gingen den Knappen und Pagen zur Hand und das Geplapper der Mägde bildete einen angenehmen Kontrast zu dem tiefen, kehligen Bellen der Jagdhunde des Königs.

»Gawain, was hast du da nur wieder angestellt?«, fragte Màiri lachend, als sie ihren brüllenden einjährigen Sprössling, der bei seinen noch äußerst zittrigen Gehversuchen in einem Haufen Pferdedung gelandet war, kopfschüttelnd aufhob. »Es wird alles wieder gut«, sagte sie zärtlich und küsste den Jungen, nachdem sie das Gesichtchen mit dem Ärmel ihres Gewandes notdürftig gesäubert hatte.

»Ich werde ihn vermissen«, seufzte Gwynn, deren dicker Bauch sich deutlich unter dem taubenblauen Mantel, den sie um die schlanken Schultern geschlungen hatte, abzeichnete. Der sommersprossige Knabe, der ihre Reittiere aus dem Stall in den Hof geführt hatte, hatte sichtlich Schwierigkeiten mit Duncans neuem Hengst.

»Es ist ja nicht für immer«, tröstete Duncan die beiden jungen Frauen, in deren Augen schon wieder Tränen schwammen. Er hatte Brustpanzer und Beinschienen angelegt und auf seinem Harnisch prangte das Wappen seines Lehens.

Vor zwei Tagen hatte er mit der obligatorischen Nachtwache seine Ausbildung zum Ritter beendet. Obwohl er das Lehen seines ermordeten Vaters, und somit dessen Titel, geerbt hatte, war er am Hof König Malcolms geblieben, um den begonnenen Weg zu Ende zu gehen. Schon bald nach der furchtbaren Schlacht hatte er sich ein Herz gefasst und den König um die Hand seiner Liebsten gebeten. Dieser hatte schmunzelnd zugestimmt, nachdem er den jungen Mann ein wenig hatte schmoren lassen. Er hatte Gwynn vergangenen Sommer geehelicht. Gareth und Màiri, die lange um den Verlust ihrer Zwillinge getrauert hatten, waren ihnen eine große Hilfe gewesen. Seit der Geburt ihres Sohnes war es manchmal, in unbeobachteten Momenten, wieder möglich, das junge, ungestüme Paar von einst zu erkennen. Gareth war inzwischen zu einem der mächtigsten Berater des Königs aufgestiegen und als solcher hatte er seinen Wohnsitz auf die Festung verlegt; nur selten verbrachten er und seine Gemahlin einige Wochen auf ihrem Landsitz.

Gwynn und Duncan hatten sich entschlossen, ihr Kind in der beschaulichen Ruhe des ländlichen Dunkeld zur Welt zu bringen. Sowohl Duncans Schwester als auch seine Mutter hatten den Besitz in der Abwesenheit des Erben in Ordnung gehalten.

»In spätestens einem halben Jahr sind wir wieder bei euch«, versprach Duncan schmunzelnd und stellte einen Fuß in den Steigbügel, den ihm der Knappe festhielt. »Dann könnt ihr euch stundenlang über Kindererziehung und die schrecklichen Angewohnheiten eurer raubeinigen Männer unterhalten«, scherzte er, bevor er sich in den Sattel schwang.

Gwynn saß bereits im Damensitz auf dem breiten Rücken

ihrer gutmütigen Stute. Sie wollten den Tieren gerade die Sporen geben, als eine wild mit den Armen rudernde Gestalt über den Hof auf sie zugerannt kam.

»Wartet!«, keuchte der junge Mann mit den atemberaubenden blauen Augen. »Ihr könnt doch nicht gehen, ohne euch von mir zu verabschieden!«

Duncan lachte. »Aber Leofric, wir haben uns doch gestern Abend schon voneinander verabschiedet.«

Der junge Mann grinste breit. Aus dem schlaksigen Knaben war ein angesehener, hochgewachsener Hofgelehrter geworden, dessen schmales Gesicht inzwischen von einem weizenblonden Vollbart verdeckt wurde. »Morag wünscht dir alles Gute, Gwynn«, wandte er sich an die schwangere Gemahlin seines Freundes. »Sie hofft, dass es bei uns auch bald soweit sein wird.« Erneut erhellte ein beinahe flegelhaftes Grinsen die sonst so ernsten Züge. »Solltest du Hilfe benötigen, schick nach ihr. Sie weiß, was zu tun ist.«

Mit diesen Worten hob er die Hand zum Gruß. Gwynn und Duncan wendeten die Pferde. Als sie durch den hohen Torbogen verschwunden waren, seufzte Màiri leise, setzte ihren quirligen Sohn wieder auf dem Boden ab und hakte sich bei Gareth unter.

Nachwort

Dieses Buch ist ein ganz besonderes für mich, weil mit ihm alles begann. Im Jahr 2005 war meine Dissertation an der Universität Tübingen abgegeben und ich befand mich in einer Art »Leerlauf«. Was also tun?

Da mich die Geschichte des machtgierigen Thans Macbeth, bekannt durch Shakespeare, schon immer begeistert und fasziniert hatte, reifte die Idee in mir, eine eigene Version dieses Stoffes zu erschaffen. Die ersten Schritte waren schwieriger als gedacht und hier gilt meiner wundervollen Lektorin Dorothée Engel mein ganz besonderer Dank, da sie aus einem ungeschliffenen Stein etwas Rundes gemacht hat.

Als Autor entwickelt man sich ständig weiter und natürlich würde ich die Geschichte heute ganz anders erzählen. Dennoch liebe ich sie, sie ist ein Teil von mir und hat mich über die Jahre hinweg immer begleitet; mal leise aus der Schublade gerufen, mal etwas nachdrücklicher, um endlich »geboren« zu werden.

Sie ist kein historischer Roman im strengen Sinn, was schon der Tatsache geschuldet ist, dass sich bereits bei Shakespeare zahlreiche Ungereimtheiten finden. Dennoch war es mir wichtiger, mich an das Drama zu halten, anstatt die komplexen Clanstrukturen der damaligen Zeit nachzuzeichnen. Mein Ziel war es, den Leser nicht nur die Brutalität und den Aberglauben des elften Jahrhunderts, sondern auch die Weltanschauung der Shakespeare-Zeit erleben zu lassen. Ein Königsmord bedeutete einen Verstoß gegen die göttliche Ordnung, der unweigerlich alles ins Chaos stürzte.

Ich bin glücklich, stolz und gleichzeitig ein bisschen demütig, dass mein Erstling es nach so langer Zeit endlich geschafft hat, seinen Willen durchzusetzen und sich die Freiheit erkämpfte.

Silvia Stolzenburg, August 2017

Silvia Stolzenburg

Der Teufelsfürst

416 Seiten
gebunden mit Lesebändchen
Edition Aglaia
im Bookspot Verlag
ISBN 978-3-937357-75-1
17,95 €
Auch als E-Book erhältlich!

Anno Domini 1447: Der junge Vlad Draculea, Sohn des Fürsten der Walachei, befindet sich in türkischer Gefangenschaft. Als Geisel am Sultanshof in Edirne geht er durch die Hölle. Ohnmächtig muss er dabei zusehen, wie der sinnesfreudige osmanische Prinz Mehmet seinem jüngeren Bruder Radu nachstellt. Um Radu zu rächen und seine Freiheit zurückzugewinnen, ersinnt Vlad einen teuflischen Plan …
Während Vlad Draculea im Herzen des Osmanischen Reiches um Vergeltung kämpft, muss sich die vierzehnjährige Zehra von Katzenstein in Ulm vor Gericht verantworten. Sie wird der Hexerei und des Mordes an ihrem Vater beschuldigt. Verzweifelt versucht sie, ihre Unschuld zu beweisen.

Atemlos-spannend … Sehr breit empfohlen. ekz.bibliotheksservice

Das Buch hat alles, was einen lesenswerten historischen Roman ausmacht – viel Spannung, mehrere gut zusammengeführte Handlungsstränge …
Beate Rottgardt, Ruhr Nachrichten

Silvia Stolzenburg schreibt seit Jahren exquisite historische Romane! Ihr neuestes Werk »Der Teufelsfürst« knüpft daran an.
Alex Dengler, denglers-buchkritik.de

Silvia Stolzenburg

Das Reich des Teufelsfürsten

464 Seiten
gebunden mit Lesebändchen
Edition Aglaia
im Bookspot Verlag
ISBN 978-3-937357-86-7
17,95 €
Auch als E-Book erhältlich!

Fürstentum Walachei, August 1456:
Acht Jahre sind vergangen, seit Vlad Draculea seine Geliebte Zehra von Katzenstein in der Walachei zurücklassen musste. In einem Kloster in den Karpaten harrt die junge Frau zusammen mit Vlads Sohn Carol auf die Rückkehr des Vertriebenen. Doch Vlad muss zuerst seinen Thron zurückerobern, den ihm einer seiner erbittertsten Feinde entrissen hat.

Unterdessen wird in Ulm Zehras Bruder Utz von der Gefühlskälte seiner Gemahlin Sophia aus dem Haus getrieben. Er begibt sich auf eine Handelsreise nach Transsylvanien. Dort kreuzen sich seine Wege schon bald mit denen des walachischen Herrschers. Es kommt zu einem schicksalsschweren Zwischenfall, der das Leben aller Beteiligten für immer verändert.

Silvia Stolzenburg stellt mit Teil 2 der Geschichte von Vlad Draculea dem Dracula-Mythos die grausame historische Wirklichkeit gegenüber – aufwühlend und zutiefst ergreifend!
Wie schon der Vorgänger »Der Teufelsfürst« ausgezeichnet mit dem Goldenen HOMER für den besten historischen Spannungs- und Abenteuerroman!

Silvia Stolzenburg

Töchter der Lagune

416 Seiten
gebunden
Edition Aglaia
im Bookspot Verlag
ISBN 978-3-937357-60-7
16,95 €
Auch als E-Book erhältlich!

Die Töchter des wohlhabenden, venezianischen Senators Brabantio, Desdemona und Angelina, führen ein sorgloses Leben. Doch das Familienglück wird auf eine schwere Probe gestellt, als Desdemona sich unsterblich in den um viele Jahre älteren General Moro verliebt, der noch dazu kein reiner Venezianer ist. Da eine Zustimmung des Vaters zu einer Ehe mit dem ungestümen Fremden undenkbar ist, entschließt die junge Frau sich zur Flucht mit ihrem Geliebten. Nach einer heimlichen Hochzeit wollen sie sich nach Zypern einschiffen, wo Moro die osmanischen Angreifer in die Flucht schlagen soll. Doch bevor sie Venedig verlassen können, werden sie verraten. Denn Moro hat einen Feind, der ihn auf Schritt und Tritt verfolgt, um eine alte Rechnung zu begleichen.

Auch die junge Elissa di Morelli wächst wohlbehütet in der venezianischen Oberschicht auf. Den Vorschlag ihres Vaters, ihn und seine Frau auf eine Handelsreise nach Rom zu begleiten, nimmt sie mit Begeisterung an. Endlich darf sie die Welt außerhalb der Lagunenstadt kennenlernen. Doch wird der Traum sehr schnell zum Albtraum, da das Schiff der Morellis von Piraten gekapert wird. Als Haremsdame am Hofe des Sultans Selim II. muss Elissa sich dem grausamen Willen des mächtigen Herrschers beugen. Eine Flucht scheint aussichtslos.

Faszinierende Adaption von Shakespeares »Othello«: Silvia Stolzenburgs Othello-Adaption ist sehr gut gelungen und verleiht dem Shakespeare-Drama einen völlig neuen Charakter. Töchter der Lagune bietet nicht nur wunderbare Unterhaltung, sondern vermittelt auch ein interessantes Bild der venezianischen Gesellschaft des 16. Jahrhunderts.

www.histo-couch.de